W0252822

Noël sous la neige

Une liaison incandescente

YVONNE LINDSAY

Noël sous la neige

Traduction française de
SOPHIA LIBRET

PASSIONS

HARLEQUIN

Collection : PASSIONS

Titre original :
THE CHRISTMAS BABY BONUS

© 2017, Dolce Vita Trust.
© 2021, HarperCollins France pour la traduction française.

Ce livre est publié avec l'autorisation de HARLEQUIN BOOKS S.A.

Tous droits réservés, y compris le droit de reproduction de tout ou partie de l'ouvrage, sous quelque forme que ce soit.
Toute représentation ou reproduction, par quelque procédé que ce soit, constituerait une contrefaçon sanctionnée par les articles 425 et suivants du Code pénal.

Si vous achetez ce livre privé de tout ou partie de sa couverture, nous vous signalons qu'il est en vente irrégulière. Il est considéré comme « invendu » et l'éditeur comme l'auteur n'ont reçu aucun paiement pour ce livre « détérioré ».

Cette œuvre est une œuvre de fiction. Les noms propres, les personnages, les lieux, les intrigues, sont soit le fruit de l'imagination de l'auteur, soit utilisés dans le cadre d'une œuvre de fiction. Toute ressemblance avec des personnes réelles, vivantes ou décédées, des entreprises, des événements ou des lieux, serait une pure coïncidence.

Le visuel de couverture est reproduit avec l'autorisation de :

HARLEQUIN BOOKS S.A.

Tous droits réservés.

HARPERCOLLINS FRANCE
83-85, boulevard Vincent-Auriol, 75646 PARIS CEDEX 13
Service Lectrices — Tél. : 01 45 82 47 47 - www.harlequin.fr
ISBN 978-2-2804-5560-2 — ISSN 1950-2761

Composé et édité par HarperCollins France.
Imprimé en novembre 2021 par CPI Black Print (Barcelone)
en utilisant 100% d'électricité renouvelable.
Dépôt légal : décembre 2021.

FSC www.fsc.org
MIXTE
Papier issu de sources responsables
FSC® C159065

Pour limiter l'empreinte environnementale de ses livres, HarperCollins France s'engage à n'utiliser que du papier fabriqué à partir de bois provenant de forêts gérées durablement et de manière responsable.

- 1 -

Pourvu que ce soit le dernier ! pria Faye une fois noué le morceau de tissu écossais. Elle recula d'un pas et observa la balustrade qui menait à la galerie courant à l'étage du chalet. Tout l'escalier était à présent orné d'une guirlande de Noël en rubans, ponctuée de gros nœuds de tartan.

Une nouvelle fois, Faye pesta contre la malchance qui avait conduit la décoratrice attitrée de son patron à chuter d'une échelle et à se démettre l'épaule quelques jours seulement avant l'arrivée de Piers dans sa résidence de vacances. C'est là, au cœur du Wyoming, qu'il se retirait chaque année à Noël pour organiser une semaine de festivités.

Faye lui avait suggéré, pour cette année, d'opter pour une décoration minimaliste, mais son patron s'était montré inflexible. Pour lui il s'agissait d'une question de tradition. Mais pour elle cela ne représentait qu'une pénible corvée. Quoi qu'il en soit, elle s'était vue contrainte de quitter la chaleur de Santa Monica, où elle résidait, et de sauter dans un avion, pour découvrir en arrivant à Jackson Hole une météo glaciale. Et elle s'était retrouvée, à six jours de Noël, à décorer une maison pour un groupe de personnes qui ne prêteraient probablement nulle attention à ses efforts. Ce dernier point ne s'appliquait toutefois pas à son patron qui vouait à cette période de l'année une passion enfantine et se réjouissait même de la neige.

Faye, elle, détestait la neige, mais pas autant qu'elle détestait Noël.

Elle pivota doucement sur elle-même et examina la pièce principale du chalet. Même sa regrettée mère aurait été fière d'elle, songea-t-elle, avant de repousser cette pensée en sentant un nœud si douloureux se serrer dans sa poitrine qu'elle préféra se raccrocher à sa détestation de la période des fêtes. Comme toute cette ambiance lui semblait écœurante ! Quelle personne sensée n'aurait pas envie de vomir devant une telle abondance de décorations ? Quant à penser qu'il était triste d'être seule pour les fêtes, cela n'avait aucun sens lorsqu'on haïssait cette période, n'est-ce pas ?

Faye pouvait au moins se satisfaire d'une chose : elle avait mené à bien la tâche qui lui avait été confiée et allait pouvoir repartir vers le soleil. Une fois de retour chez elle, elle se terrerait dans son appartement parfaitement climatisé et se livrerait à son traditionnel visionnage intensif annuel de films d'horreur et de science-fiction qui l'emportaient loin de Noël et de la réalité.

Elle se dirigea vers la porte d'entrée où l'attendait son bagage à main, déjà prêt pour son retour vers la normalité, vers un monde dépourvu de toute décoration, de tout chant de Noël ou…

La porte s'ouvrit brusquement, et un tourbillon d'air glacial précéda l'arrivée de son patron, Piers Luckman. Ce dernier était en effet habituellement considéré comme un homme très chanceux1. Mais elle seule savait que son physique avantageux et son allure de séducteur

1. *Luck* signifie « chance » en anglais (NdE).

cachaient un travailleur acharné. Il était son employeur depuis trois années, et elle éprouvait le plus grand respect pour lui en tant que businessman. Et en tant qu'homme ? Un petit frisson s'éveilla au fond d'elle. Quelque chose d'interdit. Quelque chose qui chez toute autre aurait pu s'apparenter à une pointe de désir. Une sensation qu'elle réprima aussitôt. Non, elle refusait de s'aventurer sur ce chemin-là.

Piers pénétra dans le vestibule et fit glisser de son épaule sa sacoche de cuir usée abritant son ordinateur portable.

— Vous avez fait bon voyage ? demanda Faye, tout en se doutant qu'il avait probablement pris les commandes du jet de l'entreprise pour venir de Los Angeles.

Piers n'était chargé d'aucun bagage, toutes ses maisons abritant des dressings bien garnis.

— Joyeux Noël ! lui lança-t-il joyeusement avant d'ouvrir sa veste molletonnée en duvet.

Oh ! mais que diable portait-il sous cette veste ?

— N'étiez-vous pas supposé arriver samedi, la veille de la fête ? Vous avez quatre jours d'avance, commenta Faye en ignorant sa salutation enjouée. Et qu'est-ce donc que *cela* ?

Elle pointa le doigt en direction de son pull de Noël, une merveille de mauvais goût. Les yeux du renne étaient de travers, ses bois tordus et… le bout de son museau était orné d'un pompon rouge plutôt… voyant.

Un sourire à couper le souffle éclaira le visage de Piers.

Faye fixa son attention sur un point un peu sur le côté de sa tête pour ne pas être tentée de le regarder trop intensément. L'homme était bien trop séduisant, et elle ne devait qu'au serment qu'elle s'était fait de rester célibataire et sans enfants de demeurer insensible à son charme. En outre, il s'avérait qu'elle adorait son travail et que tout coup de cœur pour son patron constituerait le moyen infaillible de prendre le chemin de l'agence pour l'emploi.

Après tout, n'était-ce pas ce qui était arrivé à la longue liste des personnes qui l'avaient précédée à ce poste ? Il ne pouvait empêcher ses assistantes personnelles de le trouver incroyablement attirant. Il était bourré de charme, intelligent, beau, et même s'il était né avec une cuillère d'argent solidement fichée dans sa superbe bouche, il ne dédaignait pas de travailler dur et dirigeait son empire avec une belle assurance et un incroyable charisme. Faye ne l'avait vu ébranlé qu'une seule fois, au mois de janvier précédent, lorsque son frère jumeau avait trouvé la mort dans un accident survenu lors d'un saut en parachute. Depuis lors il était devenu plus calme, plus réfléchi.

Et si elle avait souvent trouvé Piers désinvolte dans sa manière de traiter les autres – en particulier ses petites amies, qui se succédaient auprès de lui –, il était également devenu plus attentionné au cours de l'année qui venait de s'écouler.

Comme si le décès de Quin lui avait rappelé à quel point l'existence pouvait se révéler brève. Même Lydia, la dernière de ses conquêtes en date, avait fait partie de sa vie plus longtemps que les autres. Faye avait commencé à se demander si Piers envisageait de donner un tour définitif à leur relation quand elle avait reçu la note lui demandant d'envoyer à la jeune femme le traditionnel cadeau d'adieu : une magnifique pièce de joaillerie accompagnée d'un petit mot de sa main.

C'était uniquement pour se protéger qu'elle avait décidé de ne pas le trouver irrésistible. Si l'on ne nourrissait pas d'absurdes rêves à propos de l'amour éternel, on ne risquait pas de les voir réduits à néant, et on ne souffrait pas – et en s'évitant tout cela, on menait une existence plutôt agréable.

— Vous parlez de ce pull ? dit-il en faisant courir la main sur son torse avant de la faire descendre un peu plus bas, sur ce que Faye savait être, pour avoir travaillé dans sa résidence de la Côte d'Azur – où costumes et tailleurs étaient remplacés par des maillots de bain –, un abdomen dur et musclé. C'est le cadeau que ma grand-tante Florence m'a fait cette année. J'en ai toute une collection. Vous aimez ?

— C'est affreux, répondit-elle d'un ton sans appel. Mais à présent que vous êtes là, je peux repartir chez moi. Dois-je m'occuper d'autre chose une fois de retour à Los Angeles ?

Piers observa un instant celle qui était son assistante personnelle depuis déjà de longs mois. Jamais il n'avait rencontré quelqu'un comme Faye Darby, ce qui était justement la raison pour laquelle il la gardait auprès de lui. Elle l'intriguait, et dans son monde blasé peu nombreux étaient ceux qui avaient encore cet effet sur lui. En outre, elle était compétente et agissait sans concession, d'une façon qu'il ne pouvait s'empêcher d'admirer. L'envoyer décorer la maison pour la période des fêtes avait peut-être été cruel de sa part – en particulier lorsque l'on connaissait l'aversion de Faye pour ce moment de l'année –, mais Piers avait eu besoin que les choses soient bien faites, et il n'avait sincèrement confiance en personne d'autre qu'elle pour s'acquitter d'une telle tâche.

Quant à son pull-over, bien que sa défunte grand-tante Florence lui ait tricoté de ses mains plusieurs pulls tout aussi incroyablement hideux par le passé, la vérité était qu'il en était tombé instantanément amoureux en passant devant une friperie, sachant exactement à quel point Faye le détesterait. L'expression horrifiée qui s'était peinte sur le visage de son assistante quand il avait dévoilé ce chef-d'œuvre de mauvais goût devant ses yeux valait amplement cet achat.

Mais à présent elle se tenait face à lui, attendant qu'il réponde à sa question.

— Je ne vois rien pour le moment. Avez-vous envoyé le cadeau de remerciement à Lydia ?

Encore une chose dont il aurait probablement dû se charger lui-même, mais pourquoi ne pas déléguer certaines tâches quand la personne désignée pour s'en charger était si incroyablement compétente ? De plus, mettre un point final à des liaisons menaçant de devenir compliquées était un art qu'il valait mieux confier à des mains expertes. Et Dieu savait que Faye avait acquis toute l'expérience nécessaire pour se charger de faire savoir à ses petites amies qu'il pensait que le moment était venu que leurs chemins se séparent.

Pour son plus grand plaisir, Faye leva les yeux au ciel. Ah ! comme il était facile de la taquiner – comme elle était sérieuse ! Une telle attitude obligeait Piers à toujours œuvrer avec plus d'acharnement pour susciter des réactions de sa part.

— Bien entendu, répondit Faye d'un ton glacial. Et elle l'a retourné. Voulez-vous savoir ce qu'elle a dit ?

Piers n'était pas étonné que sa dernière petite amie en date ait renvoyé le bracelet et les boucles d'oreilles en diamant à son bureau accompagnés d'un message cinglant.

— Non, c'est inutile, je peux le deviner sans peine, répondit-il avec un petit rictus.

— Elle ne va pas renoncer, poursuivit Faye comme

s'il n'avait pas parlé. Elle a indiqué qu'elle comprenait que vous vous défiliez, connaissant votre incapacité à vous engager.

— Ma quoi ?

— Elle a également précisé que vous pouviez lui offrir les bijoux en personne et vous propose de dîner dans son restaurant favori pour le nouvel an. J'ai noté cela dans votre agenda.

Piers émit un grognement contrarié.

— Très bien, j'irai lui dire les choses en face.

— Entendu. Eh bien, s'il n'y a rien d'autre, je vais prendre le chemin du retour.

Elle semblait bien pressée de partir. Il lui avait pourtant proposé de rester pour sa fête de Noël, mais Faye l'avait regardé comme si elle aurait préféré se couper un bras.

— Non, il n'y a rien d'autre. Soyez prudente sur la route. La tempête prévue a commencé à souffler, et il fait déjà un temps exécrable. Vous sentez-vous capable de conduire ?

— Bien sûr, répondit-elle avec un air de confiance totale.

Mais Piers eut l'impression qu'au-delà des apparences son attitude trahissait plus la fanfaronnade que l'assurance. Il avait appris à bien comprendre toutes les petites nuances des paroles de Faye et se demandait si elle en avait conscience.

Faye reprit :

— La société de location m'a assuré que la voiture était équipée de pneus neige et qu'elle sera parfaitement adaptée à la météo. Ils m'ont même fourni des chaînes, que j'ai mises en place ce matin.

— Vous savez installer des chaînes ? demanda-t-il

en dissimulant autant que possible l'ampleur de sa stupéfaction.

Bien sûr qu'elle savait installer des chaînes. Elle était quasiment capable de mener à bien n'importe quelle tâche, n'est-ce pas ?

— Inutile de vous inquiéter pour moi.

Faye semblait toujours penser que personne n'avait à s'inquiéter pour elle. Et Piers était presque certain d'être le seul à faire attention à son sort. Elle n'avait personne d'autre que lui. Les vérifications menées avant son embauche avaient révélé qu'elle était orpheline depuis ses seize ans et ne possédait plus aucune famille.

À quoi pouvait bien ressembler une vie de si complète solitude ? se demanda Piers. Même si son frère jumeau avait brusquement disparu presque une année plus tôt, ses deux parents étaient encore en vie, et il avait d'innombrables tantes, oncles et cousins – même s'ils n'étaient pas le genre de personnes qu'il souhaitait nécessairement fréquenter.

Elle attrapa sa veste sur le portemanteau et se pencha pour prendre son petit sac de voyage en même temps que Piers.

— Je me charge de le porter, dit-elle d'un ton ferme. Inutile que vous ressortiez dans le froid.

Même si ses paroles étaient des plus sensées, elles venaient contrarier le sens de la galanterie de Piers.

Dans son monde, aucune femme ne devait avoir à bouger le petit doigt et encore moins à porter seule son propre bagage. Mais Faye ne faisait pas partie de son monde et se donnait même beaucoup de mal pour le lui rappeler.

— Je vais donc vous laisser, lança Faye avec un soulagement manifeste.

Elle jeta un dernier regard vers la grande pièce entièrement décorée, vers les grandes chaussettes accrochées au-dessus de la cheminée, vers l'arbre scintillant de douces lumières et de décorations en verre filé, et ne put s'empêcher de frissonner.

— Merci d'avoir préparé la maison pour moi, dit-il tandis qu'ils se tenaient près de la porte. J'apprécie sincèrement tout ce que vous avez fait.

— Vous feriez mieux, lui rétorqua-t-elle sur un ton d'avertissement. J'ai demandé au service paye de m'accorder une belle prime pour cette mission.

— Vous pouvez demander le double, vous le méritez amplement, répliqua-t-il à son tour en affichant un autre de ses sourires qui habituellement désarmaient toutes les femmes, à l'exception de son assistante personnelle, bien entendu.

— Je vous remercie, dit Faye avec une pointe de sévérité dans la voix.

Elle enfila sa veste, et Piers la regarda soulever son petit sac de voyage puis lui maintint la porte ouverte pendant qu'elle en franchissait le seuil.

— Faites bien attention. On n'est jamais trop prudent par un temps pareil.

— Vous pouvez me faire confiance. Confiance est mon deuxième prénom.

— Et pourquoi en est-il ainsi, Faye ?

La jeune femme fit mine de ne pas avoir entendu sa question. Il avait remarqué qu'elle ignorait de la même manière toute interrogation glissant vers des considérations personnelles.

— Amusez-vous bien, rendez-vous l'année prochaine, dit-elle en avançant vers les marches du perron.

Piers la regarda les descendre péniblement puis avancer à pas lourds dans l'allée conduisant au garage. Il referma ensuite la porte d'entrée pour contrer l'assaut du froid glacial. Il pivota sur lui-même et contempla l'intérieur de la maison. Bientôt elle serait remplie d'amis qu'il avait invités pour passer les fêtes. Mais en cet instant, alors que Faye venait de quitter les lieux, l'endroit semblait surtout terriblement vide.

Le vent avait forci au cours des dernières heures. Faye, penchée vers l'avant pour résister à l'assaut des bourrasques, se dirigeait vers les écuries converties en garage où elle avait laissé son SUV de location. Piers quant à lui n'avait pas jugé bon d'abriter le Range Rover qu'elle avait pris soin de réserver pour lui afin qu'il puisse en profiter dès sa descente d'avion. Voir qu'il s'était contenté de laisser le véhicule au pied des marches du perron lui arracha un petit grognement de mécontentement. *Il l'aura bien mérité s'il le retrouve enseveli sous la neige demain matin*, songea-t-elle.

Elle savait toutefois que lui faire part de la moindre réflexion fournirait à Piers une excellente excuse pour lui décocher son maudit sourire ultra-ravageur, et ce non pas une mais deux fois en un court laps de temps. Elle savait que ce sourire constituait une arme et qu'il s'en servait comme telle. Mais non, il ne faisait pas vibrer son cœur et, non, il ne faisait naître aucun frisson au fond d'elle, non plus. Mais cela pourrait se produire, si elle laissait les choses se faire.

Faye cligna des yeux comme pour chasser l'image restée imprimée dans son esprit, celle de Piers se tenant devant elle et semblant bien plus attirant que n'aurait dû l'être tout homme vêtu d'un pull aussi affreux – bon sang, une des manches était-elle réellement plus longue que l'autre ?

Mais plus rien de tout cela ne comptait à présent. Elle allait prendre le chemin de l'aéroport et du retour à la normalité. Un tourbillon de neige vint la fouetter, laissant une empreinte glacée sur chaque parcelle de peau découverte. Faye serra les dents et appuya sur le bouton de la télécommande qu'elle tenait dans sa poche. La porte de garage s'ouvrit, et elle se précipita aussitôt à l'intérieur du bâtiment.

Il lui sembla apercevoir quelque chose bouger à l'autre extrémité du garage, et elle fixa du regard pendant un moment les recoins sombres avant de conclure qu'il ne s'agissait que du fruit de son imagination. Elle ouvrit ensuite le coffre du SUV et plaça son petit sac de voyage dans le spacieux volume. En y réfléchissant, on pouvait y voir une triste analogie avec son existence – un petit objet peu encombrant mais rempli à ras bord perdu dans le vide du néant. Mais elle n'y pensait pas. Enfin, presque jamais. Sauf à cette période de l'année. Ce qui était la raison pour laquelle elle la détestait tant. Malgré ses efforts, rien ne pouvait endiguer alors les vagues de douleur qu'elle tenait consciencieusement à distance le reste de l'année.

Un bruit étrange s'échappant de l'intérieur du SUV la fit soudain se figer. Sentant ses cheveux se hérisser sur sa nuque, Faye regarda tout autour d'elle. Rien ne lui semblait anormal. Il n'y avait rien à part le grondement d'une puissante bourrasque au-dehors. Elle devait partir avant que la météo l'empêche d'atteindre l'aéroport et l'équilibre mental que lui promettait ce vol qui la ramènerait chez elle.

Contournant le SUV pour gagner la portière côté

conducteur, Faye aperçut une chose posée sur son siège. Voilà qui était étrange. Elle ne se souvenait pas d'avoir laissé quoi que ce soit dans la voiture, ni d'avoir rien remarqué le matin même lorsqu'elle avait fixé les chaînes sur les pneus. Était-ce l'idée que Piers se faisait d'une plaisanterie ?

Elle s'approcha un peu plus et réalisa qu'il y avait, en réalité, non pas un mais deux objets. L'un, posé sur le siège passager, ressemblait à une sorte de grand sac fourre-tout. Quant à l'autre, il s'agissait d'une masse recouverte d'une couverture et qui adoptait bizarrement la forme d'un siège auto pour bébé. Un frisson d'appréhension courut le long de son dos.

À l'extrémité du garage, une porte donnant sur l'extérieur se referma dans un bruit fracassant. Que se passait-il ? Puis, à l'arrière du bâtiment, un véhicule démarra et partit en trombe. Faye se précipita vers la porte juste à temps pour apercevoir la lueur vacillante des feux arrière d'une petite berline qui accélérait dans l'allée. Mais qui était-ce donc ?

Venant de l'intérieur de SUV un autre son lui parvint. Un son qu'elle n'eut aucun mal à reconnaître. S'il y avait une chose qui la rendait plus nerveuse que la période des fêtes, c'était les individus minuscules. Le son retentit de nouveau, cette fois avec plus de force et porteur de bien plus de détresse.

Faye regarda autour d'elle, attendant que quiconque ayant cru amusant de laisser un enfant dans cet endroit jaillirait d'un recoin et lui crierait : « Surprise ! » Mais il n'y avait qu'elle, et le bébé.

— Voilà qui n'est pas drôle du tout, marmonna-t-elle en ouvrant la portière.

La couverture couvrant le siège auto commença à

onduler comme si des poings et des pieds miniatures s'agitaient sous sa surface. Sous l'effet des mouvements, un morceau de papier épinglé à la couverture attira bientôt son attention. Le cœur battant à coups sourds, Faye tira doucement sur le tissu.

Le bébé – un garçon à en juger par son petit bonnet bleu et la veste matelassée de la même couleur qui le tenait au chaud - l'observait avec de grands yeux surpris.

Faye sentait la nausée menacer de l'engloutir. Non, non, c'était impossible ! Cela ne pouvait pas se produire. Son instinct naturel la poussait à réconforter l'enfant, mais la peur la paralysait. La simple pensée de serrer ce petit corps contre le sien, d'accueillir cette tête dans le creux de son épaule, de humer cette douce odeur de bébé… Non, elle ne pouvait le faire de nouveau.

Elle réfléchit rapidement. Elle devait emporter le bébé à l'intérieur, là où il faisait chaud. Jouer les baby-sitters ne faisait sans doute pas partie des activités que Piers se languissait de pratiquer durant ses vacances, mais il devrait s'adapter.

— Désolée, mon petit bonhomme, dit-elle en remettant la couverture en place pour protéger l'enfant des éléments déchaînés sévissant à l'extérieur. Tu vas devoir rester bien à l'abri pour l'instant.

Le papier accroché à la couverture bruissa, et Faye le détacha avant de l'enfoncer dans sa poche. Elle pourrait le lire plus tard.

Elle se demanda une nouvelle fois qui avait bien pu laisser le bébé dans cet endroit.

Quel genre d'inconscient avait-il pu commettre un acte aussi insensé ? Par ces températures, l'enfant aurait pu rapidement mourir. *Une autre mort inutile dans un monde où les pertes cruelles étaient déjà légion*, songea-t-elle tristement. Mais le coupable avait toutefois attendu son arrivée. Qu'aurait-il fait si elle avait choisi de passer une nuit supplémentaire au chalet ? Aurait-il laissé l'enfant sur le pas de la porte puis sonné avant de repartir en courant dans l'allée ? Qui était capable d'une chose pareille ?

Luttant contre la nausée, Faye glissa le sac fourre-tout sur son épaule, serra le siège auto contre son corps et serra les bords de la couverture pour qu'elle ne soit pas arrachée par les assauts du vent. Elle se dirigea aussi vite que possible vers la maison, glissant à quelques reprises dans l'allée, et avança en titubant jusqu'en haut des marches du perron.

Les cris et les pleurs du bébé ne cessèrent pas un seul instant. Elle ne pouvait lui en faire le reproche. Quand elle atteignit enfin la porte d'entrée, elle se sentait elle-même tout au bord des larmes. Elle laissa tomber le sac fourre-tout à ses pieds et tambourina contre l'épais battant de bois. Le soulagement l'envahit lorsque la porte s'ouvrit presque immédiatement et que l'athlétique silhouette de Piers se détacha dans l'encadrement. Il se hâta de s'écarter et lui fit signe d'entrer.

— Problème de voiture ? demanda-t-il.

— Non, répondit-elle. Problème de bébé.

- 2 -

— Un problème de bébé ? répéta-t-il, l'air sidéré.

— C'est bien ce que j'ai dit. Quelqu'un a laissé ça dans le garage. Tenez, prenez-le.

Faye fourra brusquement le siège auto dans les bras de Piers et referma la porte derrière eux. Bon sang, c'était inouï, il avait déjà commencé à écouter son incroyable collection de chants de Noël ! Sérieusement, était-il encore possible que cette journée soit pire ?

Piers jeta un regard horrifié en direction de l'objet hurlant qui se trouvait dans ses bras.

— Qu'est-ce que c'est ?

Faye soupira et leva les yeux au ciel.

— Je vous l'ai dit. Un bébé. Un garçon, je dirais.

Elle rabattit la couverture, exposant ainsi le visage rouge et mécontent du nourrisson.

Les yeux pleins d'incompréhension de Piers se levèrent vers elle.

— Mais qu'est-ce que… ?

— C'est exactement ce que je me suis demandé, répondit Faye. J'ignore tout de ce qui se passe, ni ne sait qui l'a abandonné. Mais une personne que j'ai à peine eu le temps de voir s'est enfuie en voiture dans l'allée. Je vous précise toutefois que, non, je n'ai pas relevé le numéro de la plaque d'immatriculation. Écoutez, je dois vous laisser, je suis en retard. Oh ! au fait, il y avait un petit mot qui l'accompagnait.

Elle plongea la main dans la poche de sa veste, sortit le papier froissé et le replaça sur la couverture.

— On dirait que cela vous est adressé. Amusez-vous bien, dit-elle d'un ton décidé avant de tourner les talons.

— Vous ne pouvez pas me laisser avec ça, protesta Piers.

— Si, je le peux fort bien, et c'est d'ailleurs ce que je vais faire. J'ai fini ma journée de travail, vous vous en souvenez peut-être. Plus sérieusement si vous ne pouvez pas gérer cette situation, appelez quelqu'un à Jackson Hole. Je suis certaine qu'il y aura une foule de gens prêts à vous venir en aide. Impossible que je rate mon vol. Je dois partir.

— Je doublerai votre salaire. Je le triplerai !

Faye secoua la tête et se tourna d'un air résolu vers la porte. Tout l'argent du monde ne suffirait pas à la faire rester. Alors que les pleurs du bébé résonnaient dans ses oreilles et qu'un air d'épouvante se peignait sur les traits de play-boy de son patron, elle gagna l'extérieur.

Faye ne s'aperçut qu'elle était secouée de tremblements qu'une fois que la porte se fut refermée derrière elle. Les hurlements du bébé s'entendaient encore, même à travers l'épais battant de bois. Faye cligna des yeux pour empêcher les larmes de poindre dans ses yeux. Elle était fermement décidée à ne pas pleurer. Ignorer le besoin qu'elle avait de réconforter cet enfant se classait sans doute au nombre des choses les plus difficiles qu'elle ait jamais eues à accomplir, mais au moins de cette façon personne ne souffrirait – et surtout pas elle. Piers avait de multiples ressources à sa disposition ; il avait des personnes qui se tenaient constamment prêtes à se plier à toutes ses volontés. Et si aucune de ces solutions n'était envisageable, il restait toujours Google pour trouver toutes les informations dont il avait besoin.

Redressant les épaules, elle se dirigea vers le garage, s'installa dans le SUV et l'engagea bientôt dans l'allée. Il n'était peut-être que 4 heures de l'après-midi, mais en raison de la tempête le ciel était déjà très sombre. Malgré les pneus neige et les chaînes équipant son véhicule, Faye ne se sentait pas à l'aise avec la conduite sur une route couverte de neige. Un horrible sentiment d'effroi la saisissait chaque fois que les pneus glissaient quelque peu – et rien ne parvenait à endiguer le flot des souvenirs qui revenait la submerger dans ces instants. Rien, à part peut-être le sentiment d'avoir échappé au danger dès que les quatre roues motrices se mettaient en action et qu'elle avait la certitude de ne pas avoir à vivre la répétition de cette terrible nuit.

Et ensuite, comme toujours, arrivait la culpabilité. La culpabilité du survivant, ainsi qu'on la nommait. Treize années avaient passé, et ce sentiment était davantage pour elle une forme de punition. Cela expliquait en partie pourquoi elle vivait en Californie du Sud plutôt que dans sa ville natale du Michigan ou dans tout autre endroit où l'hiver était marqué par la présence de neige et de glace. S'il n'effaçait pas les souvenirs, l'éclat du soleil les rendait peu à peu un peu plus flous.

Le robuste SUV oscilla sous les assauts du vent, et les doigts de Faye agrippèrent plus fermement le volant. Elle aurait dû prendre la route bien plus tôt. Attendre quelques heures de plus à l'aéroport aurait été infiniment préférable à la situation qu'elle traversait.

— Détends-toi, murmura-t-elle, tu t'en sors très bien.

Une autre bourrasque secoua le véhicule qui glissa

légèrement sur la route glacée. Le cœur de Faye se mit à battre un peu plus vite, et elle sentit des gouttes de sueur perler sur sa nuque. *Fichue neige ! Fichu Piers ! Fichu Noël !*

Et c'est alors que cela se produisit. Un sapin, situé un peu plus loin sur le bas-côté, s'abattit en travers de la route juste devant elle. Faye donna un violent coup de frein et tenta de contourner l'obstacle, mais il était trop tard – il était absolument impossible d'éviter l'impact. L'airbag se gonfla brusquement contre son visage, et elle se vit violemment projetée en arrière contre le dossier de son siège. L'atmosphère autour d'elle s'emplit d'une fine poussière, presque de la fumée, qui la fit tousser tandis qu'une odeur âcre emplissait ses narines.

Les souvenirs affluèrent en masse dans son esprit. Les cris, l'odeur du sang et de l'essence, l'intense chaleur et l'éclat des flammes. Puis la douleur, la mort et la fin de tout ce qu'elle avait toujours connu. Agitée de tremblements incontrôlables, Faye déploya des efforts désespérés pour tenter de sortir du SUV. Elle ne s'aperçut qu'après un long moment que sa ceinture de sécurité était toujours attachée.

— Je vais bien… Je vais bien, se répéta-t-elle pour essayer de s'en persuader tout en tremblant des pieds à la tête.

Elle passa rapidement en revue l'état de ses jambes, de ses bras et de son visage. Un coup d'œil rapide jeté dans le rétroviseur confirma qu'elle avait sur le front et les joues ce qui ressemblait à des éraflures en raison de l'activation de l'airbag. Ce n'était que bien peu de chose. Cela aurait pu être bien pire. Au moins, cette fois-ci, elle se trouvait seule.

Faye chercha son sac à main sur le plancher et en sortit

son téléphone. Elle voulait demander de l'aide, mais l'absence de barres sur son écran lui indiqua qu'elle ne pouvait passer aucun appel, pas même un appel d'urgence.

Avec un grognement de frustration, elle passa son sac en bandoulière et poussa vigoureusement pour ouvrir la portière. La manœuvre lui demanda quelques efforts, une partie de la carrosserie s'étant repliée contre la charnière de la portière, mais elle réussit finalement à ménager une ouverture suffisamment grande pour pouvoir se glisser au-dehors.

Elle évalua les dégâts. Il était inenvisageable que ce véhicule soit capable d'aller où que ce soit, et à moins qu'elle n'escalade le tronc de l'arbre tombé, marche tout au long de la route et trouve le moyen de héler un taxi au pied de la montagne, elle allait très certainement rater son vol.

Faye soupesa les différentes options s'offrant à elle et lança un regard en direction de la maison. Celle-ci n'était pas à si grande distance que cela ; elle pouvait en distinguer les lueurs festives briller à travers les fenêtres et les arbres du jardin couverts de guirlandes électriques scintillantes. Puis elle tourna la tête de l'autre côté – au-delà de l'arbre au tronc massif tombé au sol, vers les congères s'élevant sur un côté de la route et le ravin abrupt s'ouvrant de l'autre.

Un seul choix s'offrait à elle.

Piers fixait d'un air incrédule la porte qui venait de se renfermer derrière Faye. Elle l'avait fait. Elle l'avait laissé avec un bébé hurlant et sans la moindre idée quant à la manière dont il convenait d'agir. Il l'aurait licenciée sur-le-champ s'il n'avait eu tant besoin d'elle.

Faye gérait presque toute son existence avec la précision d'un horloger suisse. Dans les rares occasions où quelque chose déraillait, elle était toujours là pour arranger la situation. Sauf dans le cas présent.

Piers regarda le bébé qui pleurait à grands cris et posa le siège auto au sol. Ce petit avait une sacrée puissance vocale !

Il comprit rapidement comment extraire le petit bonhomme de son siège et le prit dans ses bras. Instinctivement il le plaça contre sa poitrine et lui caressa doucement le dos. À sa grande surprise, le petit enfant commença à s'apaiser. Et à se blottir contre lui, comme s'il recherchait quelque chose que Piers était quasiment certain d'être incapable de lui donner.

Piers ramassa le sac fourre-tout que son assistante personnelle, cette traîtresse, avait laissé tomber au sol et l'emporta avec le bébé jusqu'à la cuisine.

Comme il l'espérait, il trouva dans le sac un biberon pour l'enfant. Par chance, il était déjà prêt et gardé dans une pochette qui le maintenait au froid.

— Très bien. Et maintenant, que faire ? demanda-t-il au nourrisson. Les petits garçons comme toi préfèrent ces choses un peu tiédies, pas vrai ?

Il se souvenait vaguement avoir entendu quelque part qu'il ne fallait pas réchauffer un biberon au micro-ondes et sut immédiatement que le placer dans une casserole d'eau chaude ne serait suffisamment rapide ni pour lui ni pour le bébé. Comme s'il avait perçu un signal, ce dernier commença à s'agiter. Ses petites mains s'agrippèrent impatiemment au pull de Piers, et son petit visage vint se cogner à plusieurs reprises dans son cou.

— D'accord, d'accord, mon ami. Écoute, je suis novice en la matière. Tu vas donc devoir attendre encore un peu.

Piers continua à fouiller le volumineux sac fourre-tout – sortant tout son contenu et l'étalant sur la large plaque de granit qui formait le plan de travail de sa cuisine.

Le fourre-tout lui rappelait le sac magique de Mary Poppins – une boîte de lait en poudre côtoyait une belle quantité de couches jetables et deux ensembles de vêtements. Tout au fond il découvrit un objet non identifié qui semblait pouvoir contenir un biberon. Il l'observa sous toutes les coutures et laissa échapper un soupir de soulagement en découvrant qu'il s'agissait d'un chauffe-biberon. D'après les instructions qui l'accompagnaient, quelques minutes de réchauffage seraient nécessaires avant que le petit diable qui s'agitait dans ses bras puisse être nourri.

— OK, mon petit gars, nous y voici. Faisons réchauffer ça pour toi, déclara Piers.

Le visage du bébé se déforma de nouveau, et l'enfant fit bientôt retentir un puissant hurlement.

Piers fit frénétiquement sautiller le bébé contre sa hanche tout en suivant les instructions pour réchauffer le biberon. Il s'agissait sans conteste des quatre minutes les plus longues de son existence. Le front du nourrisson vint de nouveau cogner dans son cou. Il était chaud ! Avait-il de la fièvre ? Piers posa l'une de ses grandes mains sur son front. Il était un peu tiède certes mais pas fiévreux. Enfin, il l'espérait. Peut-être fallait-il seulement lui retirer cette veste. Mais comment s'y prendre ? Se sentant aussi gauche que s'il portait des gants de cuisson, il parvint enfin au prix de quelques contorsions à libérer l'enfant de son vêtement.

— Et voilà, mon petit pote. Mission accomplie.

Pour tout remerciement, le bébé le gratifia d'un mugissement retentissant. Son cri perçant rappela à Piers que le temps de réchauffage du lait devait être écoulé. Il souleva le biberon, le secoua vigoureusement, puis l'approcha des lèvres du bébé. Le pauvre petit devait mourir de faim, car il se mit à téter goulûment, comme si sa vie en dépendait. Et c'était le cas, en effet, réalisa Piers. Et désormais cette petite vie dépendait de lui également.

Mais d'où pouvait-il donc bien venir ?

Se souvenant du message que Faye lui avait laissé, Piers gagna l'entrée de la maison et secoua la couverture jusqu'à ce qu'en tombe le morceau de papier froissé. Tout en maintenant précautionneusement en équilibre le bébé et le biberon, il alla s'asseoir dans la pièce principale et lut le petit mot.

Cher Mr Luckman,

Il est temps que vous assumiez la responsabilité de vos actes. Jusqu'à présent vous avez ignoré toutes mes tentatives d'entrer en contact avec vous. Peut-être que ceci vous fera prendre clairement conscience de la situation. Son nom est Casey, il est né le 10 septembre, et c'est votre fils. Je renonce à tous mes droits sur lui. Je n'ai jamais voulu de cet enfant, mais il mérite de connaître son père. N'essayez pas de me retrouver.

Une signature illisible concluait le message. Piers le lut une nouvelle fois avant de retourner le morceau de papier pour voir si l'auteur de ces lignes avait inscrit un nom au verso. Mais il n'y avait rien.

Son fils ? Voilà qui était impossible. Enfin, peut-être pas complètement impossible, mais très hautement improbable. Il n'omettait jamais de se protéger lors de ses relations intimes. Des accidents de ce type ne lui arrivaient pas. Ou du moins, ne lui étaient pas arrivés, jusqu'à présent.

Piers calcula mentalement à quel moment cet enfant avait été conçu et conclut que, s'il était le père de l'enfant, il aurait dû rencontrer la mère du bébé aux environs du Jour de l'An. Il se trouvait toujours à Jackson Hole dès les jours précédant Noël et y séjournait jusqu'au début de mois de janvier. Mais il se trouvait entre deux relations à cette époque et ne se souvenait pas d'avoir couché avec qui que ce soit.

Le bébé buvait à présent moins goulûment et levait vers Piers des yeux bruns pleins de sérieux. Des yeux qui ressemblaient grandement aux siens. Son fils ? Était-il possible que ce soit vrai ? Même si son esprit rejetait cette idée, Piers commençait à ressentir une connexion avec le nourrisson. Une connexion sûrement aussi inconcevable que l'idée qu'il soit responsable de cette petite vie.

Une fois le biberon vidé, Piers le retira de la bouche du bébé. Que faire à présent ?

Casey paraissait en état de totale béatitude après avoir bu son lait, et l'expression de son visage arracha un sourire à Piers. Puis, en quelques secondes, le nourrisson sombra dans un profond sommeil. Piers le déposa sur le canapé et entoura son corps de coussins pour former une forteresse moelleuse. Puis il se redressa et sortit son téléphone de sa poche. Quelqu'un en ville devait savoir à qui appartenait ce bébé. Car même si Casey était des plus adorables, il n'était certainement pas son enfant.

Il composa le numéro de l'un des cafés de la ville, un endroit où les habitants du cru se retrouvaient pour bavarder le jour et s'amuser, et parfois se bagarrer, le soir. Si certains étaient informés de l'existence d'un nouveau bébé en ville, ce serait bien eux. Mais l'appel n'aboutit pas. Il examina l'écran – il n'y avait aucun signal. Il tenta d'utiliser sa ligne de téléphone fixe, mais découvrit bien vite qu'elle était également inutilisable.

— Fichu téléphone ! jura Piers.

Tandis qu'il s'occupait de son invité inattendu, la tempête s'était clairement renforcée. Il songeait à sortir pour vérifier si le groupe électrogène de secours était bien apte à fonctionner quand il entendit frapper à la porte. Surpris, car il n'attendait aucun de ses invités avant quelques jours, Piers se dirigea vers le vestibule et ouvrit le lourd battant.

— Faye ? Mais que vous est-il arrivé ?

Tout en prenant le bras de la jeune femme pour la conduire auprès du bon feu de la cheminée, Piers parcourut son visage des yeux. Elle était pâle, et une grande marque rouge barrait son visage. Elle tremblait en outre de façon incontrôlable. Sa veste élégante, parfaite pour son poste d'assistante mais pas pour affronter les tempêtes du Wyoming, était détrempée, tout comme son jean et ses baskets.

— Un a-a-arbre est t-tom-tombé sur la route, parvint-elle à articuler tout en claquant des dents.

— Vous allez devoir enlever ces vêtements mouillés pour éviter de vous retrouver en hypothermie, dit-il.

— Trop… Trop tard. Je crois que… que c'est déjà le cas.

— Suivez-moi, fit-il tout en l'invitant à gagner l'une des salles de bains de l'étage. Vous allez prendre une douche chaude, et je vais vous chercher des vêtements secs. Où se trouve votre valise ?

— Tou… toujours à… à l'arrière du SUV, parvint-elle à laisser échapper entre ses lèvres bleuies.

— Et le SUV, où est-il ?

— En… encastré dans l'arbre qui s'est a… battu

devant mes roues. À… À mi-chemin en descendant la voie d'accès à la maison.

— Êtes-vous blessée ailleurs qu'au visage ?

— J'ai… J'ai quelques con… contusions, peut-être, mais j'ai… j'ai surtout très froid.

Il n'y avait rien d'étonnant à ce qu'elle soit si choquée. Subir un accident et remonter la moitié de la route par le temps qu'il faisait ? C'était miraculeux qu'elle ait réussi à le faire.

— Débarrassons-nous d'abord de tous ces vêtements mouillés.

Alors que Piers s'apprêtait à retirer la veste de son assistante, des doigts glacés se refermèrent sur ses mains.

— Je… je peux m'en… m'en charger.

— Vous pouvez tout juste parler, répliqua-t-il avec fermeté, repoussant ses mains et faisant glisser sa veste le long de ses bras. Je vous aiderai à retirer vos vêtements, voilà tout. C'est d'accord ?

Faye acquiesça d'un signe de tête. Ses cheveux s'égouttaient sur le sol et, sous sa veste, son pull de fine laine était si détrempé qu'il laissait deviner les pointes des ses seins durcies par le froid. Piers se courba pour défaire les lacets de ses baskets et les retira, ainsi que ses chaussettes. Elle avait des pieds charmants, bien qu'en cet instant bleuis par le froid, et il fut surpris de découvrir que de minuscules marguerites étaient peintes sur les ongles de ses gros orteils. Voilà qui était adorable tout autant qu'excentrique, songea-t-il, et bien loin de cette attitude austère qui caractérisait leurs interactions au bureau. Près de sa cheville il distingua une cicatrice qui semblait jaillir de sous son jean.

— Deux options s'offrent à nous, dit Piers tout en portant les mains vers la ceinture de son jean. La meilleure façon de vous réchauffer serait de faire du peau à peau, ou bien de prendre une bonne douche chaude.

— La… la… douche, répondit Faye d'un ton déterminé.

Un petit sourire se dessina sur les lèvres de Piers. Ainsi, elle n'était pas sonnée au point de ne plus pouvoir prendre de décision. Il était heureux qu'il en soit ainsi, même si la perspective de faire du peau à peau avec elle avait bien plus d'attrait à ses yeux qu'il n'aurait fallu. Il fit glisser le jean mouillé le long de ses jambes. Il savait depuis toujours que sa silhouette était fluette, mais il découvrit qu'elle possédait également une musculature tout en finesse. Comme si elle pratiquait la course de fond ou une discipline équivalente.

Il avait également toujours apprécié ses belles jambes, et un petit serrement tout au bas de son ventre le lui rappela. Il se sermonna aussitôt, réalisant que le moment était fort mal choisi pour ce genre de pensées. Mais il aperçut alors les cicatrices au bas des jambes de Faye. Comme elle avait appuyé les mains sur ses épaules pour garder l'équilibre, il sentit ses doigts se crisper sur ses muscles au moment où il dévoila sa peau endommagée.

— Je p… peux continuer tou… toute seule, dit-elle d'une voix toujours tremblante à cause de son refroidissement.

— Non, ne vous inquiétez pas, je m'en charge, insista-t-il tout en finissant de lui enlever son vêtement.

Rien d'étonnant qu'elle porte systématiquement des pantalons au bureau. Elle avait d'importantes cicatrices et était visiblement gênée de les montrer.

— Pouvez-vous vous charger toute seule du pull et de vos sous-vêtements ? Je vais faire couler l'eau de la douche pour qu'elle soit bien chaude.

Faye hocha la tête et commença à retirer son pull. Elle avait beau habiter Los Angeles, elle possédait la peau la plus claire qu'il ait jamais vue. Et ces taches de rousseur, parsemaient-elles tout le haut de son corps ? Venaient-elles saupoudrer les courbes de sa poitrine parfaite ? Se sentant écœuré par ses pensées, Piers se hâta de reprendre sa tâche avant que Faye le surprenne occupé à l'observer. Mais il savait qu'il ne serait jamais plus capable de la voir vêtue de ses tenues strictes sans que ces taches de rousseur lui reviennent à l'esprit.

Bientôt la vapeur emplit la salle de bains. Quand il se retourna, Piers découvrit que Faye s'était pudiquement enveloppée dans une grande serviette de toilette. Malgré cela, l'image du moment où elle avait retiré son pull ne cessait d'habiter ses pensées. Il était incapable de chasser l'image de la ligne délicate de ses hanches et de ses jambes, de la finesse exquise de sa taille. Il revoyait cette cicatrice sur son abdomen, preuve d'une importante opération chirurgicale. Et ce charmant saupoudrage de taches de rousseur qui semblait inviter à entreprendre une exploration plus poussée…

Non, veux-tu bien arrêter, bon sang ! se fustigea-t-il. *Elle est ton assistante personnelle, pas ton jouet !*

— La douche vous attend. Profitez-en aussi longtemps qu'il vous plaira. Je reviendrai avec des vêtements et ensuite je vous réchaufferai quelque chose pour le repas.

Pendant un bref instant, Piers envisagea d'entamer la difficile descente de la route pour aller récupérer sa valise, mais ce n'était pas une idée judicieuse alors que Faye et le bébé avaient tous deux besoin de l'avoir à leurs côtés. Il ne restait plus qu'à lui trouver quelque chose dans sa propre garde-robe. Un petit éclair de malice brilla dans ses yeux tandis que ses lèvres s'arquaient d'un petit sourire ravi. Oh ! oui, il savait ! Il savait exactement ce qu'il choisirait pour elle.

— Vous plaisantez, n'est-ce pas ? s'exclama Faye en franchissant le seuil de la salle de bains. Vous auriez pu me trouver une tenue plus seyante !

À présent qu'elle s'était réchauffée, elle retrouvait bel et bien sa personnalité habituelle.

Piers dut réprimer une extraordinaire envie de rire. Elle semblait perdue dans le pull de Noël sélectionné par ses soins, et le pantalon de survêtement bouffant paraissait totalement engloutir ses jambes sveltes. Voir ses joues se teinter de couleur lui procura un réel soulagement cependant.

— Il vous fallait quelque chose de chaud, fit-il dans un haussement d'épaules. Je n'avais pas le temps de faire un choix méticuleux. De plus, vous avez l'air craquante.

Faye eut un petit ricanement.

— Avoir l'air craquante, ce n'est pas mon genre.

— Non, ce n'est normalement pas le cas en effet, admit-il d'un ton amical. Mais il vous faut toutefois reconnaître que vous avez plus chaud avec ces vêtements qu'avec les vôtres.

— En parlant de mes vêtements… Où se trouvent-ils ?

— Dans le sèche-linge.

Faye hocha la tête avant de jeter des regards tout autour d'elle.

— Qu'avez-vous fait du bébé ?

Comme par magie, une plainte vint aussitôt fendre l'air. Elle s'élevait du canapé et se mua bientôt en un cri strident qui donna à Piers le sentiment que ses cheveux se dressaient sur sa nuque. Il se sentit légèrement contrarié. À peine un problème était-il réglé qu'un nouveau arrivait !

— Eh bien, comptez-vous rester ainsi sans rien faire ? l'interpella Faye, une expression douloureuse sur les traits.

— Je m'apprêtais à aller vous chercher quelque chose à manger. Peut-être pourriez-vous surveiller Casey.

— C'est donc son prénom ?

Piers grimaça au moment où un nouveau cri retentit et se précipita vers le canapé pour prendre le bébé dans ses bras. Le petit bonhomme avait à présent les jambes repliées contre sa poitrine, et ses poings s'agitaient en tous sens. Pour un être si petit, il semblait assurément pourvu d'un sacré tempérament !

— Oui, à en croire le message laissé.

Il voulut tenir l'enfant contre lui, mais Casey semblait ne pas vouloir être consolé.

— Que dois-je faire à présent ?

— Pourquoi vous attendez-vous que je le sache ? répondit son assistante personnelle qui lui fournissait bien peu d'aide en cet instant.

— Parce que…

Sa voix s'éteignit doucement. Il avait été sur le point de répondre : « Parce que vous êtes une femme », mais s'était ravisé juste à temps. Il n'était pas juste d'émettre une telle hypothèse.

— Parce que vous semblez savoir tout le reste, se hâta-t-il de conclure.

— Occupez-vous de lui. Moi je vais nous trouver quelque chose à manger.

— Faye, je vous en prie. Que dois-je faire ? demanda-t-il d'un ton implorant, tout en se balançant d'un pied sur l'autre pour tenter de calmer Casey.

Chose qu'il avait vu d'autres personnes faire avec des bébés avec bien plus de réussite que lui. Il lui semblait que le nourrisson avait mal, mais quelle pouvait être la cause de sa douleur ?

Faye esquissa un geste en direction du biberon vide qu'il avait laissé plus tôt sur la table basse.

— Lui avez-vous fait faire son rot après son repas ?

— Son rot ?

— Vous savez, le tenir bien droit, lui frotter doucement le dos, pour l'inciter à faire son rot.

— Non.

— Alors il doit simplement avoir de l'air dans l'estomac. Mettez un tissu ou une serviette sur votre épaule et passez fermement votre main dans son dos. L'air ressortira.

— Comme cela ? demanda Piers, tout en frottant le dos minuscule du bébé d'un geste énergique.

— Oui, mais il va vous falloir une serviette…

Casey fit résonner une puissante éructation, et Piers sentit quelque chose de chaud et mouillé couler sur son épaule et d'un côté de son cou. Il réprima un frisson de répulsion et était presque trop dégoûté pour oser constater les dégâts.

— … au cas où il vous cracherait dessus, finit Faye avec une expression presque satisfaite sur le visage.

S'il ne l'avait pas mieux connue, il l'aurait accusée de prendre plaisir à son inconfort. Mais toujours prompt à ne pas se laisser atteindre par les petites choses, Piers se contenta de gagner la cuisine et d'y prendre une poignée de serviettes en papier afin d'essuyer son cou et son épaule. L'odeur de lait légèrement caillé chatouillait ses narines.

— Essayez d'éviter qu'il y en ait sur ses vêtements, si vous le pouvez. À moins que vous vouliez le baigner et le rhabiller de propre, bien sûr.

Oui, il ne faisait pas erreur. Il y avait bien une pointe d'amusement dans son intonation. Piers se tourna vers elle, le bébé à présent calmé reposant dans le creux de son bras.

— Vous connaissez bien les bébés, dit-il à Faye d'un ton accusateur.

Elle eut un haussement d'épaules.

— Peut-être est-ce simplement parce que je sais tout, comme vous l'avez dit.

— Pouvez-vous le tenir pendant que je vais me changer ?

— Pourquoi n'iriez-vous pas me chercher aussi une tenue décente ? Je pourrai alors vous rendre cet abominable pull bonhomme de neige, répondit-elle en tirant dessus. Sérieusement, vous en avez réellement toute une collection ?

— C'est bien le cas en effet. J'en reviens cependant à ma question : pouvez-vous le tenir pour moi ?

— Non.

Et sur ce, Faye tourna les talons et s'éloigna.

— Dans ce cas que suis-je censé faire de lui ?

— Posez-le par terre sur une couverture ou allongez-le sur votre lit pendant que vous vous changez. Mais, comme vous lui avez donné son biberon, vous voudrez peut-être vérifier l'état de sa couche avant de le poser sur votre lit. Vous n'avez certainement pas envie que quoi que ce soit s'écoule sur votre bel édredon en soie, n'est-ce pas ?

Piers fut parcouru d'un frisson d'horreur.

— Vérifier l'état de sa couche ? Mais comment fait-on cela ?

Faye soupira et se retourna pour lui faire face.

— Vous n'en avez vraiment aucune idée ?

— Cela ne fait pas partie des aptitudes nécessaires pour diriger l'une des cinq cents entreprises les plus profitables du pays et assurer un travail à des milliers d'employés. Sérieusement, Faye, j'ai besoin de votre aide.

— Très bien, dit-elle avec l'enthousiasme d'un pirate

près d'être jeté aux requins. Donnez-le-moi, allez-vous changer et revenez vite. Je vous donnerai un cours quand vous serez prêt.

Faye prit à contrecœur le nourrisson que Piers tendait vers elle. Elle dut immédiatement réprimer l'envie instinctive de le tenir tout contre elle et d'enfouir le nez dans le doux duvet qui recouvrait le sommet de sa tête. Au lieu de céder à cet élan, elle s'approcha en hâte de l'arbre de Noël où les décorations scintillantes étaient suffisamment nombreuses pour capter l'attention du bébé jusqu'au retour de Piers.

Elle était tout à fait capable de le faire, se dit-elle avec fermeté. Ce n'était qu'un bébé. Et elle n'était qu'une femme, que ses élans instinctifs incitaient à vouloir se montrer protectrice et attentionnée. Mais cela valait pour l'ancienne Faye, la nouvelle Faye, celle qui s'était réinventée, se suffisait à elle-même et était totalement indépendante. Elle n'avait nullement besoin des autres pour être heureuse dans l'existence, et d'ailleurs elle se portait bien mieux en gardant tout le monde à bonne distance. Elle faisait de son mieux quotidiennement pour s'assurer que tout se déroule sans accroc dans l'existence de Piers, et c'était ce à quoi se résumaient ses interactions avec d'autres êtres humains. Elle n'avait besoin de personne. Point final. En particulier, de ces toutes petites personnes qui avaient tant besoin de vous.

— Vous semblez à votre aise avec Casey. Est-ce que tout s'est bien passé pour lui ?

Faye espérait que Piers, qu'elle n'avait pas entendu revenir, ne l'avait pas sentie sursauter. Si vous lui donniez votre main, il était homme à vous prendre le bras entier.

Il n'y avait rien d'étonnant à ce qu'elle se soit fixé pour mission de maintenir une telle exigence dans leurs relations professionnelles.

— Comment ça ? Vous attendiez-vous que je le découpe et le cuisine pour le dîner ?

Piers pencha la tête sur un côté et la regarda attentivement.

— Pourquoi pas ? Vous ne semblez pas particulièrement ravie de vous retrouver en sa présence.

Faye remit l'enfant dans les bras de Piers.

— Je ne suis pas une grande amatrice de bébés.

— Et pourtant vous sembliez savoir ce qui le perturbait tout à l'heure.

Faye ignora son commentaire.

Bien sûr qu'elle savait ce qui devait incommoder le petit Casey. N'avait-elle pas aidé sa mère dès le jour où elle était rentrée de la maternité avec son frère, Henry ? Et ensuite, après l'accident, n'avait-elle pas passé trois années en famille d'accueil, à aider aussi souvent que possible la mère chargée de tous ces enfants à prendre soin des tout-petits, comme pour tenter d'apaiser la culpabilité qu'elle ressentait à propos de la mort de son petit frère, alors encore bébé, de sa mère et de son beau-père ? Des morts dont elle portait la responsabilité. Son cœur ne s'était-il pas déchiré toutes les fois qu'un bébé ou un jeune enfant était adopté ou qu'il retournait dans sa famille, en emportant une part d'elle avec lui ? Et pourtant la culpabilité ne l'avait jamais quittée.

— Savoir ce qu'il faut faire et avoir envie de le faire sont deux choses totalement différentes, répliqua-t-elle. À présent, il vous faut apprendre à changer sa couche. À propos, le message indiquait-il qui est son père ?

Faye préférait changer de sujet plutôt que de risquer de laisser entrevoir un soupçon de ses sentiments réels.

— Moi, apparemment. Même si j'en doute. Quin se trouvait lui aussi ici à l'époque où ce bébé a probablement été conçu. Casey pourrait tout aussi bien être son fils.

Il est bien plus probable en effet qu'il le soit, songea Faye. Si Piers était un homme fortuné qui goûtait les plaisirs d'un mode de vie de play-boy quand il ne travaillait pas avec acharnement, son frère jumeau, qui lui ressemblait comme deux gouttes d'eau, avait pris l'habitude de repousser toujours plus loin les limites de sa vie de privilégié. Il avait également repoussé les limites de l'irresponsabilité, laissant derrière lui une ribambelle de cœurs brisés partout où il passait. Faye pouvait aisément imaginer qu'il ait pu être assez désinvolte pour laisser un peu de lui-même dans ce chalet avant de passer à sa prochaine conquête sans même imaginer le chaos qu'il avait pu semer derrière lui. Toutefois, penser du mal des morts ne se faisait pas, et elle savait que son frère manquait cruellement à Piers. En perdant Quin, il avait quasiment perdu une part de lui-même.

— Que prévoyez-vous de faire ? demanda-t-elle.

— Le garder, s'il s'agit de mon fils ou de celui de Quin.

— Et si tel n'est pas le cas ?

— Pour quelles raisons sa mère l'aurait-elle amené jusqu'ici si tel n'était pas le cas ?

Faye devait admettre que la remarque de Piers était des plus pertinentes, mais elle nota qu'il avait esquivé sa question de manière adroite. Presque aussi adroitement qu'elle aurait pu le faire elle-même dans des circonstances similaires.

— Combien de temps faudra-t-il selon vous avant

que les téléphones soient de nouveau utilisables et que nous puissions obtenir de l'aide pour dégager la voie ?

— Une journée. Peut-être plus. Cela dépend du temps qu'il faudra à la tempête pour se calmer, j'imagine.

— Plusieurs jours ! Ne disposez-vous pas d'un téléphone satellite, d'une radio de secours ou de *n'importe quoi d'autre* ?

Une légère sensation de panique commença à envahir Faye. Se trouver en ces lieux, seule en compagnie de son patron, n'était pas ce qui lui posait problème. Il n'y avait entre eux qu'une simple relation de travail, et elle n'aurait jamais la prétention de croire qu'elle s'approchait ne serait-ce qu'un peu du « type » de femmes avec lesquelles il s'engageait de manière romantique. Non pas que ce soit ce qu'elle recherche, de toute façon. Mais se retrouver seule avec lui et un bébé ? Un bébé qui en cet instant gazouillait et lui souriait alors que Piers le tenait sereinement dans les bras ? Cela s'assimilait à ses yeux à une forme pure et simple de torture.

- 3 -

— Non, je ne possède pas d'émetteur radio.

— Eh bien, je compte bien y remédier dès mon retour à Los Angeles. Vous ne pouvez pas être coincé ici de cette façon.

— Faye, détendez-vous, lui conseilla Piers avec un petit sourire. Nous ne sommes pas sur le point de mourir.

— Je suis détendue.

— Non, vous ne l'êtes pas. Vous savez, en toute sincérité, je ne crois pas vous avoir jamais vue détendue.

— Bien sûr que si. Je suis toujours détendue au travail.

Il la regarda en levant un sourcil ironique.

— Vraiment ?

— Vraiment, dit-elle d'un ton plein d'aplomb, détournant les yeux de son visage parfaitement symétrique dont l'air interrogateur semblait refléter celui qui se peignait sur les traits du nourrisson si confortablement installé entre ses bras. Pour un homme n'ayant aucune expérience des tout-petits, il se comportait de manière étonnamment naturelle.

Faye tenta de calmer son rythme cardiaque. Très bien, donc, il leur était impossible d'établir la moindre communication avec l'extérieur. Il ne s'agissait pas de son pire cauchemar, mais si l'on ajoutait la présence d'un bébé dans les lieux, cela s'en approchait de très près. Et si quoi que ce soit se passait mal et qu'ils aient besoin d'une assistance médicale ? Et si… ?

Les lumières se mirent soudain à vaciller.

— Que s'est-il passé ? s'écria-t-elle d'un ton affolé.

— Rien qu'une petite baisse de tension. C'est parfaitement normal vu les conditions climatiques. Et si vous me montriez comment m'y prendre avec cette couche ?

— La couche. Entendu. Très bien.

Faye gagna la cuisine et prit dans le sac ce dont elle – ou plutôt, ce dont Piers – aurait besoin, avant d'emprunter dans la grande armoire à linge une épaisse serviette de toilette sur laquelle étendre le bébé. Elle se demandait ce que Meredith, la gouvernante de Piers, penserait de la situation à son arrivée. Enfin, quand elle serait en mesure d'arriver. Un sentiment de panique étreignit sa poitrine. Elle pensait avoir surmonté ses problèmes d'anxiété depuis plusieurs années déjà, mais il était un peu décourageant de constater qu'il suffisait qu'elle se retrouve coincée quelque part avec son patron et un bébé pour qu'ils reviennent au triple galop.

— Très bien, dit-elle en revenant dans la pièce principale. Maintenant choisissez un endroit agréable et bien plat, et étalez une serviette pliée en deux.

Piers procéda comme indiqué, posant le tissu d'une main sur le canapé sur lequel il avait fait dormir Casey plus tôt.

— Parfait, dit Faye qui se tenait toujours à bonne distance, à l'autre extrémité du canapé. Ouvrez la boîte de lingettes et placez-la près de vous, puis allongez Casey sur la serviette et défaites les boutons-pression de sa grenouillère.

— D'accord, pour l'instant, les choses ne se passent pas si mal, on dirait, dit Piers.

— Gardez une main sur son ventre. C'est une bonne habitude à prendre, comme cela quand il commencera à gigoter davantage ou à rouler sur lui-même, il y aura moins de risques qu'il tombe et se fasse mal.

— Mais comment savez-vous une chose pareille ? demanda Piers tout en accomplissant les gestes indiqués et en relevant le visage vers elle. Toute plaisanterie mise à part, je n'ai rien vu sur vos aptitudes à vous occuper des bébés dans votre CV.

Faye ignora la question. Bien sûr, il ne pouvait en être autrement. Elle n'allait sûrement pas s'aventurer à raconter l'histoire déchirante de son tragique passé. La dernière chose qu'elle souhaitait voir Piers lui témoigner était de la pitié.

La dernière chose ? Mais qu'en est-il de la première ? fit une petite voix malicieuse dans son esprit.

— Bon, dépliez maintenant les petits scotchs sur les côtés de la couche et venez…

Un chapelet de jurons franchit les lèvres de Piers.

— Mais bon sang, que se passe-t-il ? Est-ce normal ?

Faye ne put réprimer un éclat de rire. Comme s'il savait ce qu'elle trouvait si amusant Casey gazouilla joyeusement en gigotant sous la main de Piers.

— Je suis désolée, dit-elle, reprenant le contrôle de ses émotions. Je ne devrais pas rire. Oui, c'est tout à fait normal lorsqu'un petit n'absorbe que des aliments liquides. Faites attention, il ne faudrait pas que ses pieds tapent dedans.

Faye continua à lui livrer ses instructions, réprimant son rire lorsqu'elle vit Piers avoir un haut-le-cœur au moment de nettoyer les petites fesses de Casey. Mais cela ne fut rien comparé à sa réaction de stupeur lorsqu'il découvrit le petit jet dont le gratifia le bébé juste avant qu'il lui ait fermé sa couche propre.

Faye ne pouvait se souvenir de la dernière fois où elle s'était autant amusée. Son patron, habituellement si charmant et habile – le bourreau des cœurs, ainsi qu'il était surnommé au bureau –, semblait au comble de la maladresse quand il s'agissait de changer une couche.

Enfin, la tâche fut accomplie, et Piers se rassit sur ses talons avec une expression de vainqueur sur le visage.

— Vous vous rendez compte que vous allez probablement devoir faire cela huit à dix fois par jour, n'est-ce pas ? dit Faye en trouvant un malin plaisir à la situation. Y compris la nuit si son sommeil n'est pas encore bien réglé.

— Vous vous moquez de moi ? Combien de temps cela m'a-t-il pris ?

— Quinze minutes. Mais vous êtes novice. Vous irez plus vite avec l'habitude.

— C'est hors de question. Il n'y a pas suffisamment d'heures dans une journée.

— À quoi d'autre aviez-vous prévu de consacrer votre temps ? Ce n'est pas comme si vous comptiez travailler cette semaine.

— À divertir mes invités, peut-être ?

— S'il nous est impossible de sortir, eux ne pourront pas arriver non plus, lui rappela Faye, passant outre la petite crispation qu'elle sentit se nouer dans son ventre à cette pensée.

Elle détestait l'idée d'être bloquée quelque part, même si l'endroit en question était un luxueux chalet de dix chambres perché dans les montagnes.

— C'est vrai, mais j'espère qu'une fois la tempête calmée nous pourrons de nouveau utiliser les téléphones, les mobiles du moins, et appeler quelqu'un pour qu'il vienne dégager la route et récupérer votre voiture.

— Et ensuite je pourrai rentrer chez moi, fit-elle en poussant un lourd soupir.

— Et ensuite vous pourrez rentrer chez vous, acquiesça Piers qui tenait Casey sur ses genoux. Pourquoi haïssez-vous tant Noël, Faye ?

— Je ne hais pas Noël.

— Oh si ! vous détestez cette période de l'année.

Piers la fixa droit dans les yeux, et Faye se sentit légèrement frémir sous son regard pénétrant. La pointe de ses seins nus se tendit contre la laine du pull au bonhomme de neige, et son souffle se bloqua dans sa poitrine.

Non, elle ne ressentait pas la moindre attirance pour cet homme. Il n'avait absolument rien de séduisant, assis comme cela avec un pull orné d'un renne mutant et câlinant un tout petit bébé comme s'il s'agissait de la chose la plus naturelle au monde. De nouveau l'éclairage de la maison se mit à vaciller.

— Je ferais mieux de trouver des lampes de poche. Où les rangez-vous ?

— Dans la cuisine, j'imagine. D'habitude, c'est Meredith qui s'occupe de tout cela, répondit Piers en évoquant la gouvernante qui aurait dû arriver le soir même.

Au-dessus de leurs têtes, la lumière dispensée par le plafonnier faiblit de nouveau avant de s'éteindre tout à fait.

Faye réagit vivement.

— Nous sommes dans le noir ! s'exclama-t-elle.

— Laissez le temps à votre vision de s'adapter. Avec le feu dans la cheminée, nous y verrons suffisamment clair dans une minute, fit Piers d'un ton apaisant.

Faye se sentait impuissante, et c'était un état qu'elle évitait généralement à tout prix. Ne pas avoir le contrôle ou ne pas pouvoir influer sur l'issue des situations équivalait pour elle à une plongée aux enfers. Où se trouvait donc son téléphone portable ? Il avait une fonction « lampe torche ». L'appareil de Piers, plus proche, devait aussi en être équipé.

— Donnez-moi votre téléphone, lança-t-elle avec autorité.

— Il n'y a pas de réseau, vous l'avez oublié ? répondit-il d'un ton taquin.

Elle pouvait uniquement distinguer qu'il jouait encore avec le bébé qui, lui, demeurait complètement insensible au tour pris par la situation. Cela dit, une fois qu'on avait été abandonné par sa propre mère, être confronté à une coupure de courant n'avait vraiment rien de comparable dans son petit monde.

— Il y a une fonction « lampe torche », vous l'avez oublié ? lui répondit-elle d'un ton cinglant.

Piers se leva, glissa la main dans sa poche et lui tendit son téléphone.

Celui-ci avait gardé la chaleur de son corps, et elle la sentit s'infiltrer dans la paume de sa main avec presque autant d'intensité que si Piers lui-même l'avait touchée.

— Faye, l'électricité sera rétablie en un rien de temps, ne vous inquiétez pas. De plus, je possède un groupe électrogène de secours. Je vais aller le mettre en marche. En attendant, détendez-vous – et profitez de cette ambiance particulière.

Une ambiance particulière ? Si l'on voulait considérer le côté positif de la situation, les éclairages de Noël s'étaient éteints, et les chants s'étaient tus. Alors, oui, elle était prête à savourer ce changement, puisqu'elle n'avait pas le choix.

— Je ne m'inquiète pas. J'élabore des plans de secours, voilà ce que je fais, répondit-elle.

Après avoir allumé la torche sur le téléphone de Piers, Faye parvint à gagner la cuisine où elle fouilla les tiroirs et trouva plusieurs lampes de poche rangées avec soin, aux côtés d'ampoules et de piles, par Meredith. Elle regagna la pièce principale. Piers ne s'était pas trompé : grâce au feu de cheminée il ne fallut pas longtemps à ses yeux pour s'adapter à l'agréable lueur qui caressait l'intérieur de la pièce.

Mais la lumière vacillante des flammes lui rappela bien trop vite une autre époque, une autre nuit, un autre feu – ainsi que les cris qui l'avaient accompagné.

Se forçant à réprimer les tremblements qu'elle sentait monter en elle, Faye aligna méthodiquement les lampes de poche sur la table basse avant de s'asseoir.

— J'imagine que vous n'êtes pas non plus une grande amatrice d'obscurité, alors ? demanda Piers d'un ton désinvolte.

— Je n'ai jamais rien dit de tel. Simplement, j'apprécie d'être parée à toute éventualité.

À travers l'obscurité, Faye distingua que Piers haussait légèrement les épaules.

— Parfois, vivre dangereusement et se frotter à l'inattendu sont des choses qui ont du bon.

— Pas en ce qui me concerne, dit-elle d'un ton sans appel.

L'inattendu avait été à l'origine des pires moments de son existence, et depuis elle s'était donné pour but de ne plus jamais être aussi vulnérables face aux événements. Jusqu'à présent elle y avait réussi avec brio.

Face à elle Piers émit un petit gloussement, et le bébé sembla lui répondre en l'imitant.

— Il a l'air heureux, constata Faye.

Une existence aussi simple que celle d'un bébé devait être bien agréable. Mais se trouver dans un tel état de vulnérabilité ? Faye se sentit frémir. Non, elle était bien mieux en vivant comme elle l'avait voulu. Isolée sur son île.

— Qu'allez-vous faire de lui ? demanda-t-elle.

— À part le garder avec moi ? L'élever pour qu'il devienne un Luckman, j'imagine, répondit Piers avec un sourire laconique aux lèvres. D'après le petit mot, cet enfant est le mien.

Faye se redressa une nouvelle fois.

— Nous savons tous deux que c'est impossible. Vous ne sortiez même pas avec quelqu'un à l'époque où il a été conçu. Vous aviez rompu avec Adele et n'aviez pas encore fait la connaissance de Lydia. À moins de vous être accordé une aventure d'un soir pendant les vacances de Noël ?

Piers eut un petit rire surpris.

— Je ne peux pas croire que vous sachiez précisément avec qui je suis sorti et à quel moment.

— Bien sûr, je n'oublie pas ce genre de détails. La plupart du temps j'ai été plus proche que vous de chacune de ces femmes, vous en souvenez-vous ?

— Je m'en souviens en effet, et vous avez raison. Je n'étais avec personne, au propre comme au figuré, durant ces congés.

— Pour quelle raison alors la mère de Casey dit-elle qu'il est de vous ? Elle doit certainement savoir avec qui elle a couché à cette période.

Ou bien cette femme n'en avait-elle aucune idée…

Le frère jumeau de Piers avait entamé son séjour au chalet quelques jours avant le réveillon du nouvel an. Piers quant à lui avait dû prendre un vol pour Los Angeles, où il était resté deux jours pour contresigner un nouvel accord. Si Quin s'était toujours montré charmant, il était clairement dépourvu du sens moral et de l'éthique professionnelle de son jumeau légèrement plus âgé. Faye avait l'intime conviction qu'une partie du problème de Quin tenait à ce qu'il avait toujours tout obtenu trop facilement dans l'existence – en particulier des femmes – et que cela l'avait conduit à devenir une personne blasée et cynique. Faye se demanda s'il s'était parfois fait passer pour son frère dans certaines situations désagréables. Et cette arrivée impromptue d'un bébé dans la vie de Piers en était bien une.

— Si jamais nous parvenons à la retrouver, je m'assurerai de lui poser la question, dit Piers, un sourire ironique sur les lèvres. Nous n'avons pas beaucoup d'éléments pour débuter nos recherches, n'est-ce pas ?

C'était le cas en effet. Faye se dit qu'il lui faudrait ajouter à sa liste de tâches celle de s'entretenir avec leurs détectives privés dès l'instant où ils retrouveraient la civilisation.

Piers fit glisser Casey vers le creux de son bras, et le bébé se pelotonna contre lui, ses petits yeux se refermant aussitôt. Le tableau qu'ils formaient tous les deux était d'une douceur si émouvante que Faye préféra s'en détourner.

Elle se rapprocha de la cheminée et tendit les mains vers les flammes crépitantes.

— Vous avez encore froid ? demanda Piers.

— Plus vraiment.

— Je devrais aller chercher cette nourriture que je vous ai promise.

— Non, c'est inutile. Je m'en charge. Vous, tenez le bébé, répliqua-t-elle d'un ton ferme tout en attrapant une lampe de poche sur la table. Je reviens dans quelques minutes.

Piers la regarda s'enfuir comme si les chiens de l'enfer étaient à ses trousses. Pourquoi son assistante personnelle, si terriblement efficace dans son travail, avait-elle si peur des bébés ? C'était plus que de la peur, cependant, songea-t-il. Il n'avait pas doublé la valeur de l'empire familial estimé à un milliard de dollars en se laissant duper par ce que la surface des choses donnait à voir. Son habileté à explorer le cœur de toute question constituait l'une de ses plus grandes forces, et l'idée de plonger dans les secrets bien gardés de Faye exerçait sans le moindre doute un puissant attrait sur lui.

Casey dormait à présent à poings fermés entre ses bras. Il reposa le bébé à l'intérieur de la forteresse de coussins puis déposa délicatement la petite couverture sur lui. Alors qu'il manipulait le doux lainage, il se demanda si le nourrisson avait de la famille qui se souciait de lui. Une famille qui pourrait se demander où il se trouvait.

Si Piers renvoyait l'image d'un séducteur porté vers la paresse, la surface des apparences cachait un esprit vif qui ne cessait jamais de travailler. Il se sentait frustré de ne rien pouvoir faire de plus pour découvrir quels événements avaient mené à ce que Casey ait été déposé chez lui.

Mais il pouvait creuser un peu plus la question de l'apparente phobie qui s'emparait de Faye dès qu'il était question de nourrissons. Son assistante attisait sa curiosité sur de nombreux plans, et il en avait été ainsi dès leur rencontre. Il avait toujours perçu chez elle la présence de cicatrices émotionnelles ; sa façon de se comporter, en rendant si inaccessible aux autres tout une part d'elle-même, le lui avait laissé aisément supposer. Mais à présent il savait que son corps lui aussi était marqué de cicatrices, il brûlait brusquement d'en connaître la raison. Ces deux faits étaient-ils liées ? Et puis, comment se faisait-il qu'elle sache si bien s'y prendre avec un tout petit enfant alors qu'elle n'était pas mère ?

Satisfait de savoir le bébé en sûreté, Piers se releva et se dirigea vers la cuisine, où Faye s'affairait. À en juger par la délicieuse odeur, elle avait trouvé dans le congélateur la délicieuse soupe à la tomate de Meredith et la faisait réchauffer sur la cuisinière à gaz. Toujours pleine de ressource, elle avait allumé des bougies placées dans des bocaux pour leur fournir un meilleur éclairage.

Faye était occupée à parsemer une ciabatta coupée en tranches de fromage râpé lorsqu'elle nota sa présence.

— Déjà lassé par le bébé ?

— Il s'est endormi, alors j'ai pensé venir vous embêter un peu, pour changer.

— Il en faut beaucoup pour m'embêter, vous savez.

— Casey semblait pourtant y parvenir, répliqua Piers qui était déterminé à découvrir la raison de son aversion pour le nourrisson.

— Il ne m'embête pas le moins du monde. Je ne suis pas fan des bébés, voilà tout, dit-elle d'un ton léger tout en plaçant le pain et le fromage sous le gril. Il existe des femmes qui ne sont pas des grandes amatrices de bébés, vous savez.

— La plupart d'entre elles ont une bonne raison pour cela. Quelle est la vôtre ?

Parfois mieux valait aborder franchement les sujets, avait-il constaté. Avec Faye, il savait pouvoir obtenir une réponse dans la moitié des cas. Mais en cette soirée, la chance ne semblait pas être de son côté.

Piers l'observa se déplacer dans la cuisine et trouver avec aisance tout ce dont elle avait besoin pour préparer leurs plateaux-repas. Il avait toujours apprécié ses aptitudes et sa fiabilité, mais en cet instant il regrettait qu'elle ne fasse pas montre d'un peu moins de professionnalisme impeccable et d'un peu plus de facilité à se livrer. Il aurait tant aimé en savoir davantage à son sujet. Qui était-elle réellement ? Comment était-elle devenue aussi habile avec les bébés tout en paraissant pourtant les détester ? Non, « détester » n'était pas le mot adéquat. C'était de la peur qu'il avait lue dans ses yeux, ainsi qu'une sincère volonté de créer une vraie distance avec Casey.

— Avez-vous peur de lui ? demanda Piers sur un ton qui se voulait léger. Je pourrais le comprendre si c'était le cas. J'étais toujours été terrifié à l'idée de faire tomber un bébé par terre si jamais j'avais à en tenir un dans mes bras.

— Vous ? Terrifié ? demanda-t-elle, en levant un sourcil sceptique.

À la lueur de la bougie, il fut de nouveau frappé par le fait que Faye était une femme très séduisante. Pourtant, il n'avait pas un faible ni ne ressentait une quelconque attirance pour elle.

Menteur ! lança une petite voix dans sa tête. Depuis toujours, son attrait pour elle reposait autant sur son apparence et que sur son indifférence à ses charmes. Peu importait ce qu'il disait, faisait ou portait, – ou ce qu'il ne portait pas –, elle demeurait totalement insensible à lui. En outre, elle ne se livrait jamais à la moindre flagornerie – et lorsque ses idées ou ses exigences étaient déraisonnables, elle n'hésitait jamais à le lui dire franchement.

Il s'aperçut qu'elle avait de nouveau réussi à détourner l'attention d'elle.

— Vous êtes très douée pour cela, vous savez, lança Piers avec un petit sourire.

— Pour quoi ? Les toasts au fromage ? répondit-elle d'un ton désinvolte tout en lui tournant le dos pour sortir du four la plaque chargée de toasts dorés.

Faye mit le pain garni de fromage sur son plateau, ne prenant au passage que deux petits morceaux pour elle-même.

Pas étonnant qu'elle soit si svelte. Ce qu'elle mangeait suffirait à peine à satisfaire un moineau.

— Non, je voulais parler de votre capacité à éviter de répondre à mes questions,

— Voulez-vous de la crème dans votre soupe ?

Et voilà qu'elle recommençait…

— Faye, dites-moi, avez-vous peur des bébés ?

Elle poussa un profond soupir.

— Non, pas du tout. Voulez-vous de la crème ou non ?

Faye étant toujours extrêmement attentive à la présentation des choses, il la regarda d'un air amusé faire couler la crème dans son assiette puis faire apparaître un motif de flocon de neige à l'aide d'une pique de bois.

— C'est charmant. Où avez-vous appris à faire cela ?

— Nulle part, dit-elle doucement.

Mais une ombre passa sur ses traits, et elle sembla se replier un peu plus sur elle-même.

— En fait, ce n'est pas exact, reprit-elle d'une voix légèrement tremblante. Je l'ai appris quand j'étais enfant.

Elle mordit subitement sa lèvre inférieure, comme si elle réalisait à l'instant qu'elle en avait soudain trop dit.

— Votre mère vous l'a appris ?

Un bref hochement de tête fut son unique réponse.

Piers perçut que ce souvenir lui était douloureux et regretta d'avoir insisté. Mais il savait, mieux que la plupart des gens ne l'imaginaient, que parfois il fallait supporter la douleur avant de pouvoir récolter le fruit de ses efforts. Oh ! bien sûr il était né avec de nombreux privilèges et plus d'argent que nécessaire. Beaucoup pensaient qu'il ignorait la souffrance et le manque – et peut-être, si l'on se plaçait à leur échelle, était-ce bien le cas. Pourtant en dépit de tous les avantages que sa vie lui avait accordés, il savait ce qu'était la solitude, et en cet instant c'était un terrible sentiment de solitude qu'il lisait au fond des yeux de son assistante. Il sentit monter en lui l'urgent désir d'y remédier.

Mais comment un homme qui possédait à la fois tout et rien, pouvait-il offrir de l'aide à une personne qui refusait que quiconque l'approche ?

Une chose accrochée au luminaire fixé au-dessus de la tête de Faye capta son regard. Du gui. Sans réfléchir, Piers la prit dans ses bras. Puis il fit ce qu'il savait faire mieux qu'aucun autre homme sur Terre. Il l'embrassa.

- 4 -

L'onde de choc se propagea dans l'esprit de Faye avant de céder rapidement la place à quelque chose d'autre. Quelque chose qui éveillait le frisson de la tentation, une promesse de plaisir. Les lèvres de Piers étaient chaudes et fermes, son baiser si doux, si délicieusement enivrant.

Même si son esprit lui criait qu'il s'agissait d'une mauvaise idée sur bien des plans, une part d'elle – enfouie tout au fond de son âme – sembla s'épanouir en éprouvant cette chaleur et ce réconfort inattendus. Du réconfort, mais également une autre promesse qui semblait se tapir juste au-dessous. Un sentiment qui lui indiquait que c'était elle qui déciderait ce qui se passerait ensuite. Qu'elle avait la liberté de mener cette danse jusqu'au point de son choix.

Dans son souci de se protéger contre toute autre souffrance émotionnelle, elle s'était toujours tenue à bonne distance des gens. Elle savait à quel point il était douloureux de perdre ceux que vous aimiez – à quel point cela l'avait détruite et laissée dévastée, lui donnant le sentiment de ne plus être qu'une coquille vide. Elle savait que ses tentatives pour combler ce vide n'avaient fait que raviver sa douleur. Elle avait érigé de plus hautes barrières encore pour fermer son cœur et ne plus jamais souffrir. Et pourtant, voici qu'elle se retrouvait dans cette situation, voici qu'elle se faisait embrasser par l'homme pour lequel elle travaillait et qu'elle *ressentait* des émotions qu'elle avait voulu éviter depuis des années. Et elle en voulait davantage. C'était tout à la fois exaltant et terrifiant.

Même si l'esprit de Faye semblait ne pas vouloir se plier à la situation, son corps, lui, ne pouvait s'empêcher de réagir. Elle sentit le désir s'allumer tout au fond de son ventre, et son cœur se mit à battre un peu plus fort. Oh ! bien sûr, elle avait déjà été embrassée, mais rien dans son expérience restreinte ne l'avait préparée à ce vertige, à cette envie ardente.

Sa raison cependant finit par reprendre le dessus, lui rappelant qu'il ne s'agissait pas de n'importe quel homme, et qu'elle n'était pas dans n'importe quelle situation. Il s'agissait de son patron. Cela avait lieu chez lui. Et un bébé se trouvait dans la pièce adjacente.

Faye posa une main sur la poitrine de Piers. Tandis qu'elle ressentait la chaleur de son torse à travers sa chemise, et les contours fermes de ses muscles, sa paume fut parcourue de délicieux picotements. Ses doigts se recroquevillèrent sur l'étoffe, un très court instant, avant qu'elle remette la main à plat et le repousse légèrement.

Il réagit aussitôt – s'écartant d'un pas avec une expression étonnée au fond des yeux, une expression qu'il masqua bien vite. Si elle n'avait pas surpris cette brève lueur dans son regard, elle aurait cru au sourire désinvolte qu'il afficha comme pour laisser entendre que ce baiser n'était pas si important.

Faye lutta pour contraindre son cœur à plus de calme et à ne pas dévoiler le chaos qui agitait son esprit. Elle baissa la tête pour éviter de poser les yeux sur lui, pour éviter de révéler à quel point elle avait apprécié ce baiser. Elle prit une profonde inspiration et choisit ses mots avec le plus grand soin.

— Si vous désirez que je continue à travailler pour vous, mieux vaudrait que ce soit la dernière fois que vous agissez de la sorte avec moi, dit-elle d'une voix à la maîtrise surprenante. Tenez, votre plateau est prêt.

Elle prit le plateau contenant le dîner de Piers et le lui tendit avant de se retourner pour finir de préparer le sien.

— Faye, je…

— Inutile d'en reparler. Ou de vous excuser, si c'est ce que vous aviez en tête. Passons juste à autre chose, d'accord ?

— Je veux que vous sachiez que je désire vraiment que vous continuiez à travailler pour moi.

— Très bien, alors ce qui vient de se passer ne devra pas se reproduire.

— Était-ce vraiment si affreux ? demanda-t-il avec une pointe d'inquiétude dans le regard.

— Je croyais que nous étions d'accord pour ne pas évoquer de nouveau le sujet.

— En fait, *nous* ne nous sommes mis d'accord sur rien de précis. Mais c'est entendu, si vous ne voulez pas en parler, nous n'en parlerons pas.

L'avait-elle froissé ? Cela n'avait pourtant pas été son intention… Mais si cela signifiait qu'il ne ferait plus jamais de chose aussi insensée que d'essayer de nouveau de l'embrasser, alors il s'agissait d'une bonne chose. *Vraiment ? Bien sûr que oui !* Et il n'était pas homme à garder rancune envers quiconque, une qualité qu'elle admirait chez lui.

— Laissez-moi porter cela pour vous, dit Piers en passant son propre plateau dans une main et en saisissant celui de Faye de l'autre.

Il se moquait gentiment d'elle. Oh ! pas d'une manière trop évidente, mais elle percevait la note d'humour dans son ton. Ce qu'elle avait dit l'avait en réalité plus amusé que contrarié, elle en avait la certitude.

Déterminée à éviter trop d'interactions supplémentaires avec lui, elle décida d'accepter sans protester. Ils n'allaient pas très loin, et si elle faisait le choix de l'un des profonds fauteuils pour prendre place près du feu elle n'aurait pas à s'asseoir à côté de lui.

Une fois installée, son plateau sur les genoux, ses pensées la ramenèrent au baiser et à l'homme assis face à elle.

L'éclat des flammes dans la cheminée parait son visage d'éclats dorés et de zones d'ombre, mettant en valeur l'arrondi de ses pommettes et le contour de sa mâchoire. Il avait perdu du poids durant l'année écoulée, depuis la mort de son frère jumeau. Elle réalisa, choquée, qu'elle ne s'en était pas aperçue jusqu'alors. Elle avait été trop occupée à éviter de laisser ses regards s'attarder trop longtemps sur lui. À exécuter les instructions qui lui étaient transmises, à anticiper les autres et à effectuer son travail du mieux qu'elle le pouvait. En tant qu'assistante, toutefois, elle n'avait pas prêté grande attention à l'aspect plus personnel de la situation de Piers Luckman.

Même si elle avait géré la plus grande part de l'organisation des funérailles de Quin, elle n'avait présenté à Piers que des condoléances convenues. Qu'avait-il ressenti, en perdant cette moitié de lui-même ? Elle était si totalement emmurée dans sa propre carapace qu'elle s'était rendue insensible à sa douleur une fois dissipé le choc initial causé par la mort de Quin.

Et pourquoi diable se souciait-elle de cette question ? Ce n'était pas comme s'il était sur le point de lui faire part de toute sa tristesse à présent qu'il l'avait embrassée. Machinalement, elle se mordilla la lèvre inférieure comme pour se remémorer la sensation de sa bouche sur la sienne.

Le bruit d'une cuillère tombant dans un bol vide ramena son attention vers l'homme assis face à elle, et le rouge de l'embarras lui monta aux joues.

— C'était délicieux. Rappelez-moi de remercier Meredith d'avoir laissé d'aussi savoureuses provisions.

— Je n'y manquerai pas, dit Faye en plongeant la main dans son sac pour saisir son bloc-notes.

— Faye, je plaisante. Vous avez fini votre journée de travail, vous en souvenez-vous ?

La même note d'humour transparaissait de nouveau dans sa voix, et elle sentit un frisson parcourir sa nuque. Elle le regarda droit dans les yeux.

— Vous me payez pour accomplir ce genre de tâches. Disons qu'il s'agit plutôt d'heures supplémentaires.

Piers soupira.

— Vous pouvez vous détendre, Faye. Qu'il s'agisse ou non de vos horaires de travail, je me réjouis de votre présence.

Il jeta un regard au bébé endormi, et elle nota dans la pénombre l'inquiétude qui marquait ses traits. Elle se sentit dans l'obligation de le rassurer.

— Tout ira bien pour lui. Vous vous en sortez parfaitement jusqu'ici.

— Je ne peux m'empêcher d'avoir de la peine pour lui. Sa mère l'a abandonné. Son père n'est plus là.

La voix de Piers se brisa sur ce dernier mot.

— Quin me manque. J'ai l'impression qu'avoir Casey ici m'offre une nouvelle chance, vous comprenez ? La chance d'avoir une véritable famille.

— Vous avez vos parents, et une grande famille également. Ils sont tous bien réels.

— Et pourtant, d'aussi loin que je m'en souvienne,

j'ai toujours eu le sentiment que Quin et moi ne pouvions compter que l'un sur l'autre.

Mal à l'aise, Faye s'agita dans son siège. La conversation prenait un tour bien trop personnel. Piers n'avait jamais beaucoup parlé de ses proches. Elle avait toujours secrètement jalousé le fait, jusqu'à ce que Quin disparaisse, que tous aient été encore présents pour lui. Mais l'étaient-ils vraiment ?

En y repensant, ses contacts avec les parents de Piers et sa famille élargie avaient porté sur ce que son patron pouvait faire pour eux, jamais l'inverse. Et alors qu'il couvrait tout le monde de présents il était rare qu'il en reçoive en retour.

— Je suis désolée, dit-elle comme pour combler le silence.

— Ce petit bonhomme ne grandira pas seul. Je serai toujours là pour lui.

— Vous n'êtes même pas certain qu'il soit l'enfant de votre frère.

— Les dates correspondent. Vous savez comment était Quin. Mon seul regret est de ne pas avoir appris plus tôt l'existence de Casey – j'aurais pu aider davantage sa mère.

Il soupira avant de poursuivre d'un ton résolu.

— Elle avait besoin d'aide, et Quin ne pouvait être là pour elle. Je la retrouverai, Faye. Je m'assurerai qu'elle va bien avant d'aller plus loin par rapport à Casey, mais je veux lui offrir le genre de vie qu'il mérite.

Les mots de Piers provoquèrent un pincement dans sa poitrine. Cette nouvelle facette de sa personnalité était bien trop attirante. C'était à cause du bébé, c'était l'unique explication possible. Après la mort de son frère, encore bébé, treize années plus tôt, elle avait inconsciemment tenté de remplir ce vide béant dans son existence. Ses tentatives s'étaient soldées par des échecs, et elle avait appris à s'endurcir pour ne plus s'impliquer dans la moindre relation. Et voici qu'à présent elle se retrouvait coincée avec un homme qui l'attirait sur de si nombreux plans – en dépit de tous ses efforts pour garder le contrôle de ses réactions – et un nourrisson sans défense qui réveillait des instincts anciens qu'elle croyait avoir éradiqués pour toujours.

Faye se leva pour rapporter les plateaux dans la cuisine.

— Attendez, laissez-moi me charger de cela. Vous, vous avez cuisiné.

Elle se hâta de s'esquiver.

— Je n'appellerais pas « cuisiner » le fait de réchauffer un peu de soupe et de faire fondre du fromage sur du pain grillé. De plus, Casey s'est réveillé. Vous allez devoir vérifier sa couche.

— Encore ?

— Eh oui ! lança-t-elle tout en prenant la direction de la cuisine en s'éclairant de sa lampe de poche.

Piers la regarda s'éloigner. Il était déterminé à découvrir pourquoi elle tenait si fermement à rester à distance du bébé.

— Je ne vois pas où est le problème, et toi ? dit-il doucement au petit garçon qui levait les yeux vers lui en agitant vigoureusement les jambes sous la couverture.

Mais peut-être n'était-ce plus le bébé qu'elle évitait désormais. Peut-être n'était-ce que lui. Au début, il aurait pu jurer qu'elle réagissait favorablement au baiser qu'il lui avait donné sous le gui. Comment ça, « favorablement » ? La vérité était qu'elle avait semblé s'abandonner entièrement, mais cela n'avait rien été en comparaison de la façon dont leur brève étreinte l'avait fait se sentir, lui. Même en cet instant, alors qu'il y repensait, ce moment partagé était encore chargé du pouvoir de le laisser étourdi.

Il avait embrassé nombre de femmes dans sa vie mais, jusqu'à présent, aucune d'elles n'avait provoqué un tel émoi en lui à cause d'un contact aussi simple. Les sensations qui l'avaient assailli dès l'instant où ses lèvres avaient touché celles de Faye avaient eu une intensité insensée. Il avait dû se freiner, se forcer à ne pas l'attirer plus vigoureusement contre son corps pour la sentir tout entière. Il avait dû réprimer tous ses instincts pour garder la simplicité et la légèreté de ce baiser.

— Qui aurait pu s'en douter ? dit-il à voix basse tout en prenant Casey dans ses bras. Juste un baiser, hein ? Qui l'aurait cru ?

Que s'était-il libéré en lui au moment de cette étreinte ? Son instinct l'avait poussé à vouloir la distraire de ses pensées, peut-être même tenter de la réconforter. Mais au lieu de cela il l'avait énervée – ce qui était sans doute aussi efficace pour lui changer les idées, même si cela lui laissait peu d'espoir de pouvoir répéter l'exercice bien qu'il en meure d'envie.

Voudrait-il aller plus loin alors qu'elle avait clairement indiqué qu'elle ne voulait plus de moment d'intimité entre eux ? Il n'était pas homme à abandonner face au premier obstacle, mais les enjeux étaient grands. Faye était la meilleure assistante qu'il ait jamais eue. Son attitude distante lui avait permis de garder son esprit fermement concentré sur son travail, l'avait aidé à trouver l'équilibre pour mener à bien ses journées si chargées. Sa capacité à anticiper ses besoins était incomparable. Il avait parfois le sentiment qu'elle le connaissait mieux qu'il ne se connaissait lui-même.

Il l'avait trouvée attirante dès le premier instant mais avait respecté les limites très nettes qui les séparaient en tant que patron et employée. Des limites qu'il mettait un point d'honneur à établir depuis que ses deux derniers assistants – l'un, homme ; l'autre, femme – avaient compliqué les choses en lui déclarant leur flamme. Il travaillait avec Faye depuis trois ans désormais. Il la respectait, comptait sur elle et lui accordait toute sa confiance. Mais à présent qu'il l'avait embrassée… Eh bien, cela avait laissé entrevoir quelque chose d'entièrement différent.

Elle affichait peut-être un air froid et impénétrable au bureau, mais depuis son arrivée au chalet Piers l'avait trouvée différente. Peut-être était-ce parce que, pour la première fois, il l'avait vue vêtue d'autre chose que de ses habituelles tenues traduisant sa rigueur. Il devait admettre que bien que le pull qu'il lui avait imposé ait été hideux, la voir porter ses propres vêtements lui avait donné le sentiment qu'elle était plus accessible. C'était comme si d'une certaine manière elle lui appartenait.

Et cela avait été le cas, pendant un court moment. Il y avait eu entre eux une connexion physique et, il se plaisait à le croire, émotionnelle. Il avait senti l'élan plein de curiosité de sa réponse, l'intérêt sincère qui s'était exprimé. Jusqu'à l'instant ultime où elle l'avait repoussé, elle avait été autant investie que lui dans ce baiser.

— Je ne rêve pas, n'est-ce pas ? demanda-t-il au bébé lové dans ses bras. Peut-être le moment est-il venu de découvrir si les rêves peuvent réellement devenir réalité, fit Piers en souriant à son tour.

Cette question serait à aborder avec prudence. La dernière chose qu'il désirait était que Faye lui tourne réellement le dos et démissionne. Mais il serait certainement capable de faire progresser les choses sans la contraindre à cette extrémité. C'était un homme plein de ressource. Il réfléchirait à un moyen. Il n'avait pas peur de travailler dur. Pas quand quelque chose était important, et il avait la puissante impression que Faye pouvait devenir bien plus importante pour lui qu'elle ne l'était déjà. Et il réalisa que tout au fond de lui montait l'envie d'être tout aussi important à ses yeux. Si jamais elle le laissait l'être.

Quand Faye regagna la pièce principale, il se leva avec Casey dans les bras et lui tendit le bébé. Elle semblait près de tendre instinctivement les mains pour prendre l'enfant, mais effectua soudain un pas en arrière.

— Que faites-vous donc ? dit-elle d'un ton circonspect.

— Je vous invite à le prendre. Il ne mord pas. Il n'a même pas de dents.

Faye leva les yeux au ciel d'un air exaspéré.

— Je sais qu'il ne mord pas, mais pourquoi le tiendrais-je ?

— Je dois aller vérifier le fonctionnement du groupe électrogène, voir si nous pouvons avoir un peu d'électricité.

— Peut-être puis-je m'en charger pour vous ? proposa-t-elle, évitant toujours de tenir le bébé.

— Il est plus simple que je le fasse moi-même. Je sais exactement où il se trouve et comment le faire fonctionner. Je ne serai pas long, je vous le promets.

— Très bien, dit-elle, avec une note évidente d'irritation dans la voix. Dépêchez-vous.

Piers la regarda caler le bébé contre elle, l'assurance de ses mouvements laissant supposer de manière troublante que son corps avait la mémoire de ces gestes. Il aimait observer cette facette de sa personnalité, même si elle était réticente à l'exposer.

Il lui fallut peu de temps pour atteindre le groupe électrogène installé dans un petit abri à l'arrière du chalet. Le mettre en marche, cependant, fut un peu plus long, et il regagna la maison avec les doigts blanchis par le froid.

Il s'était attendu à retrouver la maison étincelante de lumières et baignant dans l'ambiance des chants de Noël mais, au lieu de cela, quand il entra seul parvint à ses oreilles un doux fredonnement provenant de la cuisine. Il suivit le son et découvrit que Faye s'y trouvait avec le bébé sur la hanche et que d'une main elle lui préparait un biberon. Son fredonnement cessa dès qu'elle l'aperçut.

— Je croyais que cela devait être rapide. Des problèmes ?

— Rien qui n'ait été au-delà de mes capacités.

Piers balaya la pièce du regard.

— Les guirlandes lumineuses sont éteintes ?

— Je me suis dit qu'il valait mieux ne pas trop solliciter le groupe électrogène, répondit Faye en baissant la tête.

Piers suspecta que cette décision avait été dictée par son dédain inexpliqué et manifeste pour les fêtes de fin d'année, plutôt que par le besoin d'économiser l'énergie à leur disposition. Mais il n'avait pas l'intention d'entrer dans une discussion à ce sujet.

— Où avez-vous prévu de faire dormir Casey cette nuit ? demanda-t-elle, le dos tourné à Piers.

— Je n'y ai pas encore réfléchi à vrai dire. Pourquoi pas dans mon lit, avec moi ? Il aura plus chaud ainsi, non ?

— Beaucoup d'études déconseillent de dormir avec un bébé. Vous feriez mieux de lui fabriquer une sorte de berceau en utilisant un tiroir de votre commode ou une grande boîte en carton. Vous n'aurez qu'à plier une couverture ou plusieurs serviettes de toilette pour lui confectionner un matelas ferme. Et sa petite couverture lui suffira amplement. Votre chambre devrait être assez chaude.

Piers ne put dissimuler sa surprise. Ses paroles semblaient tout droit sorties d'un manuel de puériculture. Comment savait-elle tout cela ?

— Entendu, je m'en charge sur-le-champ. Comment connaissez-vous toutes ces choses ?

Elle haussa ses épaules graciles dans le pull bien trop grand qu'il lui avait prêté.

— Ce n'est qu'une question de bon sens, rien de plus. Au fait, je vais préparer un biberon pour Casey au cas où il ait faim cette nuit. Je le placerai ici, dans le frigo.

— Un biberon pour la nuit ?

Elle soupira et secoua la tête.

— Vous ne connaissez absolument rien aux bébés, n'est-ce pas ?

— Je plaide coupable. Je n'ai jamais fait très attention à eux jusqu'à maintenant. Pensez-vous qu'il soit prudent que je veille sur lui tout seul cette nuit. Vous ne croyez pas qu'il serait mieux que vous…

— Oh non ! ne m'impliquez pas dans cette histoire. J'en fais déjà plus que ce je voulais. Tenez.

Elle lui remit le bébé.

— Vous le nourrissez. Et moi je vais lui préparer un lit dans votre chambre.

Et avant qu'il puisse l'arrêter, c'est exactement ce qu'elle fit. Piers baissa les yeux vers le petit garçon à l'air sérieux qu'il tenait entre ses bras.

— Nous finirons par avoir le fin mot de cette histoire, mon petit Casey. D'une façon ou d'une autre, je franchirai toutes les murailles qu'elle a dressées autour d'elle.

- 5 -

Le soleil était à peine levé lorsque Faye renonça définitivement à trouver le sommeil. La nuit durant son esprit n'avait cessé d'échafauder des solutions pour se sortir de la situation dans laquelle elle se trouvait. Mais cela n'avait abouti à rien, et une fois le jour levé les choses lui semblèrent moins terribles. Après tout, ce n'était pas comme si elle se trouvait réellement dans une situation d'urgence.

Elle remarqua en ouvrant les lourds rideaux que la tempête était bel et bien finie. Devant ses yeux se dévoilaient un ciel dégagé ainsi qu'un paysage recouvert d'une épaisse couverture blanche. Bientôt résonnèrent les cris réjouis d'un nourrisson, suivis par le son grave et indistinct de la réponse de Piers.

Il avait assumé ses responsabilités de belle manière la veille au soir. Le temps qu'elle prépare le berceau improvisé dans la chambre de Piers et regagne le rez-de-chaussée, il avait nourri et changé le bébé en se montrant des plus compétents. Et, plus tard, lorsqu'elle lui avait indiqué comment donner son bain à Casey, il s'était occupé du petit bonhomme tout mouillé avec facilité, et l'épisode avait été ponctué de nombreux éclats de rire. Pendant un infime moment elle s'était surprise à vouloir rire avec eux. Mais elle ne méritait pas de vivre de tels moments de joie. Pas après ce qu'elle avait fait à sa propre famille.

Les gens disaient qu'elle n'était pas responsable de l'accident. Mais elle devait vivre chaque jour avec ses choix, et parmi eux figurait celui d'avoir harcelé son beau-père adoré pour la laisser conduire jusqu'à leur maison en cette veille de Noël. Malgré les inquiétudes de sa mère, son beau-père, Ellis, avait accepté, estimant que la jeune fille avait besoin d'acquérir l'expérience de la conduite sur route glacée. Et à présent ils étaient tous morts. Sa mère. Ellis. Et son adorable petit frère.

Faye sentit les larmes brûler au fond de ses yeux et leur refusa le droit de couler sur ses joues. Elle avait tant pleuré. Comme elle avait été malheureuse ! Et elle avait porté le fardeau de sa punition de façon stoïque tout au long de ces années. Elle s'était levée chaque matin, avait mis un pied devant l'autre. Encore aujourd'hui, elle faisait ce qu'il y avait à faire. Et ne laissait personne devenir proche d'elle.

Faye se détourna de la fenêtre et de ses souvenirs, et gagna la salle de bains pour se préparer pour la journée. Heureusement elle pourrait porter en ce jour ses propres vêtements. Toutefois, au moment où elle passa à côté du pull de Piers, impeccablement plié sur le plateau de sa commode, elle ne put s'empêcher de caresser d'un air pensif le contour du bonhomme de neige tout tordu qui ornait le chandail.

— Mais que t'arrive-t-il, enfin ? dit-elle à voix haute. Tu détestes Noël et tu n'es pas le moins du monde intéressée par Piers de cette façon.

Menteuse !

Au moment où le souvenir de leur baiser envahissait son esprit, Faye approcha machinalement les doigts de ses lèvres. Mais, se reprenant, elle se mit à frotter énergiquement sa bouche, comme si ce faisant elle pouvait chasser la sensation semblant inscrite de façon indélébile dans la mémoire de son corps. Elle ouvrit le robinet de la douche et retira le T-shirt que Piers lui avait prêté pour dormir. Elle espérait que, contre toute attente, retirer le dernier vêtement appartenant à Piers pourrait également faire disparaître les idées qui ne cessaient de lui venir à l'esprit à propos de son patron.

À présent que la tempête était finie, avec un peu de chance, elle serait en mesure de quitter cet endroit, ainsi que Piers et Casey, avant de tomber plus profondément sous leur charme. Mais même les plans les mieux conçus pouvaient mal tourner.

Alors qu'elle s'avançait sur la voie privée recouverte de neige pour rejoindre sa voiture, Faye dut constater que la route demeurait impraticable. Et qu'elle avait eu une chance inouïe de s'en être sortie sans blessure sérieuse. Les choses auraient pu être bien plus graves encore.

L'arbre aurait pu percuter son véhicule en tombant. Elle aurait pu faire une embardée, quitter la route et être précipitée dans le ravin escarpé qui la bordait. Prendre conscience de tout cela lui glaça le sang, et c'est les mains agitées de tremblements qu'elle ouvrit le coffre du SUV et en sortit sa valise avant d'entamer la difficile marche pour remonter au chalet.

— Je commençais à croire que vous aviez décidé de vous lancer dans une randonnée vers l'autre bout du pays pour partir loin de nous, remarqua ironiquement Piers à son retour.

— J'y ai pensé, reconnut-elle. Ah ! je vois que nous pouvons utiliser nos mobiles à présent !

— Oui, j'ai appelé les autorités et demandé de l'aide pour déplacer l'arbre et faire remorquer votre voiture. Les équipes interviendront dès qu'elles auront secouru quelques personnes qui sont dans une situation plus urgente.

— Et la police ? L'avez-vous appelée à propos de Casey ?

— Oui, et aucune action ne peut être lancée tant que la maison est inaccessible. J'ai aussi contacté mon avocat pour connaître ma situation d'un point de vue légal concernant la garde de Casey. Comme il a été abandonné, son équipe prépare les papiers pour que j'obtienne une garde temporaire.

— Eh bien, vous ne perdez pas de temps, nota Faye. Et si sa mère changeait d'avis ? Cela ne fait qu'un jour qu'elle s'en est séparée.

— Je m'occuperai de cette question seulement si elle se pose un jour.

En attendant que la route soit dégagée Faye devrait pour fuir l'inébranlable esprit de Noël de Piers se réfugier dans sa chambre avec des livres et des films. Dans le cas contraire, elle se retrouverait bloquée au rez-de-chaussée sans autre choix que d'observer Piers interagir avec le bébé.

Les voir ensemble suffirait à fendre la plus solide des armures, et petit à petit les émotions qu'elle avait si profondément enfouies en elle commençaient à se réveiller. Elle sentait monter en elle l'envie sincère de passer du temps avec eux.

Regarder Piers fondre peu à peu d'amour pour le bébé était une merveille en soi. C'était comme si le monde s'était rétréci pour se refermer autour d'eux – les plaçant dans un cocon douillet où rien ni personne ne pourrait les déranger.

Le commentaire de Piers sur son désir de partir à l'autre bout du pays était tombé juste. Elle avait gardé ses sentiments captifs pendant si longtemps que la pensée de se rendre vulnérable face à quiconque suffisait à lui donner le désir de fuir. Sauf qu'à mesure que le temps passait, l'envie de s'échapper se faisait de moins en moins pressante.

Un soir, trois jours après la tempête, Faye était occupée à préparer le dîner quand Piers vint la rejoindre dans la cuisine.

— Que diriez-vous d'un verre de vin ?

— Excellente idée.

Elle avait évité d'accepter la moindre goutte d'alcool au cours des jours précédents afin de ne pas risquer de baisser la garde, si Piers devait tenter de l'embrasser de nouveau. Mais depuis cette première soirée il avait évité tout contact physique avec elle.

Il versa le vin rouge dans deux grands verres à pied et posa le sien sur le plan de travail.

— Je vous remercie, fit-elle en prenant le verre.

— Comment puis-je vous aider ?

Piers plaqua la hanche contre le plan de travail et porta le verre à ses lèvres. Faye se sentit envoûtée par son geste, et si la proximité de Piers lui donnait le sentiment qu'elle devrait s'en écarter, elle n'en fit pourtant rien. Bien au contraire ses yeux se fixèrent sur ses lèvres délicatement ourlées. Ce maudit gui se trouvait juste à sa droite. Tout ce qu'elle avait à faire était de se hisser sur la pointe des pieds. Elle l'embrasserait, et ce serait…

Complètement stupide, se sermonna-t-elle intérieurement tout en sortant un couteau pour couper les légumes.

— Il n'y a rien à faire, répondit-elle d'un ton cinglant. Je me charge de tout.

— Vous allez bien ? demanda Piers, surpris.

— Je suis un peu claustrophobe, je suppose. J'ai hâte de pouvoir sortir d'ici.

Faye savait que ces paroles n'étaient que mensonge. Elle avait commencé à apprécier cette forme de vie commune forcée, et il fallait qu'elle parte avant de perdre toute raison.

— Écoutez, laissez-moi finir les préparatifs. Vous semblez un peu stressée.

— Stressée ? Vous pensez que je suis stressée ? Passer tout ce temps sans rien faire, c'est cela qui me rend folle, dit Faye, tout en ponctuant ses mots d'un petit rire étranglé. Sérieusement, je n'ai pas besoin qu'on s'inquiète pour moi.

— Tout le monde a besoin qu'on s'inquiète pour lui de temps en temps.

— Pas moi, dit-elle d'un ton résolu tout en coupant une carotte avec plus de vigueur que de délicatesse.

Elle se figea lorsque les mains de Piers vinrent doucement se refermer sur les siennes, tandis que derrière elle la chaleur de son corps vint peu à peu l'envelopper.

— Tout le monde, répéta-t-il d'un ton ferme. À présent allez-vous asseoir. Dites-moi ce qu'il y a à faire et contentez-vous de me regarder pour vous assurer que je ne gâche pas tout, d'accord ?

Il prit son verre, lui mit dans la main et la guida vers un tabouret situé de l'autre côté de l'îlot.

— Donc, je suppose que ceci doit être découpé, dit-il en désignant de la pointe du couteau les morceaux de carottes.

Vaincue, elle acquiesça et but une petite gorgée de vin.

Piers suivit ses instructions à la lettre, et bientôt leur repas commença à mijoter sur la cuisinière. Piers remplit de nouveau leurs verres, prit un tabouret près d'elle et pivota pour lui faire face.

— À présent, dites-moi vraiment ce qui vous ennuie. Pour quelle raison détestez-vous tant cet endroit ? La plupart des gens seraient prêts à se couper un bras pour être coincés ici avec deux superbes mâles pendant quelques jours.

— Je ne suis pas la plupart des gens, dit-elle sans ambages.

— Je l'ai remarqué. Quelqu'un vous attend-il chez vous ? Est-ce la raison de votre attitude ?

— Non, personne ne m'attend.

Personne. Pas un animal domestique. Pas même une plante.

— Alors, de quoi s'agit-il ?

— C'est tout cela, dit-elle en balayant la pièce d'un grand geste. C'est tout simplement que cela ne me ressemble pas. J'aime la Californie. J'aime le soleil. La plage. Les routes bien sèches.

— Il est toujours bon d'avoir un peu de contraste dans son existence, commenta-t-il, le visage soudain sérieux. Mais il y a plus que cela, n'est-ce pas ? Il s'agit de Casey.

— Je ne le déteste pas, dit Faye, sur la défensive

— Mais vous ne voulez rien avoir à faire avec lui.

— Écoutez, même vous, si vous l'aviez pu, vous vous seriez enfui à des kilomètres d'un bébé il y a encore quelques jours.

— C'est vrai, fit Piers. Mais j'apprécie ces moments passés avec lui et avec vous plus que je ne l'aurais jamais imaginé. Allez, vous devez le reconnaître. Même vous, vous avez pris plaisir à certains des moments passés ensemble.

Elle se sentait comme s'il l'avait acculée au fond d'une impasse et qu'elle n'avait aucun moyen de s'enfuir.

— La situation est inhabituelle pour nous deux. Une fois de retour à Santa Monica, vous retrouverez votre habituel tourbillon de travail, de voyages et de femmes, et Casey sera mis à l'écart pour devenir le problème de quelqu'un d'autre.

— Eh bien ! Pourquoi ne pas me dire jusqu'au bout ce que vous ressentez réellement ? dit Piers, bien décidé à se défendre.

Cette brutale évaluation de ses priorités le mettait en colère, mais il ne pouvait pas nier que Faye avait fait mouche.

— Vous ne pensez pas que je serai un père convenable, insista-t-il, tout en luttant pour garder son sang-froid.

— Pour être honnête, je crois que vous avez un immense pas à accomplir pour apprendre à trouver un équilibre entre votre mode de vie actuel et ce qu'implique de s'occuper d'un enfant. Tout cela semble très facile ici. Vous n'avez rien d'autre à faire durant la journée que de vous occuper de lui. Mais que se passera-t-il quand vous serez en négociations ou que vous travaillerez dix-huit heures par jour et qu'il aura de la fièvre et réclamera votre présence ? Que se passera-t-il quand vous assisterez à une avant-première à New York et qu'il aura des coliques ? Que se passera-t-il…

— D'accord, d'accord, j'ai compris le message. Je vais avoir besoin d'aide.

— Vous n'avez vraiment pas bien réfléchi à cette question, Piers. Il va vous falloir plus que de l'aide. Élever un enfant ne se résume pas à le nourrir et à changer ses couches, et vous ne pouvez pas imaginer être présent lorsque cela vous arrange et le laisser à d'autres quand ce n'est plus le cas. Ce n'est ni bien ni juste.

Piers avait envie d'argumenter, de nier ces accusations. Mais quelque chose dans les mots de Faye éveilla sa conscience et lui rappela que l'enfance qu'il avait subie serait probablement le genre d'enfance qu'il finirait par faire vivre à Casey.

Il voulait élever le fils de Quin comme son propre fils, et lui donner tout l'amour dont lui et son frère avaient été privés, mais comment pourrait-il continuer à vivre la vie qu'il vivait actuellement et donner malgré tout à Casey l'attention dont il avait besoin ? Le petit garçon n'était âgé que de trois mois et demi. C'était toute une vie d'engagement qui s'ouvrait devant Piers. Pouvait-il vraiment réussi cela ? Être la personne dont Casey avait besoin ? Être tout ce que ses propres parents n'avaient jamais été ?

Sa mère et son père avaient délégué l'essentiel de leur éducation à une équipe de gouvernantes et d'employés. Et dès que son frère et lui avaient été assez grands, ils avaient été envoyés en internat. Mais au moins avaient-ils toujours été là l'un pour l'autre. Qui serait là pour Casey ?

Piers sentit le poids des responsabilités s'abattre sur ses épaules.

— Vous avez raison, dit-il en faisant doucement tourner le vin dans son verre. Je n'ai pas bien réfléchi à toutes les implications.

— Qu'allez-vous faire, alors ? Remettre Casey aux services sociaux ?

— En aucune façon. Je suis responsable de lui. Je m'assurerai qu'il ne manque de rien, et si je fais quelques erreurs chemin faisant, je suis sûr que vous serez là pour me rappeler comment les choses devraient être faites.

— Moi ? s'étrangla-t-elle.

— Oui, vous. Vous n'avez pas l'intention de quitter votre emploi dans un proche avenir, n'est-ce pas ?

La question resta suspendue dans les airs pendant quelques instants.

— Quitter mon poste ? Non, pourquoi le ferais-je ? Mais je ne suis pas une nounou. Je suis votre assistante.

— Et en tant que telle vous pouvez m'aider à m'assurer et que je ne travaille pas plus longtemps que je ne le devrais et que j'emploie les bonnes personnes pour m'aider à prendre soin de Casey.

Il plongea son regard dans les yeux gris-bleu de Faye, et remarqua pour la première fois les petits éclats argentés de ses iris et l'adorable teinte brune de ses épais cils.

La tension se noua dans son estomac. Il avait besoin d'elle, et il était gênant de l'admettre. Elle était devenue un élément si essentiel de sa vie professionnelle qu'il avait du mal à présent à imaginer ses journées sans elle. Elle accomplissait un travail si incroyable au bureau, que l'idée qu'elle s'implique davantage dans sa vie personnelle était des plus séduisantes. Mais pourrait-il la convaincre ? Lui démontrer qu'il était sérieux dans sa volonté de devenir un père convenable pour Casey et qu'il était sérieux vis-à-vis d'elle également.

Elle se leva, prit son bloc-notes et y inscrivit quelques mots.

— Je m'en occuperai dès mon retour. Enfin, si jamais nous parvenons un jour à quitter cet endroit.

Piers se surprit à éclater de rire en découvrant son regard de chien battu

— Ça n'a rien d'amusant, répliqua-t-elle.

— Voyons, nous ne souffrons tout de même pas. Nous sommes au chaud et au sec. Avec de la nourriture et ma cave à vin à disposition…

— Et nous commençons à manquer de couches. J'ai pris la liberté d'explorer l'armoire où Meredith stocke le linge de maison. S'il nous est impossible de quitter cet endroit avant demain soir, nous allons devoir commencer à utiliser des serviettes de table. Cela fera beaucoup de linge à laver.

— Nous nous en sortirons, dit-il d'un air sombre, agacé par le rappel peu subtil qu'elle venait de lui adresser quant au fait qu'il n'avait pas la moindre idée de ce qu'il fallait pour prendre soin de Casey.

Mais il l'avait, elle, et elle, de toute évidence, le savait.

Une fois encore, il se demanda où elle avait acquis tout son savoir. Son CV indiquait qu'elle était originaire du Michigan, mais elle était allée à l'université en Californie et avait travaillé à Santa Monica et dans les environs depuis l'obtention de son diplôme. Elle n'avait, à sa connaissance, pas de famille et n'avait jamais travaillé dans le domaine de la puériculture. Son CV montrait clairement qu'il n'y avait aucune période laissée dans l'ombre après ses études. Alors, où avait-elle appris tant de choses à propos des bébés ?

- 6 -

Le soir suivant, alors qu'il était occupé à jouer avec Casey, Piers reçut un appel sur son portable lui annonçant que la route montant au chalet serait dégagée le lendemain et qu'une équipe se chargerait d'évacuer l'arbre tombé sur la voie. Piers s'était rendu sur les lieux pour prendre la mesure de la situation deux jours plus tôt, tandis que Casey dormait au chalet sous la surveillance de Faye. Voir son SUV ainsi écrasé contre le tronc d'arbre lui avait donné la nausée. Cette mésaventure aurait pu prendre un tour bien différent pour elle, et l'idée qu'il aurait pu la perdre le transperça d'effroi.

— J'ai de bonnes nouvelles, dit-il à Faye au moment où elle pénétrait dans la pièce principale, une corbeille de linge coincée sous un bras.

Son apparition offrait une image si simple et parfaite de la vie familiale que Piers sentit un sourire naître sur ses lèvres.

— Et de quoi s'agit-il ? Au fait, voici votre linge propre. Vous savez comment plier tout cela, n'est-ce pas ?

Le rêve de vie domestique de Piers se troubla quelque peu.

— Cela ne doit pas être bien compliqué, pas vrai ? répliqua-t-il en saisissant l'un de ses pulls de Noël.

— Alors, qu'avez-vous à m'annoncer ? lui demanda Faye d'un air impatient.

— La route sera dégagée demain matin.

— Oh ! quel bonheur !

Le soulagement perçait de manière claire dans sa voix. Piers tenta d'ignorer le pincement de déception qu'il ressentit. Il savait pourtant qu'il lui tardait de partir et qu'ils ne pourraient pas être bloqués éternellement ensemble dans le chalet à cause de la neige, même si cette idée était tentante.

Il laissa retomber le pull sur la pile.

— Nous devrions faire la fête ce soir.

— La fête, vraiment ? Pour ma part, je serai plus disposée à la faire quand mon avion aura décollé.

Il lui sourit, et une onde d'allégresse le traversa lorsqu'elle lui sourit malgré elle en retour.

— Eh bien, moi j'ai l'intention de boire du champagne, lorsque Casey sera endormi, et de danser.

— J'espère que vous vous amuserez bien. Moi, je file préparer ma valise, dit Faye en prenant la direction de l'escalier.

— Oh ! allons, vous n'allez pas faire ça, fit Piers d'un ton enjôleur. Accordez-vous un peu de détente pour une fois, Faye. Cela ne vous fera aucun mal, je vous le promets.

— Je sais très bien me détendre, répondit-elle.

Depuis la couverture sur laquelle il était étendu, Casey poussa un petit cri.

— Même Casey pense que vous devez être un peu plus insouciante.

— Casey est concentré sur les chaussettes accrochées sur le manteau de la cheminée, souligna-t-elle sèchement.

— Eh bien, puisque nous évoquons ce sujet, je pense que nous devrions annuler la fête pour le réveillon de Noël – et toutes les festivités prévues. Je ne crois pas qu'un chalet rempli d'invités constitue l'environnement idéal pour ce petit bonhomme. Et pour être franc, je crois que je préférerais faire les choses simplement cette année.

Faye le considéra d'un air surpris.

— Vous en êtes sûr ? demanda-t-elle.

— Oui. Cela me semble mieux ainsi. Je sais qu'il s'agit d'une décision de dernière minute et que les invités seront contrariés mais, en toute honnêteté, s'ils ne peuvent pas comprendre que les circonstances m'amènent à modifier mes habitudes, eh bien je n'ai pas vraiment envie de me retrouver en leur compagnie.

— Entendu, je m'en occupe tout de suite.

— Merci, Faye. Je sais que je ne le dis pas assez souvent, mais je ne pourrais pas gérer correctement ma vie sans vous.

— Oh ! je suis certaine que vous vous débrouilleriez très bien.

— Non, répliqua-t-il. Je ne crois pas. Vous êtes importante à mes yeux, Faye. Plus que vous ne vous en rendez compte.

La repartie qu'elle s'apprêtait à lui adresser mourut sur ses lèvres. L'expression au fond des yeux de Piers était sérieuse. Le cœur de Faye sauta un battement. Importante à ses yeux. Quel était le véritable sens de ses paroles ? Elle avait ressenti une évolution dans leur relation depuis qu'ils étaient coincés au chalet, mais elle avait mis cela sur le compte de l'étrangeté de leur situation. Cette satanée pointe de désir vint la tarauder de nouveau. Elle déglutit avec peine et se força à détacher les yeux de son visage.

L'atmosphère semblait s'être alourdie.

S'il s'approchait d'elle, que ferait-elle ? Le laisserait-elle venir à elle ? Et l'embrasser de nouveau, peut-être ?

La chaleur gagna son visage. C'était insensé, songea-t-elle en sentant une pointe de panique la gagner. Il n'avait fait que la remercier pour son implication dans son travail. Mais elle percevait un éclat brûlant dans ses yeux bruns. Il ne s'agissait pas simplement d'un patron exprimant sa reconnaissance à l'une de ses employées ; il y avait bien plus que ce que ses paroles semblaient exprimer.

Faye lutta pour trouver les mots qui ramèneraient les choses vers la normalité qu'elle appréciait. Une normalité dans laquelle vous ne vous sentiez pas subitement submergée par le désir de glisser vos doigts sous le pull de votre patron pour savoir si la peau de son abdomen musclé était chaude et douce comme la soie.

Comme s'il percevait la tension qui emplissait l'atmosphère, Casey n'émettait plus le moindre bruit. Faye se força à détacher les yeux de Piers et les posa sur lui.

— Oh ! regardez ! s'exclama-t-elle. Il a trouvé son pouce.

Il fallut un instant à Piers pour sortir de son immobilité et laisser un large sourire s'épanouir sur son visage.

— Eh bien, c'est un petit malin on dirait, lança-t-il avant de le rejoindre.

Faye regarda Piers s'installer par terre à côté de lui et lui parler comme s'il était le nourrisson le plus intelligent au monde. Cette fois-ci une autre sorte de sentiment s'éveilla dans son cœur. Un sentiment qui lui faisait prendre conscience de tout ce à quoi elle avait renoncé en faisant le choix de ne pas fonder de famille. Faye s'obligea à se détourner et prit la corbeille pour la rapporter dans la buanderie. Il lui était impossible de rester une seconde de plus et de s'autoriser à…

Elle interrompit le fil de ses pensées mais une voix insistante s'éleva à l'intérieur d'elle. *S'autoriser à quoi exactement ? À tomber amoureuse d'eux ?* Ce serait stupide. Stupide et autodestructeur.

Faye se fit discrète durant les moments que Piers consacra au bain de Casey et à son dernier biberon. Elle le laissa ensuite l'installer confortablement pour la nuit. À présent qu'elle savait qu'elle partirait le lendemain, elle craignait de se laisser aller à profiter de la proximité du petit Casey juste un peu plus qu'il ne fallait. Ce serait si facile d'enfouir le nez dans le duvet formé par ses cheveux fins, de parsemer de baisers ses petites joues rebondies, d'apprécier le contact de son petit corps. Le simple fait d'y penser fit monter en elle l'envie douloureuse de le prendre dans ses bras, mais elle réussit à résister à cet élan. Piers était parfaitement capable de pourvoir aux besoins immédiats de Casey. Ce bébé n'avait pas besoin d'elle, et d'ailleurs elle ne voulait pas que quiconque ait besoin d'elle.

Mais tu as réellement *envie qu'on ait besoin de toi*, fit son insidieuse voix intérieure. Il avait été assez facile à Faye d'échapper aux situations dans lesquelles des interactions avec des bébés étaient inévitables, mais en se retrouvant confinée dans ce chalet elle avait vu ses remparts intérieurs commencer à s'effriter.

Elle avait besoin de prendre de la distance. Sur-le-champ.

Une fois dans sa chambre à l'étage, elle referma la porte derrière elle et laissa échapper un long soupir.

Demain, songea-t-elle. Dans un jour à peine, elle retrouverait sa vie. Il n'y avait plus qu'à tenir bon quelques heures encore. Elle pouvait y arriver. Serait-il si difficile de continuer à résister à l'attrait d'un bébé exceptionnellement adorable et d'un homme capable de faire s'emballer son cœur dans sa poitrine ? Pour l'instant cependant, elle avait du travail à accomplir et une foule de personnes à contacter de la part de Piers pour annuler leurs séjours au chalet.

Une fois sa tâche accomplie, elle décida de mettre les choses en route avec l'agence de détectives privés à laquelle Piers faisait appel à l'occasion pour ses projets de construction immobilière.

Elle leur exposa la situation concernant Casey dans un mail, précisa que les informations manquaient au sujet de sa mère et demanda s'ils pouvaient entamer des recherches. Après avoir pressé sur le bouton envoi, elle s'allongea sur son lit et se demanda s'il était possible de simplement rester cachée pour le reste de la soirée. Mais un coup frappé à sa porte la fit se redresser brusquement.

Après y avoir été invité, Piers entra et s'appuya contre l'encadrement de la porte, tout sourire.

— La voie est libre, dit-il. Casey est au lit pour la nuit.

— Je n'essayais pas d'éviter la présence de Casey.

— Oh ! vous évitiez la mienne, alors ?

— Non, bien sûr que non. Je travaillais, protesta-t-elle, arrachant au passage un autre sourire dévastateur à son patron.

Elle décrivit par le détail les tâches qu'elle avait accomplies, et il l'écouta d'un air approbateur.

— Merci d'avoir géré tout cela. Je me serais chargé des détectives moi-même, mais j'ai été occupé avec Casey.

— C'est pour cela que vous m'avez auprès de vous, l'avez-vous oublié ?

Si son ton semblait désinvolte, la vérité était que son travail comptait plus que tout à ses yeux. Elle adorait remettre les choses en ordre quand tout allait de travers, et elle était fière de son aptitude à anticiper les besoins de Piers. Bien faire son travail comptait grandement à ses yeux. Au fond, quand on y pensait, c'était tout ce qu'elle possédait.

Bien sûr, elle avait noué des contacts avec certaines personnes, mais il s'agissait plus de connaissances que d'amis. Garder les gens à distance rendait les choses tellement plus simples. Elle avait même perdu contact avec Brenda, sa meilleure amie de lycée. Brenda avait déployé d'incroyables efforts pour être présente auprès d'elle à la suite de l'accident, mais personne ne pouvait véritablement comprendre ce qu'elle avait traversé, ni comment elle s'était sentie. Et finalement Brenda, elle aussi, était peu à peu sortie de son univers. Désormais leurs contacts se limitaient à l'envoi occasionnel de cartes d'anniversaire.

— Oui, c'est pour cela que je vous ai auprès de moi, répondit-il avec dans la voix une note de gravité qu'elle ne comprenait pas vraiment.

Il tendit la main vers elle.

— Venez en bas avec moi. Un bon feu flambe dans la cheminée, il y a de la musique, et j'ai une bouteille de champagne très spéciale au frais.

— Du champagne ? dit-elle avec étonnement, le laissant à contrecœur prendre sa main et la guider dans le couloir.

— Oui, nous faisons la fête, vous vous en souvenez ?

— Ah oui ! c'est vrai ! Pour notre liberté retrouvée.

— Est-ce tout ce que cela représente pour vous ? Une chance de vous enfuir ?

Était-ce effectivement le cas ?

— J'avais d'autres projets, vous savez, dit-elle pour se défendre.

Peu importait si ces projets incluaient de se laisser aller à pleurer la mort de sa famille comme elle le faisait chaque année. C'était l'unique moment où elle s'autorisait à parcourir les vieux albums de photos familiales qui se terminaient brutalement sur des clichés datant de treize ans plus tôt. Cela la faisait terriblement souffrir, mais il s'agissait d'images de temps plus heureux, et cette nuit était l'unique moment où elle se permettait d'y replonger – c'était tout ce qu'elle méritait.

Ils atteignirent le bas des marches, et Faye remarqua qu'il avait parsemé de bougies allumées l'ensemble de la pièce principale et qu'il avait éteint les guirlandes parant le sapin de Noël. Piers tourna le visage vers elle.

— Je suis vraiment désolé que vous vous soyez retrouvée coincée ici. J'aurais dû comprendre que vous aviez des projets de votre côté. C'est simplement que vous êtes toujours présente au téléphone ou au bureau, tout près de moi. Je crois que mon tort est de considérer votre présence comme acquise.

— Ce n'est pas grave. J'aime mon travail, Piers. Pour rien au monde je ne voudrais qu'il soit différent.

— Mais la vie ne se résume pas au travail, n'est-ce pas ?

Elle lui adressa un sourire en guise de réponse et l'observa retirer une bouteille du seau à glace posé sur la table basse.

— Très bonne bouteille, non ? dit-elle au moment où il en faisait sauter le bouchon.

— Rien que le meilleur. Nous l'avons mérité, ne croyez-vous pas ? Et il faut fêter la réouverture de la route.

Faye accepta une flûte de cristal remplie du liquide doré.

— Elle n'est pas encore dégagée, lui rappela-t-elle.

— Toujours aussi tatillonne, la taquina-t-il. Alors disons simplement que nous célébrons l'idée qu'elle le sera bientôt et aussi le fait que nous n'aurons pas besoin de transformer en couches mon beau linge de maison.

— Buvons à ces deux choses, dit Faye en trinquant.

Elle inclina la tête et prêta attention à la musique qui emplissait la pièce.

— Comment ? Ce ne sont pas des chants de Noël ?

— Je sais que vous ne les appréciez pas. Je me suis dit que je vous rendrais la vie plus facile ce soir, répondit-il en lui adressant un clin d'œil complice.

— Je vous remercie. J'apprécie grandement votre geste.

Elle dégusta son délicieux champagne, savourant l'exquise sensation des bulles dansant sur sa langue. Piers se retourna pour mettre une autre bûche dans le feu, et elle se surprit à onduler doucement au rythme de la musique. Lorsque Piers revint à côté d'elle, elle s'aperçut qu'elle avait déjà bu la moitié de son verre et que l'alcool commençait à lui monter à la tête.

— Vous appréciez ? demanda-t-il.

Et sans attendre sa réponse, il saisit la bouteille et remplit de nouveau son verre.

— Oui, beaucoup, répondit-elle simplement.

— Parfait, vous méritez le meilleur. Asseyez-vous, je reviens tout de suite.

Et quelques instants plus tard il fut effectivement de retour avec un plat de fromage et de crackers.

— Désolé, le choix de fromages est assez restreint, mais je n'ai pas eu l'occasion de faire un saut à l'épicerie.

Faye ne put s'empêcher d'éclater de rire.

— Comme s'il vous arrivait parfois d'aller vous-même à l'épicerie !

— Vous marquez un point, dit-il en hochant la tête. J'ai mené une vie incroyablement privilégiée, n'est-ce pas ?

Mais il avait également connu la solitude et le deuil, en dépit de tous ces privilèges. Et, même s'il le cachait, elle savait que son frère lui manquait terriblement.

— D'un autre côté, vous fournissez également des emplois à des centaines de personnes, avec tous les avantages qui en découlent, donc j'imagine qu'on peut vous pardonner le fait de ne jamais faire vos propres courses.

Faye posa sa flûte et prit un cracker et du fromage. Il valait probablement mieux qu'elle mange un peu avant de boire davantage. Le déjeuner léger qu'elle avait préparé plusieurs heures plus tôt était depuis longtemps digéré. Un délicieux fumet commença à parvenir à ses narines.

— Avez-vous cuisiné ?

— Oh ! Casey et moi avons juste jeté quelques petites choses dans une casserole.

L'expression surprise de Faye arracha un petit rire à Piers.

— Non, pour tout vous dire, il s'agit de l'un des ragoûts de Meredith que j'ai trouvé dans le congélateur. J'ai pensé que nous pourrions manger ici, devant le feu. Il n'est pas désagréable de se détendre un peu, non ?

Faye acquiesça. Il n'était pas fréquent qu'elle lâche totalement prise. Peut-être était-ce dû au champagne, ou peut-être au fait de savoir qu'elle serait bientôt partie, mais elle se sentait profondément relaxée.

Piers remplit de nouveau sa flûte de champagne, et elle regarda le verre dans sa main d'un air surpris. Ce récipient fuyait-il ? Avait-elle réellement pu déjà boire autant ?

Comme s'il était capable de lire dans ses pensées, son patron s'empressa de la rassurer.

— Je ne vous laisserai pas boire plus que de raison. En ma qualité d'hôte responsable, comme il est de coutume de dire. En outre, je sais à quel point vous appréciez de garder le contrôle.

— Je ne suis pas inquiète.

En réalité, elle s'était rarement sentie mieux qu'en cet instant. Une exquise langueur s'était diffusée dans ses membres, et une douceur chaleur s'épanouissait au creux de son ventre. Elle replia les jambes sous elle sur le canapé et contempla le jeu des flammes dans l'âtre. Elle avait détesté le feu depuis l'accident – détesté son pouvoir dévastateur, sa puissance incontrôlable. Mais les quelques journées passées au chalet semblaient l'avoir rendue moins sensible à ces peurs. Le pare-feu placé par Piers devant la cheminée lui donnait le sentiment d'être parfaitement protégée de tout risque. Il faudrait cependant qu'ils soient prudents une fois que Casey pourrait se déplacer seul, songea-t-elle. Si jamais Piers s'en tenait à l'idée de le garder, bien sûr.

Mais cette question pouvait attendre. Et il ne lui revenait pas de s'en préoccuper. L'objectif de la soirée était de se détendre, c'était donc ce à quoi elle allait s'employer.

La remarque de Piers, à propos du fait qu'elle aimait garder le contrôle, résonna dans son esprit. Était-ce ainsi qu'elle apparaissait à ses yeux ? En permanence en contrôle ? C'était en tout cas le comportement qu'elle cherchait à avoir. C'était sa protection. Si elle parvenait à tout garder sous contrôle, rien ne pouvait la surprendre. Rien ne pouvait la blesser.

La sensation d'impuissance totale ressentie face au camion-citerne chargé de gaz qui avait glissé sur la route gelée en direction de leur voiture au cours de cette nuit avait laissé des cicatrices qui allaient bien au-delà des séquelles physiques. Sa vie entière avait explosé. Et une fois que son corps s'était remis de l'accident, ses blessures émotionnelles étaient venues peupler chacune de ses heures de veille.

Les premiers temps passés dans sa famille d'accueil

s'étaient écoulés dans un épais brouillard, et pour mettre du baume sur son cœur brisé elle s'était entièrement investie auprès des jeunes enfants de son foyer. Les bébés l'attiraient le plus, chacun semblant à ses yeux se substituer à son petit frère disparu. Ce bébé qui serait peut-être encore vivant si elle n'avait pas supplié son beau-père de la laisser conduire ce soir-là. Pendant très longtemps elle avait regretté de ne pas avoir trouvé la mort en même temps que le reste de sa famille. Elle avait regretté d'avoir été extirpée de la carcasse en feu de leur berline familiale.

Sans s'en rendre compte elle porta la main à ses jambes qu'elle frotta doucement. Le tissu cicatriciel était moins rigide qu'autrefois, mais il lui rappelait constamment qu'elle avait survécu alors que sa famille avait été anéantie.

— Vos jambes vous font mal ? demanda Piers.

C'était la première fois qu'il évoquait ses blessures depuis qu'il l'avait vue dévêtue le soir de son arrivée.

— Tout va bien. Ce n'est qu'un geste machinal.

Elle attendit qu'il pose les questions inévitables sur l'origine de ses cicatrices, de ses douleurs et sur tous les autres points habituels.

— Voulez-vous que je les frotte pour vous ? J'imagine que les massages peuvent aider, n'est-ce pas ?

Elle le regarda d'un air étonné.

— Eh bien, oui, j'ai pu constater des effets bénéfiques… Mais je vais bien, merci, vraiment bien.

Un sentiment de peur entremêlé d'autre chose – de désir peut-être – se mit à flotter à la lisière de son esprit. Que ressentirait-elle s'il posait les mains sur ses jambes, si ses doigts longs et souples caressaient sa peau abîmée ? Elle repoussa cette pensée avant qu'elle prenne trop de place.

— Je m'occupe d'apporter le dîner ? demanda-t-elle.

— Surtout pas. Ce soir, je vous sers, d'accord ?

Faye se rassit à contrecœur

— Je n'ai pas l'habitude d'être servie.

— Eh bien, comme cela, ce sera une expérience pour vous, fit Piers avec un petit sourire. À présent détendez-vous. Ordre du patron.

Tandis qu'il se dirigeait vers la cuisine, Faye se surprit à le regarder s'éloigner. C'était plus fort qu'elle. Tant de choses en lui, que ce soit le contour puissant de ses larges épaules ou la façon dont son jean épousait ses courbes, captaient son attention. Tout cela bousculait tant d'interdits. Au bureau, il était facile de ne pas prêter attention à son physique attirant. Après tout, elle était alors trop occupée à veiller à ce que tout fonctionne sans heurt pour remarquer à quel point Piers était séduisant. Quand donc la perception qu'elle avait de lui avait-elle changé ? Quand avait-il cessé d'être simplement son patron pour devenir un homme pour lequel elle éprouvait du désir ?

- 7 -

Tout en coupant du pain, Piers songeait à son assistante. C'était comme si au cours des derniers jours son masque de prudence habituel avait été détruit et qu'il lui était enfin donné à voir la femme qui vivait derrière cette façade. Il mit les tranches dans une corbeille et se tourna pour soulever le couvercle de la cocotte mijotant sur la cuisinière.

Le délicieux fumet du ragoût lui mit l'eau à la bouche. Il était amusant de constater que vivre ainsi isolé vous amenait à bien plus apprécier les choses. Il décida qu'il ne considérerait plus pour acquise l'implication de ses employés. Le temps était venu d'exprimer plus de gratitude à ces personnes sans lesquelles il n'aurait pas été capable de faire son travail correctement.

Cette pensée le ramena aussitôt à la jeune femme qui l'attendait dans la pièce principale. Au cours de cette soirée il avait décelé en elle une vulnérabilité qu'il n'avait jamais remarquée. Y aurait-il un manque qu'il pourrait combler ? Il voulait trouver un moyen de lui être utile, pour changer, plutôt que d'être celui aux besoins duquel on veillait continuellement. Cela le fit se sentir un peu nerveux. Comme s'il s'agissait de sa seule chance de faire changer les choses entre eux. Et s'il la ratait, tout serait fini. Il ne perdrait pas seulement toute chance de voir une relation authentique se nouer entre eux, elle quitterait son poste, également. Rien ne lui avait semblé aussi crucial jusqu'à ce jour.

Il ne pouvait comprendre pourquoi les choses s'étaient modifiées entre eux, mais l'évidence était là. Il savait déjà qu'il faisait confiance à Faye pour toutes les questions importantes à ses yeux. Elle avait été un roc pour lui quand son frère était mort, s'assurant que tout continuait à fonctionner normalement quand il s'était absenté pour régler la question de la succession de Quin. Durant leurs trois années de collaboration ils avaient partagé une osmose qu'il n'avait jamais connue avec personne d'autre. La même osmose pourrait-elle s'étendre à leurs vies personnelles ? Être coincé dans la montagne avec elle – bien qu'ils aient un chaperon miniature avec eux – le conduisait à ouvrir les yeux sur ce qu'ils pourraient être s'ils étaient ensemble.

Réalisant qu'il s'était perdu dans ses pensées, il se hâta de servir deux grandes portions de ragoût dans des bols. Il compléta le contenu du plateau et l'apporta dans la pièce principale.

Faye fixait les flammes d'un air absent. Qu'avait-elle à l'esprit ? Elle ne l'entendit qu'au moment où il déposa le plateau sur la table basse et vint s'asseoir près d'elle.

Elle se redressa et s'écarta très légèrement. Il se pencha, prit un des bols et le lui tendit, avec une fourchette.

— Et voilà, dit-il. Un peu de pain ?

Il lui tendit la corbeille et fut soulagé de la voir en prendre une tranche. Il lui semblait qu'elle mangeait à peine. Elle avait clairement besoin qu'on s'occupe mieux d'elle. Et il était l'homme idéal pour cela. Cette pensée fit naître en lui un frisson d'impatience.

Ils partagèrent leur repas dans un silence poli et, plus

tard, une fois une fois la vaisselle débarrassée, il fit une suggestion.

— Dansons un peu maintenant, dit-il d'un ton enjôleur en se levant et en tendant la main vers elle.

— Danser, dites-vous ?

— Voyons, Faye, détendez-vous, s'il vous plaît. Je ne vais pas vous mordre.

Et à peine ces mots eurent-ils franchi ses lèvres qu'il fut pris de l'irrésistible envie de venir enfouir le visage dans le creux de son cou et de mordre délicatement sa peau laiteuse, puis de la couvrir de baisers. Cette idée propulsa une intense sensation dans ses veines. Le désir. Brûlant et puissant. Il serra les mâchoires pour maîtriser l'élan qui s'animait en lui.

Cela lui sembla durer un temps infini mais, finalement, Faye déposa une petite main pâle dans la sienne et l'autorisa à l'aider à se relever. Piers la conduisit vers un espace dégagé de la pièce et l'attira entre ses bras. Il ne fut pas surpris de constater que le contour de son corps épousait parfaitement le sien, comme s'ils étaient faits l'un pour l'autre. Il huma les notes subtiles de son parfum.

En cet instant, au cours de ce qu'il espérait avec ferveur ne pas être leur dernière soirée ensemble, tous deux étaient vraiment *très* proches. Piers commença à se mouvoir au rythme de la musique, savourant la façon dont elle accompagnait ses mouvements et se délectant du frôlement des hanches de Faye et de la sensation de sa main dans la sienne. Durant tout ce temps, les délicates touches de son parfum taquinèrent et émoustillèrent ses sens.

La résistance qu'il avait sentie tout d'abord tendre le corps de Faye commença à se relâcher. Ses pas devinrent plus spontanés, perdant la rigidité que leur avait insufflée sa volonté initiale de contrôler le moindre de ses gestes. Ils n'avaient rien d'un couple de danseurs professionnels, mais il se réjouit de sentir cette harmonie dans leurs mouvements, et son esprit ne put s'empêcher de se demander si leurs corps seraient autant à l'unisson s'ils se rapprochaient dans des circonstances bien plus intimes.

Il inclina la tête pour déposer un baiser sur son front. Faye eut un mouvement de recul et leva vers lui des yeux agrandis par la surprise. Oserait-il aller plus loin et faire ce qu'il désirait réellement – ce qu'il soupçonnait qu'elle voulait elle aussi tout au fond d'elle ? Bien sûr qu'il oserait.

Quand il s'empara de ses lèvres, une évidence le frappa. C'était comme si la femme qu'il tenait entre ses bras était celle qu'il avait cherchée durant toute sa vie d'adulte. Le feu qui couvait sous l'attitude précautionneusement contrôlée de Faye depuis leur tout premier baiser se déchaîna soudain. Ses lèvres s'entrouvrirent sous les siennes, et elle commença à répondre à son baiser avec une ferveur égale à la sienne.

C'était plus puissant que leur premier baiser. C'était incendiaire. Dévorant. Il la désirait avec tant de force qu'il en tremblait. Il porta les mains à ses cheveux, retira les épingles qui les retenaient en chignon, et sa chevelure retomba en épaisses boucles sur ses épaules. Ses doigts s'enfoncèrent dans leur masse soyeuse, et il resserra son étreinte.

Qu'elle le laisse faire en disait plus long qu'aucune des paroles jamais échangées entre eux. Que ses mains agrippent son pull comme si elle avait besoin de s'arrimer à quelque chose de solide lui apprit qu'elle était autant engagée que lui dans ce moment.

Un profond soulagement courut dans ses veines. Il ne savait pas comment il aurait fait face à la situation si elle s'était brusquement écartée de lui ou si elle lui avait demandé d'arrêter. Bien sûr, il se serait interrompu, mais cela lui aurait terriblement coûté.

Elle semblait si délicate entre ses bras, si fragile, et pourtant il savait qu'elle possédait une force intérieure que beaucoup n'auraient jamais. Elle était robuste et puissante, et pourtant tout à la fois vulnérable et précieuse.

Les mains de Faye lâchèrent son pull pour venir se glisser au-dessous. Il perçut la sensation incroyable produite par la chaleur de ses paumes contre sa peau. Poussant un léger grondement, il détacha les lèvres des siennes pour pouvoir plonger les yeux dans les siens – pour recevoir une nouvelle fois la confirmation qu'il n'exigeait rien d'elle qu'elle ne soit pas désireuse de lui donner.

Le désir qui brillait dans ses yeux gris-bleu failli le mettre à genoux. Son corps se tendit davantage, et il plaqua les hanches contre les siennes. Il la vit rougir alors qu'il se pressait contre elle, révélant l'expression concrète de son désir pour elle, et ses paupières palpitèrent comme si elle se laissait gagner par d'enivrantes sensations.

Piers l'embrassa de nouveau, jouant cette fois de la langue avec plus d'audace. Elle ne pouvait retenir de petits gémissements de plaisir, et quand il plaqua de nouveau le bassin contre elle, il perçut son souffle se suspendre un instant. Les doigts de Faye se crispèrent contre les muscles de son dos, ses ongles, gardés courts pour des questions pratique, vinrent légèrement s'enfoncer dans sa peau.

Il dégagea délicatement l'une de ses mains de ses cheveux et la fit descendre en une douce caresse le long de son dos jusqu'à atteindre la courbe ferme de ses fesses. Elle était si parfaite ; comme il était bon de la sentir contre lui ! Sa main glissa sur sa hanche avant de passer sous son pull pour caresser la peau soyeuse de son ventre. Puis il remonta lentement les mains jusqu'à trouver la douceur satinée de son soutien-gorge qu'il se hâte de dégrafer.

— Je veux te voir, grogna-t-il contre sa gorge. Je veux te toucher. Te toucher tout entière.

— Oui, murmura-t-elle tout en tremblant.

C'était l'encouragement qu'il lui fallait. Il ne s'écarta d'elle que pour l'aider à retirer son pull et à faire glisser les bretelles de son soutien-gorge le long de ses bras. Ses seins s'offrirent alors à son regard brûlant de désir. Et voilà qu'il les retrouvait – ces taches de rousseur qui l'avaient fasciné de manière si peu appropriée quelques soirées plus tôt.

Piers effleura du bout des doigts la base de son cou pour relier ces points jusqu'à atteindre l'endroit où sa peau devenait d'un blanc crémeux. Le blanc de sa poitrine sur lequel se détachaient deux pointes roses et tendues appelant à elles ses mains et sa bouche. Il posa une main sur sa taille de guêpe et vint les titiller l'une après l'autre avec le bout de sa langue. Le corps de Faye frémit tout entier, et il vit le désir faire s'épanouir un halo rosé sur sa peau.

Savoir qu'il avait un effet si puissant sur elle fit monter en lui un sentiment de joie qu'il n'avait jamais connu jusqu'alors avec aucune femme. Elle était si réceptive, si sincère dans ses réactions. C'était si plaisant qu'il voulait que cette soirée soit encore plus mémorable pour elle.

Peut-être y avait-il une pointe d'égoïsme dans son projet. S'il réussissait, peut-être ne se hâterait-elle pas de quitter les lieux une fois la route réouverte. Peut-être souhaiterait-elle s'attarder, découvrir à quel point ils seraient superbement bien ensemble sur tous les plans possibles.

Elle méritait tout ce qu'il y avait de meilleur, et il s'assurerait qu'elle l'obtienne. C'était aussi simple que ça.

Il ne pouvait se contenter de la toucher, il voulait la *sentir*, aussi. Il s'écarta légèrement pour pouvoir se défaire de son pull. Dès qu'il s'en fut débarrassé il l'attira contre lui, pour que sa peau vienne épouser la sienne. Le choc délicieux de ce contact l'étourdit d'une façon qu'il n'avait pas connue depuis ses folles années d'adolescence. Il savoura cette sensation et caressa l'arrière des graciles épaules de Faye.

Ses bras se refermèrent autour de lui, et il sentit la pression de ses seins sur son torse.

— Ta peau. Elle est si chaude. C'est comme si tu étais en feu, dit-elle doucement.

— Je suis en feu, c'est vrai. Je brûle de désir pour toi.

Faye fit remonter les ongles dans le dos de Piers puis le long de ses bras. Elle l'avait déjà vu torse nu. À l'époque où elle avait travaillé avec lui dans sa propriété de la Côte d'Azur, où il était fréquent qu'il fasse de la terrasse bordant la piscine son bureau pour la journée. Elle avait admiré les contours ciselés de son corps, mais elle n'avait jamais imaginé que les toucher lui procurerait une telle sensation. Que sous son bronzage doré ses muscles étaient si durs et souples à la fois.

Comme il était excitant de le caresser ! Cela semblait tout à la fois interdit et si naturel. Faye repoussa les pensées confuses qui encombraient son esprit, la voix de la raison qui tentait de lui dire qu'il s'agissait d'une idée des plus stupides. Qu'elle n'était qu'une source d'amusement temporaire pour lui. Il y avait cependant quelque chose dans sa manière de la regarder, et dans le respect qui imprégnait chacun de ses gestes, qui lui donnait le sentiment que même si elle ne devait partager que cet unique moment d'intimité avec lui, cet intermède dans son existence représenterait une expérience capable de repousser les ténèbres et la solitude qui emplissaient son âme.

Était-ce une mauvaise chose que d'avoir envie, d'avoir besoin de ressentir ce contact physique avec une autre personne ? De vouloir se sentir appréciée ? En temps normal, la part logique de son cerveau – celle qui avait enduré des années de culpabilité, de douleur et de réadaptation à l'existence – aurait dit que, bien sûr, ça l'était. Qu'elle ne méritait pas de vivre ce genre de bonheur.

Mais il ne s'agissait pas de circonstances normales. Elle s'était laissé séduire par le champagne, le dîner près de la cheminée crépitante et la danse entre les bras d'un homme splendide et attentionné durant toute la soirée. La soirée ? Non, à vrai dire il en était ainsi depuis toujours. Peut-être la taquinait-il et essayait-il gentiment de lui faire livrer ses secrets, mais il ne s'était jamais montré désobligeant ou déraisonnable. Au bureau, alors qu'il occupait pleinement sa place de patron, il l'avait toujours considérée comme une égale appréciée. Il prenait en compte ses idées et ses propositions, et reconnaissait ses mérites lorsqu'il suivait l'une des directions qu'elle avait imaginées.

Peut-être n'avait-elle pas été simplement séduite par la soirée. Peut-être avait-elle été séduite par Piers chaque jour de ces trois années durant lesquelles elle avait travaillé à ses côtés, faisant davantage partie de son existence que ses parents et sa famille étendue. Et certainement davantage que les femmes qui avaient défilé dans son lit et dans sa vie. Durant un court instant, elle se demanda :

Si tout cela devait aller plus loin, appartiendrai-je à la même catégorie que ces femmes ?

Faye effleura du bout des doigts les larges épaules de Piers avant de poursuivre sa course le long de ses bras puissants puis de son abdomen superbement musclé. Elle l'entendit prendre une profonde inspiration quand elle laissa les mains glisser en douceur plus bas encore pour venir se poser sur la ceinture de son pantalon. Il referma une main sur les siennes au moment où elle commençait à tirer dessus.

— N'allons pas trop vite, veux-tu.

— Entendu, répondit-elle d'une petite voix.

Mais elle peinait à lutter contre la force de son désir. Il était presque effrayant de reconnaître à quel point il la bouleversait intimement. À quel point la chaleur de son corps se diffusait en elle pour réchauffer des parts de son être qu'elle croyait gelées à jamais. À quel point la force de ses bras la faisait se sentir en sécurité et à quel point sa présence lui donnait l'impression de ne plus être seule au monde.

Ses hanches se mirent à se balancer doucement, et elle se laissa guider à mesure qu'ils reprenaient leur danse. Il semblait si terriblement audacieux de danser ainsi torse nu, mais quand le buste de Piers vint effleurer sa poitrine, que leurs ventres se touchèrent et qu'elle sentit son érection se presser contre elle, le moment lui apparut comme de plus en plus naturel à chaque seconde.

Piers releva son menton et lui prodigua un nouveau baiser, et elle eut alors littéralement l'impression de fondre. Le contact de sa peau, magique, propulsait des ondes de ravissement dans ses veines. Quand il ralentit ses pas et porta les mains sur la fermeture de son jean pour lentement la descendre elle sentit son corps vibrer des pieds à la tête. Elle l'aida à lui retirer son pantalon qu'il repoussa sur le sol.

Pendant un court instant elle se sentit gênée par ses cicatrices, mais alors il posa les lèvres sur les siennes, et toutes les pensées la ramenant à son passé s'évanouirent.

Sa façon de la toucher était si douce, si respectueuse, qu'elle avait envie de l'implorer d'aller plus loin, plus vite. Mais tout cela était nouveau pour elle. Même si elle était sortie avec d'autres hommes, et en avait même embrassé quelques-uns, elle n'était jamais allée aussi loin auparavant. Et ce que Piers lui faisait produisait d'exquis frissons tout à l'intérieur d'elle, qui se muèrent peu à peu en une tension presque douloureuse qui exigeait de trouver une issue.

Les doigts de Piers effleurèrent doucement sa lingerie, et elle se pressa plus fort contre lui.

— Impatiente ?

— C'est si puissant, reconnut-elle timidement. Mais… je veux ressentir encore plus de choses.

— Je te promets que je te ferai ressentir tout ce que tu peux imager et que tu en aimeras chaque instant.

Elle étouffa un petit rire, se sentant de nouveau un peu gênée.

— Chaque instant ?

Il se pressa contre elle, et ses doigts épousèrent fermement l'espace entre ses cuisses, la laissant tremblante et comme transpercée par un intense éclair de désir.

— Tout à fait, fit-il en accompagnant d'un baiser déposé dans son cou chacun de ces mots.

Ce contact l'électrisa tout entière. Comment une simple caresse pouvait-elle produire des sensations si puissantes ?

— Je te prends au mot, alors, fit-elle avec tout le sérieux dont elle était capable.

— Tu me connais. Tu sais que j'adore les défis.

Elle trembla légèrement en sentant les coins de ses lèvres se relever en un sourire contre sa peau chauffée à blanc. Et, oui, c'était bien vrai, elle le connaissait. Alors pourquoi le laissait-elle la toucher ainsi ? Il avait eu de nombreuses relations amoureuses au cours des trois dernières années. Des femmes magnifiques. Sculpturales. Habituées à la vie mondaines. Expérimentées. Tout ce qu'elle n'était pas. Une foule de questions l'assaillit. Ne faisait-il que s'amuser avec elle ? Ne se contentait-il pas de sa présence et de l'absence d'autres opportunités pour satisfaire ses envies ?

Mais alors les mains de Piers épousèrent l'arrondi de sa poitrine. Ses doigts jouèrent sur sa peau tandis que sa bouche traçait un chemin de baisers depuis le creux de sa nuque jusqu'aux pointes dures et dressées de ses seins. Il accueillit l'une d'elles dans sa bouche, et le jeu de sa langue conjugué à ses légers mordillements chassèrent toute pensée de son esprit. Elle gémit et s'agrippa à ses larges épaules comme si sa capacité même à tenir debout ne dépendait que de lui. Et peut-être était-ce le cas.

Lorsque Piers la souleva de terre pour la déposer sur le grand canapé, un frisson d'impatience ondula à travers elle.

Elle le regarda se débarrasser de ses chaussures puis de tous ses vêtements avec la grâce qui imprégnait toujours le moindre de ses gestes. Quand il se redressa, entièrement nu face à elle, son regard s'arrima à l'expression triomphante du désir qu'il éprouvait pour elle. Un appel instinctif s'éveilla à travers son corps. Piers s'inclina vers elle, fit glisser sa culotte le long de ses jambes, la jeta au sol, et vint recouvrir son corps du sien.

Elle tendit les mains vers son sexe sur lequel elle

referma bientôt les doigts avant de s'appliquer à lui offrir une caresse rythmée. Sa peau, douce comme la soie, était véritablement brûlante, et bientôt les tourments auxquels elle le soumettait lui arrachèrent un grognement de plaisir.

— Attends un peu, murmura-t-il. Je vais chercher un préservatif, je reviens tout de suite.

Il s'écarta rapidement, et elle l'entendit se diriger vers l'une des chambres. Quand il fut de retour quelques secondes plus tard, elle observa, intriguée, son beau visage tandis qu'il mettait en place la protection. Ses yeux brillaient d'une ferveur qu'elle n'avait encore jamais vue. Elle comprit que cette expression fiévreuse trahissait tout son désir pour elle.

Cette révélation lui donna de la force. Elle savait que ce qui se produirait ensuite pourrait être inconfortable, mais au-delà de cette sensation passagère viendraient un plaisir et une satisfaction comme elle n'en avait jamais connu. Son corps lui disait déjà qu'il en serait ainsi. Elle se savait prête.

Piers recouvrit son corps et plongea les yeux dans les siens.

— Dis-moi si je vais trop vite, murmura-t-il tout en venant glisser les hanches entre ses jambes.

Faye sentit son sexe contre sa peau, sa main qui venait le guider de manière experte. Une petite pointe d'appréhension voila un instant son désir, mais tout s'envola lorsque les doigts de Piers la touchèrent juste au-dessus de ce point au niveau duquel leurs corps se rencontraient si intimement.

Piers traça des cercles sur la partie la plus sensible, tout en exerçant une douce pression, et le corps de Faye se tordit contre lui. Elle gémit quand un tourbillon de volupté se mit à irradier à partir du centre de son être. Un tourbillon qui gagnait en force à mesure que la pression exercée par Piers augmentait, jusqu'à ce qu'elle sente son corps tout entier consumé par cette force implacable. Elle s'arqua contre lui et, alors que les vagues du plaisir déferlaient en elle, elle perçut une sensation fulgurante au moment où il entrait en elle et prenait entièrement possession de son corps.

La douleur fut oubliée en un instant, les soubresauts de l'extase venant faire se serrer ses muscles contre lui et diffuser des vagues de délice à travers tout son corps.

Comme Piers demeurait parfaitement immobile, Faye prit lentement conscience de la tension qui marquait ses traits.

— Qu'y a-t-il ? demanda-t-elle doucement, en posant doucement la main sur sa joue. Ai-je fait quelque chose de mal ?

Surprise et choquée, elle sentit Piers se retirer d'elle.

— Non, dit-il en secouant la tête, tu n'as rien fait de mal. Rien à part avoir négligé de me dire que tu étais encore vierge.

- 8 -

Elle était vierge !

L'esprit de Piers était en ébullition alors même que son corps, au supplice, l'implorait de tout faire pour obtenir cette libération des sens qu'il avait été si près d'atteindre.

— Cela fait-il une différence ? demanda Faye d'une petite voix alors que Piers couvrait toujours son corps du sien.

Sa peau était toujours rosie par le feu de son orgasme, ses yeux brillaient toujours de cette extase qu'il s'était donné pour mission de lui faire atteindre. Mais cela ne suffisait pas. Il s'était agi de sa première fois, et s'il l'avait su… Eh bien, inutile de dire qu'il ne l'aurait pas prise sur un canapé comme il l'avait fait.

— Piers ?

— Oui, cela fait une différence.

Il ne ressentait que du dégoût pour lui-même.

Elle était son employée. Elle aurait dû rester hors du champ de ses potentielles conquêtes. Mais au cours des derniers jours, il s'était autorisé à repousser tous ses scrupules et à ne se concentrer que ce que sur ce qu'il voulait. Et il avait décidé qu'il la désirait. C'était toujours le cas en cet instant. Son sang pulsait follement à cause de son désir féroce, et chaque instant lui rappelait douloureusement qu'il n'était pas, lui, allé jusqu'au bout. Mais il n'était plus question de lui. Il n'aurait pas dû être question de lui. La seule personne qui comptait ici et maintenant était l'adorable jeune femme qui lui avait accordé sa confiance et lui avait fait don de sa virginité. Il lui revenait à présent de faire les choses comme il convenait.

Sans dire un mot il se leva, la souleva entre ses bras et se dirigea vers l'étage.

— Que fais-tu ? demanda-t-elle tout en entourant instinctivement son cou de ses bras.

Sa chambre se trouvait tout près de la galerie. Il poussa la porte du bout du pied et traversa la pièce sombre pour gagner le lit. Il la reposa au sol et ouvrit les draps.

— Ce que je fais ? Eh bien, je compte te faire l'amour ainsi que tu le mérites.

— Mais… mais…, fit-elle, troublée. Je sais que tu n'as pas fini, mais tu m'as…

Sa voix se brisa comme si elle était incapable de trouver les mots propres à décrire ce qu'elle avait ressenti.

Voilà qui aurait arraché un sourire à Piers – c'était bien la toute première fois qu'il la voyait à court de mots – s'il ne s'était senti si terriblement sérieux.

— Allonge-toi sur le lit, lui indiqua-t-il tout en allumant la lampe de chevet. Tout ce qui vient de se passer n'était rien.

— Eh bien, cela m'a semblé être bien plus que rien.

Cette fois il ne put réprimer son élan. Un pincement de fierté virile vint accrocher un sourire à ses lèvres.

— Alors, tu vas vraiment apprécier ce que j'ai prévu pour toi maintenant.

— Oh ? fit-elle en arquant un sourcil, une expression qui lui donna un air aguicheur et expérimenté qu'il n'avait jamais vu chez elle.

— Alors il faudra que tu trouves quelque chose de bien différent pour pouvoir surpasser ce qui vient de se passer.

Impossible de résister. Il éclata de rire avant de réaliser que c'était la première fois qu'une telle chose se produisait pour lui en pareille situation.

— Tu sais ce que je dis à propos des défis, murmura-t-il en prenant place près d'elle et en couvrant son corps de caresses. Rien ne me procure plus de satisfaction que de les relever – rien à part peut-être ça.

Il se laissa glisser vers l'extrémité du lit et commença à faire remonter les doigts tout au long de ses jambes. Il sentit qu'elle se raidissait au moment où il effleura ses cicatrices. Comprenant sa réticence à le voir leur prêter trop d'attention, il remonta plus haut, vers ses cuisses, et prit tout son temps pour dispenser ses caresses. Chacune d'elles était suivie par un effleurement de ses lèvres. Faye commença de nouveau à trembler tandis que ses jambes se raidissaient sous ses mains.

Oui, elle pensait qu'il lui avait montré ce qu'était le plaisir, mais cela ne compterait plus en comparaison de ce qui allait venir.

Le bout des doigts de Piers effleura sa douce toison.

Faye se tordait de plaisir sur les draps froissés. Il s'approcha peu à peu de l'objet de sa quête puis enfin laissa ses doigts glisser sur son point le plus délicat.

Elle s'immobilisa subitement sous son corps, comme si elle tentait de deviner ce qu'il ferait ensuite. Piers sourit et inclina le visage un peu plus bas. Le désir le taraudait puissamment, mais il ne se presserait pas. Il était investi d'une mission et la mènerait à bien.

Il la toucha de nouveau. Elle dû sentir de délicieux picotements parcourir sa peau, car ses mains se refermèrent sur les draps. Le moment était arrivé. Piers inclina la tête et de sa langue vint caresser son petit bouton de rose. Faye laissa échapper une première exclamation de surprise.

Ses mains quittèrent les draps pour venir s'enfouir dans ses cheveux. Il s'enivra un instant de son doux parfum puis glissa les doigts en elle. Bientôt il sentit ses muscles se serrer et de doux tremblements parcourir son corps. Le moment était bel et bien venu. Il plaqua plus fort la bouche contre elle, et elle se pressa contre lui en s'abandonnant tout à fait. Il retira les doigts puis les fit de nouveau pénétrer en elle comme s'il s'agissait d'une répétition de l'acte que son corps mourait d'envie d'accomplir.

Il guettait le moindre indice révélant à quel point les sensations se faisaient plus puissantes en elle et perçut le moment exact où elle éclata en un million d'éclats de plaisir. Elle était si magnifique dans cet abandon total qu'il dut lutter pour garder le contrôle de lui-même. Il ralentit ses caresses jusqu'à ce que la détente gagne peu à peu son corps.

Les jambes de Faye s'écartèrent tandis qu'elle s'enfonçait plus profondément dans le matelas, et Piers vint se glisser entre elles pour la faire sienne. Il n'y eut pas la moindre résistance cette fois-ci. Rien qui lui rappelle qu'elle avait choisi de se donner à lui et rien qu'à lui.

Et, quoi qu'il en soit, il chérirait éternellement le don qu'elle lui avait fait, la chérirait, elle, et lui assurerait à quel point elle était extraordinairement spéciale à ses yeux.

Cette fois-ci il l'amena doucement jusqu'au sommet du plaisir et garda le contrôle jusqu'au moment où il sentit les ondes lentes et profondes de son orgasme vibrer à travers son corps. Il se laissa alors aller à son propre plaisir qui déferla en lui comme un puissant tsunami.

Épuisé, il finit par s'effondrer sur elle, le cœur battant à tout rompre dans sa poitrine. Il passa les bras autour d'elle et roula sur le côté pour la tenir bien blottie contre lui.

Pressant les lèvres contre son front, il se sentit plus proche d'elle qu'il ne l'avait été de quiconque au cours de son existence. Et il voulait voir ce sentiment de proximité perdurer. À présent, il ne pouvait plus imaginer sa vie sans qu'elle soit impliquée dans tous ses aspects.

— Te sens-tu bien ? demanda-t-il doucement, tout en enfouissant le visage dans ses cheveux pour s'enivrer de leur parfum.

— Si je me sens bien ? Je ne crois pas m'être jamais sentie mieux qu'en cet instant.

La voix de Faye avait pris des accents plus profonds, comme si elle était enivrée de contentement et d'épuisement.

Elle ne put retenir un léger gloussement.

— J'ai toujours su que tu étais un homme de parole, mais je ne m'attendais pas que tu prennes les choses aussi sérieusement. Je crois que tu as brillamment relevé ton défi.

Il lui sourit tendrement.

— Eh bien, tu sais ce que cela signifie, n'est-ce pas ?

Il sentit son corps se raidir quelque peu entre ses bras, et bien qu'il ignore l'origine de sa réaction, Piers caressa doucement son dos pour l'apaiser de nouveau.

— Non, je ne crois pas, dit-elle en réprimant un bâillement.

— Cela signifie qu'il me faudra faire mieux la prochaine fois.

— S'il y a une prochaine fois, répondit-elle.

— Oh ! il y en aura bien une. Et une autre encore

après. Mais pour le moment, je pense que nous devrions nous reposer un peu.

— Oui, excellente idée. Je ne crois pas que mon corps aurait la force de vivre de nouveau tout cela si rapidement.

— T'ai-je fait mal ? demanda Piers, subitement inquiet.

Il avait fait tout son possible pour se montrer doux. Pour s'assurer que son corps était tout à fait prêt avant de la pénétrer.

— Non, pas du tout. Tu as été… tu as été fantastique. Merci.

Il tira la couverture sur le corps de Faye et quitta le lit juste le temps de se débarrasser de son préservatif. Puis il plongea de nouveau entre les draps et l'attira contre lui.

Il garda le silence un instant avant de poser la question qui ne cessait de lui trotter dans la tête.

— Pourquoi moi, Faye ? Pourquoi m'avoir laissé être ton premier amant ?

Il comprit aussitôt qu'il avait commis une lourde erreur. Il la sentit de replier sur elle-même, mentalement si ce n'était physiquement.

— Pourquoi ne l'aurais-je pas fait ? répondit-elle. Tu m'apparaissais comme quelqu'un de très doué.

Voilà qu'à présent elle usait de l'humour comme d'un bouclier lui évitant de révéler la vérité. Il devrait avancer prudemment pour tracer un chemin à travers les protections qu'elle avait dressées autour d'elle s'il voulait ne pas endommager le lien fragile qui les unissait désormais.

— Pour ce que cela vaut, sache que je suis plus qu'honoré d'avoir été ton premier amant. Je…

Il prit une profonde inspiration. Le moment était-il bien choisi ? N'était-ce pas trop tôt ?

— Je tiens à toi, Faye.

Elle resta silencieuse pendant ce qui lui sembla une

éternité puis prit une profonde inspiration, et sa voix perça dans un murmure au travers de l'obscurité.

— Moi aussi, je tiens à toi.

Comme cet aveu avait été difficile à obtenir ! Il se sentait à la fois soulagé et heureux ; c'était un excellent début.

Faye vint se blottir contre sa poitrine.

— Je n'ai pas eu beaucoup de petits amis, reconnut-elle. Après la mort de ma famille dans un accident de voiture, je n'ai plus eu goût à grand-chose. Ma famille d'accueil habitait le quartier de mon enfance, et je n'ai pas eu à changer de lycée. Mais même si certains de mes anciens amis ont tenté de m'intégrer dans leurs groupes, en grandissant nos chemins se sont séparés.

— Je suis désolé pour ta famille, Faye. Cela a dû être terriblement dur.

Toute parole semblait si insignifiante. Rien ne pouvait décrire la tristesse qu'il ressentait en songeant à ce qu'elle avait dû traverser. Qu'aurait-il ressenti en se retrouvant soudainement seul au monde à seize ans ? En perdant les repères qui vous faisaient vous sentir aimé et en sûreté ? Ses propres parents ne s'étaient pas jamais impliqués dans son existence, mais il avait toujours eu Quin à ses côtés. La mort de son frère l'avait plongé dans une terrible détresse, mais au moment d'affronter cette perte il était déjà adulte. Faye, elle, n'était encore qu'une adolescente. Comment envisager son avenir quand tout ce qu'on avait connu, tout ce qui avait structuré sa vie avait disparu en un instant ?

— Oui, dur, c'est bien le mot. Les parents de ma famille d'accueil, cependant, étaient adorables. Ma mère et mon beau-père avaient mis de l'argent de côté pour financer mes études. Quand j'ai eu l'âge de quitter mon foyer d'accueil j'ai donc pu choisir mon université. Je n'ai manqué de rien.

De rien à part d'une famille. Piers songea au petit bonhomme endormi de l'autre côté du couloir, dans sa chambre, et à la famille toute prête que Casey et lui pourraient offrir à Faye. Mais il mit cela en balance avec sa réticence évidence à avoir quoi que ce soit à faire avec le bébé. Celle-ci découlait-elle des deuils qu'elle avait endurés quand elle n'était encore qu'une adolescente ? Comment pouvait-on traverser pareille situation ?

Bien à l'abri entre les bras de Piers, Faye ne ressentait pas la douleur lancinante qui l'assaillait habituellement lorsqu'elle songeait à sa famille. C'était une sensation plus assourdie qu'elle éprouvait. Toujours présente, mais plus discrète, comme si ses contours s'étaient un peu adoucis. En prendre conscience la faisait se sentir déloyale vis-à-vis de ses souvenirs. Elle ne méritait pas ce qu'elle vivait. Elle ne méritait pas de laisser la moindre parcelle du souvenir entourant la perte de sa famille glisser loin d'elle. La culpabilité revint aussitôt la tenailler avec force.

C'était la raison pour laquelle elle n'avait jamais encouragé aucune relation à aller plus loin que de l'amitié par le passé. Et c'était la raison pour laquelle elle n'aurait jamais dû permettre que les choses aillent aussi loin entre Piers et elle – peu importait à quel point cela avait été fantastique.

Cette soirée n'avait été qu'une succession d'erreurs. Depuis l'instant où elle avait accepté la flûte de champagne de Piers jusqu'à la seconde où elle lui avait permis de poser les mains sur elle. À quoi avait-elle donc pensé ?

Mais pourtant, pour une fois au cours de son existence, ne devrait-elle pas s'ouvrir et savourer ce que les autres considéraient comme acquis ?

Non. Elle refusait de l'accepter. Elle n'avait aucun droit de le faire. Il valait mieux qu'elle reprenne son chemin solitaire et reparte au matin comme prévu. Qu'elle parte avant que son cœur soit trop profondément engagé auprès de l'homme qui avait sombré dans le sommeil à côté d'elle et de l'enfant qu'il était déterminé à élever comme son fils.

Sa décision prise, elle ferma les yeux, souhaitant que le sommeil l'emporte au plus tôt. Mais il tarda à venir.

Elle fixa alors ses idées sur d'infimes détails. La façon dont les doigts de Piers continuaient à caresser son dos nu par moments, même pendant son sommeil. Le son profond et régulier de son souffle. Le parfum de sa peau. Elle mettrait ces souvenirs de côté, et peut-être qu'un jour aurait-elle assez de force de repenser à eux, à cette nuit magique.

Faye se réveilla dans un lit vide et se sentit aussitôt soulagée. Au moins, le si particulier face-à-face du lendemain matin entre deux amants pourrait attendre qu'elle ait pris une douche, se soit habillée, ait bouclé sa valise et soit prête à partir. Elle se tourna entre les draps, et un soupçon du parfum de Piers monta à ses narines. Ce n'était presque rien, mais cela suffit à éveiller une émotion si intense que ses yeux manquèrent de se remplir de larmes.

Mais au lieu de se laisser submerger par ce qu'elle ressentait, Faye fit ce qu'elle avait toujours fait. Elle fixa son attention sur ce qu'elle devait accomplir. Cela, au moins, était une chose qu'elle pouvait contrôler.

Une fois prête, elle descendit l'escalier pour déposer son bagage près de la porte d'entrée. Elle pouvait entendre Piers et Casey, et l'estomac noué elle les rejoignit dans la cuisine. Piers lui tournait le dos. Il formulait des paroles incompréhensibles à l'adresse de Casey qui le regardait, totalement captivé par les sons incongrus qu'il émettait.

Faye n'aurait jamais imaginé que son cœur puisse se briser encore davantage, mais à leur vue elle se sentit presque défaillir. Une fois encore les larmes lui montèrent aux yeux. Elle cligna des paupières pour les chasser et se tourna vers un placard pour en sortir une tasse.

— Bonjour ! lui lança Piers. As-tu bien dormi ?

— Mieux que je ne l'aurais cru, répondit-elle rapidement.

— Moi aussi, répondit-il en lui décochant un sourire qui ranima aussitôt un accès de désir tout au fond d'elle.

C'est impossible, songea-t-elle en se servant une tasse de café. Il suffisait d'un regard, d'un sourire de Piers, et elle était aussi pitoyablement avide de son attention que toutes ses autres conquêtes. Cela signifiait-il qu'elle était l'une d'elles à présent ? Elle redressa vaillamment le dos. Non, certainement pas. Une seule nuit partagée ne changeait absolument rien en ce qui la concernait. Si elle pouvait simplement retrouver son appartement et ses habitudes quotidiennes, tout irait pour le mieux.

Elle regarda Piers sortir le biberon du chauffe-biberon, le secouer et vérifier la température du lait sur son poignet.

— Monsieur, votre petit déjeuner est servi ! dit-il en prenant un ton pompeux.

Casey lui adressa un large sourire. Ses jambes s'agitèrent énergiquement quand Piers approcha la tétine de ses lèvres.

— Tu t'y prends très bien avec lui, constata Faye. Tu comptes toujours le garder ?

— Oui.

La réponse était simple et ferme. Elle envia sa certitude.

Piers leva les yeux vers elle, et elle lut quelque chose de nouveau dans son regard.

— Est-ce ridicule de dire que je l'aime déjà ?

Elle ne l'avait jamais vu paraître si peu sûr de lui. Jamais. Qu'il ressente cela pour Casey ne faisait que le rendre plus humain, plus attirant. Elle secoua la tête.

— Non, pas du tout

Piers hocha la tête et reporta son attention sur le bébé. Faye profita de cet instant pour commencer à préparer le petit déjeuner.

— As-tu mangé ? demanda-t-elle.

— Oui, quand je me suis levé. Mais il était tôt. Je pourrais avaler encore quelque chose du coup.

Elle entreprit de préparer une omelette avec les derniers ingrédients présents dans le réfrigérateur. Elle se réjouissait de savoir que la route serait bientôt dégagée et que Meredith, qui avait attendu dans un motel, en ville, pourrait bientôt rejoindre le chalet avec toutes les provisions nécessaires.

Au moment où Faye disposait son omelette dans une assiette le téléphone sonna. Ils apprirent qu'une équipe avait dégagé la route jusqu'à l'arbre tombé et travaillait à présent à en dégager le tronc. La nouvelle tendit tous les nerfs de Faye. Elle se sentait prête à bondir vers la liberté dès l'instant où elle pourrait quitter la maison.

Les deux heures suivantes furent pour elle une torture. Elle tentait de répondre aux mails qui s'étaient accumulés pendant que Piers jouait par terre avec le bébé. Dès qu'un son retentit au dehors, elle bondit et se rua vers la porte pour faire entrer le nouvel arrivant.

— Miss Darby ! Allez-vous bien ? J'ai vu l'état de votre voiture. C'est un miracle que vous soyez en vie !

La gouvernante de Piers se précipita dans la pièce et serra Faye dans ses bras avant de l'examiner des pieds à la tête.

— Oh ! Miss Darby… votre visage !

— Tout va bien, Meredith. C'est l'airbag qui a causé ces égratignures, elles ne seront bientôt qu'un mauvais souvenir.

Meredith la serra de nouveau contre elle, ce que Faye supporta avec plaisir. Elle n'aimait pas beaucoup ce genre d'étreintes, mais elle était habituée à cet élan maternel que ressentait Meredith envers tous les membres de son entourage.

— Si je comprends bien, la route est dégagée à présent ?

— Oui, ils ont déplacé votre voiture sur le côté et retiré la plus grande partie de l'arbre. Le reste devra attendre l'arrivée de plus gros engins, mais il y a assez de place pour passer.

Faye s'était attendue à ressentir une forme de jubilation. Mais c'était une terrible sensation de perte qui fondait sur elle. Elle la repoussa avant qu'elle s'enracine.

— Eh bien, quel soulagement ! lança-t-elle avec toute la vivacité dont elle était capable. Je crois que je devenais un peu claustrophobe. J'ai hâte de rentrer chez moi !

— Mr Luckman ! Quelle joie de vous revoir ! s'exclama Meredith en regardant par-dessus l'épaule de Faye.

Faye se retourna et aperçut l'air de déception que Piers masqua bien vite. Avait-il réellement cru qu'une spectaculaire nuit d'amour la ferait changer d'avis ? Elle savait déjà qu'un vol partait en début d'après-midi. Il fallait qu'elle monte à bord. Il était impossible qu'elle demeure une minute de plus sur place ou sinon elle se raviserait et resterait – et que se passerait-il alors ? Voulait-elle courir le moindre risque ? Se confronter au danger de perdre de nouveau ceux qu'elle aimait ? Connaître une joie qu'elle ne méritait pas et ne pourrait se permettre de savourer ? Non, il était bien mieux qu'elle parte dès à présent.

— Meredith, content de vous revoir également.

— Tout s'est bien passé ? demanda la gouvernante.

— Très bien, je vous remercie. Vous nous avez laissés avec des réserves si bien garnies que nous aurions pu tenir un bon mois sur place.

Faye réprima un frisson. Un mois ? Elle n'aurait jamais pu tenir si longtemps sans perdre sa santé mentale. En un mois Casey aurait grandi et changé, et il aurait totalement conquis son cœur. Quant à penser passer un mois entier enfermée avec Piers ? Elle tenta de trouver les raisons pour lesquelles ce serait une mauvaise idée, mais sa libido nouvellement réveillée les repoussa toutes. Ce qui en soi constituait la raison même pour laquelle elle devait mettre de la distance entre Piers et elle.

— Nous avons utilisé toutes les couches toutefois, poursuivit Piers. J'espère que vous avez eu mon texto et les avez ajoutées avec le lait maternisé à votre liste de courses.

— Oui, en effet. Mais pourquoi donc ?

Meredith fixa alternativement Piers et Faye dans l'espoir d'obtenir une explication.

Faye eut un petit haussement d'épaules et lança un regard à Piers.

— Tu pourras expliquer la situation à Meredith. Pour

ma part, il me faut vraiment partir. Meredith, une fois que nous aurons déchargé votre voiture, pourrais-je vous l'emprunter pour me rendre à l'aéroport ? Je ferai en sorte une fois sur place que quelqu'un la rapporte ici.

Derrière Meredith, Faye aperçut Piers l'observer de nouveau. Malgré son apparente décontraction, elle pouvait lire une certaine tension dans son regard.

— As-tu réellement besoin de t'échapper maintenant ?

— Je ne peux pas rester. J'ai des choses à faire.

Il savait qu'elle mentait, elle pouvait le comprendre à la tristesse reflétée dans ses yeux. Elle fit volte-face, ne pouvant supporter de constater sa déception.

Elle saisit sa veste, dévala les marches du perron pour rejoindre le break de Meredith et sortir les sacs de provisions qui emplissaient le coffre. Piers se trouva près d'elle avant qu'elle ait pu repartir vers la maison.

— Tu as conscience du fait que tu prends la fuite.

— Je ne fuis pas. Je n'étais pas censée me trouver ici à l'origine, tu t'en souviens ?

— Tu prends la fuite, répéta-t-il d'un ton catégorique. Mais qui veux-tu fuir ? Moi ou toi ?

— Ne sois pas ridicule. Je ne m'enfuis nulle part, lâcha-t-elle avant de passer devant lui pour emporter les provisions dans le chalet.

Il était si perspicace. Elle avait toujours admiré sa clairvoyance au bureau, mais elle détestait quand il l'exerçait avec elle. Derrière elle, elle l'entendit attraper les derniers sacs et la suivre en haut des marches.

Elle se dirigea à toute hâte vers la cuisine, où Meredith dressait déjà l'inventaire des tâches à accomplir.

Piers la suivait de près. En passant à côté d'elle il murmura à son oreille :

— Menteuse, j'avais espéré que tu changerais peut-être

tes plans et que tu passerais Noël avec Casey et moi. Nous n'avons à nous préoccuper de personne d'autre.

Faye hésita un instant. Une intense lutte intérieure lui faisait considérer les deux options : accepter ou refuser son invitation.

— Je te remercie mais je ne vais pas accepter, finit-elle par dire tout en espérant insuffler la légèreté nécessaire à sa réponse.

— Faye, nous devons parler. Allons, reste. C'est la veille de Noël.

Ces derniers mots lui fournirent le rappel dont elle avait besoin. La veille de Noël. L'anniversaire de la disparition de sa famille. La honte l'envahit, elle avait perdu la notion du temps et oublié cette date.

— Je dois vraiment m'en aller.

Meredith lui tendit les clés du break.

— Et voici pour vous, Miss Darby. Le réservoir de la voiture est plein.

— Merci Meredith. J'en prendrai grand soin, promis.

Et avant que Piers ait pu l'arrêter, elle se glissa hors de la cuisine, traversa la pièce principale et franchit le seuil de la maison. Refermer la lourde porte derrière elle provoqua un pincement d'angoisse dans sa poitrine, mais elle l'ignora et continua d'avancer. C'était la seule façon dont elle pouvait affronter cette situation. Elle était habituée à perdre des gens. Habituée à souffrir. Elle avait perfectionné sa capacité à survivre, à traverser chaque journée, en vivant avec tout cela. Et elle réussirait à traverser cette journée exactement de la même manière.

- 9 -

Le ciel bleu, le sable doré et le soleil éclatant n'avaient jamais été plus beaux. C'était ce que Faye était déterminée à penser quand elle ouvrit les rideaux de son salon le matin de Noël et qu'elle contempla la vue qui se déployait sous ses yeux. Elle avait payé relativement cher cet appartement doté d'un minuscule balcon surplombant la plage, mais même si elle l'avait choisi parce qu'il ne ressemblait en rien à ce qu'elle se rappelait de sa maison familiale, elle ne parvenait pas à se défaire de ses souvenirs.

Il n'y avait qu'à considérer la soirée précédente. Elle avait entamé son marathon de visionnage de films, ainsi qu'elle le faisait chaque année depuis qu'elle vivait seule. Mais pour une raison inconnue ni les intrigues sanglantes ni les scènes d'action haletantes n'avaient réussi à capter son attention, et elle avait finalement éteint le lecteur de DVD. Désemparée, elle était allée dénicher dans les affaires de ses parents la boîte remplie de précieux souvenirs qu'elle conservait uniquement pour la veille de Noël. Remplie d'albums de photos qui retraçaient son enfance. Des photos d'elle bébé, en compagnie de sa mère, puis celles où figuraient son beau-père et enfin l'album qui n'avait jamais été terminé. Celui qui renfermait les rares, et si précieux, clichés montrant son petit frère. S'il avait vécu jusqu'à ce Noël il aurait été âgé d'un peu plus de treize ans. Peut-être aurait-il été un adolescent exaspérant, ou un grand sportif ou bien un garçon calme et posé. Elle ne le saurait jamais. Les pages vides à la fin de l'album offraient un rappel bien trop sombre de ce futur qui n'avait jamais existé pour ce bébé, ce petit Henry.

L'incursion dans son passé menée la veille au soir l'avait laissée à l'état de loque, sanglotante et tremblante, mais lorsqu'elle s'était éveillée ce matin, au lieu d'éprouver la sensation de gouffre béant que son cœur avait connue pendant tant d'années, elle s'était sentie différente. Le chagrin de la perte était toujours là et ne s'effacerait jamais totalement. Mais un sentiment nouveau avait éclos : celui d'avoir tourné la page, comme si elle avait enfin réussi à dire enfin au revoir à sa famille.

Elle n'arrêterait jamais de penser à eux, ne cesserait jamais de les aimer, mais elle se sentait moins prisonnière de cette douleur qui l'avait fait devenir l'adulte qu'elle était désormais. Le moment était peut-être venu de ne plus laisser cette souffrance diriger sa vie. Peut-être était-il même temps de se défaire de l'emprise de la culpabilité qu'elle éprouvait pour ne pas avoir été capable d'éviter l'accident cette nuit-là. Peut-être ne méritait-elle pas d'être malheureuse, après tout. Peut-être était-il même temps de prendre le risque d'aimer quelqu'un à nouveau. Quelqu'un comme Piers, peut-être, qui arrivait avec une famille « prête à l'emploi ».

Cette pensée frappa son cœur de terreur, mais il ne lui fallut pas longtemps pour dépasser cette émotion et examiner l'idée avec soin.

La part analytique de son cerveau lui demandait si elle pensait pouvoir véritablement tomber amoureuse de Piers.

Si elle devait entamer une relation avec lui, elle le ferait avec les yeux grands ouverts. Après tout, elle le connaissait probablement mieux que sa propre mère. Elle faisait partie de sa vie depuis trois ans, gérant tout à la fois son univers de travail et sa vie privée conformément aux besoins qu'il avait exprimés. Et elle ressentait de l'admiration pour lui. Il lui aurait été si facile de se comporter comme Quin. Il aurait pu si aisément vivre en profitant de l'argent laissé pour lui par les précédentes générations de Luckman, mais il avait fait le choix de travailler, et il travaillait dur. Les programmes immobiliers de logements ou de bureaux qu'il avait lancés depuis qu'elle travaillait avec lui faisaient à présent partie des plus recherchés du monde.

Oui, il avait un passé de play-boy. Et oui, elle avait vu avec quelle facilité il écartait ses conquêtes une fois qu'il estimait que leur relation avait fait son temps. Mais il était différent depuis la mort de Quin. Plus calme. Plus attentionné. Et, lentement, elle avait commencé à percevoir un autre aspect de sa personnalité. Une facette qui avait commencé à desserrer les liens qui emprisonnaient son cœur.

Mais était-elle réellement en train de tomber amoureuse de *lui* ou était-elle plutôt près de succomber à l'idée de faire partie d'une chose plus grande qu'elle-même ? Une famille ? Un nouveau départ ? Une chance de se racheter ?

Faye ferma les paupières et poussa un grondement de frustration.

Il y avait tant de questions. Et si peu de réponses.

Piers revint du Wyoming la deuxième semaine de janvier. Faye l'entendit sortir de l'ascenseur et avancer dans le couloir du bureau, et le moindre de ses nerfs sembla aussitôt se mettre en alerte. Elle avait évité tous ses appels téléphoniques depuis son départ de Jackson Hole, cantonnant uniquement leurs échanges à des textos et des mails. Elle avait immédiatement senti la frustration de Piers, mais ne s'était pas sentie prête à lui parler. À entendre le timbre de sa voix. À revivre cette intimité qu'ils avaient partagée – des moments dont le souvenir lui revenait subitement par moments et lui coupait littéralement le souffle.

Mais il n'était plus possible de se cacher à présent. D'un instant à l'autre, il tournerait au bout du couloir et pénétrerait dans l'*open space* qu'ils partageaient.

Et voilà qu'il se tenait face à elle.

Le revoir provoqua en elle un choc aussi puissant qu'elle l'avait imaginé. Une onde de chaleur s'épanouit dans son corps au moment où elle croisa son regard. Et elle sentit sa gorge se nouer quand elle s'aperçut qu'il tenait à une main un siège auto dans lequel Casey dormait à poings fermés, et à l'autre sa sacoche de travail.

— Bonjour, parvint-elle enfin à laisser échapper en se levant et contournant son bureau. Un café ?

— Pourquoi ne répondais-tu pas à mes appels ?

— Je te le prépare tout de suite, répondit-elle d'un ton léger avant de lui tourner le dos.

— Faye, tu ne peux pas continuer à m'éviter.

— Je ne t'évitais pas. Nous avons communiqué.

— Seulement par écrit. Et, oui, avant que tu me le rappelles *encore*, j'ai été en contact avec Lydia et, comme on pouvait sans doute s'y attendre, elle a annulé le dîner. Il semblerait qu'elle ne soit prête à devenir mère. Mais, revenons à toi – après ton départ je me suis fait du souci pour toi et tant que je n'ai pas eu la certitude de pouvoir quitter l'État avec Casey, il ne m'a pas été possible de venir m'assurer que tu allais bien.

Faye avait été consciente de tout cela. Elle finit de préparer le café et apporta la tasse de Piers jusqu'à son bureau.

— Comme tu peux le constater, tu n'avais aucune raison de t'inquiéter. Je vais très bien.

Piers déposa le siège abritant le bébé endormi sur son bureau et se tourna pour lui faire face. Ses doigts se posèrent délicatement sur le menton de Faye, et il inclina doucement le visage vers lui. Un frisson la traversa quand elle pensa à ce qui pourrait se produire. Allait-il l'embrasser ? Ici, au bureau ?

— Il y a tant de zones d'ombre, Faye, dit-il doucement. Je ne veux pas qu'il y ait de secret entre nous.

— Des secrets ? De quoi parles-tu ? On peut lire en moi comme dans un livre ouvert.

Piers éclata d'un rire tranchant, qui exprimait son scepticisme bien mieux qu'aucune parole.

— Très bien, donc c'est ainsi que tu veux que les choses se passent. Entendu. Nous allons nous remettre au travail, mais tu ne pourras pas me fuir éternellement.

Casey choisit ce moment pour se réveiller et hurler sa désapprobation quant à son nouvel environnement. Piers, magnifique dans sa tenue d'homme d'affaires, le retira du siège auto et vint le tenir contre lui comme s'il avait accompli ce geste depuis le jour de sa naissance. Le petit bonhomme se calma instantanément.

Faye sentit ce serrement bien trop familier dans sa poitrine. Elle ne savait que trop bien à quoi ressemblait d'aimer des bébés. Et de les perdre.

— As-tu reçu d'autres nouvelles de la part de tes avocats ?

— Ils vont lancer une procédure sur la base de l'abandon. En tant que plus proche parent de Quin, ils pensent que j'ai une chance solide de pouvoir adopter Casey directement. En tout cas, la mise sous tutelle d'urgence a été approuvée.

— Es-tu certain de vouloir faire cela ? L'adopter ? C'est un engagement important. Et si sa mère change d'avis ? Et si elle est en train de le chercher ?

— Elle a su me trouver la première fois, elle peut très bien me trouver de nouveau. Et si elle apparaît, alors nous pourrons peut-être faire toute la lumière sur les raisons pour lesquelles elle n'a pas jugé bon de nous contacter plus tôt au sujet de Casey.

Faye repensa alors au petit mot qui avait été épinglé sur la couverture.

— Crois-tu qu'elle savait que Quin était…

Sa voix s'éteignit.

— En toute franchise, je crois que non. Je pense qu'elle a entendu dire que je revenais au chalet pour Noël et qu'elle a agi sur un coup de tête. Peut-être m'a-t-elle pris pour Quin. Qui sait ? D'après les informations que nous avons pu rassembler, elle travaillait de façon temporaire pour l'entreprise qui m'a fourni ses services de traiteur. Elle est très jeune, dix-neuf ans à peine. Elle vient d'Australie et voyageait avec son sac à dos à travers le pays, acceptant de travailler ponctuellement là où c'était possible. Je ne sais même pas si Casey est né dans le Wyoming. Quoi qu'il soit, sa place est à mes côtés.

La voix de Piers avait pris un accent catégorique.

— Eh bien, tant que tu prends conscience qu'il n'est pas un jouet que tu peux prendre et laisser selon ta fantaisie. Le faire entrer dans ton existence représente un engagement à vie. Quand tu entameras une nouvelle relation, j'espère que quelle que soit ta partenaire, elle sera d'accord pour avoir un bébé dans sa vie.

Piers lui jeta un regard irrité.

— Que veux-tu sous-entendre Faye ? Que j'ignorerai l'existence de Casey quand cela me conviendra ?

— Je ne sous-entends rien. Mais regardons les choses en face, tu n'as passé que deux grosses semaines en sa compagnie, durant lesquelles Meredith ou moi étions à tes côtés. Tu n'avais à t'occuper de rien d'autre que lui. Ce n'est pas la vie réelle. La réalité implique de gérer les fièvres et les rhumes, les poussées dentaires, les coliques, l'apprentissage de la propreté, les colères, les nuits sans sommeil, tout cela en plus du planning chargé qui est généralement le tien. Tu sembles penser que cela s'apparentera à une balade dans le parc, mais élever un enfant est un travail sacrément ardu.

— Et comment le sais-tu ?

La dureté de son regard la cloua sur place, ses yeux la pressaient en silence de lui rapporter une réponse.

— Je le sais parce que je ne suis pas une sorte d'optimiste aveugle qui croit que tout va toujours aller bien. De mauvaises choses peuvent arriver. La vie ne se passe pas toujours comme on s'y attend.

Dès que ces mots eurent franchi ses lèvres, Faye regretta de ne pouvoir les effacer. Ils n'étaient qu'à quelques jours de l'anniversaire de la mort de Quin. Piers savait la vie pouvait être porteuse de chocs inattendus.

Elle s'empressa de s'excuser.

— Écoute, je suis désolée. J'ai dépassé les bornes. Je vais te laisser tranquille. J'ai une réunion avec le nouveau chef du service marketing à 10 heures, je ferais mieux d'y descendre.

— Très bien, tu n'as qu'à faire cela, dit-il d'un ton si ferme que Faye se sentit vaciller. Et pendant que tu y es, demande-toi pourquoi tu dresses de si hautes barrières émotionnelles entre toi et les autres. Tu ne te comportes pas de cette façon qu'avec moi, pas vrai ? C'est avec tout le monde que tu es ainsi. Parce que si tu t'interroges sur ma capacité à m'engager dans cette relation avec Casey, je crois que tu devrais également te demander pour quelle raison tu es incapable de t'investir dans autre chose que ton travail.

Elle le regarda, une expression choquée sur le visage. Elle prit une profonde inspiration, mais cela n'empêcha pas les larmes de lui monter aux yeux.

En voyant son regard s'embuer Piers s'inquiéta subitement.

— Faye, je suis désolé, cette fois, c'est moi qui ai dépassé les limites.

— Non, tout va bien répondit-elle, en ravalant ses larmes. Je ferais mieux de m'en aller.

Piers la regarda partir, terriblement mal à l'aise. Qu'est-ce qui avait bien pu le pousser à se montrer si cruel envers Faye ? Était-ce parce qu'elle avait touché un point sensible en mettant en question son engagement envers Casey ? Ou cela venait-il de son commentaire à propos des mauvaises choses qui arrivaient aux gens ? *Remarque pour laquelle elle s'est excusée*, lui rappela une petite voix intérieure pleine de sévérité. Quoi qu'il en soit, il savait qu'il s'était mal comporté. Il ne pouvait se permettre de la perdre, et ce n'était pas simplement parce qu'elle connaissait son entreprise presque aussi bien qu'il la connaissait lui-même.

Les deux dernières semaines passées sans elle lui avaient paru étrangement vides. Bien sûr, il avait été très occupé avec Casey, qui avait déjà grandi et changé durant cette courte période. Oui, Meredith l'avait aidé, mais il s'était assuré de rester la personne centrale dans la vie de Casey. Mais l'absence de Faye lui avait fait prendre conscience de ce qu'elle signifiait à présent pour lui sur un plan personnel. Si seulement il pouvait franchir cette barrière qu'elle maintenait si fermement dressée entre eux… Il eut le sentiment que la seule façon pour qu'une telle chose advienne serait qu'il apprenne ce qui s'était produit dans son passé pour la rendre si fermée et méfiante.

Évidemment son équipe avait réalisé une vérification de son passé avant que le poste lui soit proposé, mais cette enquête s'était concentrée sur ses diplômes et ses précédentes expériences professionnelles, et n'avait pas abordé en profondeur les points qu'il avait besoin de connaître à présent à son sujet. Peut-être devait-il fouiller un peu plus profondément. Une part de lui le mettait en garde contre l'idée d'explorer son passé sans l'en avertir – l'alertait sur le fait que si elle voulait qu'il en sache autant sur elle, elle le lui dirait elle-même. Mais Piers ne menait pas ses projets à bien en attendant le bon vouloir de quiconque. Parfois il fallait simplement prendre les commandes et définir la trajectoire soi-même. Et la question présente était de ces moments où une intervention plus active était nécessaire.

Alors qu'il s'apprêtait à voir Faye revenir après sa réunion, Piers était satisfait de savoir qu'il connaîtrait sous peu la raison pour laquelle elle se tenait autant à distance. Bien sûr, cela ne voulait pas dire qu'il ne continuerait pas d'essayer de glaner des informations auprès d'elle en attendant. Dès qu'elle entra dans leur bureau, il quitta son fauteuil et avança vers elle.

— Tout s'est bien passé avec le chef du marketing ?

— Oui, c'était parfait. Tu l'as très bien choisi.

— Je sais cerner les gens, dit-il sans arrogance.

C'était l'une de ses plus grandes forces, et il ne craignait pas de l'admettre. C'était notamment la raison pour laquelle il savait qu'il y avait toute une part de la personnalité de Faye qu'il lui fallait explorer. Elle méritait de vivre une meilleure existence. De ressentir des choses, de rire, d'aimer.

— Tu as un vrai talent, c'est certain.

— Heureux que tu le penses – mais j'aimerais toutefois ton aide pour les réunions que j'ai prévues cet après-midi. Une agence m'envoie des nounous pour que je leur fasse passer un entretien d'embauche. Je veux aménager un endroit pour pouvoir accueillir Casey à cet étage. Je songeais à vider et à utiliser la salle des archives située à deux pas. J'ai besoin d'une personne qui pourra se trouver ici avec Casey dans la journée, mais aussi à la maison quand je dois m'absenter et passer une nuit ailleurs – même si je compte réduire autant que possible le nombre de mes voyages.

Faye lui adressa un regard surpris.

— Tu veux mon aide pour les entretiens ?

— Bien sûr, tu es mon bras droit, ici.

Elle semblait mal à l'aise.

— J'ai confiance dans ton jugement, Faye. M'aideras-tu ?

— Pourquoi moi ? Peut-être devrais-tu demander à un membre du personnel qui a déjà embauché des nounous.

— Mais tu sais ce dont j'ai besoin. Comme toujours. Le premier rendez-vous aura lieu après le déjeuner.

Il vit les épaules de Faye s'affaisser comme si elles venaient d'être chargées d'un poids immense.

— Très bien, je serai prête. Y a-t-il un point précis auquel tu aimerais que je fasse attention ?

— Non, fais appel à ton discernement habituel. Je sais que tu n'hésiteras pas à me dire ce que tu penses. Et, Faye, poursuivit-il, je tiens à m'excuser pour mon commentaire de tout à l'heure au sujet de l'engagement. C'était cruel de ma part de dire une chose pareille alors que tu as toujours été là pour moi quand j'ai eu besoin de toi.

— Ne t'inquiète pas. Considère que tout ça est oublié.

— Non, je ne peux l'effacer de mon esprit parce que je t'ai heurtée, et savoir que j'ai agi ainsi me fait du mal. Cela étant dit, les choses ont changé entre nous, et j'aimerais voir comment l'avenir s'annonce pour nous.

— Les choses ont changé ?

— As-tu déjà oublié notre nuit d'amour ? la taquina-t-il.

Même si son ton était léger, il sentit un pincement désagréable à l'idée qu'elle avait remisé l'incroyable nuit qu'ils avaient vécue tout au fond de sa mémoire.

— Oh ! ça ? dit-elle, tandis que ses joues se coloraient. Non. Je n'ai pas oublié. Je n'en ai rien oublié.

— Et cela ne te donne pas envie de peut-être explorer davantage cet aspect-là de notre relation ?

Elle secoua énergiquement la tête.

— Non. En toute honnêteté, j'y ai beaucoup réfléchi et je crois que nous devrions oublier cette nuit.

— Je ne peux pas l'oublier. Je ne peux pas t'oublier, *toi*.

Il s'avança vers elle et prit ses mains dans les siennes.

— J'ai envie de mieux te connaître, Faye. C'est sûr, je sais à quel point tu es exceptionnelle, ici, au bureau.

Je sais aussi celle que tu es quand nous faisons l'amour. Je sais comment te donner du plaisir, mais…

Il relâcha l'une de ses mains pour venir doucement lui tapoter le front.

— Mais concernant ce qu'il y a là-dedans, je crois que je ne te connais pas le moins du monde – et j'aimerais, j'aimerais vraiment, que ce soit le cas. Me laisseras-tu entrer là-dedans ? Me laisseras-tu te connaître réellement ?

Elle semblait ébranlée, incertaine… mais il avait la conviction que ses paroles avaient eu un effet sur elle, qu'au moins elle était prête à envisager cette possibilité.

Un téléphone sonna sur le bureau de Faye, et Piers ravala un juron. Elle détacha les mains des siennes.

— Je ferais mieux de décrocher, lança-t-elle d'une voix semblant étranglée.

— Bien sûr, mais nous finirons cette discussion, Faye. Je t'en fais le serment. Je n'abandonnerai pas. Tu comptes trop à mes yeux.

Et laissant ses derniers mots cheminer dans l'esprit de Faye, il quitta la pièce.

- 10 -

Les entretiens d'embauche des nounous se passèrent à merveille. Faye ne put trouver le moindre défaut à aucune des femmes ou à l'infirmier pédiatrique hautement qualifié qui avaient postulé. Lorsque Piers lui proposa de faire le point sur les candidats autour d'un dîner à son domicile, Faye se méfia, mais comme elle savait qu'il ne renoncerait pas elle décida que le plus simple serait de se retrouver face à lui et de se débarrasser au plus vite de la question.

Elle rentra chez elle après sa journée de travail, sauta sous la douche et passa un pantalon ample et une blouse de soie à manches longues qui glissa sur sa peau avec la douceur d'une caresse prodiguée par un amant éperdu. Vraiment ? Mais d'où provenait donc cette pensée ?

Elle plissa le front en examinant son reflet dans le miroir. Le bleu vif de la soie rehaussée de motifs tribaux bleu marine donnait à ses yeux des teintes plus bleues que grises. Cet ensemble faisait-il trop habillé ? se demanda-t-elle. Peut-être ferait-elle mieux de choisir simplement une tenue qu'elle pourrait porter pour aller au bureau.

Un coup d'œil jeté à son téléphone portable suffit à balayer cette idée. Piers l'attendait vingt minutes plus tard, et c'était le temps qu'il lui faudrait pour rejoindre sa maison du quartier de Pacific Palisades. Elle enfila des sandales, prit son sac à main et se dirigea vers la porte. Elle s'engagea sur le Pacific Coast Highway, laissant la vue de l'océan l'apaiser – un réconfort dont elle avait désespérément besoin, alors que la perspective de passer la soirée avec Piers, et très probablement Casey, constituait la chose la moins relaxante à laquelle elle puisse songer.

À son arrivée, Piers lui ouvrit en personne, son téléphone portable collé à l'oreille. Il lui fit signe d'entrer et de s'asseoir dans le salon situé à deux pas du hall. Plutôt que de prendre un siège Faye se dirigea vers la grande porte-fenêtre qui s'ouvrait sur les jardins et regarda dans la direction de la piscine. L'atmosphère de la maison était conviviale et accueillante. Ce n'était pas un lieu froid et impersonnel mais bien un vrai foyer. Elle était déjà venue ici pour le travail, mais cette fois Faye avait le sentiment que cette visite était différente. Un petit frisson parcourut son dos, et elle se frotta les bras avant de les refermer autour d'elle.

— Tu as froid ? demanda Piers derrière elle, ce qui la fit légèrement sursauter.

— Non, ce n'est rien.

— Tu es nerveuse alors ?

— Pas du tout, protesta-t-elle. Je n'ai aucune raison de l'être.

Il l'étudia pendant quelques secondes avant de faire une petite moue, comme s'il peinait à la croire tout à fait.

— Désolé, j'étais au téléphone avec le bureau de mes avocats. Ils ont retrouvé la mère de Casey. Figure-toi qu'elle est rentrée en Australie.

— Vraiment ? Et est-ce qu'elle va bien ?

— C'est la première question que je leur ai posée. Apparemment tout va pour le mieux en ce qui la concerne.

Et elle maintient qu'elle ne veut rien avoir à faire avec Casey.

Faye ressentit une pointe de compassion pour le petit bonhomme.

— Pourquoi a-t-elle eu cet enfant alors, si elle ne le désirait pas ? Qu'avait-elle en tête ?

— J'ai l'impression qu'elle n'a pas beaucoup réfléchi. Elle est venue aux États-Unis après avoir laissé tomber son petit ami en Australie. Elle a commencé une nouvelle relation avec un nouvel homme ici, mais il l'a quittée quand il a découvert qu'elle était enceinte. Il a prétendu que cet enfant ne pouvait être le sien parce qu'il est stérile, ce qui, d'après elle, ne laisse que Quin comme autre père potentiel. Elle a dit qu'elle a essayé de le joindre, mais qu'il n'a jamais répondu à ses appels, ce qui est logique, évidemment.

Un éclair de tristesse traversa le regard de Piers.

— D'après ce qu'elle a dit à l'avocat, elle a passé un certain temps dans le Wyoming à passer d'un petit boulot à un autre jusqu'à la naissance de son bébé. À ce moment-là elle avait économisé suffisamment pour rentrer chez elle. Elle a cru au début que le père de Casey était son petit ami, mais quand il lui a appris qu'il était stérile, que leur relation a pris fin *et* qu'elle a échoué à entrer en contact avec Quin, elle s'est retrouvée totalement perdue. Elle ne voulait pas faire appel à sa famille en Australie, et comme elle n'était que de passage ici, elle ignorait comment trouver de l'aide. À présent Casey n'est qu'un poids à ses yeux, et selon mon avocat elle désire abandonner tous ses droits sur lui.

— Elle bénéficie de tous les conseils juridiques nécessaires quant à sa décision, n'est-ce pas ?

— J'ai insisté sur ce point et accepté de payer toutes

ses dépenses. J'ai également demandé qu'elle soit soumise à une évaluation psychologique. Je détesterais que sa décision soit due à un problème psychologique induit par la naissance de Casey.

Faye approuva d'un hochement de tête.

— C'est une bonne idée. Je suis heureuse que tu aies agi de la sorte.

— Elle a soutenu que ce n'était pas nécessaire et qu'elle voulait simplement clore ce chapitre de son existence, mais lorsque nous lui avons appris que nous prendrions tous les frais à notre charge, elle a fini par accepter à contrecœur.

— Savait-elle que Quin était décédé ?

— Non, apparemment. Elle a entendu dire que j'allais me rendre au chalet et a supposé que j'étais l'homme avec lequel elle avait eu une relation éphémère en début d'année. Quoi qu'il en soit, je laisse tout cela entre les mains de mes avocats. La question la plus pressante actuellement pour moi est de choisir les personnes de confiance qui m'aideront à prendre au mieux soin de Casey.

Il leur servit à boire. Un scotch pour lui et une eau minérale pour elle. Ils s'assirent côte à côte sur le canapé et entamèrent l'examen des dossiers qu'il avait ramenés chez lui.

— Je crois que tu devrais choisir ces deux candidats, dit Faye, pointant le doigt sur le CV de l'homme puis sur celui d'une femme légèrement plus âgée.

— Dis-moi pourquoi.

— Eh bien, ils sont tous deux dotés d'une solide expérience. Jeremy a travaillé dans un service pédiatrique, et Laurie possède d'excellentes recommandations de la part de tous ses anciens employeurs. Ils pourraient alterner d'une semaine sur l'autre entre le bureau et la maison. Ils travailleraient de jour une semaine, et de nuit la suivante.

— Ai-je vraiment besoin de deux personnes ? Je prévois d'être présent chaque soir.

— Je sais que tu penses moins voyager, mais que se passera-t-il lorsque tu feras des visites de sites pendant plusieurs jours, ou si tu es appelé pour résoudre un problème au pied levé et que tu ne peux pas rentrer pour la nuit ? Sans oublier les dîners d'affaire et les autres événements que tu ne peux éviter. Faire venir un baby-sitter à chaque fois serait pénible, et ce serait un peu dur pour Casey également. Il a besoin de stabilité. Les bébés adorent la routine.

Piers resta silencieux avant de se tourner vers elle.

— Je t'ai déjà posé la question, mais cette fois je veux que tu me répondes. Comment se fait-il que tu en saches autant à propos des bébés ? Tu te comportes comme si tu ne voulais rien avoir à faire avec eux, mais tes conseils tapent toujours en plein dans le mille.

Faye sentit un nœud familier se former dans sa gorge.

— J'ai vu des enfants placés en famille d'accueil. Cela m'a donné un aperçu de la situation, c'est tout.

Ce demi-mensonge fit soudainement battre son cœur plus fort. Un aperçu de la situation ? C'était une description bien édulcorée de la réalité, de ce qu'elle avait vécu lorsqu'un nouveau bébé arrivait dans sa famille d'accueil – et, au fil des ans, il y en avait eu plusieurs. Elle gardait un net souvenir du premier à avoir été accueilli après son placement. Elle se hâtait de quitter le lycée pour aider la mère de sa famille d'accueil à s'occuper du petit garçon. Ce qu'elle comprenait à présent, mais ignorait alors, c'est qu'elle donnait tout l'amour qu'elle ressentait pour son petit frère mort à cet enfant. Quand il était retourné chez ses parents, le sentiment de perte avait été terrible.

Elle s'était promis de ne pas s'impliquer autant la fois suivante, mais n'avait pu s'en empêcher. Elle avait ressenti un élan puissant envers chacun des enfants, et chacun d'eux avait fait office de remplaçant, de moyen d'exprimer tout l'amour qu'elle avait en elle. La mère de sa famille s'en était aperçue et en avait parlé à l'assistante sociale chargée du suivi de Faye, mais cette femme avait conclu qu'il s'agissait d'une bonne chose. Que cela permettrait à Faye de surmonter son chagrin. Mais cela ne s'était pas produit. Au bout du compte, lorsqu'à dix-huit ans elle avait été en âge de quitter le système d'accueil et qu'elle était partie pour l'université, elle était tout aussi brisée qu'à son arrivée dans cette famille.

Une légère caresse sur sa joue lui fit réaliser qu'elle s'était entièrement plongée dans ses souvenirs – oubliant où elle se trouvait et pour quelle raison. Découvrir qu'elle pleurait l'horrifia. Elle quitta le canapé d'un bond et se passa les mains sur le visage pour effacer toute trace de larmes.

— Faye ? C'est plus que cela, n'est-ce pas ? demanda doucement Piers. À quel moment as-tu vu ces enfants en famille d'accueil ? Était-ce quand tu t'y trouvais toi-même ?

Faye tournait le dos à Piers, elle s'était placée face à la porte-fenêtre. Peut-être les choses seraient-elles plus faciles si elle ne pouvait pas le voir.

— Oui.

Un violent frisson la traversa. Des mains chaudes vinrent se poser sur ses épaules, mais Piers ne fit rien pour qu'elle se retourne vers lui.

— Tu as dû vivre un enfer.

N'ayant pas la moindre envie d'entrer dans les détails, elle fit la seule chose dont elle savait qu'elle détournerait son attention. Elle se retourna, passa les mains derrière la nuque de Piers et attira doucement son visage vers le sien.

Il ne s'écarta pas, ne protesta pas. Il resserra les bras autour de sa taille et la laissa poser les lèvres sur les siennes.

À la seconde où elle le fit, Faye sentit une décharge de désir. Le désir qu'il fasse disparaître tous les recoins vides et sombres emplissant son âme et qu'elle préférait bien souvent ignorer. Elle avait tellement envie de lui que son corps en tremblait, et lorsque les mains de Piers s'animèrent et que l'une d'elle vint l'attirer plus fermement contre ses hanches, elle s'abandonna entièrement à l'instant.

Elle se sentait comme affamée, ne pouvant se lasser du goût de ses baisers, de son odeur, du contact de son corps puissant contre le sien. Elle était ivre de désir.

— Le dîner est servi dans la véranda, Mr Luckman. Oh !

Faye tenta de s'écarter, mais Piers ne voulait pas la laisser s'éloigner. Au contraire, il passa une main ferme dans son dos comme pour apaiser un animal nerveux.

— Merci, Meredith, nous arrivons.

Faye baissa la tête, incapable de croiser le regard de la gouvernante. Honteuse de ce qu'elle avait fait.

Piers lui releva le menton du bout des doigts pour qu'elle lève les yeux de nouveau vers lui.

— Superbe tactique de diversion, je dois dire que j'admire ta stratégie. Et si nous allions dîner ?

Faye s'écarta de Piers, et cette fois il ne la retint pas.

— Écoute… Je ferais mieux de partir. Meredith…

— Non, plus question de fuir. Meredith n'en dira pas

un mot. Tu sais qu'elle est la discrétion même. En outre, elle t'apprécie beaucoup.

Qu'elle l'apprécie ou non n'y changeait rien. Mal à l'aise elle laissa Piers la tirer par la main à travers le vestibule pour gagner la véranda où Meredith avait servi leur repas. Une pièce de bœuf rôti à l'aspect succulent reposait sur un plat à côté d'un assortiment de légumes grillés en salade. Le délicat fumet mit subitement Faye en appétit.

Meredith, occupée à plier les serviettes de table, leva les yeux à leur arrivée.

— Je vous ai laissé le soin de couper le rôti, Mr Luckman. Le bébé est au lit pour la nuit, je vais donc m'en aller. Le babyphone est sur le buffet, juste ici. Bon appétit !

Et, après lui avoir lancé un sourire plein de complicité, elle se hâta de retourner dans la cuisine.

Faye sentit qu'elle se détendait. Ainsi Meredith ne la jugeait pas pour ce qu'elle avait vu dans le salon. *Et pourquoi le ferait-elle à vrai dire ?* s'interrogea sa petite voix intérieure. *Elle a probablement vu Piers embrasser des femmes très souvent depuis qu'elle travaille pour lui.*

De l'autre côté de la table, Piers commença à couper le rôti. Fascinée, Faye l'observa faire de belles tranches et les servir. Le soleil de la fin de journée faisait briller le duvet de ses avant-bras, et cette vision la ramena aussitôt dans le Wyoming, au souvenir de sa peau sous ses doigts, à sa douceur et à sa chaleur contre sa peau.

Qu'avait-elle eu en tête en l'embrassant un peu plus tôt ? Cela avait éveillé un monstre en elle, un monstre visiblement assoiffé de désir.

Pour détourner le cours de ses pensées, Faye servit les légumes et tenta de lancer la conversation sur l'un de leurs projets de San Francisco, mais Piers évita le piège.

— Laissons les questions de travail de côté, veux-tu ?

dit-il, en approchant sa fourchette de sa bouche. Que penses-tu de ces légumes ? Meredith refuse de me révéler quel ingrédient secret les rend si délicieux. As-tu une idée ?

Cette question était-elle sérieuse ? Apparemment oui, à en juger par son expression. Elle n'avait jamais prêté attention à la manière dont il mangeait, mais elle y décelait une sensualité qui ramena à son esprit le souvenir d'autres plaisirs partagés avec lui. Sentant le rouge lui monter aux joues, Faye reporta son attention sur son assiette.

— Alors, qu'en dis-tu ?

— Eh bien, il y a du vinaigre balsamique. Et… de l'ail.

— Oui, mais il y a aussi autre chose. De subtil, de doux.

Faye se concentra un peu plus en fermant les yeux.

— Du miel ! s'exclama-t-elle.

Piers la regarda d'un air radieux.

— Tu sais que je cherche cette réponse depuis deux ans !

— Vraiment ? C'est tout ce qui a occupé ton esprit ? le taquina Faye en riant doucement.

— Tu es superbe quand tu ris ainsi. En fait tu es toujours superbe, mais lorsque tu te laisses aller et que tu ris…

Il s'interrompit, le visage sérieux, le regard plus intense.

— Arrête, veux-tu ? Tu me mets mal à l'aise.

— Je ne peux pas m'en empêcher, Faye. J'ai des sentiments pour toi. Je veux en parler. Parler de toi. De nous.

— Le seul « nous » qui existe est celui que nous formons au bureau, dit-elle d'un ton ferme.

— J'aimerais qu'il y ait plus que cela. Pas toi ? Ne crois-tu pas que nous nous devons à nous-même d'explorer plus avant ce que nous avons partagé au chalet ?

Elle reposa ses couverts et leva les yeux vers lui avant

de rassembler toute la maîtrise dont elle était capable pour formuler la réponse la plus courte et directe possible.

— Non.

— N'es-tu jamais lassée de ne pas vouloir affronter tes sentiments, Faye ?

— Je fais preuve de pragmatisme, voilà tout. L'historique de tes relations amoureuses en dit long sur ton incapacité à t'engager sur le long terme, au cas où je serais intéressée par quoi que ce soit de sérieux. Ce que je ne suis pas. Ni ne serai jamais.

Faye regarda les mets délicats disposés dans son assiette et sentit son appétit s'envoler. Elle détestait devoir parler de la sorte à Piers et regretta de tout son être qu'ils aient compliqué leur relation en partageant une nuit d'amour.

— C'est vraiment dommage. Quant à mon historique avec les femmes, peut-être étais-je à la recherche de celle qui était finalement juste sous mes yeux depuis longtemps.

— Ne sois pas ridicule, ironisa-t-elle.

Mais tout au fond d'elle, quelque chose se mit à souhaiter pouvoir faire un pas vers lui et accepter ce qu'il lui offrait. Elle se demanda à quoi cela ressemblerait d'appartenir à quelqu'un. De ne plus être seule.

Le babyphone posé sur le buffet près de l'entrée de la véranda s'activa, et les cris de Casey déchirèrent le silence.

— Tu ferais mieux d'aller le voir, dit Faye.

Piers semblait vouloir lui en dire davantage, mais il ne pouvait ignorer les cris de l'enfant couché à l'étage.

— Ne t'avise pas de partir, dit-il. Je reviens tout de suite.

— Je…

— Ne pars pas.

Et, sur ces mots, il se leva et quitta rapidement la pièce.

Quelques instants plus tard, grâce au babyphone, Faye entendit Piers entrer dans la chambre de Casey et lui parler à voix douce pour l'apaiser. Elle comprit également qu'il l'avait pris dans ses bras pour le calmer. Se sentant comme le témoin indiscret d'un moment précieux, elle fut prise d'une folle envie de partir. D'oublier l'homme qui se trouvait à l'étage et l'enfant qui comptait tant pour lui. Mais elle savait que tous deux avaient d'une certaine façon tracé leur chemin jusqu'à son cœur. Elle secoua la tête en songeant à quel point elle avait été stupide. Comment avait-elle pu laisser une telle chose se produire ? Pourquoi ?

Casey avait visiblement besoin d'être changé, et il faudrait du temps à Piers pour accomplir sa tâche. Faye prit leurs assiettes et les mit dans le four pour les garder au chaud.

Elle regagna la table et fit jouer son verre d'eau entre ses doigts, tout en essayant de ne pas prêter l'oreille aux bruits de la chambre où Piers se débattait en changeant la couche de Casey. Il y avait quelque chose d'irrésistible à voir son patron si séduisant et si capable se retrouver si loin de son élément naturel. Elle plaqua une main sur sa bouche pour étouffer l'éclat de rire qui montait du plus profond d'elle-même.

Enfin, Piers recoucha Casey et regagna la véranda.

— J'espère que tu t'es lavé les mains, dit-elle d'un ton taquin.

— Comme si ma vie en dépendait, répondit Piers en secouant la tête. Je ne parviens toujours pas à croire qu'un bébé soit capable de cela.

Faye sentit un sourire poindre sur ses lèvres, mais elle lutta pour le contenir.

— Attends un peu qu'il…

— Non, ne dis rien ! s'exclama Piers. Je t'en prie, ne m'en dis pas plus.

Faye haussa légèrement les épaules.

— Tout n'est pas toujours rose, voilà ce que je veux dire.

Je m'en suis aperçu, répondit Piers d'un air piteux

— Je vais aller chercher nos assiettes, dit Faye en se levant.

Elle revint peu après de la cuisine et lui tendit la sienne.

— Merci d'avoir gardé tout ça au chaud pour moi.

— Ce n'est rien, répondit-elle.

— Tu le fais constamment. En es-tu consciente ?

— De quoi parles-tu ?

— Tu minimises tes actions.

— Vraiment ?

Faye s'arrêta et réfléchit un instant. Elle devait admettre qu'il avait raison.

— Pourquoi en est-il ainsi ? Crois-tu que ce que tu fais n'est pas assez bien ? Crois-tu que *tu* n'es pas assez bonne ?

Faye lui lança un regard étonné. Elle n'avait jamais pris le temps de réfléchir à ce point.

Piers poursuivit.

— Car sache que tu es bonne dans ce que tu fais. Tu es plus que suffisamment compétente. Tu es la meilleure assistante que j'aie jamais eue, et je sais que tu t'impliques à 100 % dans la moindre chose que tu fais.

Elle détourna le regard, gênée par ces éloges. N'était-il pas suffisant qu'elle fasse simplement son travail ? Fallait-il vraiment qu'il en parle ?

— Mais qu'en est-il de ta vie personnelle, Faye. Tu as des amis ?

— Bien sûr, répondit-elle machinalement.

— Tu n'en parles jamais.

— Je croyais avoir clairement exposé les choses. Je garde pour moi ce qui concerne ma vie privée.

— Faye, je veux faire partie de ta vie privée. Je veux faire partie de ta vie, tout simplement.

— C'est impossible, répondit-elle en secouant la tête.

— Jusqu'à présent tu ne m'as fourni aucune bonne raison pour expliquer ta réponse. Et je ne renoncerai pas avant que tu m'en aies donnée une. Tu sais que je n'abandonne jamais lorsque je veux quelque chose.

Elle repoussa sa chaise et se leva.

— Je ne suis pas uniquement une chose que l'on veut, Piers. Et je n'ai pas à te fournir la moindre raison pour quoi que ce soit. Tu es mon patron. Jusqu'à aujourd'hui, tu as été un bon patron, mais je commence à revoir mon jugement sur ce point.

— Est-ce pour cela que tu ne laisseras rien grandir entre nous ? demanda-t-il en se glissant rapidement de l'autre côté de la table. Parce que je suis ton patron ? Parce que si c'est le cas, je te congédie sur-le-champ pour que nous puissions être ensemble.

Un nouveau son leur arriva à travers le babyphone, et Faye se raidit.

Piers la regarda, les yeux emplis de questions muettes.

— Est-ce à cause de Casey ? Ou à cause de moi ?

— Non, cela n'a à voir ni avec l'un ni avec l'autre, prétendit-elle, d'une voix à peine audible. Simplement, je ne désire pas m'engager. Avec quiconque. Écoute, je te remercie pour le dîner, mais je dois partir.

Elle gagna le salon en hâte, attrapa son sac à main et se précipita vers la porte. Piers se tenait juste derrière elle. Elle pivota pour lui faire face.

— Oui, avant que tu le dises, je suis en train de m'enfuir. C'est ainsi que je gère les choses, d'accord ? Si je n'apprécie pas la situation dans laquelle je me trouve, je m'en vais.

— Mais tu m'apprécies vraiment, n'est-ce pas, Faye ?

Il s'approcha un peu plus, ses mains puissantes et chaudes venant se refermer sur les bras de Faye pour l'attirer en douceur vers lui.

— En réalité, tu fais plus que m'apprécier. Mais tu te bats contre ce que tu ressens. Si cela peut te rendre les choses plus faciles, sache que je fais plus que t'apprécier moi aussi. En fait, je…

— Non !

Faye pressa les doigts contre la bouche de Piers avant qu'il puisse dire un autre mot.

— Ne dis rien, je t'en prie. Je ne le mérite pas.

Et sur ces paroles, elle se libéra de son étreinte, ouvrit la porte d'entrée et s'enfuit vers sa voiture.

- 11 -

Piers la regarda partir. Il était en état de choc. Il avait été sur le point de lui déclarer son amour. Et il était plus bouleversé qu'elle à propos de cet aveu presque formulé.

Il ferma la porte et regagna à pas lents la véranda où il débarrassa la table en enchaînant les gestes mécaniques. Meredith s'était absentée pour suivre un cours du soir à l'université. Un cours qu'il lui avait proposé de financer quand il avait appris son envie ancienne d'étudier la littérature anglaise. Aider les gens à réaliser leurs rêves le faisait se sentir bien. Et jamais il n'avait autant voulu aider quiconque qu'il voulait aider Faye. Quelque chose l'empêchait d'avancer. Elle en voulait davantage – tout comme lui –, mais chaque fois qu'elle commençait à pouvoir le toucher du doigt, elle prenait la fuite. Presque comme si elle voulait se punir d'avoir osé avoir eu une telle envie. La raison lui en échapperait peut-être éternellement si elle ne s'ouvrait pas à lui, à moins que le détective privé qu'il avait contacté lui procure ce qu'il avait besoin de savoir.

Penser à cette enquête l'amena à mettre en question son éthique personnelle. Faye avait le droit de préserver sa vie privée, et si elle ne désirait pas qu'il connaisse son passé il devait respecter son choix. Dans toute autre circonstance il l'aurait fait. Mais il s'agissait de Faye. De la femme qui l'avait laissé être son premier amant. De la femme dont il était tombé amoureux. Le respect qui n'avait fait que grandir entre eux au fil du temps s'était transformé en un sentiment tellement plus fort quand ils s'étaient retrouvés bloqués au chalet.

Il n'ignorait pas ce qu'ils pourraient vivre ensemble. Tous deux méritaient de savoir où les mèneraient les sentiments qu'elle repoussait avec tant de détermination.

Piers gagna l'étage, entra dans sa suite et s'approcha de la fenêtre. Pour cette fois, il mettrait l'éthique de côté. Il devait savoir ce qu'était exactement la situation à laquelle il se trouvait confronté. Comment pouvait-il surmonter les difficultés qu'elle lui imposait, s'il ne savait même pas *à quoi* il avait affaire ? Savoir les choses lui permettrait de rassembler les armes pour la plus importante bataille de sa vie. La bataille pour gagner le cœur de Faye.

Les jours suivants s'écoulèrent dans une sorte de brouillard. Il y avait tant à faire. La salle des archives située à côté du bureau que Piers et Faye partageaient avait été vidée et transformée en pièce dédiée à l'accueil de Casey durant la journée. Par chance les deux personnes choisies pour le garder, celles qui avaient reçu tous les suffrages de Faye et de lui-même, avaient été libres pour commencer à travailler immédiatement, et le système de roulement entre eux deux semblait très bien fonctionner.

Quant à Faye, elle paraissait fermement décidée à passer aussi peu de temps que possible en sa compagnie au bureau. Elle se trouvait en permanence en réunion ou dans une autre partie du bâtiment. En temps normal il n'aurait pas remis en question cet état de fait, mais au vu de la façon dont elle avait quitté sa maison plus tôt dans la semaine, il saisissait clairement la réalité des choses. Elle l'évitait. Cela, toutefois, n'avait pas d'importance.

Il lui faudrait bien regagner le bureau, et lorsqu'elle le ferait, il serait là à l'attendre.

Il n'avait toujours pas reçu de nouvelles de la part du détective à propos du passé de Faye. Il hésitait à tout annuler, mais le besoin tenace de savoir le retenait.

D'autres questions en outre occupaient ses pensées. Lorsque son avocat, Greg, lui avait transmis les informations à propos de la mère de Casey, il lui avait demandé ce qu'il en serait si l'argument de l'infertilité avancé par l'autre amant de la mère du bébé n'avait été qu'un prétexte inventé pour éviter toute forme de responsabilité. Ou si cette femme avait tout inventé. En travaillant au chalet elle s'était sans aucun doute fait une idée de la fortune de la famille Luckman. Peut-être que clamer que Quin était le père de Casey revenait à tenter d'obtenir une partie de ces richesses en échange de sa garde.

Piers rejeta immédiatement cette dernière hypothèse. Si l'argent avait été ce qui intéressait la mère de Casey, elle en aurait demandé tout de suite et n'aurait pas laissé son enfant avec lui comme elle l'avait fait. Et si le fait qu'elle ait eu des relations sexuelles avec Quin alors qu'elle était en couple avec quelqu'un d'autre ne plaidait pas vraiment en faveur de sa fiabilité ou de son intégrité, il ne croyait pas qu'elle avait abandonné Casey dans un but de profit financier personnel.

Piers était convaincu que Casey était le fils de son frère, mais Greg, lui, lui avait proposé de réfléchir à un autre scénario. Et si le petit ami était le véritable père de l'enfant et qu'il exigeait d'avoir des droits sur Casey ? Greg avait fortement recommandé à Piers de faire effectuer des analyses ADN pour s'assurer que dans l'avenir la stabilité de l'existence de Casey et sa place dans la vie de Piers ne seraient pas menacées. Si Piers pouvait apporter la preuve de son lien biologique avec le bébé, rien ne pourrait jamais être remis en question. Et comme en tant que vrais jumeaux lui et Quin partageaient le même ADN, même lui ne pouvait être écarté en tant que père biologique de Casey.

Lorsque Greg avait évoqué cette question pour la première fois, Piers ne s'était pas senti pressé de suivre son conseil au sujet du test ADN. Mais son avocat avait semé une graine dans son esprit. Piers voulait être certain que rien ne viendrait ébranler la stabilité de l'existence de Casey. Qu'il ne serait jamais l'objet d'une lutte sans merci entre deux parents comme l'avaient si souvent vécu Quin et Piers avec leurs propres père et mère. Même s'ils ne s'étaient jamais séparés, ils avaient passé la plus grande partie de leur mariage à vivre des existences parallèles et à se battre au sujet de leurs biens. Leurs enfants, pour lesquels ils ne ressentaient pas le moindre intérêt à titre personnel, servaient souvent de pions au service de leurs querelles.

Non, cela n'arriverait pas à Casey. Il connaîtrait la stabilité qu'il méritait. Aucune question ne se poserait quant à savoir qui était responsable de lui ou qui l'élèverait. Piers ferait réaliser ces tests et éclaircirait le moindre point de doute une bonne fois pour toutes.

— Faye, j'ai besoin que tu fasses quelque chose pour moi, dit-il dès que son assistante regagna le bureau.

Elle leva un sourcil interrogateur.

Il lui expliqua ce dont il avait besoin et, égale à elle-même, elle rassembla en quinze minutes les informations demandées et commanda le kit de test qui serait livré directement dans leur bureau par un coursier.

— Es-tu sûr de vouloir faire ce test ? demanda-t-elle après avoir raccroché le téléphone.

— Je ne veux pas avoir de mauvaise surprise dans l'avenir, dit-il d'un ton déterminé.

— Mais que se passera-t-il si Casey n'est pas le fils de Quin finalement ? N'est-ce pas la raison pour laquelle tu le gardes plutôt que de le laisser à la charge de l'assistance publique ?

— Cela ne fera aucune différence.

— Vraiment ?

— Bien sûr que non. C'est mon enfant désormais. Pour toujours.

— S'il n'est pas le fils de Quin, tu pourras changer d'avis.

— Que veux-tu suggérer ? demanda-t-il d'un ton cinglant.

— Ce ne serait pas la première fois qu'une personne déciderait qu'être parent ne lui convient pas. J'ai rencontré cette situation au moins deux fois quand des adoptions n'ont pas réussi lors de mon passage en famille d'accueil. Cela brise le cœur de toutes les personnes concernées.

Il la regarda avec une expression choquée. Cela reflétait-il la manière dont elle le voyait ? Était-ce la raison pour laquelle elle ne semblait pas disposée à prendre le moindre risque avec lui ? Pensait-elle réellement qu'il était incapable du moindre engagement envers quiconque – femme ou enfant ?

— Eh bien ! Pourquoi ne me dis-tu pas simplement ce que tu penses réellement de moi, Faye ?

Sa voix ne pouvait masquer sa douleur. Ses mots l'avaient meurtri, qu'elle l'ait voulu ou non.

— Je suis désolée, mais ces choses-là arrivent. Tout cela est très nouveau pour toi, et tu es profondément investi dans cette idée d'élever Casey. Je le vois bien. Mais avant que tu finisses la procédure d'adoption, tu dois être certain, pour votre bien à tous deux, que tu agis pour les bonnes raisons.

— Et quelles seraient-elles ?

— Que Casey bénéficie du plus aimant des foyers et de la meilleure enfance possible.

Quelque chose dans sa voix le surprit. Une forme de passion qui en disait long sur la raison pour laquelle elle jouait l'avocat du diable de façon si insistante. Était-il possible qu'elle se soit autorisée à développer des sentiments pour Casey, elle aussi ? Qu'elle risque de souffrir si l'adoption se passait mal ?

À l'idée que les choses puissent mal tourner, Piers sentit la nausée l'assaillir, mais il se força à ignorer cette sensation pour se concentrer sur Faye.

— Ce sont les raisons exactes pour lesquelles je veux l'adopter, dit-il enfin. Que tu sois si soucieuse de son bien-être me donne du courage et me remplit de joie.

Il observa la multitude d'expressions qui se succédèrent sur les traits fins de son visage. Elle allait prendre la parole, les sourcils légèrement froncés, lorsque le téléphone de Piers sonna dans sa poche.

— Tu ferais mieux de décrocher, dit-elle avant de se retourner vers l'écran de son ordinateur.

L'appel devait être des plus importants, car Piers lui lança simplement qu'il serait de retour pour l'heure du déjeuner avant de quitter le bureau.

Elle s'enfonça dans son siège et sentit qu'il lui fallait relâcher une tension qu'elle n'avait pas sentie s'accumuler. Elle ferma les yeux pendant un moment, courba la tête et prit une profonde inspiration. Elle était allée trop loin en lui parlant de la sorte, mais quelqu'un devait défendre

Casey. À ses yeux Piers avait vécu une existence dorée. Il était né dans une famille riche, avait reçu la meilleure des éducations que l'argent pouvait offrir, avait été élevé dans un cocon luxueux – même le poste qu'il occupait au bureau lui était tombé du ciel au moment où son père avait pris sa retraite.

Il était plus que capable de travailler dur, mais avait entamé chaque combat avec tous les avantages de son côté. Il ignorait ce qu'étaient les véritables difficultés. Bien sûr, il savait ce qu'étaient la douleur et le deuil. Il savait que la vie pouvait changer du tout au tout en un instant, mais elle avait vu bien peu de choses dans sa vie qui montraient qu'il comprenait véritablement ce qu'était l'engagement personnel. Or, c'était ce que Casey méritait.

— Miss Darby ?

Faye rouvrit brusquement les yeux pour trouver Jeremy, l'une des personnes chargées de prendre soin de Casey, debout devant elle.

— Bonjour, Jeremy, l'accueillit-elle en souriant. Excusez-moi, j'avais l'esprit ailleurs. Que puis-je faire pour vous ?

— Je suis vraiment désolé, mais ma femme a eu un accident et doit être vue par un médecin à l'hôpital. J'ai appelé Laurie, elle arrive pour me remplacer, mais elle ne sera pas là avant une demi-heure. Je ne vous demanderais pas cela en temps normal, mais pourriez-vous tendre l'oreille pour savoir si Casey se réveille ? Il dort à poings fermés et ne devrait pas ouvrir l'œil avant l'arrivée de Laurie, mais…

— Laissez-moi donc le babyphone et partez retrouver votre épouse. Nous sommes nombreux ici à pouvoir guetter un éventuel réveil de Casey. Ne vous inquiétez pas. Et donnez-moi des nouvelles de votre femme quand vous aurez vu le docteur, d'accord ?

— Merci, Miss Darby. J'apprécie beaucoup votre geste, fit Jeremy en posant le babyphone sur son bureau.

Une fois Jeremy parti, Faye fixa l'appareil laissé près d'elle avec une expression méfiante. Même si elle s'était assurée de n'avoir aucun contact avec Casey depuis son retour du chalet, elle connaissait le rythme de ses journées par cœur. C'était un bon dormeur, il ne devrait pas se réveiller avant au moins une heure, et d'ici là Laurie serait arrivée depuis longtemps. Elle pouvait affronter cette situation.

Elle reporta son attention sur son écran d'ordinateur et étudia les chiffres d'un projet de réhabilitation en Caroline du Nord. Quelque chose n'allait pas, mais elle ne parvenait pas à mettre le doigt dessus. Elle soupira et passa de nouveau les détails en revue.

Elle était plongée dans les prévisions budgétaires depuis une quinzaine de minutes lorsqu'un hurlement furieux retentit à travers le babyphone. Un frisson parcourut son échine, et elle vérifia aussitôt l'heure. C'était impossible. Casey ne devrait pas être réveillé à cette heure-ci.

Un autre cri retentit, et elle n'eut d'autre choix que de sortir du bureau. Un peu plus loin dans le couloir, elle s'arrêta devant la porte de la nursery. Elle avança une main tremblante vers la poignée de la porte.

C'est ridicule, se dit-elle. *Ce n'est qu'un bébé. Rien qu'une petite chose sans défense ayant besoin de réconfort.* Elle ouvrit alors la porte et pénétra dans la pièce. Une odeur significative parvint à ses narines ; elle se hâta se rejoindre le lit de Casey et découvrit qu'il avait vomi.

— Oh ! pauvre petit bout de chou ! dit-elle doucement pour tenter de l'apaiser.

Au son de sa voix, les pleurs de Casey se calmèrent. Elle le prit dans son berceau et le porta jusqu'à la table à langer, lui retirant rapidement ses vêtements pour le nettoyer. Elle vérifia le contenu de sa couche, qui, par chance, était sèche, et le rhabilla en lui enfilant un body et un pyjama propres.

— Et voilà ! lui dit-elle en le soulevant dans ses bras et en posant la joue sur sa petite tête duveteuse. Tu es tout propre. Il ne nous reste plus qu'à nous occuper de ton lit.

Il n'était pas fiévreux, remarqua-t-elle avec soulagement. Avec un peu de chance, ses vomissements n'annonçaient rien de sérieux. D'une main elle retira les draps souillés du berceau, les roula en boule avec ses vêtements sales et les jeta dans un panier à linge placé dans un coin de la pièce. Durant tout ce temps elle ne cessa de parler à Casey, qui s'était calmé entre ses bras et n'émettait plus qu'un léger grognement de temps à autre. Faye l'allongea dans son landau afin de pouvoir refaire son lit, mais l'idée ne lui plut pas du tout.

— Petite canaille ! le sermonna-t-elle doucement en le reprenant dans ses bras. Je ne pourrai pas faire ton lit si tu ne me laisses pas te poser quelques petites minutes.

Casey se blottit tout contre elle et fit reposer la tête sur son épaule. Une violente vague d'émotion submergea Faye. Il était si petit et si pleinement confiant ! Tant qu'elle le tenait dans ses bras, il avait tout ce qu'il lui fallait. De la sécurité. De la protection. De l'amour.

De l'amour ? Ses yeux s'emplirent de larmes, et elle cligna des paupières pour les chasser. Non, elle ne méritait pas d'aimer, elle ne méritait pas qu'on l'aime. Son frère, ce petit bébé, l'avait aimée, tout comme l'avaient fait sa mère et son beau-père. Et elle les avait abandonnés. Vivre sans amour était sa punition pour avoir détruit l'avenir qu'ils auraient dû partager.

Elle frotta doucement d'une main le minuscule dos de Casey et ferma les yeux – se permettant d'imaginer pendant juste un instant que c'était son frère, Henry, qu'elle tenait. Que c'était ses petits reniflements qu'elle entendait. Que c'était sa douce odeur qui emplissait ses narines, le poids de son petit corps potelé qui pesait si agréablement sur ses bras.

— Oh ! Henry, murmura-t-elle d'une voix nouée. Je suis désolée. Si désolée.

Ses larmes redoublèrent et dévalèrent le long de ses joues comme si les vannes de son chagrin venaient brusquement de s'ouvrir. Faye attrapa une boîte de mouchoirs et tenta de retrouver son calme, mais ses pleurs reprirent de plus belle.

Elle perdit la notion du temps, ne sachant pendant quelle durée elle avait bercé le nourrisson tandis que les larmes inondaient son visage. Elle réalisa alors que Casey s'était rendormi.

Un mouvement sur le seuil de pièce capta son regard, et en un instant Piers, avec sa présence virile et pleine de force, se trouva dans la pièce à côté d'eux.

— Faye ? dit-il doucement en touchant ses joues mouillées. Je t'ai entendue grâce au babyphone. Est-ce que tu vas bien ?

Sa main sur sa peau, ses mots, c'était ce qu'il lui fallait pour redescendre sur Terre. Elle ne devait pas se trouver là. Elle ne devait pas tenir cet enfant de cette façon.

— Il a vomi dans son lit, dit-elle d'une voix étranglée. Tiens, prends-le. Il n'a pas besoin de moi.

Elle tendit Casey endormi à Piers et tenta d'ignorer la douloureuse sensation de vide qui la submergea alors. Elle pivota vers le berceau pour installer les draps propres en tournant résolument le dos à Piers. Dès qu'elle eut fini elle quitta la pièce, incapable de prononcer un mot de plus.

Plutôt que de regagner son bureau, elle trouva refuge dans les toilettes pour femmes de leur étage. Elle ouvrit un robinet, s'aspergea les poignets puis le visage d'eau fraîche avant de se redresser et d'examiner son reflet dans le miroir. Son visage était pâle – ses yeux étaient cernés, son regard comme hanté. Elle devait trouver le moyen de se ressaisir, de retourner derrière son bureau et de poursuivre sa journée, mais elle savait que quelque chose avait irrémédiablement changé là-bas, dans la nursery.

Elle ne pouvait continuer à occuper cet emploi. Elle ne pouvait affronter chaque journée en observant les liens se nouer entre Piers et Casey, en regardant cet enfant grandir et changer peu à peu. C'était trop douloureux. C'était le rappel constant et déchirant de tout ce qu'elle avait perdu. De la douleur qu'elle éprouvait depuis si longtemps. Elle avait cru avoir la situation en main. Elle vivait sa vie comme elle l'entendait, en établissant la distance nécessaire entre elle et les autres. Ainsi tout risque de voir son cœur saigner était écarté.

Mais à présent elle s'était perdue dans un océan de changements, et les vagues puissantes de ses émotions menaçaient de la faire couler tout au fond. Il fallait qu'elle parte. Qu'elle laisse derrière elle Piers, et le travail qu'elle se réjouissait d'effectuer chaque jour. Qu'elle quitte le bébé qui avait dérobé son cœur malgré tous les efforts qu'elle avait déployés pour le tenir loin d'elle. Elle prit une serviette en papier et s'essuya le visage une dernière fois avant de redresser les épaules et de se composer une expression déterminée.

Elle donnerait sa démission le jour même. Et elle survivrait à tout cela. D'une façon ou d'une autre, elle y réussirait.

- 12 -

— Tu démissionnes ?

Piers, sous le choc, ne pouvait masquer son émotion.

— Mais pour quelle raison ? Es-tu malheureuse ici ? Je croyais que tu adorais ton travail.

— Je suis désolée, Piers. J'entame mes quatre semaines de préavis à partir d'aujourd'hui. Je vais immédiatement demander au service des ressources humaines de s'occuper de la procédure pour un nouveau recrutement.

Son visage était toujours pâle, et il pouvait voir qu'elle peinait à garder sa contenance. Tout en elle lui donnait une farouche envie de la prendre dans ses bras et de lui dire que quelle que soit la chose qui l'avait tant inquiétée ou effrayée dans la nursery, il se chargerait de régler ce problème – si seulement elle voulait bien le laisser faire. Elle semblait comme isolée sur l'île qu'elle s'était elle-même créée. Bien que très aimable, elle n'avait aucun ami parmi les membres du personnel et, à sa connaissance, peu d'amis proches en dehors du travail, voire aucun. Très respectée au bureau, elle restait toujours sur un plan professionnel et ne s'autorisait à participer à rien de personnel.

Ce jour-là, il était revenu au bureau bien plus tôt qu'il ne s'y était attendu, sa mère ayant annulé à la dernière minute le déjeuner prévu au moment d'une escale qu'elle devait faire à Los Angeles. Il lui avait alors proposé de venir lui rendre visite à son retour de voyage pour faire la connaissance de Casey. Il était rare qu'elle se trouve sur la côte Ouest, et il espérait qu'une forme de relation naîtrait entre elle et son petit-fils.

À son retour au bureau, il avait été surpris d'entendre la voix de Faye résonner à travers le babyphone – d'entendre y poindre une émotion si sincère, comme si elle demandait des excuses à quelqu'un. Quel était donc ce prénom, déjà ? Henry. Oui, c'était bien ça. Était-il la raison pour laquelle elle se tenait si à l'écart de tout le monde ? Il mémorisa ce prénom pour le transmettre à son détective dès que possible.

— Je ne veux pas te perdre, Faye. Tu es la meilleure assistante personnelle que j'aie jamais eue, mais tu représentes tellement plus que cela à mes yeux. J'avais espéré que nous pourrions être…

— Je n'ai jamais demandé à être autre chose que ton assistante, l'interrompit-elle. Je ne t'ai jamais fait la moindre promesse.

— Non, c'est vrai. Mais pourquoi en est-il ainsi Faye ? Qu'est ce qui t'effraye tant, au point que tu veuilles prendre autant de distance avec moi ?

Elle secoua la tête

— Je ne peux pas rester, Piers. Je ne peux plus continuer ainsi.

— Mais pourquoi ? Pourquoi ne te confierais-tu pas à moi et ne me dirais-tu pas ce qui t'empêche d'avancer ? Tant que j'ignore tout de la situation, je ne peux rien comprendre. J'ignore comment arranger les choses entre nous.

— C'est la moitié du problème. Il ne peut y avoir de « nous ». Je te l'ai dit et répété. Pourquoi ne veux-tu pas m'écouter ?

La note de désespoir dans sa voix le fit se reculer et lui accorder plus d'espace. Mais n'était-ce pas ce qu'il n'avait cessé de faire depuis qu'elle l'avait laissé dans le Wyoming ? Ils avaient fait l'amour. Oui, l'amour. C'était tellement plus que juste du sexe. Ils avaient partagé quelque chose de spécial, une chose qui aurait dû les rendre plus proches que jamais.

Il savait qu'elle souffrait. Il pouvait le voir dans ses traits magnifiques, dans les ombres qui hantaient ses yeux, dans la crispation de son corps. Il devait agir pour l'aider à affronter la peur dont les griffes s'étaient refermées sur elle, pour qu'elle puisse regarder en face les sentiments qu'il savait qu'elle avait pour lui.

Une femme telle que Faye ne se donnait pas à un homme sur un simple coup de tête. Le fait qu'elle ait été vierge la nuit où ils avaient fait l'amour en avait constitué la preuve irréfutable. À cet instant, il se sentait terrifié à l'idée d'être sur le point de perdre la seule femme qu'il ait jamais aimée, mais que pouvait-il faire ?

Il avait quatre semaines pour la faire changer d'avis et était certain que cela constituerait la négociation la plus difficile de toute son existence.

Six jours plus tard, il avait ses réponses. L'attente l'avait presque rendu fou. Mais à présent il espérait du fond du cœur trouver quelque part dans les informations contenues dans le pli confidentiel reçu ce soir-là chez lui la réponse, la raison pour laquelle Faye était si décidée à garder ses distances avec lui.

Il entama la lecture du dossier. L'histoire de la vie de Faye commençait comme celle de beaucoup d'autres. Une mère célibataire qui travaillait dur – aucun père à l'horizon. Elle s'était mariée quand sa fille avait presque treize ans, et la petite famille avait été heureuse. Un bonheur qui avait encore grandi quand un petit frère était né. Piers feuilleta le dossier à la recherche du prénom du bébé. Ah ! c'était inscrit là. Henry. Le prénom qu'il l'avait entendue murmurer dans la nursery la semaine précédente. Les choses commençaient à se mettre en place.

Il s'avérait que la famille avait été victime d'un tragique accident de la route à la veille de Noël. Faye avait été l'unique survivante de ce drame. Peu de détails sur l'accident étaient fournis, et Piers ressentait instinctivement que cet événement ne se résumait à la brève description figurant dans le dossier. Il pouvait comprendre que la brutale perte de sa famille pousse quelqu'un à dresser des murs autour de lui. Mais ces murs ne pouvaient rester ainsi pour toujours.

Piers feuilleta le reste du rapport, s'attardant sur un résumé évoquant la période qu'elle avait passée en famille d'accueil puis son admission à l'université. Au moins, n'avait-elle pas souffert de difficultés financières. Son beau-père et sa mère avaient été avisés dans la gestion de leur argent, et après l'accident tout avait été géré au mieux par l'exécuteur testamentaire. Grâce à cette bonne gestion, à la vente de la maison et au versement des assurances-vie, Faye avait eu à sa disposition de confortables économies pour commencer sa vie d'adulte.

Il referma le dossier d'un coup sec. Des mots. Ce n'était rien de plus que des mots. Rien dans ces documents ne lui expliquait pourquoi Faye était si déterminée à le quitter. Oui, bien sûr, il pouvait voir les similarités entre Casey et son frère Henry qui avait le même âge que lui au moment de sa mort. Il pouvait, du moins en partie, comprendre pourquoi elle avait évité de s'impliquer auprès de Casey.

Mais qu'elle se tienne à l'écart de l'amour et des enfants pour le reste de sa vie ? Cela revenait à ne vivre qu'une demi-existence. Non, c'était encore moins que cela !

Piers enferma le dossier dans un tiroir de son secrétaire. Il devait trouver un moyen de mettre à bas les protections qui entouraient Faye pour l'amener à lui montrer ce qu'elle cachait véritablement au fond de son cœur. Son futur bonheur, et celui de Faye, en dépendait.

C'était le genre de journée où tout semblait vouloir mal tourner. Des budgets avaient été dépassés pour deux projets, et de l'amiante avait été trouvé sur un autre site.

Faye et Piers avaient passé la journée à jongler avec les difficultés, et il était près de 20 heures lorsque leurs téléphones cessèrent enfin de sonner.

Faye se laissa retomber sur sa chaise et soupirant.

— Crois-tu que nous en ayons fini ? Avons-nous éteint assez d'incendies pour la journée ?

— Pour l'année, je dirais. Je veux qu'on découvre pourquoi ces estimations de coût ont tellement été dépassées…

— C'est déjà lancé, le coupa-t-elle.

C'était l'une des premières choses qu'elle avait demandées lorsque le problème était apparu en début de journée.

— J'aime cela chez toi, dit soudain Piers. J'adore ta capacité à anticiper mes besoins.

— Hum ! fit-elle d'un air évasif.

Elle détourna les yeux et se plongea dans la lecture de ses mails dans l'espoir d'échapper à ce qu'elle soupçonnait être une nouvelle tentative de lui faire changer d'avis à propos de son projet de départ.

— Faye, qu'est-ce qui te ferait rester ?

Et voilà, cela n'a pas tardé. Elle ferma les paupières et pria silencieusement pour trouver la force nécessaire en elle.

— Rien.

— Est-ce que l'amour t'empêcherait de partir ?

— L'amour ? Non, pourquoi ?

— Je t'aime.

— Tu aimes ce que je peux faire pour toi. Ne confonds pas cela avec l'amour, dit-elle d'un ton méprisant.

Intérieurement, cependant, elle se sentait dévastée. Il l'aimait ? Non. C'était impossible. Il pensait qu'il l'aimait parce qu'elle était probablement la toute première à lui avoir opposé un « non » catégorique et qu'il adorait relever des défis. Bien sûr qu'il avait envie d'elle. Et une fois qu'elle serait sienne, il se lasserait parce que c'est ainsi que les choses se passaient.

Serait-ce si terrible ? demanda sa petite voix intérieure.

Elle ne voulait pas y penser. Elle n'était pas, et ne serait jamais, intéressée par l'amour.

Menteuse, fit la petite voix.

— Tu crois que j'ignore ce qu'est l'amour ? Voilà qui est intéressant, poursuivit Piers, nullement découragé. Tu sais ce que je pense Faye ?

Elle poussa un soupir théâtral sans cesser néanmoins de fixer l'écran de son ordinateur.

— Non, mais je suis sûre que tu vas me le dire, n'est-ce pas ?

Elle l'entendit se lever et traverser le bureau pour se placer près d'elle. Deux mains chaudes et puissantes se posèrent sur ses épaules et firent tourner sa chaise pour qu'elle puisse lui faire face.

— Je crois que tu as trop peur d'aimer de nouveau.

— De nouveau ?

— Oui, c'est bien cela. Je suis presque sûr que tu as aimé, que tu as profondément aimé. Et que tu as été incroyablement blessée. Faye, refuser de prendre un risque en amour est vraiment dommage. Je ne savais pas ce qu'était l'amour, si je mets de côté le lien fraternel qui m'unissait à Quin. Mais maintenant je crois avoir enfin appris de quoi il s'agit.

— Tu sembles croire que tu en sais beaucoup à mon sujet en tout cas, dit-elle.

Sa réplique avait manqué de naturel. Un nœud se serra tout au fond de sa poitrine. Elle avait le sentiment qu'elle n'allait pas aimer ce qu'il s'apprêtait à dire, elle décida donc de tenter une attaque.

— Piers, ne te méprends pas au sujet des sentiments que tu crois ressentir pour moi. Tu essayes juste de me manipuler pour que je reste parce que cela te faciliterait la vie.

Ses mots semblèrent véritablement choquer Piers.

— C'est la deuxième fois que tu exposes clairement la perception que tu as de moi – et chaque fois je n'ai pas été ravi du tableau que tu as dressé. Dis-moi, Faye. Est-ce pour cette raison que tu as couché avec moi au chalet ? Parce que cela ne voulait rien dire pour toi et que tu pensais que cela ne voudrait rien dire pour moi ?

Ses mots coupèrent le souffle de Faye. Eh bien, quand il voulait porter un coup bas, il savait s'y prendre ! Cette nuit avait été merveilleuse pour elle, mais elle ne lui avouerait pas. Cela ne ferait que lui donner plus de munitions dans la guerre insensée qu'il avait lancée contre toutes les murailles qu'elle avait dressées autour d'elle.

Faye repoussa un peu sa chaise avant de se lever.

— Je n'ai pas à t'écouter. Je m'en vais, t'en souviens-tu ?

— Oui, comme toujours, tu fuis.

— Oh ! pour l'amour du ciel ! Veux-tu bien arrêter ? Oui, je choisis de ne pas rester lorsqu'une situation me rend mal à l'aise. Ce n'est pas un crime.

— Non, dit-il en approchant. À moins qu'en agissant ainsi tu continues à te faire du mal et blesses tous ceux qui tiennent à toi. Faye, tu ne peux pas continuer à vivre à moitié. Ta famille n'aurait jamais voulu cela pour toi.

Un frisson glacé traversa ses veines. Elle se figea, incapable de penser.

— Ma… Ma famille ? Que sais-tu de ma famille ?

Un gouffre béant s'était ouvert en elle. Si l'on exceptait les agents de police, elle n'avait jamais parlé à quiconque de ce qui s'était exactement passé la nuit de l'accident. Comment pouvait-il savoir ? Pour quelle raison savait-il ?

Les mots que Piers prononça ensuite représentaient tout ce qu'elle avait toujours redouté, et plus encore.

— Je sais tout. Et je suis profondément désolé pour toi.

Ses yeux sombres exprimaient sa profonde compassion, mais elle refusait de le voir.

— Tout, vraiment ? fit-elle d'un ton amer. Sais-tu que c'est moi qui ai provoqué leur mort ? Que c'était moi qui étais au volant ce soir-là ? Je les ai tous tués.

Elle lui avait lancé ces mots au visage d'une voix écorchée par la douleur.

— C'est bien ce que j'imaginais, poursuivit-elle d'un ton amer. Cette information ne peut figurer dans aucun des rapports que tu pourrais commander, car elle a été tenue secrète. Alors, m'aimes-tu encore maintenant que tu sais que je suis une meurtrière ?

— Comment peux-tu dire que tu es une meurtrière ? Tu sais bien pourtant que tu n'as délibérément causé la mort de personne. Il s'agissait d'un accident.

— Vraiment ? C'est moi qui ai harcelé mon beau-père

pour qu'il me laisse prendre le volant ce soir-là. Maman ne voulait pas que je le fasse. Elle disait que la route était trop glacée, que je n'étais pas suffisamment expérimentée. Mais mon beau-père a dit que faire l'expérience des choses était le seul moyen pour moi d'apprendre.

— Même si c'est le cas, d'après ce que j'ai lu, c'est le camion-citerne chargé de gaz qui a dérapé sur la route, pas votre véhicule. Tu n'avais aucune chance d'éviter le choc.

Faye se remémora l'instant où elle avait vu le camion arriver vers eux, se mettre en travers de la route et entamer son incontrôlable glissade vers leur voiture. Elle s'était retrouvée pétrifiée. Elle était demeurée incapable de réagir, de trouver comment esquiver le choc.

— Tu as raison, je n'avais pas la moindre chance face à un camion Mais quand cela s'est produit je me suis figée… J'ignorais tout simplement quoi faire. Si mon beau-père avait été au volant… Si j'avais écouté ma mère…

La voix de Faye se brisa.

— Si j'avais écouté ma mère, nous pourrions être tous en vie aujourd'hui.

— Tu n'en sais rien.

— Non, et je ne le saurai jamais. Tout ce que je sais avec certitude c'est que les décisions que j'ai prises ce soir-là ont causé la mort de ma famille. Et c'est une chose que je ne pourrai jamais oublier ou me pardonner. Mon beau-père et mon frère sont morts sur le coup. Henry n'avait que trois ans et demi. Ne crois-tu pas qu'il méritait de grandir, d'avoir une vie ? Quant à ma mère… je peux encore entendre ses cris lorsque je tente de m'endormir le soir. L'unique raison pour laquelle je ne suis pas morte carbonisée avec elle, c'est parce que des gens m'ont extirpée de la voiture avant qu'elle soit totalement dévorée par les flammes.

— Tes cicatrices, dit doucement Piers. Elles ont été causées par ce feu ?

Faye acquiesça d'un hochement de tête.

— Alors, tu vois, je ne mérite pas qu'on m'aime.

— Tout le monde mérite d'être aimé, Faye. Toi plus que quiconque, ne serait-ce qu'à cause de tout ce que tu as traversé. Ne penses-tu pas que tu as déjà suffisamment payé pour tout cela ? Tu dois apprendre à te pardonner et à te débarrasser de la culpabilité qui t'empêche de vivre.

— Je vis. C'est ma punition.

Il secoua la tête.

— Tu es en vie, certes. Mais ce n'est pas cela vivre. La nuit que nous avons partagée au chalet, *ça*, c'était vivre pleinement. C'était savourer la vraie vie, pas cette ombre d'existence dépourvue de consistance que tu subis chaque jour. Prends un risque, Faye. Accepte mon amour pour toi. Apprends à m'aimer.

La force émotionnelle de ses mots la fit trembler.

— Je ne peux pas. Je ne peux m'attacher à personne. Je ne le ferai pas.

— Mais pourquoi ? insista-t-il.

— Si je devais aimer quelqu'un de nouveau, je le perdrai. Ne le vois-tu pas ? J'ai essayé de donner mon amour après la collision. J'ai pris soin de chaque bébé qui rejoignait ma famille d'accueil comme si chacun d'eux m'offrait une chance de me racheter pour ce que j'avais fait à Henry. Je leur ai offert tout mon amour, et sais-tu ce qui s'est passé ? Chacun d'entre eux m'a été repris. Soit ils ont rejoint une autre famille d'accueil, soit ils sont repartis chez leurs propres parents. Chaque fois. J'ai perdu mon petit frère, encore et encore.

Faye hésita un instant et s'appuya sur chaque once de force qu'elle pouvait trouver en elle.

— Alors tu ne m'en voudras pas, je ne veux plus *jamais* aimer.

- 13 -

Piers la regarda sortir son sac du tiroir de son bureau et le mettre à son épaule. Elle tremblait encore, et son visage était si pâle que ses taches de rousseur se détachaient encore plus distinctement sur sa peau laiteuse.

— À présent, si tu n'as plus besoin de moi ce soir, j'aimerais rentrer chez moi.

Il l'observa longuement, brûlant de l'envie de l'attirer entre ses bras et de lui dire qu'elle n'avait plus besoin d'être seule. Que si seulement elle pouvait se défaire de son armure de protection et le laissait entrer dans sa vie, tout irait pour le mieux.

— Faye, je t'en prie, écoute-moi. Pour la dernière fois. S'il te plaît. Après ça, je te laisserai partir, si c'est réellement ce que tu veux.

Il vit que sa gorge était nouée, ses épaules crispées.

— Très bien. Je t'écoute.

— Je sais que j'ai vécu une vie de rêve comparé à la tienne. Je n'ai jamais manqué de rien. Mais durant toute mon enfance, ces personnes qui prétendaient m'aimer – mes propres parents – n'ont jamais montré que leurs sentiments allaient au-delà des simples apparences. Quin et moi étions là l'un pour l'autre, mais pour eux nous n'étions que des objets à exhiber ou des raisons de se battre. Je croyais que cela me convenait. Que je pouvais vivre ma vie ainsi. Mais après la mort de Quin je me suis livré à une longue introspection. Elle a été sans concession, et je n'ai pas aimé ce que j'ai vu. En fait je crois que le mode de vie de Quin, sa recherche permanente du frisson, était sa façon à lui de faire face à l'incapacité de nos parents à exprimer ou à ressentir un amour sincère pour nous. Il a passé sa vie à dépasser les limites, à courir des risques extrêmes. Il flirtait toujours plus avec le danger. Jusqu'au moment de sa mort, il a été en quête de quelque chose. Voulait-il la gloire ou être accepté tel qu'il était ? Je ne le saurai jamais. Mais ce que je sais c'est que sa mort m'a enseigné une précieuse leçon au sujet de l'existence. La vie vaut la peine d'être vécue, Faye, et en la vivant il faut ménager la place nécessaire pour accueillir l'amour, car si nous ne le faisons pas quel est le sens de notre présence sur Terre ?

Ses paroles l'atteignaient-elles ? Elle n'avait pas tenté de partir. En fait, étaient-ce des larmes qu'il voyait poindre dans ses beaux yeux gris-bleu ? Sentant qu'il avait peut-être percé son armure, il décida de s'engouffrer dans la faille.

— Tu sais pourquoi je suis si fou de Noël ?

Faye leva les yeux au ciel et secoua la tête. Se contentant de sa réponse muette, Piers reprit :

— J'ai passé toute ma vie d'adulte à essayer de créer une forme d'esprit de famille et à vouloir éprouver tout ce que Noël peut représenter. Ma famille était peut-être fortunée, mais elle était aussi fracturée. Mon père a beaucoup vécu en Floride, ma mère à New York. Même s'ils sont restés mariés, ils ont vécu des vies séparées dès l'instant où nous avons été envoyés en pension. Pendant très longtemps j'ai cru que c'était normal ! Peux-tu imaginer une chose pareille ? J'avais six ans et je pensais que tout le monde vivait ainsi !

— Je suis désolée, Piers. Sincèrement désolée que tu n'aies pas connu l'amour de tes parents.

Faye avait prononcé ces mots avec douceur. Il sentit qu'elle le comprenait, qu'elle ressentait de la compassion pour lui, et cela sembla venir combler les vides à l'intérieur de lui.

— Alors tu comprendras ce que je vais te dire. Je veux plus que ce que j'ai connu en grandissant. Et je veux que Casey ait cela également. Le fils de Quin ne vivra plus une seule minute sans être aimé. Et c'est ce que je veux vivre aussi pour moi, et cela, je veux l'avoir avec toi, Faye. Je t'aime. Je te veux dans ma vie, dans mes bras, dans mes nuits.

Il prit une profonde inspiration.

— Mais ce doit être tout ou rien. Je ne veux pas que tu viennes à moi en gardant verrouillée une partie de toi. Je suis prêt à tout risquer pour toi parce que je veux que tu fasses partie de la famille que j'essaye de créer, du futur que je veux avoir. Je t'aiderai, te soutiendrai et t'aimerai chaque jour jusqu'à la fin de ma vie – si tu m'en donnes la possibilité. Alors, vas-tu saisir ce que je t'offre ? Parieras-tu sur nous deux, et te laisseras-tu accéder au bonheur ?

Faye se tenait face à lui, le regard fixe. Piers voulait qu'elle dise quelque chose. N'importe quoi. L'espoir alluma une flamme en lui lorsqu'elle fit un pas dans sa direction. C'était arrivé. C'était le moment où elle allait accepter le don de son amour, de ses espoirs et de ses promesses pour leur futur commun. Mais elle hésita et baissa la tête.

— Cela m'est impossible.

Elle quitta aussitôt la pièce, et malgré l'élan instinctif de son corps qui lui hurlait de l'arrêter, Piers la laissa partir.

Il le devait. Car si quelque chose devait se concrétiser, il fallait que l'engagement de Faye soit total. Il ne pouvait se contenter de ce petit pas qu'elle avait esquissé vers lui, comme si elle voulait se donner uniquement à moitié. Car ce n'était pas uniquement son bonheur qui était en jeu, ni celui de Faye. C'était aussi celui de Casey. Et si elle n'était pas en mesure de s'engager pleinement, alors ils seraient destinés à échouer.

Après une nuit difficile, marquée par l'insomnie et les poussées dentaires de Casey, Piers ne fut pas surpris en arrivant au bureau de trouver un message du service des ressources humaines l'informant que Faye avait demandé à ne pas effectuer le reste de son préavis pour pouvoir partir immédiatement. Il détestait l'admettre, mais il s'agissait probablement de la meilleure solution. La côtoyer chaque jour en sachant qu'elle avait repoussé toute chance de futur commun aurait été pour lui une véritable torture.

Il s'attela à la résolution des conséquences des problèmes qui avaient émergé la veille, et à chaque appel, à chaque mail, à chaque décision, Faye lui manquait de plus en plus. Ce n'était pas simplement son efficacité ou son intuition. C'était tout simplement elle qui lui manquait. Il se surprit durant toute la journée à fixer son bureau vide ou à commencer des phrases avant de se souvenir qu'elle n'était plus là pour les entendre. Et qu'elle ne serait plus là, plus jamais.

Avait-il eu tort de la pousser dans ses retranchements ? Une part de lui semblait penser qu'il avait agi comme un imbécile. Peut-être que n'avoir que la moitié de ce qu'elle pouvait lui offrir aurait été mieux que rien. Mais une autre part de lui, celle qui renfermait encore les blessures de son enfance, savait qu'il méritait plus que cela. Et qu'elle aussi le méritait.

Elle avait été claire : elle ne voulait pas ce qu'il pouvait lui offrir. Elle ne voulait pas de son amour, ni de cet enfant qu'il adopterait bientôt. Elle refusait la sécurité qu'il pouvait lui procurer. Elle ne voulait pas de lui, point final.

Il finit la journée totalement épuisé et décida que l'heure avait sonné de rentrer chez lui. C'était Laurie qui prenait soin de Casey au bureau durant cette semaine. Il lui dirait qu'il n'avait plus besoin d'elle et le ramènerait à la maison.

Il franchissait le seuil de son bureau lorsque son téléphone vibra dans sa poche. Il le sortit, hésita un instant à décrocher car le numéro lui était inconnu, puis prit l'appel.

— Mr Luckman ? Ici, Bruce Duncan, du laboratoire. Nous avons les résultats du test ADN que vous avez demandé.

— Eh bien, vous avez fait vite. Je ne m'attendais pas à avoir de nouvelles avant au moins une semaine.

— Votre assistante a insisté pour que nous réalisions le test aussi rapidement que possible. Je crois comprendre qu'un processus d'adoption est en cours.

— Oui, c'est exact. Concernant le fils de mon frère.

— Ah ! dit Bruce Duncan en lâchant un long soupir. Les résultats sont très clairs sur ce point. Le nourrisson dont l'échantillon a été testé n'est pas le fils de votre frère.

Piers chancela sous le choc de la nouvelle. Ainsi Casey n'était pas le fils de Quin ? Dans un coin de son esprit il savait que cela restait une possibilité, mais il s'était convaincu que Casey était la chair et le sang de Quin.

— Mr Luckman ? Êtes-vous toujours là ?

— Oui, oui, je suis là. En êtes-vous absolument certain ?

Duncan lui livra une foule d'informations techniques, mais rien ne s'imprima en Piers à part sa phrase finale.

— Les résultats sont sans appel. Ce nourrisson n'a aucun lien biologique avec votre famille.

— Je vous remercie, parvint à dire Piers, les mâchoires serrées par la douleur. Envoyez le rapport à mon bureau en l'adressant à mon attention, je vous prie.

Après avoir reçu confirmation qu'un exemplaire lui parviendrait bientôt, Piers mit fin à l'appel. Sous le choc, il tenta de rassembler ses esprits en s'appuyant au cadre de la porte. Il avait dit que cela n'aurait pas d'importance, qu'il poursuivrait la procédure d'adoption quoi qu'il en soit – et c'est ce qu'il ferait –, mais savoir qu'il ne lui restait plus rien de Quin désormais lacérait profondément son cœur.

L'espoir que Quin avait laissé un peu de lui sur cette Terre lui avait apporté tant de réconfort au cours des dernières semaines.

Il devrait informer son avocat, même si cela ne changeait rien à ses souhaits concernant la procédure d'adoption. Le véritable père de Casey – s'il pouvait être retrouvé – devait être averti, et cette procédure pourrait créer toutes sortes de complications. L'idée de passer cet appel lui sembla insurmontable. Il se redressa et prit la direction de la nursery.

Laurie qui jouait avec Casey sur son tapis d'éveil leva les yeux en le voyant.

— Regarde, ton papa est là ! lança-t-elle d'une voix chantante. Il vient voir tout ce que tu sais déjà faire !

Laurie sourit à Piers.

— Casey se porte à merveille, Mr Luckman. Vous

devez être fier de ses progrès. Il attrape presque ses petits jouets suspendus maintenant.

— C'est merveilleux, Laurie.

— Est-ce que tout va bien, Mr Luckman ?

Piers se força à éclairer son visage d'un sourire.

— Je suis un peu fatigué, voilà tout. Ce petit chenapan m'a fait me lever plusieurs fois la nuit dernière.

— Jeremy n'était pas présent ?

— Sa femme devait se rendre à un rendez-vous médical tôt ce matin. Je lui ai accordé un congé pour la nuit.

— Eh bien, vous savez que si vous avez besoin de moi, je serais ravie de travailler davantage. J'adore ce petit bonhomme. C'est un vrai bonheur de s'en occuper.

— Je vous remercie, Laurie, mais ce ne sera pas nécessaire. Jeremy reprend son service ce soir. Quant à moi je vais finir tôt. Vous pouvez rentrer chez vous.

Laurie finit rapidement de ranger la pièce tandis que Piers s'installait près du tapis avec Casey. Dès l'instant où il s'assit près de lui, ce dernier tourna la tête vers lui et gazouilla en agitant les jambes avec enthousiasme.

— Il est toujours tellement heureux de vous voir, constata Laurie en souriant.

Un peu de la douleur causée par l'annonce provenant du laboratoire sembla le quitter. Il prit Casey dans ses bras et le serra contre lui. Comme s'il avait perçu son besoin de réconfort, Casey se blottit immédiatement contre lui et vint nicher la tête sous son menton.

Que ce petit garçon soit de son sang ou non n'y changeait rien, il l'aimait du fond du cœur. Peu importait la situation, il se battrait de toutes ses forces pour le garder.

Faye était assise derrière le volant de sa voiture de location, face à la maison qui avait été la sienne pendant la majeure partie de son enfance. Malgré le chauffage elle se sentait gelée jusqu'aux os. Venir jusqu'ici avait été une grossière erreur. Elle ne trouverait en ces lieux aucune réponse. Cela ne changeait rien. Sa famille n'était plus là.

Elle parcourut la bâtisse du regard. Dans l'allée la neige avait été dégagée avec soin, et les lumières qui brillaient derrière les fenêtres du rez-de-chaussée donnaient à la maison un air accueillant. Elle leva les yeux vers la fenêtre de son ancienne chambre et se demanda qui l'occupait désormais. Celui qui y dormait regardait-il le ciel la nuit en se demandant où sa vie le mènerait ? Imaginait-il parfois que tout pourrait lui être arraché en un instant ? Qu'il pourrait perdre tout ce qui lui était cher ?

Un mouvement derrière une fenêtre capta son attention. Une femme, un petit enfant niché contre la hanche, s'appliquait à tirer les rideaux, au rez-de-chaussée, pour protéger la douceur de son foyer de la froide nuit hivernale.

Faye avait la gorge nouée. Il n'y avait rien à voir ici. Rien à gagner.

La vie avait continué.

Mais ta vie à toi s'est arrêtée.

Cette satanée petite voix ne voulait pas se taire. Faye enclencha une vitesse et quitta l'emplacement de parking, sans pouvoir déterminer ce qu'elle était venue chercher ici. Sa seule certitude était que quoi que cela ait bien pu être, cela n'existait plus désormais.

Elle avait pensé qu'un retour dans le Michigan, sa région natale, l'aiderait à tourner la page. Elle avait rendu visite aux parents de sa famille d'accueil, à présent retraités, et ils avaient été heureux de la voir – fiers de ses réussites.

Elle avait même passé un appel à sa vieille amie de

lycée, Brenda. La seule, étrangement, qui ne les avait pas fuies, elle et sa douleur, lorsqu'elle était retournée en classe.

À l'époque, Faye avait eu le sentiment qu'il était justifié que les autres enfants la punissent ainsi. Il n'y avait rien d'étonnant à ce qu'ils la rejettent. Après tout, eux n'avaient pas tué leurs parents et leur frère, n'est-ce pas ? Ils continuaient simplement à vivre leur vie. Mais en considérant les choses à présent, Faye comprit qu'elle était responsable de la distance qui s'était créée entre elle et ses amis. Ils n'avaient alors peu ou pas d'expérience de la mort et du deuil, et par conséquent ils n'avaient pas la moindre idée des paroles à prononcer, ou de la manière de faire face au fait qu'elle s'éloignait d'eux. Seule Brenda avait essayé de garder leur amitié vivante jusqu'à ce que leurs chemins se séparent au moment de l'entrée à l'université.

Elle se souvint soudain que Brenda l'attendait justement pour le dîner. Après s'être arrêtée au panneau STOP, au bout de la rue, elle s'engagea dans l'intersection. Mais elle donna aussitôt un brusque coup de frein en voyant arriver à vive allure un gros camion-citerne dans sa direction. Ses pneus glissèrent sur la route gelée. Le cœur de Faye s'emballa dans sa poitrine. Mais son véhicule s'immobilisa finalement, et le camion la dépassa simplement sans que son chauffeur se doute un instant du chaos qui s'était déchaîné en elle.

Un coup de klaxon impatient résonna derrière Faye et l'obligea à rassembler ses esprits, à s'avancer dans l'intersection et à poursuivre son chemin. À dépasser sa peur et à avancer. Et n'était-ce pas justement ce qu'elle avait fait chaque jour depuis cette fameuse nuit ?

Sois honnête avec toi-même. Tu n'as pas continué à

avancer. Tu t'es cachée. Tu as fui. Exactement comme l'a dit Piers.

— Bon sang ! s'exclama-t-elle. Veux-tu bien arrêter !

Faye décida de concentrer toute son attention sur le trajet la menant chez Brenda. Son amie habitait non loin de l'endroit où elle avait grandi, dans la maison où vivaient encore ses parents qui se chargeaient de ses enfants pendant qu'elle se consacrait à son métier de médecin dans un cabinet en ville. Faye n'avait pas été étonnée d'apprendre que son amie, très impliquée dans son métier, avait à présent deux petits enfants et un époux qui l'adorait. Sa vie semblait animée et bien remplie, et elle possédait tout ce que Faye avait toujours voulu sans le savoir.

Faye coupa le contact devant la maison de Brenda et sortit de sa voiture. La porte d'entrée s'ouvrit à la volée sur un intérieur lumineux et chaleureux.

— Entre vite ! lui lança son amie. Il gèle dehors !

Dès qu'elle fut sur le perron Brenda enveloppa Faye de ses bras pour la serrer contre elle.

— Oh ! Comme tu m'as manqué ! Je suis si heureuse que tu m'aies appelée.

Elle conduisit Faye à l'intérieur et lui présenta son mari et ses jumeaux de dix-huit mois.

Faye sentit les larmes lui picoter les yeux en voyant comme ils ressemblaient à leur père. Piers et Quin étaient-ils semblables à ces deux enfants quand ils étaient petits ? se demanda-t-elle. Elle repoussa cette question. Piers avait occupé ses pensées depuis qu'elle l'avait quitté, même si elle avait essayé de toutes ses forces de le chasser de son esprit.

Malgré ses tentatives pour se tenir à distance, Faye se laissa rapidement emporter par l'effervescence de la vie familiale, et lorsque le mari de Brenda partit coucher les garçons après le dîner, son amie la conduisit au salon où elles s'installèrent côte à côte sur le canapé.

— Alors, raconte-moi Qu'as-tu fait de ta vie ? Et c'est en tant que médecin que je te parle. Quelque chose ne va pas, n'est-ce pas ?

— Je vais bien. J'ai beaucoup travaillé ces derniers temps. Tu sais ce que c'est.

Brenda lui prit la main et la serra.

— C'est plus qu'une question de travail, non ? Comment as-tu affronté ce dernier Noël ? Les choses ont-elles été aussi terribles que par le passé ?

Faye voulut se contenter de dissiper les inquiétudes de Brenda, mais au fil de la conversation sa réserve tomba, et les mots se mirent à couler à flots. Elle raconta tout à sa vieille amie à propos du chalet qu'elle avait dû décorer, et quand elle lui narra le moment où elle avait découvert Casey, Brenda fut sous le choc.

— Comment peut-on faire une chose pareille ? Il aurait pu mourir !

— Pour sa défense, sache que sa mère a attendu que je sois là avant de partir. En toute sincérité, je ne crois pas qu'elle était dans un état d'esprit très rationnel.

Brenda secoua la tête.

— J'ai vu beaucoup de cas tristes, mais cela me fait vraiment réfléchir aux choix que font certains. Il existe tellement de moyens de se faire aider. Si seulement les gens prenaient la peine de demander.

— Mais parfois il est trop difficile de demander. Parfois il est plus facile de tout garder à l'intérieur de soi et d'essayer de gérer les choses comme on le peut.

Brenda la regarda attentivement.

— Nous ne parlons plus à présent de ce bébé abandonné, n'est-ce pas ?

Faye tenta de détourner l'attention de Brenda vers un autre sujet, mais son amie ne fut pas dupe.

— As-tu suivi une thérapie après l'accident, Faye ?

— Je n'en avais pas besoin. J'ai appris à gérer ça.

— Gérer, oui. Mais l'accepter ? Le dépasser et avancer ?

— Bien sûr, soutint Faye tout en sachant qu'elle mentait.

— Je m'inquiète pour toi, dit doucement Brenda en prenant les mains de Faye entre les siennes. Tu peux me parler. Nous n'avons pas été proches pendant des années, mais je sais aussi ce que tu as traversé. Je t'ai regardée t'éloigner de plus en plus des autres, mais personne ne réussissait à t'atteindre. J'aurais dû dire quelque chose à ce moment-là, mais nous étions encore si jeunes et désemparées. Si occupées par nos propres existences.

— Il n'y a rien de honteux à cela. Chacun avait sa vie à vivre.

— Tout comme toi, ajouta Brenda en serrant doucement ses doigts. Réfléchis à ce que je vais te dire. Si tu veux voir quelqu'un pendant que tu es ici, je connais plusieurs bons thérapeutes spécialisés dans la gestion du deuil. Il est temps que tu reprennes possession de ta vie, Faye. Tu ne peux pas rester éternellement victime de cet effroyable accident.

Faye voulait répondre que c'était la croix qu'il lui fallait porter. Mais alors elle songea à la nouvelle famille habitant la maison où elle avait grandi. Elle pensa à Brenda et à sa vie bien remplie, à la remarque de Piers au sujet de ce que sa propre famille aurait voulu pour elle.

Soudain il lui fut trop difficile de supporter la culpabilité et le sentiment de responsabilité qui pesaient sur ses épaules. Elle sentit un grand frisson balayer son corps, puis un autre, et les larmes commencèrent à couler sur ses joues.

Brenda la serra dans ses bras et la tint tandis qu'elle pleurait tout son soûl. Après un long moment, Faye reprit un semblant de contrôle sur ses émotions.

— Je suis désolée, dit-elle tout en utilisant les mouchoirs que Brenda avait glissés dans sa main. Je n'étais pas venue ici pour pleurer sur ton épaule.

— Je me réjouis que tu l'aies fait. Tu en avais besoin depuis bien longtemps.

Son amie la regarda, l'air préoccupée.

— Alors que dis-tu d'aller voir un thérapeute ?

Faye se surprit à hocher la tête

— Je suis d'accord. Je crois que le moment est venu.

— Tu ne le regretteras pas, dit Brenda d'un ton convaincu À présent allons retrouver Adam et prendre un café.

— Merci, Brenda. Du fond du cœur. Tu m'as manqué.

Son amie lui rendit son sourire.

— Tu m'as manqué aussi. Je suis contente que tu sois de retour.

Et elle l'était vraiment. Pour la toute première fois, Faye se sentait prête à se battre pour faire son retour dans l'existence.

- 14 -

Piers raccrocha le téléphone et sentit son corps s'affaisser sous l'effet du soulagement. La demande d'adoption avait été examinée par le juge, et son avocat lui avait assuré qu'en dépit des résultats du test ADN obtenus deux mois plus tôt la procédure d'adoption devrait se poursuivre sans entraves.

La mère de Casey avait signé les papiers, et sa famille n'avait soulevé aucune objection. Son ancien petit ami, dont la trace avait été retrouvée dans une prison du Montana, avait établi une déclaration notariée certifiant qu'il ne désirait pas que Casey fasse partie de son existence. Il avait martelé qu'il n'était pas son fils et refusé la comparaison de leurs ADN. Toutes les étapes s'enchaînaient rapidement dans ce dossier, ainsi que son avocat l'avait promis à Piers.

Mais Piers, lui, était au plus mal, ne sachant comment combler le vide laissé par l'absence de Faye. Il avait essayé de lui téléphoner, pour prendre de ses nouvelles et s'assurer que tout allait bien, mais personne n'avait décroché chez elle, et tout appel sur son portable l'avait immédiatement renvoyé à sa boîte vocale. S'il n'était pas convaincu qu'elle cherchait simplement à l'éviter, il aurait demandé aux personnes qui travaillaient pour lui de la localiser. Il se disait pour se rassurer que si jamais quelque chose de grave lui était arrivé, il en aurait déjà été informé.

Même s'il tentait de se convaincre que tout cela n'était pas son problème, il était plus que préoccupé. Il n'était pas simple d'arrêter d'aimer.

Un bruit près de la porte de son bureau attira son attention. Et quand il vit Faye en franchir le seuil, un immense soulagement se diffusa en lui. Il ne savait que dire ou faire. Il ne pouvait que garder les yeux rivés sur elle comme s'il craignait qu'un moment d'inattention la fasse disparaître de nouveau.

— Bonjour, Piers, dit-elle en le regardant droit dans les yeux.

— Cela fait longtemps, répondit Piers d'un air pincé.

Ses yeux la parcoururent tout entière. Il y avait en elle quelque chose de différent qu'il ne parvenait à identifier. Ses cheveux étaient certes un peu plus longs que deux mois plus tôt, mais il ne s'agissait pas de cela. Quelque chose dans son visage, dans son expression, avait changé. Elle paraissait moins sévère, et ce n'était pas seulement dû à ses longs cheveux détachés qui venaient cascader en vagues ondulantes sur ses épaules.

La dernière fois qu'il avait vu sa chevelure détachée de la sorte remontait au moment où ils s'étaient retrouvés tous deux dans le même lit, au mois de décembre de l'année précédente. Elle dormait encore, et il avait dû se faire violence pour la laisser afin de s'occuper de Casey. Ce souvenir suscita en lui une onde de désir. Ils avaient été si bien ensemble. Mais elle avait fait le choix de le quitter. Ce qui l'amenait à vouloir savoir une chose : que faisait-elle dans son bureau à cet instant ?

— Aurais-tu une minute à m'accorder ? demanda-t-elle timidement.

Une tonalité légèrement étranglée dans sa voix trahissait sa nervosité. Il n'était pas habitué à la voir ainsi. Douce. Hésitante. Semblant avoir baissé les armes. Tout cela concourait à mettre en éveil le moindre de ses instincts de protection. Il avait envie de se rapprocher d'elle, de la prendre dans ses bras, de l'embrasser pour apaiser ses doutes et de se laisser glisser avec elle vers la concrétisation de leur désir. Mais il ne céda pas à son élan. Chacun des mots qu'il avait prononcés deux mois plus tôt était sincère. Si elle ne pouvait s'engager envers lui pleinement et librement, aucun avenir ne pourrait s'offrir à eux.

Qu'elle soit face à lui en ce jour indiquait-il qu'elle était prête ? Qu'elle avait trouvé un moyen de détruire les murs qu'elle avait gardés érigés autour d'elle pendant près de la moitié de son existence ? Était-elle prête à tout lui donner ? Il avait envie de le croire mais échouait à décrypter ses pensées.

— Je peux trouver un peu de temps, répondit-il. Pour toi.

— Je te remercie. Veux… Veux-tu que nous parlions ici ?

Il jeta un regard au bureau.

— Cet endroit en vaut bien un autre, tu ne crois pas ?

Elle pinça les lèvres et hocha la tête.

— Entendu. Pouvons-nous… nous asseoir ?

Il ne l'avait jamais vue aussi peu sûre d'elle. Il s'inquiéta soudain de ce qui avait pu causer un tel changement en elle.

— Bien sûr, dit-il en désignant les deux canapés placés près de la baie vitrée offrant une splendide vue sur la ville.

Il attendit qu'elle prenne place sur l'un des canapés puis vint se placer à son extrémité opposée.

— Puis-je t'offrir à boire ?

Elle déclina sa proposition d'un mouvement de tête.

Piers tendit un bras à l'arrière du canapé et se tourna pour lui faire face. Un lourd silence s'installa dans la pièce. Piers mourait d'envie de dire quelque chose, n'importe quoi, pour le briser. Mais c'était au tour de Faye de s'exprimer, pas au sien. Il avait dit tout ce qu'il pouvait dire la dernière fois qu'il l'avait vue. À présent c'était à elle de se faire entendre.

Faye s'éclaircit la voix.

— Comment va Casey ?

— Il est à la maison aujourd'hui. Il a un rhume, et j'ai estimé que sa place n'était pas au bureau.

Une lueur d'inquiétude brilla au fond des yeux de Faye.

— Pauvre petit bonhomme ! C'est son premier rhume ?

— Pour autant que je sache, oui, reconnut Piers. Il n'est pas vraiment en grande forme.

C'était un doux euphémisme. Les voies respiratoires complètement congestionnées, Casey s'était réveillé à quatre reprises au cours de la nuit précédente. Jeremy et Piers s'étaient relayés pour l'aider à retrouver le sommeil. Mais ces quelques heures avaient été éprouvantes pour tous.

Faye jouait nerveusement avec la lanière de son sac à main.

Piers sentit sa frustration enfler. Elle était venue jusqu'ici de son propre chef. Il devait y avoir une raison à cela. Alors pourquoi n'exprimait-elle pas simplement ce qu'elle voulait dire ?

— J'imagine que tu te demandes pourquoi je suis ici, lâcha soudain Faye.

Piers se contenta d'acquiescer d'un hochement de tête.

Faye posa son sac à main par terre et se leva pour se diriger vers la baie vitrée. Dans la lumière douce de l'après-midi, Piers put voir qu'elle avait perdu du poids. Une nouvelle raison de s'inquiéter, mais ce n'était pas son problème, se rappela-t-il fermement. Pas tant qu'elle ne désirerait pas qu'il le soit.

— Je suis désolée d'être partie comme je l'ai fait. Mon ancien bureau ne semble pas utilisé. Tu n'as pas encore trouvé de nouvelle assistante ?

— Faye, tu n'es pas venue jusqu'ici pour savoir si j'ai embauché une remplaçante, n'est-ce pas ? Parce que si c'est le cas, je me dois de te dire qu'on m'attend ailleurs.

Elle fit brusquement volte-face vers lui, son visage pâle marqué par l'inquiétude.

— Je te retiens ? Tu aurais dû me le dire.

— Je t'ai dit que je pouvais t'accorder du temps, et c'est le cas. Mais je t'en prie dis-moi pourquoi tu es venue.

Il lui était douloureux de se montrer si direct, mais il ne pouvait supporter qu'elle n'aille pas droit au but. Il avait laissé une foule de messages à son intention. Et malgré tous ses appels inquiets, elle ne lui avait jamais répondu. Pas même le moindre mail, ou le moindre texto. Il n'avait cessé d'osciller entre colère et inquiétude. Quelle que soit la raison de sa venue, il espérait que cela ne le conduirait pas sur un nouveau grand huit émotionnel.

Faye prit une nouvelle inspiration.

— Comme je te l'ai dit, je suis désolée de t'avoir quitté ainsi. Tu méritais mieux, mais j'ignorais comment te le donner. Je savais simplement qu'il me fallait partir, alors je l'ai fait. Comme tu le disais toujours, j'ai fui. Sauf que cette fois-ci au lieu de m'échapper loin de mes problèmes, j'ai décidé de me plonger vers leurs racines. De les affronter directement.

— Tu es retournée dans le Michigan ?

Faye acquiesça et serra ses mains l'une contre l'autre.

— Ce n'était pas facile, mais je savais que je devais affronter tout ce que j'avais laissé derrière moi. Une de mes anciennes amies de lycée – elle est médecin à présent – m'a mise en contact avec un thérapeute traitant les questions de deuil. J'ai pu remettre beaucoup de choses en perspective.

— Je vois. Et maintenant ?

— Maintenant je crois que je suis prête. Prête à être honnête envers moi-même et envers toi à propos de tout. Tu comprends, j'ai porté en moi tant de culpabilité depuis la nuit de l'accident. Ce que je n'avais jamais dit à personne, c'est que je m'étais comportée comme une véritable peste avec mon beau-père dans les semaines ayant précédé ce terrible Noël. Il faisait toujours tout son possible pour moi et était trop bon, trop gentil, trop patient. Pour je ne sais quelle raison stupide cela m'a amenée à me déchaîner. Tu sais comment peuvent parfois se comporter les adolescents…

Elle adressa un petit sourire à Piers.

— Quoi qu'il en soit, quand j'ai commencé à insister auprès de lui pour qu'il me laisse prendre le volant après ce spectacle de chants de Noël, j'ai bien vu qu'il était partagé. J'avais presque envie qu'il me dise non, juste pour avoir une raison de me plaindre.

— Mais il a dit oui, dit Piers d'un ton grave.

Faye hocha une nouvelle fois la tête, les yeux soudain noyés par les larmes. Elle les essuya et accepta le mouchoir que Piers venait de sortir de l'une de ses poches.

— Merci. Je suis désolée. J'ai beau avoir pleuré toutes

les larmes de mon corps au cours des deux derniers mois, j'ai l'impression de ne plus pouvoir m'arrêter.

— Tout va bien, Faye. Parfois on a simplement besoin de se laisser aller.

— Vraiment ? Est-ce que cela t'arrive ?

Il songea aux jours et aux nuits qu'il avait endurés depuis qu'elle était partie loin de lui, à la douleur que lui avait causée le fait de la perdre et d'ignorer où elle se trouvait. C'était une forme de souffrance différente de celle qu'il avait ressentie au moment du décès de son frère, mais il s'agissait d'une peine profonde malgré tout.

— Oui, c'est tout naturel. Nous n'aimons peut-être pas cela, mais parfois nous n'avons pas le choix.

— C'est une autre chose que j'ai dû apprendre récemment. Et pourtant je pensais ne plus être une enfant. Enfin, pour ce qui est de cette nuit-là, je me sentais à l'aise sur la route. J'allais peut-être un peu vite compte tenu de la météo, mais Ellis, mon beau-père m'avait gentiment prévenue de bien faire attention. Henry s'agitait dans son siège auto, il avait sans doute faim. Ellis venait de se retourner pour dire quelque chose à ma mère assise à l'arrière quand j'ai vu le camion-citerne prendre le virage juste en face de nous. Ses pneus ont perdu leur adhérence, et il s'est mis en travers de la route – puis a glissé droit vers nous. Si j'avais roulé moins vite, nous n'aurions pas encore atteint cet endroit de la route, j'aurais eu plus de temps pour réagir… Ou si j'avais laissé Ellis conduire, nous aurions probablement été plus loin sur la route au lieu de perdre du temps à nous chamailler dans le parking pour savoir qui conduirait, et le camion ne nous aurait jamais percutés.

— Faye, tu ne peux pas te torturer avec des suppositions. Tu ignores si tout cela aurait fait la moindre différence.

Elle s'essuya de nouveau les yeux et acquiesça d'un signe de tête.

— Je le comprends à présent, mais la jeune fille de seize ans que j'étais en était incapable, et malheureusement c'est cette version de moi – toujours en lutte pour donner un sens à ce que j'ai fait – qui a dirigé ma vie pendant la plus grande partie des treize dernières années.

Faye revint vers le canapé et y prit de nouveau place.

— On m'a dit plus tard qu'Ellis et Henry étaient morts sur le coup, mais que maman et moi étions toutes les deux prises au piège. La voiture a pris feu presque instantanément.

Elle frissonna.

— Je vois encore les flammes s'approcher peu à peu. Je peux encore sentir mes jambes commencer à brûler. Maman hurlait, criant aux gens qui arrivaient de sauver ses enfants. Quelqu'un a réussi à sortir Henry avec son siège auto, mais à ce stade il était déjà trop tard. Un autre homme a réussi à ouvrir ma portière et à me libérer. La dernière chose dont je me souvienne est de l'avoir supplié de sauver ma mère et mon beau-père – puis je me suis évanouie. Quand je me suis réveillée, on m'a dit que j'étais l'unique rescapée.

— Cela a tout d'un véritable cauchemar. Je suis désolé que tu aies enduré une telle épreuve, Faye.

Elle resta immobile, l'esprit visiblement perdu dans l'affreux souvenir dans cette nuit tragique.

— Il m'a fallu beaucoup de temps pour réaliser que beaucoup de ce qui s'était passé était hors de mon contrôle. Apparemment j'avais besoin de trouver quelqu'un à qui reprocher la perte de ma famille – même si la seule cible que j'aie pu trouver était moi. Lorsque j'aidais à prendre soin des bébés dans ma famille d'accueil, j'avais l'impression qu'ils remplaçaient un peu le frère que j'avais perdu. En étant avec eux, j'avais le sentiment qu'une nouvelle chance m'était offerte de l'aimer, de me faire pardonner pour ce que j'avais fait… jusqu'à ce qu'ils partent.

— C'est pour cela que tu étais si réticente à t'approcher de Casey, n'est-ce pas ? Parce que tu avais peur de l'aimer et de courir le risque de vivre ce sentiment de perte une fois de plus, dit Piers pour qui tout prenait sens.

Faye baissa la tête et tordit le mouchoir trempé entre ses mains.

— Ma thérapeute m'a aidée à comprendre mon comportement. À prendre conscience du fait que j'essayais encore de protéger mon cœur d'adolescente – celui qui avait perdu tout et tout le monde. Mais elle m'a aussi aidée à comprendre que c'était une bonne chose d'essayer encore de faire confiance à mes sentiments et de leur accorder une chance de s'épanouir. D'ouvrir mon cœur aux autres. D'accepter le fait que même si la vie est parfois difficile, les personnes de mon entourage ne me seront pas toutes arrachées. Cela… Cela n'a pas été facile, et je n'ai pas encore parcouru tout le chemin à accomplir, mais je suis déterminée à gagner cette fois-ci. Parce que, si je ne le fais pas, je perdrai pour de bon la chose la plus importante de mon existence, si je ne l'ai pas déjà perdue.

Piers sentit un élan d'espoir naître dans sa poitrine.

— Et de quoi s'agit-il ?

— De toi, répondit-elle simplement. Tu m'as offert ton amour… Tu m'as offert tout ce qui m'a si cruellement manqué depuis cette nuit, et j'ai été trop effrayée pour l'accepter. Trop effrayée pour te faire confiance. Il était bien plus simple de partir…

Un son étranglé sortit de la gorge de Faye.

— … de *m'enfuir* que d'accepter ce que tu me promettais.

— Et maintenant ?

— Maintenant, j'ai envie de me montrer égoïste. Je te veux, toi. Je veux Casey. Je veux tout.

Elle marqua un temps d'hésitation. Son front se plissa, et ses yeux gris-bleu s'assombrirent comme un ciel d'orage.

— Si tu veux toujours de moi, bien sûr. Je sais que j'ai dressé des murs et que tu as fait tout ton possible pour les franchir ou les briser. J'espère simplement que tu es toujours prêt à m'aider… à continuer à remplacer les pièces manquantes de ma vie comme tu as continuellement tenté de le faire. Le voudras-tu, Piers ? Me laisseras-tu revenir auprès de toi ?

Piers caressa sa joue du bout des doigts tout en plongeant le regard dans le sien. Il avait attendu d'entendre ces mots, espéré que, contre toute attente, un jour elle serait prête à les prononcer. Mais il y avait une chose qui manquait encore.

— Comme je te l'ai déjà dit, Faye, je te veux tout entière, non pas seulement quelques morceaux de toi. Peut-être est-ce égoïste de ma part, mais j'ai besoin que tu te donnes entièrement à notre histoire. J'ai vécu un enfer depuis ton départ. Pas seulement au bureau, ici aussi.

Il se frappa la poitrine du poing.

— Certaines nuits je n'ai pu fermer l'œil. Je me demandais où tu étais, ce que tu faisais. Et chaque fois que Casey passait une nouvelle étape, je voulais partager ce moment avec toi, et tu n'étais pas là.

Faye semblait prendre toute la mesure de ce que Piers avait à exprimer.

— Je peux simplement te dire que je suis désolée de t'avoir blessé, Piers. Je t'aime et je ne veux plus jamais te faire de mal d'aucune manière.

Piers sentit toute la tension accumulée dans son corps se relâcher lorsqu'il entendit ces trois petits mots ô combien importants ! Elle l'aimait. C'était suffisant.

— Je suis certain que tu ne me feras jamais le moindre mal. Tant que tu m'aimes, j'aurais tout ce dont j'ai besoin.

Il l'attira dans ses bras, tout à la joie de la voir retrouver la place qui était la sienne.

— Tu sais que je vais vouloir officialiser tout cela. Tu vas devoir m'épouser. Et il va te falloir adopter Casey, également. Tu sais, on forme un package tous les deux.

— T'épouser ? En es-tu certain ?

Elle sembla hésitante, et Piers comprit qu'elle attendait une confirmation de sa part.

— Complètement et absolument certain, dit-il d'un ton assuré. Cela te surprendra peut-être, mais je n'ai jamais dit à quiconque que je l'aimais. Jamais. Tu es la seule. J'ai eu le sentiment de faire un saut dans l'inconnu lorsque je t'ai avoué ce que je ressentais. Tu es devenue une part si centrale dans tant d'aspects de mon existence que je ne t'en ai pas voulu de m'accuser d'avoir parlé d'amour pour te manipuler afin de t'amener à rester avec moi. Mais je t'assure que cet aveu s'est imposé de manière totalement inattendue pour moi, et quand j'ai pris conscience que cela exprimait toute la sincérité et la profondeur de mes sentiments j'ai su que cela ne changerait jamais. Tu es celle qu'il me faut. La première, la dernière, la seule.

— Oh ! Piers !

Faye leva une main vers sa joue, et un doux sourire se dessina sur ses lèvres.

— Tu m'as déjà tant donné. Et maintenant tu m'offres cela ? Je suis si chanceuse de t'avoir dans ma vie. Je ne veux passer aucun jour loin de toi. J'imagine que tu me pardonnes de m'être enfuie loin de toi ?

— Je suis prêt à te pardonner n'importe quoi si tu ne me quittes plus jamais.

— Plus jamais, promit-elle tout en attirant son visage vers le sien.

JOSS WOOD

Une liaison incandescente

Traduction française de
SOPHIE WATINE-VIEVARD

PASSIONS

HARLEQUIN

Titre original :
AT THE RANCHER'S PLEASURE

© 2021, Harlequin Books S.A.
© 2021, HarperCollins France pour la traduction française.

- 1 -

Quand il franchit le portail du ranch Heritage, Brett Harston sentit son visage se figer et ses mains se crisper sur le volant du Ford F-150 Limited flambant neuf qu'il était passé prendre à Dallas en rentrant des îles Caïmans. Le plus agréable quand on était riche, c'était de pouvoir s'offrir des jets privés, des villas isolées sur la plage et de s'octroyer de temps à autre de menus plaisirs comme ce nouveau pick-up.

Et pourtant, étant donné ses exploits de ces dernières semaines, il ne méritait pas ce petit plaisir.

Il se frotta la nuque et descendit la vitre côté conducteur ; la douce brise du Texas s'engouffra dans l'habitacle, et il sentit aussitôt qu'il était moins tendu. Il était enfin rentré à la maison, et c'était tout ce dont il rêvait depuis quinze jours.

S'il était resté parti si longtemps, c'était uniquement pour permettre à Lexi de reprendre ses esprits et laisser aux commérages les plus féroces au sujet de sa désertion devant l'autel le temps de s'éteindre d'eux-mêmes. Étant donné que les Harston étaient depuis toujours l'un des sujets favoris des pires langues de vipère de Royal, il se moquait complètement de ce qu'on pouvait dire de lui. Mais à sa connaissance, c'était la première fois que Lexi Alderidge était la cible des commérages en ville.

Son séjour en solitaire dans la luxueuse maison sur

la plage privée qu'il avait louée pour leur lune de miel lui avait laissé tout le temps pour réfléchir aux raisons pour lesquelles il était passé si près de la catastrophe.

Tout s'était enchaîné tellement vite. Il s'était laissé prendre par surprise quand son amour de jeunesse – une des rares personnes à n'avoir à l'époque pas vu en lui uniquement le fils d'une alcoolique – était revenu dans sa vie dans le but de raviver les braises de leur histoire d'amour passionnée d'adolescents.

Enivré par un mélange explosif de souvenirs et de désir, il avait plongé la tête la première, sans prendre en compte le fait qu'elle sortait à peine d'un divorce et qu'elle était encore sous le coup de sa déception amoureuse. Quelques semaines de sexe échevelé plus tard, Lexi avait suggéré qu'ils se marient, et lui, dans un demi-sommeil, avait vaguement suggéré en retour que cela arriverait sans doute, dans un futur lointain.

Mais c'était compter sans l'ouïe très sélective de Lexi et le redoutable sens de l'organisation du clan des femmes Alderidge, à savoir Lexi et sa mère, Violet. Avant même qu'il ait eu le temps d'émerger complètement du sommeil, l'annonce de leurs fiançailles s'était répandue dans tout Royal, et mère et fille étaient bien décidées à prouver qu'elles étaient capables d'organiser un mariage exceptionnel en seulement deux mois.

Dès le début, Winston Alderidge s'était montré réticent au sujet de leur mariage, et Brett était bien obligé de reconnaître que c'était précisément cette résistance qui l'avait incité, lui, à camper sur ses positions. Autrement dit, si Winston disait que le ciel était bleu, Brett était capable de soutenir contre toute évidence qu'il était vert. Le père de Lexi avait une très haute opinion de lui-même et de son statut, et malgré sa fortune Brett n'était pas assez bien pour sa petite princesse. En présence de Winston, il avait l'impression de redevenir le gamin pauvre qui faisait toutes les heures supplémentaires possibles pour Tweed Huggins dans l'espoir de faire ses preuves.

Désormais, Brett était l'un des propriétaires terriens les plus riches de la région et un éleveur de bétail, notamment de chevaux, respecté. Mais pour certaines personnes, dont les Alderidge, il resterait à jamais un gamin né du mauvais côté de la barrière.

Pour résumer, le retour de son premier amour, le fait de voir une étincelle se rallumer dans les yeux de Lexi, leur entente physique et l'illusion qu'il trouverait enfin sa place en entrant dans une des familles les plus respectées de Royal, tout cela avait fait taire son intuition profonde que ce mariage était une erreur.

Heureusement, il était revenu à la raison avant qu'il soit trop tard. Il ne regrettait pas un instant d'avoir annulé le mariage, mais était sincèrement triste d'avoir blessé Lexi et de l'avoir mise dans l'embarras. Il l'avait appelée pour tenter de lui présenter ses excuses, mais elle ne lui avait jamais répondu. Il réessayerait d'ici quelques jours.

Brett n'était pas fier de lui ; un homme de trente-huit ans aurait dû avoir le bon sens de rompre ces fiançailles bien plus tôt. Mais on ne pouvait plus rien y changer. Il avait déjà demandé à son avocat de rembourser aux Alderidge tous les frais qu'ils avaient engagés et espérait qu'avec le temps Lexi finirait par lui pardonner. Quant aux langues de vipère de Royal, elles se délecteraient de ce mariage avorté jusqu'au moment où elles trouveraient quelque chose de plus croustillant sur lequel se jeter, voilà tout.

Suivant la route menant chez lui, il allait tourner à droite quand il saisit du coin de l'œil l'image d'une casquette noire et d'une queue-de-cheval blonde. Brett ralentit et observa la fille adolescente de son régisseur qui remontait à toute allure le chemin jusqu'à la maison principale. Stacy avait l'habitude de courir dans toute la propriété, et il fallait reconnaître que c'était une vraie sportive. Elle ne ralentit pas, et il comprit qu'elle portait des écouteurs et qu'elle n'avait pas entendu le moteur de son nouveau pick-up. Il vit l'heure sur le tableau de bord et vérifia sa montre. C'était bien ça, onze heures et demie… À cette heure-là, elle aurait dû être au lycée. Elle était en train de sécher les cours.

Brett roula jusqu'à son niveau :

— Pourquoi est-ce que tu n'es pas au lycée ? demanda-t-il d'une voix sévère.

De son index, la joggeuse releva la visière de sa casquette et se tourna vers lui. Au lieu des yeux marron de Stacy, c'est un regard bleu et visiblement amusé qui le frappa de plein fouet.

D'un seul coup, sa bouche devint sèche, et un frisson brûlant parcourut son dos tandis que son regard embrassait des yeux magnifiques aux longs cils, des pommettes hautes et une bouche sensuelle.

Il y avait longtemps qu'il ne l'avait pas vue, mais Brett la reconnut instantanément. Sa tenue de sport moulante bleu turquoise et noir épousait son corps mince et tonique. Elle était à tomber par terre.

— Salut, dit Sarabeth Edmond de sa voix légèrement rauque, plutôt basse et tellement excitante. Il eut soudain envie de l'entendre murmurer son nom à son oreille tandis qu'elle enroulerait ses longues jambes autour de ses reins et qu'il se glisserait en elle…

Brett se racla la gorge et fronça les sourcils, un peu gêné de réagir aussi violemment en voyant cette femme magnifique. Cela faisait à peine quinze jours qu'il avait quitté sa fiancée devant l'autel ; il n'avait pas le droit d'être attiré par quelqu'un d'autre, et surtout pas par l'ex-femme de Rusty Edmond.

D'ailleurs, qu'est-ce qu'elle faisait sur ses terres, en train de courir dans son allée ?

Quand il posa la question, Brett fut tout à fait conscient de sa rudesse. De son côté, Sarabeth semblait avoir perçu son irritation.

— Je loue votre cottage, et l'agent immobilier m'a dit que le propriétaire était absent et que je pouvais monter le cheval que je voulais, sauf l'étalon. Alors, je ne pensais pas que courir poserait un problème.

Bien sûr que non. Il se comportait comme un crétin. Bon sang, il avait complètement oublié qu'il avait un nouveau locataire. Il se rappelait maintenant le mail de l'agent immobilier lui disant qu'elle avait loué le cottage pour trois mois.

Il ouvrit sa portière et descendit de son pick-up. Il remarqua que Sarabeth était plus grande que dans son souvenir, peut-être un mètre soixante-quinze. Mais il mesurait bien une tête de plus qu'elle et était beaucoup plus musclé.

— S'est-elle trompée ? Dans ce cas, je suis prête à m'excuser.

Pas de doute, son ton était glacial. Brett poussa un soupir et lui tendit la main.

— Non. C'est à moi de m'excuser. Bienvenue au ranch Heritage. Je suis Brett Harston.

— Sarabeth.

Quand sa main toucha la sienne, il fut parcouru par une décharge électrique. Oh oui ! Il était très attiré par elle.

Génial ! Il désirait la seule personne dont le retour à

Royal allait défrayer la chronique au moins autant que son propre cas.

— Et désolé de vous avoir crié dessus. Je vous ai prise pour Stacy, la fille de mon régisseur. Je croyais qu'elle séchait les cours.

Sarabeth lui adressa un sourire qui le fit presque vaciller. Il posa son autre main sur la carrosserie pour garder l'équilibre. Bon sang, quel sourire ! Il sentit chaque cellule de son corps vibrer à ce spectacle… et il eut envie de goûter sa bouche, d'en découvrir la saveur.

— Ne vous excusez pas. Il y a longtemps qu'on ne m'a pas prise pour une adolescente. Très, très longtemps.

Ça, il ne pouvait pas le croire. Bien sûr, il savait que Sarabeth avait environ dix ans de plus que lui, mais elle paraissait avoir le même âge. Elle faisait même plus jeune. Sans doute parce qu'elle était si mince et grâce à sa peau à la fois hâlée et soyeuse.

Elle possédait le genre de visage et de corps qui vieillissaient bien. Très bien, même.

Sarabeth retira sa main et appuya la hanche contre la voiture.

— Alors, comment s'est passée cette lune de miel ? Où est votre épouse ?

La question le mit mal à l'aise, mais il savait qu'il ne pourrait pas échapper à quelques explications.

— Eh bien, j'ai rompu la veille du mariage, pendant le dîner de répétition. Ça m'étonne que vous ne soyez pas au courant.

Elle écarquilla les yeux et eut un sourire complice.

— Les mauvaises langues du coin ne doivent plus savoir où donner de la tête. De quoi discuter en premier ? De votre mariage raté ou du prochain scandale que je vais provoquer ?

Brett fourra les mains dans les poches de son jean et inclina la tête sur le côté.

— Parce que vous avez l'intention de faire du grabuge ?

Il lut une lueur d'amusement dans ses yeux, mais y perçut aussi un peu de crainte.

— Oh ! non. Je ne suis ici que pour me rabibocher avec mon fils et, j'espère, enfin profiter de mon petit-fils.

En effet, Ross, le fils de Sarabeth, venait d'apprendre qu'il était père et était raide dingue de la mère de son enfant, Charlotte, le chef du Sheen, un restaurant de Royal. Grand bien lui fasse. À lui, l'amour et la stabilité avaient toujours échappé, et alors que le tout lui avait été offert sur un plateau d'argent, il avait été infoutu de saisir sa chance.

Lexi ne t'aimait pas, et tu ne l'aimais pas non plus. Vous étiez à la recherche de quelque chose qui n'existait pas vraiment.

— En tout cas, ne vous gênez pas pour moi. Du moment que ça détourne l'attention de moi.

Tout comme son sourire, le rire de Sarabeth fit bondir son estomac.

— Pas question. Tant que je serai au Texas, je compte bien rester sous les radars et ne pas me faire remarquer.

— Pareil pour moi, dit-il, mais ça ne les empêche pas de parler.

Le regard de Sarabeth restait accroché au sien, et il voyait bien que sa curiosité était piquée. Mais, et c'était tout à son honneur, elle se garda bien de s'engouffrer dans la porte qu'il venait stupidement d'ouvrir. Se souvenait-elle de ce qu'on disait de sa mère, de lui, à l'époque ? Sans doute pas. Du temps où elle vivait à Royal, elle devait être bien trop occupée par Rusty et deux enfants en bas âge.

Brett entendit le hennissement joyeux et familier

de Bella, une de ses juments préférées. Elle était juste derrière la barrière de bois du paddock et l'appelait du regard. En voilà au moins une à qui il avait manqué.

Il s'avança vers la barrière et caressa son nez.

— Mais oui, tu m'as manqué aussi, dit-il en riant parce qu'elle avait reniflé ses poches à la recherche de carottes avant de presser la tête contre sa joue. Tu sais y faire, hein ? Mais tu sais aussi que c'est le soir, le moment des friandises.

Brett pressa le front contre l'encolure de Bella et ferma les yeux. C'était tellement plus facile de communiquer avec les animaux qu'avec les humains ; ils étaient directs et simples, et ne cherchaient pas à vous manipuler. Lui-même détestait la malhonnêteté et les faux-semblants, au point d'être souvent d'une franchise un peu brutale.

Sauf ces derniers temps. Il n'avait pas été honnête avec Lexi. Il se sentait tellement gêné, honteux et mal à l'aise. Bien sûr, il allait rembourser les frais du mariage, mais ce n'était pas en signant un chèque qu'il allait effacer l'humiliation que devaient ressentir Lexi et ses parents.

Il se revit, alors qu'il se tenait à l'écart pendant le dîner en train de réfléchir et de se dire qu'il ne voulait pas faire de mal à Lexi. Mais ce soir-là, il avait pris conscience que ses sentiments pour elle étaient en réalité le fruit son désir de se sentir accepté, de ne plus avoir l'impression d'être un paria dans la bonne société.

Il avait réussi professionnellement, mais épouser Lexi, devenir le gendre de Winston Alderidge, légitimerait sa position à Royal.

Mais cela signifiait vendre son âme au diable.

Alors, il avait fait signe à Lexi de le rejoindre et lui avait dit qu'il ne pouvait pas l'épouser, qu'il ne l'aimait pas, et qu'elle non plus. Du moins pas comme deux personnes qui s'apprêtent à se marier. Elle s'était mise à pleurer, et il était parti, la laissant là, complètement perdue et sous le choc.

Et la moitié de la ville avait assisté au naufrage de ce qui était supposé être leur dîner de répétition.

Il s'était conduit comme un vrai salaud.

Il sentit une main sur son bras et entendit un léger soupir féminin.

— C'est pas facile, hein ?

Brett ouvrit les yeux et adressa un sourire un peu contraint à Sarabeth. Son regard était rempli de gentillesse et, surtout, il n'y vit aucun jugement. Mais de toute façon, peu lui importait ; il était son juge le plus sévère.

— Pourquoi avez-vous rompu ? demanda-t-elle avec douceur.

En supposant qu'il ait eu l'habitude de se confier – ce qui n'était pas le cas –, il doutait que quelqu'un puisse comprendre ses raisons. Comment expliquer qu'il avait été tout à coup frappé par l'évidence que Lexi et lui n'étaient pas faits l'un pour l'autre ?

Et qu'il ne pensait pas être fait pour le mariage, ni maintenant ni jamais. Il était trop secret, trop indépendant, trop perturbé pour être le mari, l'amant, le partenaire de qui que ce soit…

D'aucune femme.

— Vous n'êtes pas obligé de me répondre, dit-elle gentiment.

Il le savait bien et n'en avait aucune intention. Ça n'était pas son genre de se mettre à nu, de se livrer à qui que ce soit, et surtout pas à une femme magnifique au regard si troublant.

— Mais je peux vous dire une chose. Croyez-moi, ça passera. Ça vous fera peut-être un mal de chien, mais ça passera. Tout finit par passer, dit Sarabeth avec un doux sourire plein de compréhension.

Puis elle s'écarta et retourna sur le chemin. Là, elle baissa sa casquette et lui adressa un petit salut de la main avant de se remettre à courir, de sa longue foulée pleine de grâce.

Cette femme était vraiment… fascinante.

Sarabeth maintint un rythme soutenu jusqu'au cottage qu'elle louait. Arrivée devant les marches du porche, elle claqua les mains sur ses cuisses, se pencha et aspira une grande goulée d'air.

Si elle était si essoufflée, ça n'était pas seulement à cause de la course – à quarante-huit ans, elle courait encore un kilomètre en à peine plus de quatre minutes. Non, ce qui lui avait coupé le souffle, c'était Brett Harston, ses mystérieux yeux verts bordés de longs cils et sa barbe de trois jours sur sa mâchoire virile. Ses cheveux d'un brun profond, qui dépassaient un peu de son stetson, et son nez, juste un peu cabossé.

Et ce corps… Seigneur, ce *corps*. Longues jambes, hanches étroites, et de larges épaules à se damner. C'était un homme dans la pleine force de l'âge, athlétique et puissant.

Elle se redressa et se sentit un peu étourdie. S'était-elle relevée trop vite ? Elle s'assit sur la troisième marche et étira les jambes tout en songeant au ventre plat de Brett et à tout ce que laissait deviner sa chemise en denim.

Hé ! Il y avait bien longtemps qu'elle n'avait pas eu ce genre de pensées concernant un homme…

Des cow-boys, elle en avait rencontré beaucoup, mais il fallait bien avouer que Brett Harston était particulièrement sexy. Et avec lui, l'expression « Mieux vaut chevaucher un cow-boy que son cheval » prenait tout son sens.

Mais bien sûr, cela ne risquait pas d'arriver de sitôt, ni avec lui ni avec aucun autre cow-boy.

Elle se renversa en arrière, offrant son visage au soleil. Elle n'en revenait pas d'être de retour à Royal après presque vingt ans d'absence. Et elle aurait aimé pouvoir dire qu'elle était heureuse de revenir dans son Texas natal.

Mais ça n'était pas le cas.

Quand elle était partie, avec seulement sa prestation compensatoire, sa voiture et ses vêtements, elle s'était promis de ne plus jamais revenir, et elle n'aimait pas ne pas tenir ses promesses, même celles qu'elle se faisait à elle-même. Mais pour ses enfants elle aurait été capable d'aller jusqu'en enfer, et elle tenait à cultiver sa relation renaissante avec son fils, Ross, qui s'était éloigné d'elle pendant si longtemps.

Jamais elle ne pardonnerait à Rusty de l'avoir privée de ses enfants ; il avait dit tant de mal d'elle, avait rejeté la faute du divorce sur elle et leur avait raconté qu'être leur mère ne l'intéressait plus. Pendant des années, elle avait dû se battre pour avoir une place dans leur vie, et à chaque échec son cœur s'était brisé un peu plus. Il y avait eu des fois où elle avait eu envie de tout dire à Gina et à Ross sur les tromperies de leur père et sa violence verbale, mais ses enfants méritaient qu'au moins un de leurs parents se comporte en adulte.

Heureusement, Gina avait commencé à se poser des questions dès la fin de son adolescence, et désormais leur relation était solide… mais avec Ross c'était plus compliqué.

Et maintenant qu'il avait rouvert une porte, Sarabeth

allait tout faire pour renouer les liens avec son fils. Et puis, elle voulait passer du temps avec son adorable petit-fils, Ben.

Elle avait quarante-huit ans, et voilà qu'elle était grand-mère… Cette pensée la fit sourire.

C'était pour ses enfants et Ben qu'elle était de retour dans cette maudite ville. Sinon, elle préférait qu'il y ait deux États et des milliers de kilomètres entre elle et son ex-mari, ce serpent de Rusty Edmond.

Il ne peut plus te faire de mal : tu as mûri, tu es plus sage et bien mieux armée que quand tu as quitté le ranch Elegance il y a vingt ans.

C'était étrange, et assez merveilleux, mais elle n'avait plus l'impression d'être la femme qui avait épousé Rusty Edmond quelques mois après avoir fêté ses dix-huit ans. Cette jeune fille timide et mal à l'aise n'avait plus rien à voir avec elle, mais Sarabeth savait à quel point elle avait dû se battre pour grandir et évoluer. Pour devenir la personne qu'elle était aujourd'hui.

Elle s'aimait bien désormais ; quand elle se regardait dans une glace, elle pouvait sourire. Elle n'était pas parfaite, bien sûr, mais tellement mieux qu'à l'époque où il lui avait fallu échapper à son mariage.

Elle avait mûri et était plus lucide sur les gens, l'amour, les relations en général. Elle savait désormais qu'elle avait eu tort de croire à l'amour éternel, aux héros de contes de fées. Après plusieurs relations décevantes, elle savait que son bonheur ne dépendait pas d'un homme, que l'amour était un mythe et qu'elle était seule et entièrement responsable de son bonheur.

Il lui avait fallu du temps et bien des larmes pour en arriver là, mais le résultat en valait la peine. Elle était forte, combative et indépendante à la fois financièrement et émotionnellement. Après tout ce qu'elle avait réussi à surmonter, elle n'avait rien à craindre de son manipulateur d'ex-mari ni des ragots que son retour à Royal ne manquerait pas de susciter.

Dans la pochette fixée à son bras, elle prit son téléphone et vérifia l'application indiquant sa vitesse et la distance parcourue. Courir dans le ranch la changeait agréablement des rues de LA. Ce sport était son unique drogue. Quand elle était adolescente, le cross-country était la seule façon pour elle d'échapper à la maison et à sa mère, Betty, qui était obsédée par les concours de beauté. Un univers que Sarabeth avait toujours méprisé.

Et quand Rusty Edmond, qui était plus âgé, si décontracté et enjôleur, lui avait proposé le mariage, elle y avait vu une chance d'échapper à tout ça et avait sauté sur l'occasion. Betty avait été un peu déçue de ne pouvoir l'emmener jusqu'au titre de Miss America – *mais bien sûr !* –, mais voir sa fille unique épouser un riche propriétaire de ranch n'avait pas été une maigre consolation.

Betty avait été dépitée quand son mariage avait pris fin, et jusqu'à sa mort elle avait reproché à Sarabeth de ne pas être restée avec son homme…

Beurk !

Irritée contre elle-même, elle se leva d'un bond. Il y avait longtemps qu'elle n'avait pas pensé à sa mère, à son mariage et à son passé de miss. À peine était-elle rentrée à Royal que les souvenirs douloureux l'assaillaient…

C'était bien plus agréable de penser à son canon de propriétaire.

- 2 -

Le lendemain, Sarabeth entendit un bruit de sabots de chevaux et releva la tête qu'elle avait posée sur son volant, avant de jeter un œil dans le rétroviseur. Elle étouffa un juron en voyant que deux cavaliers arrivaient dans sa direction.

Même si son visage était dissimulé par l'ombre de son stetson noir, Sarabeth reconnut immédiatement le plus jeune des deux hommes. Brett Harston. Elle les regarda s'approcher, admirant les larges épaules du rancher ainsi que le jeu de ses cuisses puissantes pour contrôler son fougueux étalon noir.

Il était vraiment très sexy. Un vrai pousse-au-crime.

Elle sentit la chair de poule envahir ses bras et sa poitrine. Ses mamelons se durcirent, et une onde de chaleur se répandit entre ses cuisses. Pourquoi réagissait-elle comme ça ? Bien sûr, il y avait longtemps qu'elle n'avait pas couché avec un homme, mais c'était franchement ridicule. Chez elle, l'attirance sexuelle ne venait qu'une fois qu'une certaine complicité émotionnelle s'était installée, alors cette réaction viscérale la troublait. Qu'est-ce qui lui arrivait ? Pourquoi ne pouvait-elle pas s'empêcher de l'imaginer nu ? Ou de se demander comment ça serait de faire l'amour avec lui l'après-midi au soleil, dans cette piscine ou dans le jacuzzi qu'elle voyait de sa chambre ?

Elle se comportait comme si elle envisageait une

aventure avec cet homme. C'était de la folie. Sarabeth laissa retomber le front sur son volant en poussant un gémissement.

C'était ridicule. En admettant qu'il la trouve séduisante, ce qui n'était pas évident étant donné leur différence d'âge, Brett sortait à peine d'une relation compliquée. Il avait quitté Lexi Alderidge la veille de leur mariage – Gina l'avait mise au courant des derniers potins lorsqu'elle était passée chez elle la veille au soir – et n'avait sûrement aucune envie de filer au lit avec une inconnue.

Bien sûr, les hommes ne réagissaient pas comme les femmes à la suite d'une rupture. Peut-être qu'un coup d'un soir était exactement ce dont Brett avait besoin. Mais *pas* avec l'ex-femme de Rusty Edmond, qui elle aussi était la cible des commérages de Royal.

— Salut.

Elle releva la tête. Le visage de Brett n'était qu'à quelques centimètres du sien. Il se penchait vers la vitre baissée de sa voiture. Et derrière lui, à quelques mètres, son ami retenait leurs chevaux par la bride.

— Salut.

— Un problème avec la voiture ? demanda Brett, en posant son bras puissant sur la portière.

Sarabeth secoua la tête, notant au passage qu'elle n'avait jamais vu un homme avec des cils aussi épais et longs, que l'iris de ses yeux verts était taché d'or et que sa barbe de trois jours cachait une petite cicatrice sur sa lèvre inférieure.

Il sentait le cheval et le savon, le déodorant et le foin… L'odeur d'un homme en pleine santé qui vivait dehors. Sarabeth eut brusquement envie d'embrasser son cou puissant pour goûter sa peau.

Elle était en train de devenir complètement dingue.

— Sarabeth ? Est-ce que tout va bien ?

Ressaisis-toi, ma vieille !

Elle avala sa salive et hocha la tête.

— Oui, oui. Tout va bien.

— Vraiment ? dit Brett en levant un sourcil dubitatif. Parce que je vous observe depuis un quart d'heure... Vous vous êtes arrêtée après avoir passé le portail et vous n'avez pas bougé depuis. Je suis venu voir si je pouvais vous aider.

D'accord.

Sarabeth fit une petite grimace en plissant le nez. Comment expliquer qu'elle était allée jusqu'au croisement, qu'elle avait mis son clignotant, mais qu'elle avait été incapable de prendre la direction de Royal ? Comment lui dire que, en dépit de son indépendance et de sa confiance en elle si durement acquises, elle était tout à coup terrifiée à l'idée de marcher dans Main Street ? Qu'elle tremblait de ne pouvoir garder la tête haute face à ces gens qui ne connaissaient qu'une seule version de l'histoire et croyaient qu'elle avait quitté Royal en abandonnant ses enfants ?

Elle avait tout fait pour être une bonne mère, mais la vie avec Rusty était devenue intolérable ; il la trompait avec absolument tout ce qui portait un jupon. Et quand elle était partie, il avait prétendu qu'elle avait abandonné ses enfants.

Elle sentit une brûlure familière au fond de sa gorge, et ses yeux la piquaient, alors elle détourna la tête et fouilla dans son sac à la recherche de ses lunettes de soleil. Impossible de les trouver.

— Mais où sont-elles passées, bon sang ?

— Quoi donc ? demanda Brett de sa voix un peu rauque.

— Mes lunettes de soleil !

Brett tendit la main vers ses cheveux, récupéra ses lunettes et les lui donna.

Génial, Sarabeth ! Maintenant, il sait que tu es complètement gâteuse.

— Merci, marmonna-t-elle en posant les lunettes sur ses genoux.

Elle tenta de se donner une contenance, mais elle était troublée par son bras musclé et bronzé, par sa silhouette imposante qui lui masquait le soleil, par la sensualité de sa bouche.

— Et si vous me disiez pourquoi vous restez ici sans bouger ?

Elle aurait pu mentir et inventer une histoire. Avec les années, elle était devenue experte dans l'art de cacher ce qu'elle ressentait sous une attitude décontractée, mais pour elle ne savait quelle raison, elle pensait que Brett pourrait la comprendre.

— Tout le monde à Royal doit savoir que je suis revenue, et ils doivent tous être en train de parler de mon mariage et de mon divorce. Et Rusty a certainement distillé son poison. Du coup, je me demandais si j'étais assez forte pour marcher dans Main Street la tête haute.

— Bien sûr que vous l'êtes.

La spontanéité de sa réponse la fit sourire.

— Vous ne me connaissez pas assez pour le savoir.

— Mais je connais Rusty, et pour être restée mariée à ce salopard pendant aussi longtemps, il fallait un sacré courage.

— C'est gentil, mais vous n'êtes pas au courant ? J'étais une garce stupide, et coureuse avec ça.

— N'importe quoi, dit Brett en fronçant les sourcils.

Le fait qu'il la défende si instinctivement réchauffa

une partie de son cœur restée glacée depuis très, très longtemps.

— D'une manière générale, je ne crois que 10 % de ce que raconte votre ex. Et quand il s'agit d'une femme, le pourcentage baisse encore, dit Brett en lui prenant une mèche de cheveux et en la caressant d'un air pensif.

Après un court silence étrangement confortable, il ajouta :

— Ne bougez pas d'ici, je reviens dans une minute.

Sarabeth le regarda se diriger vers son ami de sa démarche assurée et chaloupée. Les deux hommes discutèrent quelques instants, puis son ami – son employé ? – se remit en selle et emmena le cheval de Brett en le tirant par la bride. Brett revint vers la voiture, ouvrit la portière passager et s'assit à côté d'elle.

— J'ai envie d'aller à Royal depuis mon retour hier, mais je ne l'ai pas encore fait parce que je n'avais pas envie d'affronter les regards et les questions. Alors, je propose qu'on y aille ensemble, ça leur donnera encore plus de grain à moudre, dit Brett avec un sourire malicieux.

— Et si on passait toutes ces commères à la moulinette ?

— Pourquoi pas ? répondit-il. Allez, Macduff, en avant.

Un rancher qui citait Shakespeare. Comme c'était charmant. Ça ne le rendait que plus sexy encore. Ce qui n'arrangeait pas du tout les affaires de Sarabeth.

Sarabeth sentait le regard de Brett détaillant son profil, et cela la mettait mal à l'aise. Elle qui approchait à grands pas de la cinquantaine se sentait comme une adolescente un peu gauche à son premier rendez-vous. Ses mains se crispèrent sur le volant, et elle essaya de se concentrer sur cette route qu'elle connaissait si bien. En passant devant l'impressionnant portail de l'Elegance, elle poussa un soupir et ne put s'empêcher de ralentir. Elle aperçut son ancienne demeure à travers les arbres. Elle lui sembla glacée et ostentatoire.

Elle préférait de loin les lignes épurées de la maison principale du ranch de Brett. Elle était grande, comme tout avait tendance à l'être au Texas, mais n'avait pas été conçue pour épater la galerie.

À côté d'elle, Brett s'éclaircit la voix.

— La maison vous manque ?

— Pas du tout, dit Sarabeth en secouant la tête. Mes enfants m'ont manqué, mais ce tas de briques et de pierres, jamais.

— Et Rusty ?

Sarabeth ralentit et se tourna vers Brett, le regardant droit dans les yeux.

— Vous connaissez mon ex ?

— Vous marquez un point, dit Brett avec un sourire amusé. Au fait, il m'a demandé de faire partie du comité de la Soirée de la Baie. C'est un festival alliant musique, gastronomie et vin qui aura lieu sur Appaloosa Island.

Encore une piqûre de rappel du passé. Rusty avait acheté cette petite île privée au début de leur mariage. Ils s'y étaient fait construire une résidence, où elle adorait passer des vacances sur leur plage privée, à nager et à faire des châteaux de sable avec les enfants. Elle n'y avait jamais remis les pieds après avoir appris que Rusty y avait amené une de ses maîtresses.

— Et pourquoi vous ? demanda-t-elle, un peu gênée par la grossièreté de sa question.

Mais elle voulait savoir jusqu'à quel point elle pouvait s'ouvrir à Brett. Elle n'avait pas l'intention de dire du mal de Rusty – c'était quand même le père de ses enfants –, mais elle n'avait aucune envie de se censurer pour autant.

— Sans doute parce que j'ai beaucoup d'argent, répondit Brett après un temps de réflexion. Et il doit penser que si je fais partie du comité, les cordons de la bourse s'ouvriront.

— Et c'est vrai ?

Plutôt que de répondre à sa question, il demanda :

— Vous savez qu'il vous dépeint comme une croqueuse de diamants, n'est-ce pas ?

Étonnamment, la remarque lui fit du mal.

— Et c'est tout ? Je croyais que j'étais une garce totalement immorale et droguée jusqu'à l'os qui avait abandonné ses enfants. Il me reste un ou deux amis en ville, et ils m'ont dit qu'il paraît que j'ai aussi tendance à arracher la tête des poulets avec mes dents.

Sarabeth avait laissé parler son amertume. Elle qui avait tant travaillé à ne plus tenir compte de l'opinion de Rusty et des autres habitants de Royal. Mais c'était bien plus facile quand elle se trouvait en Californie, à des centaines de kilomètres d'ici. Elle n'était rentrée que depuis deux jours et, déjà, elle se sentait moins sûre d'elle et trop consciente du regard d'autrui.

Et bizarrement, c'était l'opinion de Brett qui lui importait le plus. C'était ridicule puisqu'il n'était que son propriétaire et qu'elle aurait dû se moquer de ce que pensait cet homme de dix ans son cadet. Mais Royal, comme toujours, lui brouillait l'esprit.

— Et vous l'êtes ? demanda doucement Brett.

— Quoi donc ?

— Une croqueuse diamants ?

Elle aurait dû être agacée par son culot, mais en fait elle apprécia sa franchise.

— Non. Pas plus aujourd'hui qu'à l'époque. Ce que je voulais, c'était pouvoir voir mes enfants. Je suis d'ailleurs revenue à Royal pour renouer les liens avec Ross. Je veux aussi mieux connaître Charlotte et passer du temps avec mon petit-fils, Ben.

— Sans indiscrétion, de quoi vivez-vous ? demanda Brett après un bref silence. Mon cottage est une des locations les plus chères de Royal, et vous avez payé trois mois d'avance.

Bien sûr. En Californie, depuis qu'elle avait fondé son entreprise de produits cosmétiques bio, elle était assez célèbre, mais ici, au fin fond du Texas, personne ne connaissait la marque Sarabeths ! ni ne savait que depuis qu'elle avait vendu son entreprise, elle était multimillionnaire…

— J'imagine que vous avez demandé et obtenu une confortable pension alimentaire.

Si seulement. Mais non, puisqu'elle n'avait jamais eu la garde de ses enfants. Non, elle avait dû se débrouiller seule.

Sarabeth décida d'être transparente.

— Je travaillais pour un fabricant de cosmétiques et je me suis mise à créer mes propres savons et crèmes, que je vendais sur les marchés. Et puis, j'ai créé ma propre entreprise de vente en ligne. Je l'ai vendue récemment.

— Bravo ! dit Brett d'un ton chaleureux.

Comme ils approchaient de la ville, Sarabeth ralentit. Pas question de prendre une amende pour excès de vitesse dès son retour.

À l'un des rares feux rouges, elle se tourna vers Brett qui semblait très détendu sur le siège passager, alors que Rusty et la plupart des hommes qu'elle avait fréquentés auraient insisté pour prendre le volant ou auraient critiqué sa façon de conduire.

— Je dois retrouver mon amie Jaynie Prince pour un café. Ensuite, je vais passer à la pharmacie et faire deux ou trois courses au magasin d'alimentation. Qu'est-ce que vous avez prévu, vous ?

— Il faut que je discute avec Billy Holmes au sujet du festival… Vous le connaissez ?

Elle secoua la tête.

— Non. Je n'ai pas mis les pieds à Royal depuis vingt ans, je vous rappelle.

— C'est vrai. Eh bien, Billy semble être le protégé de Rusty, pour ne pas dire autre chose.

Elle sentit une hésitation dans sa voix, qui piqua sa curiosité.

— Vous ne l'aimez pas ?

— Je n'accroche pas avec lui, mais ça ne veut rien dire. Je ne suis pas du genre très sociable. Si ça se trouve, vous le trouveriez charmant.

— Franchement ? Je préfère les hommes taciturnes à ceux qui en font trop.

Brett eut un grand sourire qui découvrit ses dents blanches et fit naître une étincelle dans ses yeux. Sarabeth fut envahie par une onde de chaleur et sentit ses seins se tendre. Un tel sourire, ça n'était vraiment pas fair-play…

— Il faut aussi que je récupère des documents chez mon avocat, poursuivit Brett. J'en ai pour environ une heure. Ça vous convient ?

— Parfait, répondit Sarabeth, soulagée que le feu passe enfin au vert, l'obligeant à s'arracher à ses yeux magnifiques.

C'était tellement injuste : elle dépensait des fortunes

en mascara, et ses cils à lui étaient tellement plus longs et fournis que les siens.

— J'ai aussi quelques courses à faire. Je vous retrouve au magasin ?

Sarabeth hocha la tête et se gara devant le Royal Diner, remarquant trois femmes qui bavardaient sur le trottoir. Elles avaient environ son âge, peut-être un peu plus, avaient assisté à son mariage et étaient parfois venues dîner dans ce qui avait été sa maison. Mais aucune d'elles n'avait gardé le contact quand elle avait quitté Royal et, d'après Jaynie, elles faisaient partie de ceux qui répandaient les rumeurs les plus folles à son sujet.

Elles ne l'aimaient pas à l'époque et, visiblement, ça n'avait pas changé.

Sarabeth descendit de voiture, releva ses lunettes de soleil et croisa les regards de celles qui avaient soi-disant été ses amies.

— Dale, Flora, Hattie…

En retour, elle n'eut droit qu'à deux légers signes de tête et à un « Sarabeth » glacial.

Un silence gênant s'était installé, et les trois femmes braquèrent leur regard sur Brett qui venait de la rejoindre. Soulevant le bord de son stetson, il les salua.

— Bonjour, mesdames.

— Nous ne pensions pas vous voir remettre les pieds en ville, dit Flora d'un air pincé.

Sarabeth leva ostensiblement les yeux au ciel.

— Je vis, je travaille et je fais mes courses à Royal, pourquoi n'aurais-je pas le droit d'être là ? demanda-t-il d'un ton cordial.

Mais Sarabeth remarqua la lueur d'agacement qui traversa son regard. Comme elle, il aurait préféré que les gens parlent franchement de son mariage avorté plutôt que de se contenter de ces allusions venimeuses.

— Je pense qu'elles estiment que tu devrais faire profil bas parce que tu as quitté Lexi Alderidge juste avant de dire oui, Brett, dit Sarabeth, adoptant volontairement le tutoiement et un ton enjoué et complice.

Le regard de Brett croisa le sien, et elle y lut un certain amusement.

— Merci, ma chérie.

Les yeux des trois sorcières de Royal s'écarquillèrent, et Sarabeth imagina très clairement les rouages de leurs cerveaux tourner à plein régime… Oh oui ! ça promettait des ragots bien juteux.

— Vous m'avez l'air en très bons termes, commenta Dale avec un rire qui sonnait aussi faux que son sourire.

Tout à coup, Sarabeth ressentit le besoin d'expliquer qu'elle et Brett se connaissaient à peine et qu'il ne s'était *rien* passé entre eux. Mais un petit diable sur son épaule se chargea bien vite de lui rappeler qu'elle n'avait absolument pas à se justifier et que ces femmes n'avaient aucune autorité sur elle.

Provocatrice, elle caressa le bras de Brett, sentant avec plaisir ses muscles fermes sous le coton de sa chemise.

— C'est vrai, dit-elle. Comme vous le savez certainement, nous vivons ensemble.

À la réaction presque imperceptible de Brett, elle comprit qu'elle était allée un peu loin.

— Enfin, je ne suis que locataire de son cottage, précisa-t-elle d'un ton égal.

— Pas une minute nous n'avons imaginé autre chose, répliqua Flora d'une voix où perçait le dégoût. Tu es bien trop vieille pour lui, ma chère. Il est dans la fleur de l'âge, et toi… Disons que… *non*.

Eh bien ! elles ne s'étaient pas adoucies avec les années.

Sarabeth se passa les mains dans les cheveux, songeant qu'elle n'aurait jamais dû engager la conversation.

— Bonne journée à vous trois, dit-elle avant de se tourner vers Brett. On se retrouve d'ici une heure ?

Elle s'apprêtait à s'en aller quand elle sentit qu'il posait la main sur son bras. Elle se tourna vers lui. De son autre main il enveloppa l'arrière de sa tête et avant qu'elle ait pu comprendre ce qui se passait, il se pencha, et ses lèvres se posèrent sur les siennes. Sous l'effet de la surprise, la bouche de Sarabeth s'ouvrit, et Brett en profita pour y glisser la langue. Ici. Sur Main Street. Et Sarabeth laissa échapper un gémissement que les trois affreuses commères ne pouvaient pas ne pas avoir entendu.

Peu lui importait. Tout ce qui était autour d'elle s'effaça d'un seul coup. Elle ne voulait plus qu'une chose ; se fondre dans ce corps si puissant. Mais Brett lui caressa la joue d'un geste tendre avant de s'écarter.

— À tout à l'heure, ma belle. Et bonne journée à vous, mesdames.

- 3 -

Brett sentait les regards des quatre femmes rivés sur ses fesses et se contraignit à ne pas accélérer le pas, à conserver une démarche la plus décontractée possible. Mais il avait la bouche sèche, et son jean était un peu tendu à l'entrejambe.

C'était l'unique raison qui l'avait empêché de renverser Sarabeth sur le capot de sa voiture ; quelques secondes de plus et il aurait fait sauter les boutons de sa braguette.

Seigneur !

S'il avait embrassé Sarabeth, c'était parce qu'il n'avait pas supporté que ces trois garces insinuent que cette femme sublime était trop âgée pour lui – et parce qu'il avait vu à quel point elle avait été blessée. Il détestait qu'on s'acharne sur quelqu'un. Il avait instinctivement ressenti le besoin de protéger Sarabeth, et cette scène l'avait ramené à sa propre enfance.

C'était ce genre de femmes qui poignardaient sa mère de leurs mots chaque fois qu'elle venait en ville, chuchotant derrière leurs mains…

« Est-ce qu'elle est encore soûle ? »

« C'est une honte ! Mais pourquoi ne quitte-t-elle pas la ville ? »

« Elle se dépêche de faire ses courses pour aller plus vite retrouver sa bouteille de vodka. »

Personne ne s'était donné la peine de comprendre

pourquoi elle buvait. Ironie du sort, elle avait été renversée par un chauffard ivre et avait eu la colonne vertébrale brisée. Pour les médecins, c'était un miracle qu'elle ait pu remarcher. Mais elle souffrait constamment, et après avoir essayé toute une panoplie d'antalgiques qui les avaient ruinés, elle avait découvert que le mélange vodka/opioïdes calmait un peu sa douleur.

Il n'avait que douze ans à l'époque et l'avait vue rapidement devenir dépendante. Un an ou deux plus tard, elle avait perdu son travail et avait commencé à boire dès le matin et à prendre plus de médicaments. Et puis, ça avait été la spirale infernale, jusqu'à ce jour où il était rentré après avoir passé la soirée avec Lexi et l'avait retrouvée inconsciente sur le sol du salon.

Il avait appelé les secours et cherché à la réanimer, mais elle était morte au moment où l'ambulance arrivait. Il s'en était toujours voulu de ne pas être rentré plus tôt, de ne pas avoir réussi à la sauver.

De ne pas l'avoir assez écoutée. Si seulement il lui avait accordé un peu plus de temps, elle aurait encore été de ce monde.

Pardon, maman.

La gorge serrée, Brett se dirigea vers le cabinet de son avocat, Billy. Il était perdu dans ses pensées. Avoir vu sa mère tellement souffrir, elle qui était une femme si pleine de vie avant son accident, avait réveillé son gène du sauveur. Depuis, il était attiré par les femmes en situation de vulnérabilité. Il ressentait le besoin irrépressible de tout arranger pour elles.

Tout jeune, il avait prêté de l'argent à une de ses petites amies pour qu'elle fasse réparer sa voiture et avait payé un billet d'avion pour New York à une autre avant de comprendre qu'elle n'y avait jamais eu de frère malade.

Idem peut-être pour la panne de voiture, à bien y réfléchir. Bref, après ses vingt-cinq ans, il était devenu plus sage et avait développé un sens assez sûr pour détecter ce genre de manipulations.

Et pourtant, c'était encore son côté chevalier blanc qui l'avait repoussé dans les bras de Lexi. Ça et la reconnaissance. Avec Tweed Huggins et Jules, son ami d'enfance, Lexi avait assisté à l'enterrement de sa mère et lui avait tenu la main tandis que le cercueil bon marché disparaissait dans la tombe. Alors, quand elle était revenue après son divorce, il avait confondu son désir de l'aider et désir tout court.

Ils avaient fait l'amour, et ça avait été un bon moment…

Mais il y avait eu plus de passion dans un seul baiser à Sarabeth que dans toutes les nuits passées avec Lexi. Brett n'en revenait pas de la puissance de son désir pour elle, de l'envie qu'il avait eue de lui arracher ses vêtements sur-le-champ.

Il soupira. Il aurait bientôt quarante ans et avait toujours eu une vie sexuelle remplie, mais il n'avait jamais rien vécu de tel que ce baiser. Ses douces lèvres au goût de café et de cerise, son odeur à la fois légère et entêtante, et son corps si ferme et en même temps si délicieusement féminin.

Il la voulait.

Il se passa la main sur la nuque. Il n'aurait pas dû être en train de penser à une autre femme, pas si vite après avoir rompu ses fiançailles. Quelques semaines plus tôt à peine, il était convaincu qu'il allait épouser Lexi et vivre avec elle jusqu'à la fin de ses jours.

Et voilà qu'après un seul baiser il se consumait de désir pour Sarabeth…

Ils ne s'étaient parlé que deux fois… Deux !

Tout ça n'avait aucun sens, et il se dit que ça devait rester un petit écart sans conséquence. Il n'allait rien se passer avec Sarabeth Edmond. Ni maintenant ni jamais. Il fallait qu'il se tienne à distance des femmes, qu'il se concentre sur son travail et sur le ranch, et qu'il fasse ce qu'on attendait de lui concernant l'organisation du festival. Voilà. Il allait être raisonnable et s'en tenir à ça.

Brett soupira. Il avait provoqué assez de commérages ces derniers temps, et ayant été la cible du microcosme local quand il était jeune, il n'avait aucune envie que ça recommence.

Il s'excuserait auprès de Sarabeth, dirait qu'il s'était un peu laissé emporter et que ça n'arriverait plus…

À l'approche du bâtiment de brique rouge, siège du cabinet de son avocat, il sentit que son cœur battait un peu moins vite et qu'il était à nouveau capable de respirer à pleins poumons. Il avait un ranch à gérer ; pas question de se laisser distraire. Il était parfaitement capable de résister à ces grands yeux bleus, à ce magnifique visage aux pommettes hautes et à cette bouche sensuelle. À ce corps…

Une main se posa lourdement sur son épaule, et Brett se retourna, les sourcils froncés. Inconsciemment, il avait serré les poings.

Billy Holmes fit un pas en arrière et leva les mains.

— Doucement, Harston, je ne cherche pas la bagarre.

Brett se força à sourire et tendit la main à Billy pour qu'il la serre.

— Désolé, Billy. J'étais à mille lieues d'ici.

— J'ai vu ça. Mais je suis content de te croiser. Comme tu étais absent, tu n'as peut-être pas vu le mail que j'ai envoyé pour organiser une réunion du comité du festival.

Au lieu d'être heureux qu'on l'implique, Brett se sentait

hésitant. Pourquoi tout ça le mettait-il mal à l'aise ? Une petite voix intérieure lui conseillait de se tenir à l'écart, mais Brett savait qu'il ne l'écouterait pas…

Être invité à siéger dans ce comité avec les autres décideurs de la ville n'était pas une chose à prendre à la légère. Cela disait à tous, y compris à ses employés et à leurs familles, qu'il avait atteint un certain niveau d'influence à Royal. Pour un homme qui n'était considéré jadis que comme le fils de la pire ivrogne de la ville, c'était une belle réussite.

À la seconde où elle entra au Royal Diner, Sarabeth se retrouva dans les bras de Jaynie Prince, pressée contre sa généreuse poitrine. Cela lui rappela la triste époque quand elle venait de découvrir les infidélités de Rusty et qu'elle avait compris qu'il ne l'avait jamais assez aimée pour s'arrêter de fréquenter d'autres femmes. Jaynie, qu'elle avait rencontrée lors d'une dégustation de vins, avait été son refuge dans la tempête, la seule personne avec laquelle elle s'était sentie assez en confiance pour partager ses peines.

Elles étaient restées en contact pendant toutes ces années, et Sarabeth avait l'impression qu'elles s'étaient quittées la veille.

Elle se glissa sur une banquette en cuir rouge en souriant.

— Cet endroit ne change pas.

— En tout cas, toi, tu ne changes pas. Comment fais-tu pour être aussi mince que quand tu avais vingt ans ? On ne mange pas en Californie ?

— Je brûle tout ce que je mange, tu le sais bien, répliqua Sarabeth en riant.

— Prouve-moi que tu es un être humain normal en

commandant un des milk-shakes spéciaux d'Amanda, dit Jaynie en désignant le tableau noir des consommations. Si tu en prends un et que tu me dis que c'est pour fêter nos retrouvailles, je me sentirai moralement obligée de laisser tomber mon régime et de t'accompagner.

— On fête nos retrouvailles, et je prendrai un milk-shake au caramel salé.

Une fois la commande passée, Jaynie se pencha vers Sarabeth, l'air malicieux. Ses yeux étaient d'un vert clair, contrairement à ceux de Brett qui étaient d'un vert profond, mystérieux. Le souvenir de sa bouche sur la sienne et de la chaleur qui avait envahi son ventre la fit soudainement rougir.

— C'est quoi ? Une bouffée de chaleur ? demanda Jaynie dans un murmure aussi discret qu'une corne de brume.

Sarabeth lui donna une légère tape sur la main.

— Non mais ! Il me reste quelques années avant ça, je te signale.

Jaynie pencha la tête sur le côté. On aurait un petit oiseau curieux.

— Alors, pourquoi ces joues rouges et ce regard dans le vague ? J'aimerais que ça soit à cause de moi, mais je sais bien que ça n'est pas ta tasse de thé.

— Au fait, comment va Laura ?

— Très bien. Elle m'a dit qu'il fallait absolument que tu viennes dîner. Mais n'essaye pas de noyer le poisson. Je veux savoir pourquoi tu as les yeux qui brillent comme ça.

Quand Jaynie avait une idée en tête, on ne pouvait changer de sujet. Et puis, elle finirait par apprendre que Brett l'avait embrassée et serait blessée que son amie ne se soit pas confiée à elle.

Sarabeth se pencha vers elle et lui raconta à voix basse ce qui s'était passé.

— J'y crois pas ! Tu as embrassé le Fiancé indigne de Royal ?

Tous les regards se tournèrent vers elles.

— Tu aurais dû crier encore un peu plus fort, Jaynie. Je crois que les gens au fond n'ont pas entendu.

Tout en déposant leurs milk-shakes sur la table, la serveuse lança un regard approbateur à Sarabeth.

— Vous avez embrassé Brett ? Bravo ! Et il embrasse bien ? Je me suis toujours dit qu'il…

Sarabeth échangea un regard avec Jaynie. La serveuse paraissait avoir à peine seize ans. C'était assez embarrassant. Amanda Batte, la propriétaire des lieux, se précipita vers leur table et entraîna la serveuse avec elle.

— Elle est plus vieille qu'elle en a l'air, assura Jaynie en aspirant une gorgée de son milk-shake, les yeux fermés, en pleine extase.

Puis elle les rouvrit.

— Alors ? Il embrasse bien ? Vu ton air rêveur, je dirais que oui.

— Je n'ai pas un air rêveur !

— Ma biche, tu es entrée ici en flottant sur un nuage. Tu es à Royal depuis à peine deux jours, comment t'es-tu retrouvée en train d'embrasser Brett sur Main Street devant les trois sorcières ?

— Elles ont dit qu'il était trop jeune pour moi. Ce qui est vrai, dit Sarabeth en haussant les épaules.

— C'est pas comme si tu avais quatre-vingts ans et lui quarante, rétorqua Jaynie d'un air un peu exaspérée.

— Elles s'acharnaient, et ça n'a pas plu à Brett.

— Et je sais pourquoi, murmura son amie. Sa mère a été la cible d'atroces commérages.

— Mais pourquoi ? demanda Sarabeth en levant les sourcils.

— Elle buvait, répondit Jaynie d'un ton neutre, et Sarabeth lui fut reconnaissante de ne pas être dans le jugement. Il l'a retrouvée inconsciente un jour et a essayé de la ranimer, mais elle est morte dans ses bras.

— Oh ! non ! dit Sarabeth en portant la main à sa bouche. Et c'est arrivé quand ?

Jaynie fouilla dans sa mémoire.

— Je dirais il y a vingt ans. Tu étais encore à Royal, il me semble.

Sarabeth poussa un petit gémissement.

— J'en ai sûrement entendu parler à l'époque, mais c'était tellement dur avec Rusty que j'étais sourde et aveugle à tout le reste.

Sarabeth fixait la rue dehors en se mordant la lèvre. Étant donné ce que la mère de Brett avait subi, il était évident qu'il l'avait embrassée parce qu'il était désolé pour elle. Pour lui, il était naturel de la défendre, de défendre *n'importe quelle* femme.

D'accord, un baiser était une méthode un peu spéciale, mais les hommes étaient des créatures si étranges…

— Je suis sûre qu'il m'a embrassée par pitié.

— Tu rigoles ? Tu es une femme magnifique. Personne ne songerait une seconde à t'embrasser par pitié.

Sarabeth saisit la main de Jaynie. Elle avait quelques amis à LA, mais aucun avec qui elle se sentait aussi liée, aussi en confiance.

Elle adorait Jaynie, vraiment, mais son amie était une incorrigible sentimentale, et si elle ne changeait pas de sujet, avant même qu'elles aient terminé leurs milk-shakes, elle l'imaginerait déjà prenant le premier avion pour Las Vegas.

Elle prit des nouvelles des enfants de Jaynie, puis cette dernière lui demanda comment cela se passait avec Ross.

— Tu sais qu'il m'en a toujours voulu de ne pas m'être plus battue pour leur garde quand Rusty et moi avons divorcé. Alors, je lui ai raconté une partie de ce qui s'était passé. Mais il ne réalise toujours pas comme c'était dur de s'opposer à Rusty à l'époque.

— Je suis très en colère que ce juge lui ait accordé la garde plutôt qu'à toi. Ça illustre parfaitement le pouvoir de l'argent et des relations. Mais Ross est adulte maintenant, et père. Il est capable de comprendre la vérité, *ta* vérité. Tu as bien fait de lui parler. Et comme lui et Rusty ne se parlent plus…

— Oui. Je suis au courant que Rusty l'a renié à cause de sa relation avec Charlotte. Ça me donne des envies de meurtre.

— Ne dis surtout pas des choses comme ça ici ! s'écria Jaynie d'un air inquiet. Si quelque chose arrivait à Rusty, tu serais le suspect n° 1.

— Je le serais de toute façon. On soupçonne toujours la femme et les ex en premier. Mais tu sais, Jaynie, on regarde trop d'émissions sur les affaires criminelles.

Sarabeth sourit. Jaynie et elle étaient de ferventes téléspectatrices de ce genre d'émissions et étaient convaincues de pouvoir commettre le crime parfait.

Même si elles n'en avaient aucune intention, bien sûr…

— Comment comptes-tu arranger les choses avec Ross ?

— Je ne sais pas trop, avoua Sarabeth. Tu as une idée ?

— Continue à lui raconter comment tout s'est vraiment passé. Dis-lui que Rusty a commencé à te tromper quelques mois après votre mariage, que c'était un coureur. Dis-lui que les rumeurs qu'il faisait courir à ton sujet t'ont rendu la vie impossible ici et que tu as déménagé à Dallas pour ne pas trop t'éloigner d'eux. Mais que Rusty s'arrangeait pour te faire annuler tes visites en te racontant qu'ils étaient invités ailleurs, malades ou tout simplement pas intéressés. Qu'il a mis tellement de barrières entre vous qu'il a fini par devenir impossible pour toi de franchir le mur qui vous séparait.

Sarabeth sentait les larmes monter ; elle était tellement en colère contre la jeune femme qu'elle avait été, élevée par une mère qui misait tout sur l'apparence de sa fille – à défaut de gagner des concours de beauté, épouser un homme riche aurait fait l'affaire, quitte à devoir accepter ses infidélités, du moment que le mariage lui assurait la sécurité financière. Cela allait tellement à l'encontre de ses propres convictions qu'elle avait fini par ne plus voir sa mère.

Elle était si heureuse que désormais sa relation avec Gina soit au beau fixe. Mais avec Ross, elle avait échoué et elle s'en voulait terriblement.

— J'aurais dû faire les choses autrement…

— Peut-être. Mais tu étais tellement jeune quand tu as épousé Rusty. Tu étais encore une gamine. Ne sois pas trop dure avec toi-même.

— Mais… Imagine que Ross refuse que je fasse partie de sa vie ?

C'était sa plus grande inquiétude. Elle n'en dormait pas la nuit. Elle voulait tant connaître Charlotte et pouvoir câliner et gâter son adorable petit-fils.

— Aie confiance en l'avenir, et les choses s'arrangeront, dit Jaynie. Mais revenons à nos moutons…

Sarabeth fronça les sourcils. Qu'est-ce que son amie allait encore inventer ?

— Je crois que tu devrais sortir avec Brett Harston.

Sarabeth faillit recracher son milk-shake au caramel.

— Quoi ! Mais pourquoi ?

— Parce qu'il est sexy. Et célibataire...

— Exact. Il a rompu avec sa fiancée la veille du mariage il y a à peine deux semaines.

— Ça ne pouvait pas marcher entre eux, dit Jaynie en balayant son objection d'un revers de la main. Et puis, il n'y a rien de mieux pour réparer un cœur brisé... Même si je pense qu'aucun des deux n'a eu le cœur brisé, en l'occurrence.

— Lexi, sûrement. Elle allait se marier, comment veux-tu qu'il en soit autrement ?

— Lexi s'est consolée de son divorce dans les bras de Brett. À mon avis, c'est une blessure d'orgueil, rien d'autre. Je ne sais pas comment ils en sont venus à cette idée de mariage, mais heureusement que Brett a réagi à temps. Ils n'étaient absolument pas faits l'un pour l'autre.

Cette chère Jaynie, si sûre de détenir la vérité. Mais en dépit de son don pour comprendre les gens et les situations, elle n'avait pas partagé leur intimité ; elle ne pouvait pas savoir ce qui s'était passé entre eux. Ça n'était sûrement pas aussi simple...

Cela dit, la vie amoureuse de Brett ne la concernait pas. Ni maintenant ni à l'avenir, informa-t-elle son amie.

— Ça, on verra, répliqua Jaynie en riant.

On ne verrait rien du tout. Il n'y avait rien à voir. Il n'y avait eu qu'un baiser, bon sang.

Un baiser qui l'avait chamboulée des pieds à la tête... Mais juste un baiser quand même.

- 4 -

Quel malaise !

Sarabeth et Brett n'avaient pas échangé un mot depuis qu'ils s'étaient retrouvés sur le parking du magasin d'alimentation. Il l'avait aidée à charger ses courses dans la voiture et lui avait ouvert sa portière avant d'aller s'asseoir du côté passager. Ensuite, il avait passé tout le trajet à regarder le paysage, mutique.

Était-il en colère ? Regrettait-il ce qui s'était passé ? À quoi pensait-il ? Et *pourquoi* était-ce aussi important pour elle ?

Quand elle aperçut le portail du ranch au loin, Sarabeth plaqua les mains sur le volant. Elle n'en pouvait plus de ce silence.

— Vous allez finir par dire quelque chose ?

Brett tourna la tête vers elle.

— Que suis-je censé dire ?

Sarabeth leva les yeux au ciel. Il allait falloir qu'elle fasse tout le travail.

— On s'est *embrassés*, Brett.

— Je sais. J'étais là.

Pourquoi fallait-il qu'elle soit toujours attirée par les hommes du genre taiseux ? À part Rusty, bien sûr, qui était tout le contraire. Mais après lui, et sans doute *à cause* de lui, tous les hommes qui avaient croisé sa route avaient été très avares de mots.

— On devrait en parler, non ? On a donné du grain à moudre aux commères.

— Et c'est un problème pour vous ?

— Non. Mais ça pourrait l'être *pour vous*. Dans trois mois, je serai partie, mais vous vivez et travaillez ici. Vous êtes un propriétaire de ranch et un homme d'affaires respecté, dit-elle en franchissant le portail du ranch.

— Je suis célibataire. Je n'ai trompé ni ma femme ni personne en vous embrassant. Et cette ville a beau être très conservatrice, si on devait arrêter de faire des affaires avec les gens qui ont commis un adultère, on ne travaillerait pas beaucoup.

Apparemment, de ce point de vue, rien n'avait changé à Royal.

— Donc, vous ne regrettez pas de m'avoir embrassée ?

Oh ! Seigneur, comment pouvait-elle avoir l'air aussi peu sûre d'elle ? *Change de sujet, Sarabeth. Maintenant.*

— Ils sont magnifiques, Brett, dit-elle en montrant un groupe de chevaux dans le paddock.

Elle avait tout particulièrement remarqué un cheval brun-roux au pelage bouclé.

— Vous lui avez fait faire une permanente ? plaisanta-t-elle pour alléger l'atmosphère.

— Il s'appelle Bercy. C'est un bashkir curly. Une des races les plus rares d'Amérique, répondit-il. Et non, je ne regrette *pas du tout* de vous avoir embrassée. Et j'aimerais recommencer le plus vite possible.

Oubliant qu'elle était au volant, Sarabeth tourna la tête vers lui. Quoi ? Qu'est-ce que ça voulait dire ?

Brett se pencha et tourna le volant vers lui avant qu'ils finissent dans le fossé. Elle freina en douceur et arrêta la voiture. Elle voulait pouvoir lui accorder toute son attention.

— Mais je ne comprends pas…

— Je ne fais qu'énoncer un fait, dit-il d'une voix neutre.

Ah ! D'accord. Et ça voulait dire qu'il allait l'embrasser, ou pas ?

Elle redémarra, les mains crispées sur le volant. Quand ils s'étaient embrassés en public, ça avait déjà été très chaud, alors qu'est-ce que cela donnerait s'ils étaient seuls ? Jusqu'où comptait-il aller ? Et jusqu'où le laisserait-elle aller ? Elle n'en avait aucune idée, mais elle avait envie de le savoir…

Contente-toi de conduire, Sarabeth. Tu joues avec le feu.

Mais ils avaient parcouru à peine quelques mètres qu'elle freina. La voiture à peine arrêtée, elle se tourna vers lui.

Ne fais pas ça. C'est dangereux… mais tellement tentant.

Elle détacha sa ceinture de sécurité et pivota sur son siège. Elle perçut une lueur de surprise dans les yeux verts de Brett quand elle tendit la main vers lui et caressa sa joue un peu rugueuse. Il était tellement viril, tellement mâle. Puis, elle approcha la bouche de la sienne et du bout de la langue suivit le contour de ses lèvres. Elle sentit sa main sur sa hanche, entendit un grognement de plaisir monter dans sa gorge. Puis, sa main remonta jusqu'à sa nuque, sa bouche s'ouvrit, et Sarabeth perdit tout contrôle sur leur baiser. La langue de Brett s'insinua dans sa bouche et vint se saisir de sa langue, s'emmêler avec elle. Et ce fut à son tour de pousser un gémissement de désir.

Sans cesser de l'embrasser, Brett la saisit par la taille et la souleva pour l'asseoir sur ses cuisses musclées. Puis, il ouvrit la portière pour qu'elle puisse prendre ses aises.

Que leurs corps puissent se rapprocher. Et instinctivement, elle vint se caler sur son sexe en érection. Ils se figèrent tous les deux.

Sarabeth recula pour le regarder. Elle vit le désir dans ses yeux. Elle n'était pas seule dans la tourmente, et c'était bon à savoir.

— Reviens là, gronda Brett.

Elle avait l'impression d'avoir à nouveau seize ans. Elle se serra contre lui, caressant ses épaules, ses cheveux soyeux en se régalant de la chaleur de sa peau sous le col de sa chemise en coton noir. Leur baiser se fit plus profond, et elle poussa un gémissement quand il enveloppa un de ses seins dans sa grande main et saisit son mamelon entre son pouce et son index. Des ondes plaisir se propagèrent dans tout son corps, et elle se pressa plus fort encore contre son pénis, qu'elle sentait si dur entre ses cuisses.

Sans doute était-elle trop vieille pour faire ça sur le siège d'une voiture – et en plein jour –, mais elle s'en moquait. Il y avait longtemps qu'elle ne prenait plus en compte l'avis des autres quand il s'agissait de sa propre vie. Tant qu'elle ne faisait de mal à personne, elle pouvait faire ce qu'elle voulait.

Et visiblement, Brett prenait autant de plaisir qu'elle à cet interlude un peu fou…

Elle gémit plus fort encore quand il quitta sa bouche pour semer des baisers tout le long de sa joue avant de s'emparer du lobe de son oreille et de l'agacer doucement du bout des dents. Qui aurait cru que le lobe de l'oreille pouvait être une zone aussi érogène ? Et si elle était déjà si excitée par ces quelques baisers et caresses, que se passerait-il s'ils finissaient dans un lit ?

On toqua à la vitre près de sa tête et, surprise, elle se

cogna le coude. Jurant tout bas, elle tourna la tête et se retrouva face à une chemise kaki. Levant les yeux, elle vit d'abord l'insigne violet et blanc des gardes-chasse du Texas, puis un visage tanné par le soleil et des yeux marron.

Sarabeth descendit la vitre et remit un peu d'ordre dans ses cheveux.

— Bonjour, monsieur. On s'en va tout de suite.

Le garde-chasse la gratifia d'un sourire aux dents blanches, et elle entendit Brett glousser. Il était en train de défier cet homme et allait leur attirer encore plus d'ennuis.

— Je vais descendre et aller m'asseoir à ma place, dit-elle.

— Merci, madame.

— Surtout, n'allez pas croire que j'essaye de prendre une arme, ajouta-t-elle avec un sourire figé.

— Mais j'espère bien, madame.

Brett pressa le pouce et l'index contre ses orbites.

— Aïe ! grogna-t-il quand Sarabeth se cogna le genou contre son entrejambe. Je n'ai pas envie d'avoir des enfants, chérie, mais inutile de m'émasculer pour autant.

Sarabeth rougit en s'installant sur son siège. La scène manquait un peu de dignité. Tirant sur son chemisier, elle regarda dans le rétroviseur. Un pick-up noir était garé derrière eux, lumière bleue clignotante allumée.

Depuis combien de temps cet homme était-il là ? Et qu'avait-il vu au juste ?

Le garde-chasse, grand et musclé, fit le tour de la voiture, mains à la ceinture où étaient attachés une arme énorme, des menottes et d'autres objets dont elle ignorait l'usage. Il avait l'air de ne pas plaisanter du tout.

— Puis-je voir vos papiers et ceux du véhicule, madame ?

Sarabeth tendit le bras pour récupérer son sac, mais Brett l'en empêcha et se pencha par-dessus elle pour s'adresser au garde-chasse.

— Arrête de jouer au con, mec.

Elle en resta bouche bée et lui pinça le bras assez brutalement.

— Arrête de le provoquer, Brett ! Fais ce qu'il demande, et on pourra s'en aller.

— Jules est un ami, Sarabeth. C'est juste pour me faire marcher. On est sur une propriété privée et on ne faisait rien de mal.

Une fois que Sarabeth eût digéré l'information, elle lança un regard furieux au garde-chasse.

— Franchement, ça n'était pas drôle !

— Oh que si ! dit-il en s'appuyant nonchalamment contre la voiture. Vous m'avez l'air très inquiète. Auriez-vous quelque chose à vous reprocher ?

— Pas du tout, répondit-elle en secouant la tête.

Dans ses yeux, elle vit de la curiosité mais aussi beaucoup de gentillesse. Elle haussa les épaules. Après tout, ça ne coûtait rien de lui expliquer.

— Je suis sortie avec un afro-américain quand j'étais en Californie, reprit-elle. Et un jour, on s'est fait contrôler par la police et… disons que ça n'a pas été une expérience agréable. Alors, quand je vous ai vu, ça m'a mise dans tous mes états.

— Il me semble que c'était déjà le cas, répondit le garde-chasse avec un sourire malicieux.

Elle rougit, mais avant qu'elle ait pu répondre, il poursuivit :

— Je suis vraiment désolé de ce qui vous est arrivé, madame Edmond.

— Vous savez qui je suis ?

— On est à Royal, et d'après la rumeur vous et votre amoureux vous êtes bécotés dans Main Street.

— Mais c'était il y a à peine deux heures ! s'écria Brett. Comment peux-tu déjà le savoir ?

— Je me répète, mec, on est à *Royal*. Les ragots voyagent aussi vite que le vent. Mais pour être précis, Flora l'a dit à Jenna, sa fille, qui en a parlé à sa cousine Beth qui travaille au salon Saint-Tropez. Et une fois qu'une rumeur entre dans cet endroit, tu sais ce qui se passe. Bref, notre dispatcheuse en a entendu parler et m'a tout dit…

— Parce que tu étais encore en train de traîner dans son bureau à la draguer, marmonna Brett.

Jules se contenta de lever les mains en un geste qui signifiait que c'était ce qu'il faisait le mieux, et Sarabeth ne put s'empêcher de sourire.

— Tu n'es bon qu'à ça et à me chercher des poux dans la tête, poursuivit Brett. D'ailleurs, qu'est-ce que tu fais ici ?

— Je viens de te voir, idiot.

— Et pourquoi ? demanda Brett, l'air suspicieux.

— Je t'apporte une effraie des clochers avec une aile blessée. J'aurais besoin que tu t'en occupes quelque temps.

Brett poussa un soupir et sortit de la voiture, laissant tout loisir à Sarabeth d'admirer ses longues jambes, ses fesses musclées et sa démarche souple. Il était vraiment trop beau. Trop sexy.

Elle avait hâte de recommencer à l'embrasser… et pas seulement sur la bouche. Dans le cou aussi et sur ses épaules puissantes et ses magnifiques biceps…

— J'ai demandé à Brielle, mais elle ne peut pas s'en charger. Elle est débordée.

— Est-ce qu'elle l'a examinée ?

— Oui. La radio montre qu'elle n'a pas l'aile cassée. Elle a juste besoin d'un endroit tranquille pour récupérer. Elle a aussi l'air un peu sous-alimentée.

Brett hocha la tête.

— Voyons ça.

Sarabeth ouvrit sa portière, descendit de voiture et suivit les deux hommes.

— Qui est Brielle ? demanda-t-elle à Jules tandis qu'il ouvrait le hayon de son pick-up noir.

— La véto du coin, expliqua Brett tout en tirant vers lui la caisse où se trouvait l'oiseau. Sarabeth aperçut de grands yeux jaunes, des plumes tachetées et une aile bandée.

Brett se pencha pour regarder de plus près.

— C'est une femelle encore assez jeune, peut-être un an. Et oui, elle est très maigre. Elle a aussi une infection aux yeux.

— Je n'avais pas remarqué, dit Jules.

— Mais je pense que Brielle, si. Elle lui a donné des antibiotiques ?

Le garde-chasse haussa les épaules.

— On était tous les deux pressés, alors la conversation n'a pas duré longtemps.

— Je l'appellerai, dit Brett sans quitter l'oiseau des yeux. Coucou, ma belle. Tu es malade et tu as peur, hein ? Mais je vais bien m'occuper de toi. Tu ne le sais pas encore, mais tu vas avoir droit à une chambre de luxe. Allez, viens, on va t'installer, ma belle.

Sarabeth surprit le sourire de Jules.

— Il est complètement gaga, constata-t-il affectueusement.

— Il fait ça souvent ? demanda Sarabeth tandis que

Brett déposait délicatement la caisse à l'arrière de sa voiture.

— Tout le temps. Il a vidé son infirmerie parce qu'il partait en lune de miel, mais normalement il y a toute une ménagerie dans les vieilles écuries.

Intéressant. La veille, jamais elle n'aurait imaginé ça de la part de Brett – il lui paraissait trop macho pour réagir de cette façon face à un animal blessé. Mais maintenant qu'elle connaissait l'histoire de sa mère, son côté saint-bernard faisait sens.

Tant qu'il n'allait pas s'imaginer qu'elle avait besoin d'être secourue, tout irait bien entre eux. Elle était descendue très bas et s'était battue pour devenir la femme forte et sûre d'elle qu'elle était aujourd'hui, et elle ne laisserait aucun homme la priver de cette indépendance si chèrement gagnée.

Jules et elle regardaient Brett, qui était concentré sur l'oiseau et trop loin pour les entendre.

— C'est un type bien, et si vous voulez lui faire perdre la tête, je n'ai rien contre.

Hé ! d'où lui venait cette idée ? Quoique… Il venait de les surprendre lors d'une scène plutôt passionnée.

— Merci, répondit Sarabeth, sarcastique. Mais je ne vois vraiment pas ce que ça a à voir avec vous.

— Je connais Brett depuis qu'on est gamins. C'est mon plus vieil ami, répliqua Jules. C'est comme un frère. On est proches. Alors, si vous cherchez à le manipuler, à lui demander de l'argent, des cadeaux, une nouvelle voiture ou que sais-je, je le saurai.

Ah ! La rumeur selon laquelle elle était une croqueuse de diamants était parvenue jusqu'à lui. Sarabeth brûlait de lui répondre qu'elle était probablement aussi riche que Brett, mais son orgueil l'en empêcha. L'état de ses finances et la somme pour laquelle elle avait vendu son entreprise ne regardaient personne.

Brett se retourna vers elle.

— Sarabeth ? Il faut que je ramène cet oiseau à la maison, on y va ?

— Bien sûr. Excellente idée. Ça m'a fait plaisir de vous rencontrer, dit-elle à Jules, les bonnes manières inculquées par sa mère l'obligeant à mentir.

— J'en doute.

— Et vous avez raison.

Ça ne lui plaisait pas qu'il lui prête de mauvaises intentions, mais elle n'en admirait pas moins sa loyauté envers son ami. Ne désirant pas se faire un ennemi de plus à Royal, elle lui effleura le bras :

— Je ne suis pas ici pour créer des problèmes, Jules.

Il l'observa un instant avant de se fendre d'un léger sourire.

— Ravi de l'entendre, madame Edmond.

Cela faisait trente ans qu'elle utilisait le nom de famille de Rusty, mais ici, à Royal, cela lui semblait déplacé. Étrange.

— Appelez-moi simplement Sarabeth.

— Est-ce qu'on peut y aller ? demanda Brett d'un ton un peu impatient.

Sarabeth fronça les sourcils quand elle le vit grimper dans le coffre de son SUV et déplier ses longues jambes autour de la caisse. Était-ce vraiment nécessaire ?

Jules, lui, secoua la tête et la regarda d'un air amusé.

— Vous avez de la concurrence, on dirait.

Elle referma le coffre sur Brett et l'oiseau, et regarda Jules en levant les yeux au ciel.

— Nous nous sommes laissé emporter. Je doute que ça se reproduise.

Jules la raccompagna jusqu'à sa portière et l'ouvrit pour elle.

— Et moi, je pense le contraire.

Sarabeth ne prit pas la peine de répondre. Au fond d'elle, elle l'espérait aussi.

Cet imbécile de Jules ne savait pas voir quand sa présence n'était pas désirée et, malgré les regards furieux que Brett lui lançait à travers la vitre arrière du SUV, il les suivit jusqu'au ranch. Sarabeth déposa Brett près des écuries et poursuivit sa route jusqu'au cottage, qui se trouvait de l'autre côté du bassin de nage et du jacuzzi.

Dès que sa voiture disparut, il se tourna vers Jules.

— Qu'est-ce que tu fais encore ici ?

Jules prit la caisse et suivit Brett sur le chemin qui longeait les écuries jusqu'au petit centre de soins que son ami avait fait construire.

— Je voulais savoir comment tu allais puisqu'on ne s'est pas parlé depuis que tu m'as privé du bonheur d'être ton témoin. Mais… j'ai l'impression que tu t'en sors très bien.

Brett le précéda jusqu'à une petite volière, où l'oiseau pourrait bouger librement sans risquer de se faire mal. Il enfila une paire de gants épais et s'assit par terre pour sortir la jeune effraie des clochers de la caisse. L'oiseau chercha à le piquer du bec, mais Brett ne perdit pas son calme et le déposa dans la volière avec délicatesse. Puis, il se releva et retira ses gants.

— Je vais devoir la réhydrater. Tu comptes m'aider ou juste m'imposer ta présence ?

— Les deux.

Bon. Brett entra dans la dépendance qui servait de

cuisine pour préparer la nourriture de ses animaux blessés, de couveuse et de lieu de stockage. Le long du mur du fond, il y avait une série de cages pour les pensionnaires qui ne pouvaient pas être dehors ou qui nécessitaient des soins spéciaux. Il avait passé des heures dans cette pièce, assis par terre à ramener des animaux blessés à la vie.

C'était tellement moins compliqué avec eux qu'avec les humains. Et même si l'aide de Jules serait précieuse pour nourrir l'oiseau, il aurait préféré être seul pour réfléchir à ce qui venait de se passer avec Sarabeth.

Ça avait été torride. Brett était bien obligé de s'avouer que si Jules était arrivé dix ou quinze minutes plus tard, il les aurait sans doute trouvés nus.

Cette Sarabeth lui faisait perdre la tête.

— Eau et glucose.

— Quoi ?

— Il te faut du glucose et de l'eau pour réhydrater cette bête, et je n'ai pas toute la journée, dit Jules avec un sourire en coin.

— Exact.

Brett savait que Jules ne laisserait pas tomber le sujet Lexi/Sarabeth. Dans dix, peut-être vingt secondes, il allait remettre ça sur le tapis.

— Est-ce que tu comptes m'expliquer ?

Cinq secondes. Avec l'âge, Jules devenait de moins en moins patient. Et si qui que ce soit d'autre lui avait demandé de s'expliquer, il l'aurait envoyé au diable. Mais Jules était son plus vieil ami. Et de toute façon, il était têtu comme une mule et ne bougerait pas avant d'avoir eu sa réponse.

— Tu n'aurais jamais dû demander Lexi en mariage.

Brett se contenta de lui lancer un regard signifiant : « Merci, je sais. »

— Et tu aurais dû reprendre tes esprits avant la veille du mariage.

— Sans blague ? Si c'est pour me faire ce genre de remarques, tu peux te casser.

— Et susceptible avec ça. Mais j'ai une autre question…

Et voilà !

— Qu'est-ce qui te prend d'embrasser Sarabeth Edmond à peine quinze jours après avoir largué Lexi Alderidge ?

— Excellente question, marmonna Brett.

— C'est vrai qu'elle est super sexy pour une vieille…

Brett lui lança un regard furieux.

— Elle est sexy. Point. Son âge n'a rien à voir là-dedans.

Jules leva la main en signe d'apaisement.

— Tu as raison. Ma mère et mes sœurs m'arracheraient les yeux si elles m'entendaient dire un truc pareil.

Eh oui, Sarabeth avait dix ans de plus que lui. Et alors ? Son corps se fichait des années, il savait ce qu'il désirait. Et ce qu'il désirait, c'était elle.

— Qu'est-ce qu'il y a exactement entre vous ?

— Rien. Je l'ai rencontrée hier, bon sang !

— Je serais prêt à te croire si tu ne l'avais pas embrassée devant les trois pires commères de cette ville et si je ne t'avais pas surpris avec ta langue fourrée dans sa bouche. Si j'étais arrivé quelques secondes plus tard, il aurait fallu que je me lave les yeux à l'eau de Javel. Et que je vous arrête pour attentat à la pudeur.

Oui. Exact.

Brett fourragea dans le tiroir à la recherche d'une seringue et d'un petit tube en plastique.

— Il ne va rien se passer entre nous.

— Tu me prends pour un débile ?

Brett cogna le front contre le placard. Au bout de quelques secondes, il releva la tête.

— Si on couche ensemble, si on va aussi loin…

— Mais bien sûr que vous irez aussi loin. On ne peut pas lutter contre une attirance pareille.

Si Jules l'interrompait une fois de plus, il allait lui casser la figure.

— Si jamais ça va aussi loin, reprit-il, ça ne sera qu'une aventure, quelques nuits avec une femme magnifique. Et je ferai en sorte qu'elle comprenne bien qu'elle ne doit rien attendre de plus. Je n'ai aucune envie de m'engager dans une relation.

Son ami l'observa un long moment avant de hocher la tête. Puis, il s'avança vers lui et lui donna une grande tape dans le dos.

— Et si on s'y remettait ? Tout le monde n'est pas un riche propriétaire de ranch libre de gérer son temps comme ça lui chante. J'ai encore des visites à faire et plein de boulot.

— Et moi, j'ai ta tombe à creuser.

— Ça fait des années que tu menaces de me tuer. Attends la semaine prochaine, j'ai enfin décroché un rencard avec Mary-Jo vendredi.

— Oh ! la pauvre, dit Brett en tendant la seringue et le tube à Jules. Et tu as dû la payer combien pour la convaincre de sortir avec toi ?

— Certaines femmes apprécient les hommes qui ont de la classe.

— Ce qui n'est visiblement pas le cas de Mary-Jo puisqu'elle accepte de se montrer en public avec toi.

Brett était heureux de ce changement de conversation,

mais il ne se faisait guère d'illusions, Jules reviendrait sur le sujet tôt ou tard.

Il le connaissait tellement bien. Leur amitié était solide comme le roc, fondée sur la loyauté, la bienveillance et les bordées d'insultes bien senties.

- 5 -

Sarabeth passa ses mains moites sur son jean et remonta légèrement la manche de la chemise d'homme qu'elle portait pour consulter sa montre. Cela faisait des heures qu'elle avait déposé Brett à son centre de soins pour animaux blessés. Il était plus de 18 heures, et elle avait décidé de lui laisser jusqu'à 19 heures pour venir la rejoindre. Et s'il ne venait pas, c'est elle qui irait le retrouver, et ils auraient cette discussion au sujet de leur folle attirance sexuelle.

Ou alors, elle lui sauterait dessus.

Elle s'assit au bord du ravissant canapé deux places du petit salon du cottage et caressa de ses pieds nus les longues mèches de laine du tapis. En soupirant, elle regarda le poêle à bois ; elle aurait aimé qu'il fasse assez frais pour faire un feu. Elle s'imaginait allongée sur le tapis, réchauffant son corps nu aux flammes du foyer alors que Brett descendait son jean le long de ses hanches étroites, révélant sa…

Elle laissa échapper un gémissement. Seigneur, c'était ridicule. Elle était incapable de s'empêcher de l'imaginer nu, et ça la rendait dingue…

Elle s'installa plus confortablement sur le canapé et ferma les yeux. Depuis qu'elle avait laissé Brett, elle était sur des charbons ardents, agitée. Elle oscillait entre le désir de le voir et l'envie de l'éviter parce qu'elle avait l'impression de perdre tout contrôle en sa présence.

Elle n'était pas allée à l'université, mais n'en était pas totalement inculte pour autant. Elle savait parfaitement que l'attirance sexuelle était due aux phéromones. Quelque chose chez Brett l'excitait follement, et c'était réciproque. C'était la clé de la reproduction de l'espèce humaine, et elle n'était pas assez bête pour voir davantage que ça dans ce qui leur arrivait.

Elle le désirait, il la désirait. C'était purement biologique.

Elle n'allait donc pas se mettre en position de vouloir davantage que ce que Brett pouvait lui donner. Trop souvent par le passé, elle avait confondu l'attirance sexuelle avec les prémices d'une relation et s'était brûlé les ailes…

Alors, cette fois, elle voulait garder les idées claires.

Si Brett et elle finissaient par coucher ensemble, ça ne serait qu'une brève liaison, une façon de satisfaire ce terrible désir. Elle avait passé des années à rechercher l'amour, mais désormais elle était heureuse d'être célibataire. Elle se suffisait à elle-même et aimait faire ce qu'elle voulait quand elle voulait. Aller où elle voulait. Et aucune relation ne valait la peine de sacrifier sa liberté.

Donc, si Brett recherchait une relation stable, il lui faudrait aller voir ailleurs. Elle le lui dirait clairement si, ou quand, ils en arriveraient là.

On frappa à la porte. Sarabeth se leva d'un bond et, d'instinct, remit de l'ordre dans ses cheveux. Elle s'apprêtait à s'élancer vers la porte mais stoppa net. *Ralentis, respire, ne lui laisse pas voir que tu l'attendais…*

Calme-toi.

Mais après tout, pourquoi jouer cette comédie ? Elle avait envie de lui et tenait à le lui faire savoir, alors pourquoi se plier à ces conventions sociales ? Pour elle, l'honnêteté était importante. Tout comme pour Brett, d'après elle.

Allez ! Vas-y !

Elle alla donc ouvrir la porte en se jurant qu'elle prendrait le temps de le saluer avant de se jeter dans ses bras…

À peine eut-elle tourné la poignée qu'il apparut, si viril, si sexy que c'en était douloureux. Il s'était douché ; ses cheveux sombres étaient encore humides. Il portait un léger pull en cachemire et un jean noir. Quand elle croisa son regard, il brandit une bouteille de vin.

— Un merlot que j'ai gagné à une tombola caritative du club des propriétaires de ranch. Il paraît qu'il est excellent et hors de prix.

— Parfait, répondit Sarabeth, le cœur battant à toute allure. Tu es venu pour boire du vin avec moi ?

— Je ne bois pas, mais je comptais te faire boire jusqu'à ce que tu acceptes de coucher avec moi.

Ça avait le mérite d'être honnête. Tant mieux, elle préférait ça.

— Excellent programme. Commençons par ça, et je boirai un verre après.

Elle se dressa sur la pointe des pieds et, des lèvres, effleura sa bouche. Elle l'entendit pousser un léger râle, puis il prit le contrôle des opérations. De son bras puissant, il l'attira contre lui, pressant contre son torse ses seins douloureusement sensibles.

Elle sentit qu'il essayait de poser le vin sur la petite console près de la porte, mais il manqua son coup, et la bouteille explosa sur le sol de pierre.

Brett la souleva si vite dans ses bras qu'elle reçut à peine quelques gouttes sur ses pieds nus, puis il la porta à l'intérieur du cottage. Elle s'attendait qu'il la pose, mais il la garda dans ses bras et la plaqua contre le mur.

Il plaça les mains sous ses cuisses et, tout naturellement, elle enroula les jambes autour de ses hanches.

Brett glissa la langue sur sa lèvre inférieure.

— Tu as si bon goût…

— Le vin…

— Peut attendre, dit Brett dans un halètement. Mais moi, je n'en peux plus.

De ses doigts calleux de cow-boy, il explora son visage. Sa main empoigna un de ses seins, et elle arqua le corps contre le sien, dans une prière muette.

Il était si puissant, si musclé, si magnifiquement viril. Il sentait bon le savon et les longues chevauchées dans la campagne texane. Sarabeth enfouit le visage dans son cou et inspira à pleins poumons cette odeur qui la rendait folle, puis elle le mordilla doucement.

— Tu es tellement sexy, grogna-t-il.

Elle aimait qu'il la trouve sexy. C'était mieux que belle ; parce que cela exprimait les sensations qu'il éprouvait, ça n'était pas juste le constat de sa beauté.

— Embrasse-moi.

Quand leurs lèvres se retrouvèrent, elle se sentit électrifiée de la tête jusqu'aux bouts des pieds. Comme prise dans un orage. Le baiser profond et ardent de Brett ne laissait aucun doute… Ils allaient atteindre le point de non-retour.

De fait, il détacha la bouche de la sienne et, plongeant son regard dans le sien, demanda :

— C'est ce que tu veux ? Tu as envie de moi ? Parce que si on continue comme ça, ça va se finir…

— Par un orgasme cataclysmique, j'espère, le provoqua gentiment Sarabeth.

— Je te le garantis, dit-il avant de redevenir sérieux. Je veux faire l'amour avec toi. Oui ou non ?

Toujours aussi direct, il ne faisait pas de chichis. Seigneur, comme elle aimait ça.

— Oh oui !

— Bonne réponse, dit-il avec un sourire à se damner.

— Le canapé ou le lit ? demanda-t-elle en dessinant du pouce sa lèvre inférieure si ferme et si pleine. Ou plus rapide encore, le tapis ?

— Ici, c'est parfait.

D'accord. Elle n'avait rien contre les nouvelles expériences…

Tandis qu'elle offrait la bouche à sa langue furieuse, Brett glissa la main sous sa chemise et saisit un de ses seins. Sarabeth fut parcourue par une onde de désir et s'ouvrit encore plus à son baiser.

Elle caressa alors d'abord son ventre musclé puis s'attarda sur ses hanches. En l'entendant gémir, Brett se pencha et se mit à lui caresser les seins, de la langue, à travers sa chemise. Puis, d'un geste impatient, il l'ouvrit, en faisant voler tous les boutons.

C'était un peu barbare et tellement excitant !

Il prit dans sa bouche un de ses mamelons douloureusement durs, jouant savamment de sa langue, chaude et humide.

Sarabeth empoigna les cheveux de Brett et arqua le corps pour l'encourager à poursuivre plus bas. Bientôt, elle sentit que sa main se glissait entre ses cuisses et venait se poser sur son mont de Vénus.

En réponse, elle alla effleurer son érection. La caresse était légère, mais elle sentit comme une décharge le traverser. Elle intensifia sa caresse, et il se mit à gémir.

— Je veux être en toi, dit-il dans un murmure rauque tout en faisant descendre son jean le long de ses jambes.

Puis, tout en continuant à s'embrasser goulûment, ils se débarrassèrent de tous leurs vêtements.

Nu, Brett était encore plus désirable. Larges épaules, bras musclés, ventre plat et puis aussi… plus bas… C'était parfait.

Elle le prit dans ses mains. Elle était prête. Elle avait besoin de le sentir profondément en elle. Et elle le lui dit…

Le sexe de Brett se durcit encore, et il ouvrit la main. Il tenait un préservatif. Il en ouvrit l'enveloppe et le lui tendit. Elle le déroula le long de son érection tandis que les doigts de Brett exploraient son sexe brûlant.

Il la plaqua contre le mur et la pénétra. Elle se cramponnait à lui pour le faire entrer plus loin en elle, accompagnant ses coups de reins en murmurant son prénom encore et encore, de plus en plus fort, de plus en plus vite, en cadence. Et puis, elle entendit Brett pousser un cri de jouissance. Il était parvenu à l'orgasme. Comme elle. Jamais elle n'avait joui avec cette intensité.

Brett lutta contre un nouveau bâillement et sentit que ses paupières se fermaient. S'il voulait dormir dans son lit cette nuit, il fallait qu'il s'en aille. Mais il avait tellement envie de garder la main posée sur les fesses de Sarabeth et de continuer à déposer des baisers dans ses cheveux.

Après une deuxième étreinte sur le tapis du salon, ils étaient montés dans la salle de bains attenante à la chambre, et la douche avait dégénéré en une séance de caresses appuyées qui s'était conclue dans le grand lit…

Il était en forme et endurant, mais elle l'avait littéralement épuisé, et il avait du mal à résister à l'appel du sommeil. Mais il fallait ramasser les débris de la bouteille sous le porche et aussi avoir une petite conversation…

Il fallait que les choses soient bien claires.

Sarabeth releva la tête qu'elle avait posée sur son torse, et il plongea son regard dans ses yeux d'un bleu profond. Elle était vraiment très belle, et il se sentait honoré d'avoir pu explorer son corps, de l'avoir fait hurler de plaisir. Mais c'était là tout ce qu'il pouvait lui donner…

— Est-ce qu'on peut parler ? demanda Sarabeth.

Sans lui laisser le temps de répondre, elle roula sur le côté, attrapa un déshabillé de soie de la même couleur que ses yeux et le passa. Immédiatement, il eut envie d'en défaire le nœud un peu lâche et de le faire glisser de son corps magnifique…

Trois fois, mon vieux. Tu es costaud mais tu n'es pas Superman !

Il la regarda tandis qu'elle essayait de remettre un peu d'ordre dans ses cheveux. C'était inutile, se disait-il, il allait bien vite la redécoiffer… puis, il songea qu'il devait rentrer chez lui. Même s'il la désirait encore, il luttait contre le sommeil, et dormir ici n'était pas envisageable. Les femmes avaient tendance à se faire des idées quand on s'attardait.

— C'était très sympa, dit Sarabeth.

« Sympa » ? Comme le mot était faible pour décrire ce qu'ils avaient fait ensemble et l'un pour l'autre.

— Et j'aimerais bien qu'on recommence, mais…

Et voilà. Elle allait lui dire qu'elle était de celles pour qui sexe et engagement sont indissociables. Il connaissait le discours par cœur. Même s'il n'avait jamais joui aussi fort, c'était purement physique. Pourquoi fallait-il toujours que les femmes compliquent tout ?

En attendant que Sarabeth poursuive, Brett commença à échafauder une réponse. « Je viens de rompre avec ma fiancée. Je ne suis pas prêt à m'engager dès maintenant… et ne le serai sans doute jamais plus. »

Il se montrerait aussi gentil que possible mais serait clair. Il ne voulait pas lui donner de faux espoirs.

— J'espère que je ne vais pas te fâcher. C'était génial, et j'aimerais beaucoup qu'on recommence, mais…

Encore un « mais ». Brett attendit la suite.

— Mais je n'ai pas envie de m'engager, dit Sarabeth dans un murmure.

Brett n'était pas sûr d'avoir bien compris.

— Je suis très indépendante et j'aime être seule. Je suis célibataire depuis des années et, franchement, je ne me vois pas en couple. C'est trop contraignant. Je me sentirais enfermée. Alors, si c'est ce que tu recherches… je ne suis pas celle qu'il te faut.

Elle ne voulait pas d'une relation de couple ? Et pourquoi ça ? Et puis, pardon, mais il n'était pas du genre à « contraindre » ou à « enfermer » sa partenaire. Pour lui, être en couple, c'était faire équipe. Il n'était pas question que l'un domine l'autre.

Il ouvrit la bouche pour répondre quand il réalisa qu'elle venait de lui servir ce qu'il désirait sur un plateau d'argent. Alors, pourquoi se sentait-il irrité et frustré plutôt que d'être heureux et soulagé ?

Il perdait vraiment les pédales…

— Et, si ça ne t'ennuie pas, je préférerais que tu ne restes pas dormi ici, acheva-t-elle.

Ah ! Et bien sûr, comme il avait l'esprit de contradiction, c'était précisément ce dont il avait envie maintenant. Il voulait rester bien au chaud dans ce lit, douillettement installé…

Je ne veux pas m'en aller.

— Et désolée pour le vin.

Brett rejeta le drap qui le couvrait et se leva. Il était nu devant elle, et il vit qu'elle était pleine de désir. Il eut un sourire un peu amer. Elle voulait son corps, mais se moquait pas mal de ce qu'il pouvait ressentir ou penser. Pour être honnête, il avait un peu l'impression d'avoir été utilisé.

Espèce d'hypocrite. Tu avais l'intention de lui tenir le même discours, mais comme elle t'a coiffé au poteau, tu es vexé. Tu ne veux pas t'engager non plus. Une relation purement physique avec elle, ça serait génial, et tu es en train de tout gâcher parce que tu réagis comme un gosse.

Ressaisis-toi, bon sang !

Brett s'approcha de Sarabeth et lui déposa un baiser sur la tempe.

— Merci pour ta franchise. J'apprécie vraiment ça chez une femme et… je suis heureux qu'on soit sur la même longueur d'onde.

— Parce qu'on l'est ?

— Oui. Et, bien sûr, j'aimerais qu'on continue… Tant que ça nous convient à tous les deux, dit-il en l'enveloppant dans ses bras. Viens dîner chez moi demain.

Sarabeth s'écarta et le regarda, l'air navrée de ne pas lui avoir proposé à manger.

— Je suis affamée aussi, dit-elle en se posant la main sur le ventre.

Il éclata de rire.

— Je préfère largement ce qu'on vient de faire à un bon dîner, chérie. Mais demain, on mangera avant de passer aux autres réjouissances.

— Excellente idée, dit-elle. Descends t'habiller, je vais te chercher de quoi ramasser la bouteille cassée et tout nettoyer.

Il était heureux qu'elle n'ait pas proposé de le faire à sa place, comme si ça avait été son rôle en tant que femme.

Décidément, Sarabeth était pleine de surprises, et il avait hâte de voir quels atouts elle avait encore dans la manche.

- 6 -

Sarabeth mélangea les œufs avec la crème. Cela faisait dix jours qu'elle et Brett partageaient tous leurs repas – ils avaient laissé tomber la règle de ne pas dormir ensemble dès le deuxième soir, estimant que se réveiller l'un à côté de l'autre était bien plus agréable. Comme elle n'aimait pas les plats à réchauffer au micro-ondes qu'il y avait dans le réfrigérateur de Brett, Sarabeth faisait la cuisine.

Mais uniquement parce qu'elle le *voulait*, pas parce qu'il attendait d'elle qu'elle le fasse. Elle s'était en effet rapidement aperçue que Brett n'était pas le propriétaire macho qu'elle s'était imaginé. Il faisait venir une femme de ménage deux fois par semaine pour nettoyer la maison et s'occuper de son linge, mais c'était lui remplissait et vidait son lave-vaisselle, et il faisait son café et son lit.

Et lui servait du vin, et lui massait les pieds, et lui donnait d'extraordinaires orgasmes…

— Mets vite ça au four, chérie.

Sarabeth sourit à Brett qui se tenait de l'autre côté de l'îlot central.

— Tu as faim ?

— Encore plus que d'habitude. Je suis allé à cheval jusqu'à la prairie du haut, voir comment allait le troupeau. J'ai passé la journée en selle.

Ils avaient fait quelques balades à cheval ensemble, et Sarabeth commençait à retrouver certains automatismes, même si elle redécouvrait aussi l'existence de quelques muscles qu'elle n'avait pas utilisés depuis longtemps.

— Je suis allée faire un tour avec Bella aujourd'hui, lui dit-elle, en ajoutant quelques ingrédients secs à sa préparation. C'est une jument adorable. J'adore la monter. C'est vraiment ma préférée.

— Ça a été une des premières à naître ici, et je n'ai pas pu me résoudre à la vendre, dit Brett en remplissant le verre de Sarabeth. Tu avais l'air songeuse quand je suis arrivé. Quelque chose te tracasse ?

— Non. Je me disais juste que j'appréciais le fait que tu ne te plies pas aux conventions.

Il prit une pincée de fromage râpé et la porta à sa bouche. Sarabeth lui sourit et poussa la râpe et le fromage vers lui.

— Tu reconstitues le stock ?

— Bien, m'dame. Et pour en revenir à ce qu'on disait… je n'ai pas reçu une éducation conventionnelle, alors je me fiche de tout ça. Pourquoi réfléchissais-tu à ça ?

— Eh bien, dit-elle en choisissant soigneusement ses mots, je cuisine pour nous deux parce que je n'aime pas les plats tout prêts et que j'aime cuisiner, mais ça n'est pas toi qui me l'as demandé. Et surtout, tu n'attends pas de moi que je cuisine. Ou que je fasse le ménage.

— Je devrais ?

— Bien sûr que non. Mais ça n'est pas courant chez un homme.

— Tu n'as pas fréquenté les hommes qu'il fallait, alors.

— Ça, tu as raison. Tu es l'homme le plus normal que j'aie connu depuis des années. D'ailleurs, ça fait des années que je ne suis pas sortie avec un homme.

— Comment ça ? dit Brett, visiblement surpris. Mais pourtant, tu es belle à tomber.

Sarabeth ajouta du fromage, de l'oignon et un peu de piment à sa préparation, et mélangea le tout avant de le verser dans un moule beurré.

— Tu fais tellement de bien à mon ego, dit-elle en riant.

— Parle-moi de ton mariage avec Rusty…

Et comme c'était demandé si gentiment, elle décida de lui répondre.

— J'étais très jeune, dix-huit ans, et lui bien plus âgé. J'étais naïve, et il ne l'était pas. J'étais censée être décorative, faire des enfants et ne rien dire. J'ai écouté et j'ai obéi, et je croyais que notre mariage marchait bien. Et puis, je l'ai surpris au lit avec une soi-disant amie et, en creusant un peu, j'ai appris qu'il avait collectionné les conquêtes depuis le début de notre mariage et que j'étais la seule à ne pas être au courant.

Savoir qu'elle avait été dupe l'avait fait souffrir, et elle avait encore l'impression d'avoir été une idiote.

Elle s'obligea à croiser le regard de Brett et fut heureuse d'y trouver de la sympathie et pas de la pitié.

— Mais aussi ignoble qu'il ait été pendant notre mariage, ça n'était rien par rapport à sa réaction quand je l'ai quitté. C'est Rusty qui décide de la fin d'une relation, et personne d'autre. Il a donc juré de me punir, et il l'a fait. Il s'est arrangé pour obtenir la garde des enfants – le juge était un ami de son père –, et ensuite il a tout fait pour creuser un fossé entre eux et moi, dit-elle en maudissant les larmes qui lui montaient aux yeux. Et il y est arrivé. Et en plus, il a réussi à me faire sentir coupable.

Brett ne dit rien. Il se contenta de lui tendre son verre de vin. Sarabeth en but une gorgée, prit une profonde inspiration et balaya les cheveux de devant son visage.

— D'après les vipères de la ville – je l'ai appris par Jaynie –, il n'est pas content du tout que je sois de retour à Royal et raconte à tout le monde que je suis fauchée, que j'ai besoin d'argent et que je vais revenir vers lui en rampant.

— Quel connard, marmonna Brett.

Oh oui ! Il faisait vraiment du bien à son ego.

— Il est au courant pour nous ?

Elle haussa les épaules.

— D'après Jaynie, tout le monde est au courant. Donc lui aussi sans doute. Ça t'ennuie ?

— Non. Je m'en fiche complètement.

— Mais lui, ça ne doit pas lui plaire, et ça sera pire encore quand il apprendra que je suis extrêmement riche.

Oh non ! Elle n'avait pas eu l'intention de lui dire ça. Elle ne voulait parler à personne de la vente de Sarabeths !, mais c'était si facile de discuter avec Brett. Avec lui, toutes ses barrières tombaient. N'empêche qu'il fallait qu'elle reste prudente. Après tout, ils n'étaient pas vraiment un couple.

Ils étaient des amis qui avaient des relations sexuelles. Point.

Elle finirait bien par parler de Sarabeths ! aux enfants, mais pour l'heure elle se contentait de savoir qu'elle était financièrement à l'abri et libre.

— Je n'ai parlé à personne de ma situation financière.

— Et pourquoi ?

Elle vit son regard plein d'une curiosité bienveillante.

— J'aimerais que tu m'en parles, dit-il en prenant sa main, mais si tu n'en as pas envie, ça me va aussi. Sache seulement que tout ce qui se dit au ranch ne sort pas du ranch.

Cette façon de dire les choses la fit sourire, et elle vint le rejoindre de l'autre côté de l'îlot. Il la prit dans ses bras, et elle posa le front contre sa poitrine. Elle était forte et indépendante mais, parfois, ça faisait du bien de pouvoir s'appuyer sur quelqu'un et lui confier ses peurs les plus intimes.

Brett se révélait être son ami aussi bien que son amant...

— Rusty m'a toujours prise pour une incapable, et ma mère m'a incitée à ne compter que sur mon physique. Gagner des concours de beauté ou épouser un homme riche... C'était mes deux options. Rusty disait souvent à ses amis et à ses relations de travail que j'avais eu de la chance de naître belle parce que je n'avais pas de cervelle.

Brett laissa échapper un grondement.

— Et moi, on m'a longtemps sous-estimé parce que ma mère était alcoolique et que nous étions pauvres, dit-il tranquillement. Les gens sont débiles.

— Comment as-tu fait pour aussi bien réussir ?

— Mon tuteur m'a fait assez confiance pour se porter garant quand j'ai emprunté pour acheter ce ranch. Ensuite, j'ai bossé comme un malade. C'est la version courte de l'histoire. Mais continue, toi...

Sarabeth but une nouvelle gorgée de son vin avant de poursuivre :

— J'ai vécu à Dallas et je me suis battue pour voir mes enfants. Plus ils grandissaient, plus je devais les supplier, et quand on se voyait, on était tous les trois malheureux parce que Rusty faisait tout pour les monter contre moi. À tel point que c'est devenu insupportable et que je suis partie m'installer à LA, où j'ai trouvé du travail dans une grande entreprise de cosmétiques. Un jour où je m'ennuyais, j'ai cherché à savoir comment ils fabriquaient leurs produits et j'ai été horrifiée quand j'ai appris que la plupart des usines utilisaient de l'huile de palme et faisaient de l'expérimentation animale...

Elle vit à son expression qu'il était aussi dégoûté

qu'elle. Ils aimaient tous les deux les animaux, et le fait que Sarabeth l'aide à soigner la petite chouette et l'accompagne souvent le soir quand il faisait le tour des écuries pour prendre soin de ses chevaux et des autres animaux qu'il avait recueillis les rapprochait chaque jour davantage.

— Je me suis mise à explorer d'autres moyens de produire des savons et des lotions, et j'ai fait quelques essais. C'était plutôt concluant, alors j'ai fabriqué plus de produits et je les ai vendus au marché le week-end. Assez vite, j'ai été dépassée par la demande, donc je suis passée à une production plus élevée et j'ai commencé la vente en ligne.

— Ça n'a pas dû être facile, commenta Brett.

Un million de décisions à prendre, les réunions, les embauches et les renvois. Les nuits sans sommeil et la peur. L'impression d'être Dieu quand tout allait bien, et les larmes, toute seule dans sa salle de bains quand les problèmes s'accumulaient. Jamais elle n'avait rien réussi d'aussi difficile mais d'aussi gratifiant. À part ses enfants, bien sûr.

— Tu as monté ton entreprise toi aussi, tu sais ce qu'il en coûte pour devenir riche. Beaucoup de travail, un peu de chance, des larmes et énormément de stress.

— C'est vrai.

Elle déposa un baiser sur sa bouche et recula avant qu'ils aillent plus loin et se laissent distraire. Elle avait envie de continuer à se confier, à lui parler de son travail et de ses succès. Pourtant, elle en était à un stade de sa vie où elle n'avait plus besoin de l'approbation des autres. C'était étrange.

Elle lui demanda d'un ton détaché s'il avait entendu parler de la marque Sarabeths !

— C'est une ligne de cosmétiques avec un packaging rose et or…

— Une de mes petites amies m'en avait demandé pour un Noël.

— Et tu lui en as acheté ? demanda Sarabeth avec un sourire amusé.

— Oh non ! Bien trop cher, répondit-il.

Elle ne dit rien, attendant qu'il fasse le lien.

— Hein ? Tu es en train de me dire que la Sarabeth de Sarabeths !, c'est toi ?

Elle sourit, ravie, haussa les épaules et dit du ton le plus neutre possible :

— Oui.

— Waouh ! dit Brett, les yeux agrandis par la surprise. Franchement, je suis impressionné.

— Merci, dit-elle en enfouissant le visage dans son cou.

— Tu as raison, Rusty va piquer une crise quand il sera au courant.

Elle eut un petit sourire machiavélique.

— Je sais.

Brett lui donna une petite tape sur les fesses.

— Combien de temps a-t-on avant que ça soit prêt ?

Un peu surprise, elle consulta sa montre.

— Disons, un quart d'heure, vingt minutes.

— Parfait. Juste le temps qu'il faut pour emmener ma très sexy et très intelligente maîtresse jusque dans mon lit.

Elle adorait les compliments de Brett. On lui avait toujours dit qu'elle était belle, au point que le mot avait perdu toute signification pour elle. Mais elle trouvait adorable d'être considérée comme sexy. Et qu'il la trouve intelligente, c'était le nec plus ultra.

Et… quand il disait des choses comme ça, elle aurait été prête à le suivre jusqu'au bout du monde.

Brett venait de passer trois jours à Austin à visiter un ranch qu'il envisageait d'acheter. C'était un dimanche soir, et il lui manquait terriblement. Il lui avait proposé de l'accompagner, mais comme ils avaient passé beaucoup de temps ensemble les deux semaines précédentes, elle avait jugé prudent qu'ils se séparent quelque temps. Et maintenant, elle regrettait cette décision.

Chaque centimètre carré de son corps le réclamait avec une intensité qu'elle n'aurait pas crue possible. Son lit dans le cottage – elle n'avait pas eu envie de dormir chez Brett en son absence – lui semblait vide, et la petite maison si accueillante lui paraissait glaciale sans lui.

Assise sur les marches du cottage, elle regardait l'allée avec inquiétude, en espérant voir très vite apparaître les phares du pick-up de Brett. En partant, il avait dit qu'il serait de retour le dimanche à midi, mais la nuit allait bientôt tomber, et elle n'avait eu aucune nouvelle.

Il n'était donc pas capable de passer un coup de fil ou d'envoyer un SMS ? Ou peut-être qu'il n'avait plus de batterie ou alors… avait-il eu un accident ?

Prends une grande inspiration et calme-toi, bon sang ! Tu n'es ni sa petite amie, ni sa femme, ni sa compagne. Tu es juste celle avec qui il couche en ce moment. Il n'est absolument pas obligé de te dire où il est ni ce qu'il fait. Ni quand il rentrera.

Elle se comportait comme s'ils formaient un couple amoureux au lieu de le considérer comme un ami avec qui elle couchait en ce moment.

Il fallait qu'elle arrête.

Il fallait qu'elle soit intelligente. Si elle ne restait pas vigilante, les choses allaient devenir floues, et la confusion allait s'installer.

Ils couchaient ensemble parce qu'ils s'entendaient

merveilleusement bien sexuellement. Le fait qu'ils s'apprécient beaucoup l'un l'autre n'était qu'un petit plus.

Il fallait calmer un peu les choses, les garder sous contrôle. Ça n'était pas prudent de passer autant de temps ensemble. Ils devraient d'ailleurs peut-être commencer par ne plus faire l'amour tous les soirs.

Mais elle n'avait aucune envie d'arrêter. Avec Brett, elle explorait les profondeurs de ses désirs et, grâce à lui, elle avait retrouvé – ou plutôt pris – confiance sexuellement. Dans les bras de cet homme si sexy, si généreux et si viril, elle était complètement désinhibée et suffisamment en confiance pour lui dire ce qu'elle aimait ou n'aimait pas. Et il l'écoutait et savait faire vibrer son corps.

Tout ça était parfait, mais l'envie de passer du temps avec lui, le fait qu'il lui manque, voilà qui était dangereux, inquiétant. Il fallait y mettre un terme…

Peut-être pas aujourd'hui, ni demain ou après-demain, mais… bientôt.

Parce que ça ne pourrait pas durer toujours. Rien d'aussi bon ne pouvait durer toujours.

En attendant, elle allait remettre de la distance et arrêter de se conduire comme une adolescente amoureuse. Attendre en se tordant les mains d'inquiétude, ça n'était pas digne d'une femme forte et indépendante.

Elle prit son téléphone et composa le numéro de Jaynie. Quand son amie répondit, elle s'obligea à prendre un ton enjoué.

— Je meurs d'envie d'une pizza. Ça vous va si j'apporte trois pizzas et une ou deux bouteilles de vin ?

— Si tu as l'intention de boire, pas question que tu conduises après. Prends ton pyjama et ta brosse à dents.

Elle se dit que c'était parfait, que si elle n'était pas au

ranch quand Brett rentrerait, il ne pourrait pas se douter qu'elle l'avait attendu avec autant d'impatience.

Elle savait qu'il détesterait la voir devenir possessive et, pis encore, collante.

Elle allait reprendre les choses en main…

Quand il vit le SUV de Sarabeth remonter l'allée, Brett était très énervé. En rentrant la veille au soir, il avait trouvé le cottage verrouillé, et sa voiture n'était pas garée à sa place habituelle. Il avait essayé de l'appeler plusieurs fois entre hier soir et ce matin, mais était tombé directement sur sa messagerie. Il en était presque arrivé au point d'appeler les hôpitaux ou Jules pour qu'il vérifie s'il y avait eu des accidents dans la région de Royal. C'était ridicule.

Et cette réaction excessive l'agaçait.

Tout comme sa déception quand il ne l'avait pas trouvée à la maison à l'attendre. Elle aurait pu au moins lui envoyer un SMS pour le tenir au courant de son programme, lui dire où elle était…

Et il avait perdu la moitié de sa matinée de travail parce qu'il s'était inventé des excuses pour rester chez lui et être là quand elle reviendrait enfin. Où était-elle allée ? Qui avait-elle vu ?

Brett se passa les mains sur le visage, furieux contre lui-même et contre le monde en général. Ces dernières nuits, il avait mal dormi. À l'hôtel, le lit lui avait semblé immense et vide, et la chaleur de Sarabeth lui avait manqué. Son odeur. La caresse de ses cheveux sur son visage.

Il avait l'impression d'être un drogué privé de sa dose. Tremblant, agité et à fleur de peau. Jamais il n'avait ressenti une chose pareille… En général, il était quelqu'un de calme et de posé. C'était inquiétant de se mettre dans cet état simplement parce que Sarabeth s'était absentée.

Il poussa un soupir d'exaspération. Il fallait qu'il reprenne le contrôle. Il croyait que l'affaire se résumerait à une courte aventure, et voilà que tout ça prenait une intensité qu'il n'avait pas anticipée. Il fallait qu'il réfrène ses émotions. Ça n'était qu'une aventure, des amis qui couchaient ensemble et rien d'autre. Il ne devait pas laisser ses sentiments grandir. Parce que sinon Sarabeth allait lui biser le cœur. Elle était riche, indépendante et n'avait aucune intention de redevenir la moitié d'un tout.

Quant à lui, étant donné ses derniers exploits avec Lexi, il aurait été fou de plonger à nouveau dans ce marais infesté d'alligators. Il voulait, non, il *avait besoin* d'une relation physique sans aucune attente. Et c'était ce que Sarabeth lui donnait…

Alors, où est le problème, crétin ?

Il n'en avait aucune idée.

Brett s'appuya au chambranle de la porte menant à sa cuisine et observa Sarabeth garer son SUV. Le temps qu'il la rejoigne, elle était descendue de voiture, un petit sac de voyage sur l'épaule. Avec son jean, son pull blanc tout simple, ses bottes de cuir et son immense écharpe de coton enroulée autour du cou, elle était tout simplement à croquer.

Et il n'avait envie que d'une chose…

— Salut.

Brett remarqua un peu de méfiance dans ses yeux bleus.

— Chouette voyage ? demanda-t-elle tandis qu'il prenait son sac pour le porter.

— Pas mal, dit-il, résistant à la tentation de lui dire qu'il aurait aimé qu'elle soit avec lui. Qu'elle lui avait manqué. Au lit et partout.

— À quelle heure es-tu rentré ? demanda-t-elle d'un ton détaché, mais il perçut une pointe de tension dans sa voix. Il la suivit jusqu'au cottage, notant mentalement de remplacer la marche voilée du petit escalier menant au porche.

— Vers 20 heures, répondit Brett. Où as-tu passé la nuit ?

Ça, ça n'était pas une question neutre ni banale. C'était grossier et totalement hors de propos. Sarabeth lui lança un regard furieux avant de se retourner pour ouvrir la porte. Il ferma les yeux.

— Tu n'as aucun droit de me poser cette question, et surtout sur ce ton, Brett.

Elle avait raison, il le savait, mais ça ne l'empêcha pas de lâcher le sac et de se camper devant elle, les mains sur les hanches.

— Je sais, mais je te le demande quand même.

— Et moi ? Est-ce que j'ai le droit de t'interroger sur ton week-end ? demanda Sarabeth d'une voix glaciale en posant son sac à main sur la console de l'entrée.

Étant donné qu'il avait passé ses nuits dans des livres de comptes et ses journées à cheval ou dans un pick-up à inspecter les terres, il n'avait rien à cacher et ne se gêna pas pour le lui dire.

— Mais moi non plus, l'informa Sarabeth, le dos raide et le regarda de glace. J'ai passé la nuit chez Jaynie et Laura, si tu tiens à le savoir.

Un soulagement aussi doux et chaud que du caramel fondu l'envahit tout entier, et il put enfin respirer librement.

— Ah ! D'accord.

— D'accord ? Mais je n'ai pas besoin de ta permission, Brett.

Arrête de t'enfoncer, vieux.

— Bien sûr que non, se hâta de répondre Brett dans l'espoir de la voir décolérer. C'était juste une façon de parler.

Ils restèrent les yeux dans les yeux, et dans son regard bleu profond, au-delà de l'attirance qu'elle éprouvait pour lui, il vit une détermination et une distance qui n'étaient pas là avant son départ.

Oh non !

Il connaissait ce regard – il avait trente-huit ans et l'avait vu dans les yeux d'un nombre considérable de femmes avant elle. Ça voulait dire qu'elle voulait « parler ». Ce qui glaçait le sang de tout homme normalement constitué.

— Il faut qu'on parle…

Quel idiot ! Il aurait mieux fait d'aller bosser ce matin au lieu de traîner par ici comme une âme en peine.

— On s'assoit ? proposa Sarabeth en désignant le canapé près duquel ils avaient fait l'amour le premier soir.

Il se revit en train de la pénétrer contre le mur de l'entrée et secoua la tête.

— Je préfère rester debout. Apparemment, tu as quelque chose à dire, alors vas-y.

Sarabeth mit les mains dans les poches arrière de son jean, redressant sans le vouloir ses seins magnifiques. Bon sang, il ne rêvait que d'une chose… mordiller ses tétons couleur corail, sentir sa bouche et son corps sous le sien…

— Je pense que cette petite séparation a été bénéfique. Ça m'a donné le temps de réfléchir, et je suis sûre que ça t'a fait plaisir d'être un peu tranquille aussi.

Elle avait l'air d'attendre qu'il confirme ce qu'elle disait, mais il ne pouvait pas. Ces soixante-douze dernières heures, il s'était essentiellement senti frustré et seul.

— Et je pense qu'on devrait ralentir un peu, prendre le temps de respirer.

— Pourquoi ?

Elle haussa les épaules et regarda dans le lointain. Il voulait qu'elle le regarde, lui, alors il donna un léger coup de pied pour claquer la porte. Il avait à nouveau toute son attention.

— Peut-être que tu es à la retraite, mais moi, je dois bosser, dit Brett d'un ton beaucoup plus sec qu'il n'aurait voulu. Est-ce qu'on peut en finir avec cette conversation ?

Sur le visage de Sarabeth, l'irritation se transforma en colère :

— C'est une allusion délicate à mon âge ?

Quoi ? Mais non ! Il n'avait pas voulu dire ça, et elle savait que son âge n'était pas un problème, non ?

— Je couche avec toi parce que tu es une femme sexy et fascinante. Je me fiche complètement de ton âge. Ou du mien. Alors, ne me fais pas dire des choses que je n'ai pas dites.

Elle resta un instant silencieuse, les yeux fixés au plafond.

— Désolée, dit-elle enfin.

— Ce n'est rien. Maintenant, dis-moi ce qui se passe.

Sarabeth s'appuya contre le dossier du canapé. Elle avait l'air pensive. Il lui laissa le temps de rassembler ses idées.

— Je n'ai jamais eu ce genre de relation, coucher avec un ami, mais je suis certaine que ça n'implique pas de se mettre à quasiment vivre ensemble deux jours après la rencontre. On passe tellement de temps tous les deux que… que tu m'as manqué ce week-end.

Elle avait l'air aussi désolée que si elle lui avait avoué avoir rayé sa voiture.

— Toi aussi, tu m'as manqué. C'est si grave que ça ?

— En tant que *sex friends,* on ne devrait pas se manquer. Ça ne devrait pas être aussi intense. On est censés juste s'amuser ensemble et continuer notre vie chacun de notre côté. Je suis sûre qu'on fait tout de travers !

Brett passa la main devant sa bouche pour tenter de masquer son sourire.

— D'après qui ?

Sarabeth baissa la tête, fixant ses pieds.

— *Cosmopolitan.* Jaynie, qui a eu ce genre d'aventures avant de rencontrer Laura. Et Google.

Cette fois, il ne put réprimer un sourire amusé.

— Tu consultes Internet à propos de notre vie amoureuse ?

— J'ai fait des recherches, dit Sarabeth en rougissant. Et d'après tout ce que j'ai lu, on s'y prend hyper mal…

— N'importe quoi, dit Brett en s'avançant vers elle. Il n'y a pas de bonne ou de mauvaise façon de faire quand il s'agit d'attirance entre deux personnes, et je refuse de vivre ma vie selon les stupides diktats postés en ligne.

Il déposa un baiser sur ses lèvres et la sentit frémir.

— C'est bon ?

— Tu le sais bien, murmura Sarabeth.

Il posa la main sur un de ses seins, et son mamelon durcit instantanément.

— Et ça ? Tu aimes quand je te fais ça ?

— J'aime tout ce que tu me fais, dit-elle en haletant.

Si franche, si directe. Il adorait ça.

— Et je sais comme tu aimes sentir mes doigts et ma langue entre tes cuisses. Alors, si on se disait qu'on continue tant qu'on en tire du plaisir ?

— Mais si jamais…

Elle s'interrompit, mais Brett savait ce qu'elle avait

été sur le point de demander. Et si jamais les choses devenaient plus sérieuses entre eux ? Il secoua la tête.

— On ne laissera pas les choses devenir sérieuses. On ne peut pas faire ça, parce que ça gâcherait tout. C'est tellement génial ce qu'on vit. On est amis et on s'apprécie, au lit et ailleurs. Continuons comme ça, non ?

Elle poussa un long soupir, et il vit toute tension quitter son corps. Et ensuite, sa fière et magnifique maîtresse releva la tête et rejeta les épaules en arrière, le menton dressé :

— Je ne vais pas tomber amoureuse de toi, Brett. Et je sais que toi non plus, tu ne tomberas pas amoureux.

— Comment peux-tu en être aussi convaincue ? dit-il en repoussant une mèche de cheveux de son front, un peu déconcerté par sa détermination.

— Parce qu'on a beau s'entendre parfaitement au lit et partout ailleurs, je n'ai pas besoin que tu voles à mon secours. Je suis indépendante sur le plan émotionnel et je n'ai pas besoin d'aide.

— Oui, oui. J'ai compris, répondit Brett, un peu irrité qu'elle ait mis le doigt sur son talon d'Achille.

— Et toi, tu as besoin qu'on ait besoin de toi.

Ça, c'était du passé. C'était fini. Terminé…

On allait voir si elle appréciait autant l'honnêteté si elle en était la cible…

— Et toi, parce qu'on t'a rabaissée et dit que tu ne serais jamais rien d'autre qu'une ravissante idiote, parce qu'à un moment tu as été privée de tout pouvoir sur ta vie, tu ressens le besoin d'être dans le contrôle. Tu crois qu'avoir besoin de quelqu'un est un signe de faiblesse.

Sarabeth laissa échapper un rire un peu forcé.

— Dis donc, si jamais on finit par avoir une relation de couple, elle sera sacrément dysfonctionnelle.

— Alors, ne faisons pas ça.

— Marché conclu ? dit-elle avec un sourire. Je suis heureuse qu'on soit sur la même longueur d'onde. Et… une autre question…

Il retint son souffle, espérant que celle-ci serait moins compliquée que les précédentes. Comme la plupart des hommes, il préférait éviter le piège de ce genre de conversations.

— Qu'est-ce qu'on fait encore habillés ? demanda Sarabeth en glissant une main sous sa chemise en flanelle et la ceinture de son jean.

Excellente question.

- 7 -

— Tu sens tellement bon, murmura Brett en respirant dans le creux de son cou. Et tu es tellement sexy. J'ai hâte d'être enfin en toi. Je n'ai pensé qu'à ça depuis que je suis parti vendredi et je sens que je vais devenir fou.

Sarabeth frémit en entendant sa voix rendue rauque par le désir et sentit une onde brûlante se répandre dans le bas de son ventre. Elle ne savait pas vraiment comment réagir à ses compliments, aux doux murmures contre sa peau, au creux de son oreille. C'était très agréable, mais elle devait faire attention à ne pas y croire. Ce n'était que des mots, de ceux qu'on dit dans le feu de l'action. Non qu'elle pensât que Brett n'était pas sincère – elle pensait qu'il croyait chaque mot qu'il lui disait –, mais ce qu'on dit dans le secret de la chambre à coucher est si facilement oublié.

Elle ne pouvait pas se permettre d'y croire et de se laisser emporter. Mais c'était plus facile à dire qu'à faire.

Rapidement, il la débarrassa de son pull et de son soutien-gorge, et le feu lui monta aux joues quand il la vit seins nus. Elle posa la main sur son érection et poussa un profond soupir. Oh oui ! il la voulait.

Brett fit descendre sa culotte de dentelle le long de ses cuisses et resta figé. Il effleura son sexe presque totalement épilé.

— Joli.

— J'avais rendez-vous chez l'esthéticienne ce matin, n'en revenant pas d'être encore capable de parler alors qu'il était en train de la toucher.

— C'est très mignon.

Elle sourit et, impatiente, écarta légèrement les cuisses pour l'encourager à la caresser.

Il se mit à genoux devant elle, posa un baiser sur sa hanche, puis sur le haut de sa jambe, puis à l'intérieur de sa cuisse. C'était si doux de sentir sa barbe de trois jours sur sa peau.

Elle s'agrippa au dossier du canapé.

— Brett, je t'en prie, caresse-moi… embrasse-moi. Je t'en supplie !

— J'aime quand tu me supplies, dit-il d'une voix sourde tout en glissant un doigt à l'intérieur de son sexe.

Sarabeth fut secouée par une décharge de plaisir. Elle avait le souffle coupé, était incapable de penser. Puis, il introduisit un autre doigt en elle tandis que son pouce caressait son clitoris. Elle sentit le plaisir monter en elle. Elle perdait pied.

— Je vais jouir, balbutia-t-elle.

— Non. Attends, dit-il en relevant la tête vers elle, la regardant tout en continuant à aller en venir en elle avec ses doigts.

— Brett, je t'en supplie…

— Viens. Maintenant.

Sa voix rauque lui donna des frissons. Puis, sa bouche vint se poser sur son sexe, et sa langue s'enrouler autour de son clitoris. Il la lécha, la suça tout en continuant, de ses deux doigts, à la caresser à l'intérieur. Elle jouit avec tant de puissance qu'elle ne remarqua même pas qu'il était en train de la regarder.

Puis, tandis que son corps se calmait et qu'il la retenait,

les bras autour de ses cuisses, elle redescendit lentement sur terre. Elle baissa les yeux, le regarda avec tendresse et passa la main dans ses cheveux, les jambes encore un peu flageolantes.

— Tu me regardes ? demanda-t-elle doucement.

Elle avait un peu peur de sa réponse.

— Oui.

— Pourquoi ?

— Je sais que tu n'aimes pas qu'on te dise que tu es belle, mais tu es *vraiment* magnifique, et encore plus quand tu jouis.

Il se releva d'un mouvement fluide et lui prit la main.

— On monte ?

Sarabeth hocha la tête. *Oh oui ! Bien sûr.*

Sa main puissante et chaude autour de la sienne, elle le suivit, nue, jusque dans la chambre.

Le mercredi soir, Brett la surprit en lui annonçant qu'il avait réservé une table au Sheen, le nouveau restaurant branché de Royal. Comme sa future belle-fille, Charlotte, y travaillait en tant que chef, elle savait que toutes les tables du restaurant construit tout en verre étaient réservées des semaines à l'avance. Brett devait avoir le bras vraiment long pour avoir obtenu une table si rapidement, mais ça ne l'étonnait pas ; elle savait bien maintenant que son si charmant amant était un businessman hors pair – honnête mais dur en affaires – et qu'il avait beaucoup de pouvoir dans la petite ville.

Si elle avait su qu'il avait envie de dîner au Sheen, elle aurait demandé à Charlotte de leur réserver une table. Elle savait que la jeune femme lui était reconnaissante des efforts qu'elle faisait pour pousser Ross à donner une nouvelle chance à leur relation.

Elle sourit à la très belle directrice du restaurant, qui était une amie proche de Charlotte.

— Bonsoir, Faith. Je suis Sarabeth, la mère de Ross.

Faith lui renvoya un large sourire et se présenta à Brett. Pendant qu'ils bavardaient, Sarabeth balaya la salle du restaurant du regard et surprit son reflet dans le miroir qui ornait le mur. Elle avait bien fait de choisir cette combinaison d'aviateur en soie noire. Elle mettait sa silhouette en valeur mais restait d'une élégance discrète. Elle ne voulait surtout pas attirer l'attention.

Être ici, la main dans la main avec Brett Hartson leur attirait déjà des regards curieux, et elle imaginait très bien les commentaires des clients du restaurant.

« Ils ont une liaison torride, il paraît. »

« Elle a au moins dix ans de plus que lui. »

« C'est honteux. Il était sur le point de se marier il y a un mois, et le voilà déjà avec une autre femme. »

Elle avait envie de quitter cet endroit en courant.

— Suivez-moi, je vous prie, dit Faith.

Brett posa une main dans le bas de son dos et la poussa vers leur table, une des meilleures et des plus en vue, au beau milieu de la salle.

— Du calme, chérie. C'est juste un dîner, pas une mise à mort, lui chuchota-t-il à l'oreille.

Elle s'assit sur la chaise qu'il avait tirée pour elle et eut un sourire forcé.

— J'ai l'impression que tout le monde nous regarde.

— Exact, répondit calmement Brett avant de s'asseoir en face d'elle.

Levant la tête vers Faith, il commanda un verre de son vin préféré pour elle et un cocktail sans alcool pour lui. Il avait l'air si détendu dans son élégant costume de créateur gris charbon et sa chemise noire.

Sarabeth fronça les sourcils.

— J'espérais que tu allais me dire que je me faisais des idées.

— Pas du tout. Tout le monde dans cette salle est en train de parler de nous, dit-il en haussant les épaules. Mais je m'en fiche totalement. Je veux seulement que Lexi n'ait pas à souffrir de tous ces ragots. Et toi non plus, bien sûr.

Elle appréciait le fait qu'il se souciât de son ex-fiancée.

— Tu lui as parlé récemment ?

Elle ne se sentait ni jalouse ni remise en question. Quoique… un peu, si. Et pourtant, elle n'en avait pas le droit. Ils étaient des *sex friends*, rien de plus. Et si parfois elle sentait d'autres sentiments stupides monter à la surface, c'était son problème, pas celui de Brett.

— Je lui ai parlé hier. Elle est toujours très en colère que j'aie annulé le mariage à la dernière minute, mais elle a reconnu que j'avais eu raison, dit Brett en tapotant le pied de son verre vide. Et elle m'a demandé si les rumeurs à notre sujet étaient vraies.

— Qu'est-ce que tu lui as dit ?

— La vérité. Je lui dois bien ça. Je lui ai dit que tu louais mon cottage et qu'on se voyait. J'ai dit aussi que ça ne faisait que deux semaines et que ça n'était pas sérieux.

Et pourtant, ils étaient là, à dîner au Sheen, sur leur trente et un et parfumés, comme s'il s'agissait d'un rendez-vous amoureux. Sarabeth se frotta le front. Ce n'était pas du tout ce que des *sex friends* étaient censés faire.

En revanche, des amis pouvaient parfaitement dîner ensemble, et c'était ce que Brett et elle étaient. Des amis. Et rien de plus.

Et pourtant, en rentrant, ils allaient faire l'amour avec passion.

Argh !

Pour se changer les idées, Sarabeth porta son regard sur la cuisine ouverte du Sheen et sourit en apercevant Charlotte dans sa tenue blanche de chef. Comme si elle avait senti le poids de son regard, la jeune femme releva la tête, balaya la salle du regard et sourit en la voyant. Elle échangea quelques mots avec un collègue, puis vint les rejoindre.

Sarabeth se leva pour l'accueillir, et elles s'embrassèrent avant que Charlotte l'attire vers elle pour la serrer dans ses bras.

Quand elle la lâcha, Sarabeth remarqua que les beaux yeux marron de Charlotte étaient brillants d'émotion.

— Comme Ross n'est pas là, j'en profite pour vous remercier pour le rôle que vous avez joué pour qu'il reprenne un peu ses esprits.

Sarabeth sourit.

— De rien, ma chérie. Tu as l'air si heureuse, et lui aussi. Il n'y a que ça qui compte. Comment va mon bébé ?

— J'imagine que c'est de Ben que vous parlez, dit Charlotte avec un sourire.

Même si Ross était à présent adulte, il n'en resterait pas moins son bébé pour toute sa vie, et Charlotte l'avait bien compris.

— Cette fois, oui, c'est de Ben qu'il s'agit, dit-elle avec un clin d'œil.

Elle lui présenta Brett, et Charlotte resta encore quelques instants près de leur table à parler de Ben. Puis elle leur souhaita un bon appétit et leur annonça que la maison leur offrait le dîner.

— Mais tu n'as besoin de faire ça, ma chérie, protesta Sarabeth.

Charlotte déposa un baiser sur le sommet de sa tête.

— Mais j'en ai envie… je vous suis tellement reconnaissante.

Puis elle se redressa et observa la salle, jaugeant le plaisir que prenaient les clients. Essayant de savoir s'ils étaient satisfaits. Tout à coup, elle se raidit, et son visage se ferma. Sarabeth suivit la direction de son regard. Rusty et Billy Holmes se tenaient sur le seuil de la grande salle, bavardant avec Faith.

Bon sang ! ce sale type avait le don de gâcher une belle soirée.

— Je dois retourner en cuisine. J'ai du travail, dit nerveusement Charlotte.

— Et tu cherches à éviter Rusty, dit Sarabeth. Comme je te comprends.

Sa remarque caustique arracha un sourire à Charlotte qui s'éloigna, ignorant ostensiblement son futur beau-père.

Sarabeth, elle, regarda son ex-mari en se demandant ce qu'elle avait bien pu trouver de séduisant en lui. Comment n'avait-elle jamais remarqué que ses yeux étaient aussi froids que la glace et que son sourire voulait dire : « Je suis là, admirez-moi. »

Brett fit tinter son verre à cocktail contre son verre de vin en cristal, et elle revint au présent. Il y avait très longtemps qu'elle n'avait pas vu son ex-mari. Est-ce que c'était mal de se sentir excitée parce qu'elle se sentait particulièrement belle ce soir et qu'elle était en compagnie d'un homme très séduisant et *plus jeune* ?

Mal, non. Un peu vaniteux, peut-être. Mais franchement, très humain.

— J'en déduis que Charlotte n'a pas de temps à

consacrer à Rusty, dit Brett à voix basse pour que les autres tables n'entendent pas.

— Il s'est passé quelque chose entre eux quand Charlotte travaillait comme chef à l'Elegance. Connaissant Rusty, j'ai ma petite idée sur la question, mais par respect pour Charlotte je n'exprimerai pas tout haut ce que je soupçonne, dit Sarabeth avant de goûter son vin, riche et plein de corps. Ce que je sais, c'est que Rusty a essayé par tous les moyens d'obliger Ross à quitter Charlotte.

Une expression de dégoût s'afficha sur le visage de Brett.

— Et est-ce qu'ils se sont réconciliés, lui et Rusty ?

— Je n'en suis pas sûre. Je ne pense pas, mais je peux me tromper.

Brett braqua son regard sur les deux hommes, qui s'étaient arrêtés à une table pour bavarder avec un couple distingué que Sarabeth pensait connaître mais qu'elle ne parvenait pas à resituer. Billy Holmes avait posé la main sur l'épaule de Rusty, apparemment très à l'aise.

— Il a l'air de beaucoup aimer Billy, remarqua Brett.

Sarabeth confirma. Rusty et Billy se comportaient comme s'ils avaient été père et fils.

— D'après ce que m'a dit Gina, Billy fait en quelque sorte partie de la famille depuis quelque temps déjà. C'est un ami d'université de Ross. Ross et le frère de Billy, Asher, apprécient sa présence parce qu'il est le seul à savoir s'y prendre avec Rusty.

— C'est vrai que Rusty a adopté Asher ?

Sarabeth hocha la tête.

— Asher avait quinze ans quand Rusty a épousé sa mère, Stephanie. Ross, Asher et Gina ont presque le même âge et se sont rapprochés quand ils étaient adolescents. Ross et Gina le considèrent comme leur frère.

Sarabeth s'agita sur sa chaise ; Rusty et Billy se dirigeaient droit vers eux. Elle savait que Rusty l'observait à la dérobée et posa la main sur celle de Brett, en partie, dut-elle s'avouer, pour énerver son ex. Mais en partie seulement ; elle ne pouvait s'empêcher de toucher Brett. Les yeux de ce dernier étincelèrent d'un éclat malicieux, et il porta sa main à ses lèvres pour y déposer un baiser. Elle frémit à son contact, comme toujours.

— Je trouve que ton goût en matière d'hommes s'est nettement amélioré, chérie, dit-il d'un air amusé. Ton dernier amour en date est de loin le meilleur choix que tu aies fait.

Les lèvres frémissantes, Sarabeth se sentit émoustillée par tant d'assurance. Et il n'avait pas tort, en plus.

— Tout à fait d'accord avec toi.

— Attention, ils viennent par ici. Je pense qu'on leur a donné une table pas loin. Est-ce que ça va ? demanda Brett, l'air soucieux.

Il était tellement à l'écoute de la moindre de ses émotions…

— C'est juste qu'il m'agace, dit-elle.

— On peut partir si tu veux.

Pour que Rusty pense qu'il l'intimidait toujours ? Ça, pas question. Elle n'était plus la jeune fille fragile qu'il avait épousée.

— Non ! Je ne me laisserai plus jamais intimider par cet homme. Attends un peu, tu vas voir, dit-elle avec un sourire malicieux.

Sarabeth savait comment fonctionnait Rusty. Elle savait qu'il s'attendait qu'elle se tasse sur sa chaise en espérant qu'il ne la remarque pas. Elle balaya la salle du regard et vit que la plupart des clients étaient suspendus à ce qui se passait à leur table. Ils voulaient savoir comment allait se dérouler la première rencontre des ex-époux. Eh bien ! ils n'allaient pas être déçus.

— J'ai l'intention de donner du grain à moudre aux médisants. Je vais donc être un peu grossière et totalement fausse… Ça ne te dérange pas ?

Elle n'avait pas besoin de sa permission, mais jugeait plus correct de lui poser la question.

Il sourit.

— Pas du tout. Même si les sorcières de Royal ne méritent pas d'être autant gâtées… Au fait, Flora dîne au fond de la salle.

Sarabeth se leva, se pencha pour l'embrasser à pleine bouche, puis se tourna vers Rusty, les bras grands ouverts.

— Rusty ! Tu as l'air en forme *pour ton âge*. J'aimerais tellement être comme toi et me moquer totalement de mes rides, de mon petit ventre mou, de mes cheveux qui tombent et aussi de ce qui se fait en matière de mode.

Rusty, surpris par son « chaleureux » accueil et ses faux compliments, livra une imitation parfaite d'un poisson hors de l'eau. Il ouvrit la bouche pour répondre, mais d'une poussée de la main Billy lui fit poursuivre son chemin. Il se laissa tomber sur sa chaise, le visage rouge et ses yeux gris irradiants de rage.

Elle savait qu'elle avait remporté la première bataille, aussi se rassit-elle en haussant les épaules. Elle adressa un sourire éclatant à Brett.

Dieu merci, la réunion était enfin terminée. Brett repoussa sa chaise, rangea ses notes et son agenda dans sa pochette de cuir en se disant que certains des membres du club des Éleveurs du Texas aimaient décidément beaucoup s'écouter parler. La réunion aurait pu durer au moins une heure de moins.

Il attrapa son stetson noir préféré et s'en coiffa. Il roula discrètement des épaules pour dénouer les tensions dans son cou. Il avait envie de rentrer et de faire une longue randonnée. Malheureusement, Ty s'était blessé à une jambe, et il allait devoir se contenter de la salle de sport du ranch.

— On boit un verre, Brett ?

Il se tourna vers Clint Rockwell, vêtu comme lui d'un jean, d'une simple chemise et de bottes de cow-boy. Clint était un des plus jeunes membres du club et, contrairement à ses aînés, ne se prenait pas au sérieux.

— D'accord. Ce sera un soda pour moi.

Clint ne réagit pas au fait que, contrairement à la plupart des hommes qui fréquentaient ces hauts lieux de la bonne société de Royal, il ne buvait pas d'alcool. Il ne lui posa aucune question. Tant mieux. Brett aimait les gens discrets.

Une fois au bar, Clint lui demanda s'il était d'accord pour venir voir une jument qu'il venait d'acheter et qu'il envisageait de faire se reproduire avec un des étalons de l'Heritage. La conversation était facile avec Clint, et Brett commença à se détendre. Le jeune homme n'avait pas l'air de savoir qu'il avait rompu ses fiançailles et qu'il avait une liaison avec l'ex-femme de Rusty Edmond – ou il s'en moquait.

Sentant une présence malveillante, Brett se tourna lentement. Rusty était là, au bout du bar, à la place très convoitée qu'il s'attribuait d'office depuis des années. Rusty lui fit un signe de la tête qui signifiait : « Viens par ici. »

Brett n'en revenait pas de tant de sans-gêne. Il n'était

ni un de ses fils, ni son employé, ni un de ses nombreux lèche-bottes.

— On exige ta présence, dit Clint.

— J'ai vu ça.

Clint vida son verre de whisky et indiqua le verre à moitié vide de Brett.

— Tu en veux un autre ?

Brett secoua la tête.

— Non merci.

Il tourna la tête vers Rusty. Le vieil homme semblait très irrité qu'il n'ait pas réagi. Il lui fit signe de la main, et Brett prit un malin plaisir à l'ignorer ostensiblement. Si Rusty Edmond voulait lui parler, il pouvait faire l'effort de traverser la pièce. Il n'était pas à ses ordres.

— Il vient par ici, dit Clint. Tu veux que je vous laisse ?

— Absolument pas.

Brett sentit que l'atmosphère dans le bar changeait. Une à une, les conversations cessèrent. Tout le monde avait bien compris qu'il allait se passer quelque chose.

Génial ! songea Brett. *Une altercation avec Rusty Edmond conclura en beauté cette mauvaise journée.*

— Hartson ! aboya Rusty dans son dos.

Brett prit tout son temps pour se retourner.

— Toujours abstinent ? le railla Rusty en regardant son verre de soda avec mépris.

Rusty vivait depuis toujours à Royal et savait très bien que Brett ne touchait pas à l'alcool parce que sa mère avait dû se battre contre l'alcoolisme. Peut-être que les de fraîche date du club l'ignoraient, mais Brett n'avait pas l'intention de se laisser démonter.

— Ma mère était alcoolique, donc je préfère ne pas boire, dit Brett d'une voix égale.

— C'était une alcoolique mais aussi une traînée, Hartson.

Clint attrapa son bras pour l'empêcher de frapper Rusty. Dans la salle, la tension monta d'un cran. La plupart des hommes présents semblaient écœurés par l'attitude de Rusty. Au lieu de le frapper, mieux valait le laisser s'enfoncer tout seul.

— Tu as traversé la pièce juste pour insulter ma mère ? demanda Brett en s'accoudant tranquillement au bar.

Il pensait qu'il avait l'air détendu mais, à en juger par les bras croisés et le visage fermé de Clint, ça ne devait pas être le cas.

— Non, mais c'est toujours agréable.

Quel salaud !

— En fait, je venais t'informer que tu n'es plus le bienvenu dans le comité consultatif pour la Soirée de la Baie.

Pas vraiment surprenant. Brett s'y attendait depuis que Rusty les avait vus ensemble la semaine précédente au Sheen, Sarabeth et lui.

— Et tu n'aurais pas pu faire ça par téléphone ou par mail ?

— Je suis là. Toi aussi.

— Comme la plupart des membres du club, remarqua Brett. Mais si ton objectif est de me mettre mal à l'aise, tu tombes mal avec moi.

Brett vit que Rusty était un peu gêné et décida de pousser son avantage.

— Quand je pense que tu m'as supplié de siéger à ce comité, je me demande pourquoi tu me fiches dehors maintenant.

— Ne force pas trop la réflexion, tu risquerais de

te luxer le cerveau, répliqua Rusty, très content de sa petite pique.

Mais il eut beau regarder autour de lui, il n'obtint aucun soutien de la part des hommes présents.

Brett décida de ne pas tourner autour du pot :

— Ça n'a rien à voir avec le fait que j'aie une relation avec ton ex-femme, j'imagine ?

Une « relation » ? Non. C'était juste une liaison passagère qui n'aboutirait nulle part, mais il ne pouvait pas clamer ça sur tous les toits. Cela dit, cette « liaison » ne ressemblait à rien de ce qu'il avait connu auparavant. Ils mangeaient ensemble, dormaient ensemble, partaient en balade à cheval ensemble… Ils avaient partagé un dîner romantique au Sheen…

Il aurait voulu croire qu'il ne s'agissait que de sexe, mais il avait de plus en plus de mal à s'en convaincre.

— Je me fiche de ce que fait cette salope, dit Rusty, le ramenant brutalement au présent.

Du calme, Brett. Même si tu crèves d'envie de lui arranger le portrait, ça risque de ne pas passer devant le juge. Mais ce sale type s'était permis d'insulter Sarabeth ; il avait envie de lui casser la figure.

— Fais très attention, Edmond.

— C'est une croqueuse de diamants, une mauvaise mère, et elle est bête à manger du foin, reprit Rusty, suant la méchanceté par tous les pores. Je me fous de ce qu'elle fait !

— Vraiment ? Parce que c'est la seule explication que je trouve à ton brusque désir de me voir quitter le comité.

Brett termina son soda et posa bruyamment son verre sur le comptoir.

— Si tu couches avec elle, c'est juste pour retrouver ta mère, gronda Rusty. Je ne t'aime pas, Hartson, mais je me sens quand même obligé de te prévenir que Sarabeth est une menteuse dépensière. Elle était nulle comme épouse. Et ne parlons pas de…

Là, c'en était trop.

Avant que Rusty ait pu terminer sa phrase, Brett lui avait envoyé un bon direct dans la mâchoire, si fort que le coup se répercuta dans tout son bras. Le vieil homme vacilla, pâlit d'un seul coup, mais ne s'effondra pas.

Dommage !

— Tu me le payeras, dit Rusty, fou de rage en se tenant la joue.

Brett leva les yeux au ciel et se tourna vers Clint.

— Dis, je peux recommencer ? Juste pour le plaisir ?

— Je crois que le shérif sera compréhensif pour le premier coup, mais un deuxième, ça tournerait à l'agression, répondit-il en le poussant à s'en aller. Allez, viens. Je n'ai pas envie de devoir payer une caution.

Et pourtant, une nuit ou deux – ou même trois – derrière les barreaux, ça n'aurait pas été cher payé pour un tel plaisir.

- 8 -

Le temps d'arriver à l'Heritage une heure plus tard, sa main avait enflé, et il était d'humeur morose. Il gara son pick-up, en descendit et fit la grimace quand il tenta de plier la main. Un bel hématome s'était formé.

Ça faisait un mal de chien, mais il ne regrettait pas d'avoir frappé Rusty.

Il se moquait pas mal d'être renvoyé du comité ; il avait assez de travail avec le ranch. Mais il n'avait pas supporté ce que Rusty avait dit de sa mère et de Sarabeth.

« Si tu couches avec elle, c'est juste pour retrouver ta mère. »

C'était ridicule. Sarabeth avait dix ans de plus que lui, et alors ? Il n'en revenait pas qu'au XXIe siècle les gens puissent encore être aussi bêtes et intolérants. En plus, Sarabeth et sa mère n'auraient pas pu être plus différentes, même si elles avaient toutes deux été poussées à croire que leur seule valeur consistait à être de bonnes épouses et de bonnes mères. Et, dans le cas de Sarabeth, à se taire en dépit de tout ce que Rusty lui faisait endurer.

Quand elle avait compris que leur mariage était un échec, au lieu de la soutenir et de l'aider, Rusty n'avait cherché qu'à se venger et à l'éloigner de ses enfants. Heureusement, elle était parvenue à surmonter les épreuves et avait brillamment réussi toute seule. Il aurait aimé pouvoir jeter le succès de Sarabeth à la figure de Rusty, mais ça n'était pas à lui de le faire.

Non, sa mère et Sarabeth ne se ressemblaient pas du tout. Sarabeth avait refusé de devenir une victime et avait pris ses responsabilités, sa vie en main. Elle avait choisi de partir et de recommencer sa vie ailleurs. Et pour ça, elle avait été obligée de quitter ses enfants ; Brett savait que la décision n'avait pas été facile à prendre. Et pourtant, Rusty avait continué à s'acharner, tentant de contrôler sa vie à distance et, quand c'était possible, d'entraver ses plans. Elle avait bien fait de quitter le Texas pour aller s'établir en Californie, où elle avait créé et géré une entreprise florissante pendant quinze ans avant de la vendre.

C'était une femme passionnante, indépendante... tout simplement extraordinaire.

Sa mère, au contraire, s'était peu à peu enfermée dans son mobil-home, le seul endroit où elle se sentait en sécurité. Elle avait fait un procès au chauffard qui l'avait renversée, et l'indemnité qu'elle avait perçue devait lui permettre de vivre, très modestement, du moment qu'elle travaillait un peu à côté. Mais travailler la faisait souffrir du dos et, plus tard, l'empêchait de boire quand elle en avait envie. Plus les difficultés financières s'accumulaient, plus elle sombrait dans l'alcool. Pour elle, rien ne comptait plus que boire pour oublier. Dès l'âge de quinze ans, jusqu'à ce qu'il trouve un emploi régulier chez Tweed Huggins, il avait dû cumuler tous les petits boulots possibles pour payer les factures, mettre de l'essence dans son vieux pick-up et de la nourriture sur la table.

Et pour acheter son alcool...

C'était horrible, mais il se revoyait encore lui prendre sa bouteille de vodka à moitié vide une fois qu'elle était dans les vapes et verser le reste dans l'évier. Il avait vite appris à mentir et à lui dire qu'elle avait tout bu, sachant qu'elle était incapable de s'en souvenir le lendemain matin.

Durant toute son enfance, il avait eu deux mères : l'une ivre, l'autre sobre. Quand elle était à jeun, elle lui demandait comment ça se passait à l'école ou au boulot, elle lui faisait des biscuits et lui promettait de guérir. Mais quand elle avait bu, elle le prenait à partie, l'accusait de la juger et de lui rendre la vie encore plus difficile.

Elle lui avait souvent dit aussi qu'elle l'aimait moins que l'alcool et qu'elle était irrécupérable.

Et pourtant, il avait tout fait pour la tirer de là, pour la sauver.

Sans le vouloir, ses pas l'amenèrent sur le chemin qui longeait le bassin de nage et menait au cottage de Sarabeth. Il avait besoin de son sourire, d'enfouir la tête dans son cou qui sentait si bon… Il avait besoin de s'extirper du passé, de revenir dans le présent. Et la meilleure façon d'y parvenir, c'était en compagnie de cette femme magnifique et merveilleuse.

Il monta les marches du porche et s'apprêta à toquer à la porte rouge du cottage.

— Brett…

Il tourna la tête. Sarabeth était lovée dans la balancelle fixée au toit du porche qu'elle avait garnie d'un plaid et de coussins aux couleurs vives.

Elle avait relevé ses cheveux en un chignon un peu lâche et n'était pas maquillée. Sur ses genoux, il y avait une tablette, et elle portait une adorable petite paire de lunettes en acier.

— Salut.

— Salut. Je croyais que tu passais la soirée au comité.

— J'en reviens, dit-il en s'asseyant sur la balancelle, plaçant les cuisses sous les jambes allongées de Sarabeth.

Il étendit le bras le long du dossier et se mit à jouer avec ses cheveux blonds, si doux.

— Cette main a besoin de soins, dit-elle.

— Je sais. Tu veux jouer les infirmières ?

Sarabeth eut un léger rire.

— Tu es assez grand pour soigner tes propres blessures.

Et voilà. Elle n'en faisait pas toute une affaire. Il cherchait une mère ? Tu parles !

— Qui as-tu frappé ? demanda Sarabeth en posant la tablette et ses lunettes sur la petite table, à côté de la balancelle.

Elle prit son verre de vin et le lui tendit avant de l'éloigner.

— Désolée. Comme tu passes ton temps à me servir du vin, j'oublie que tu ne bois pas.

Agacé, Brett lui prit le verre des mains et en but une généreuse gorgée.

— Tu penses que c'est raisonnable ?

— Je ne suis pas alcoolique, bon sang ! Ma mère l'était, mais moi pas.

Heureusement, Sarabeth ne se formalisa pas de son agressivité.

— C'est à cause de ta mère que tu ne bois pas ?

Son regard se perdit dans le lointain. Il n'avait aucune envie de raviver le passé, mais ne savait pas comment changer de sujet sans blesser Sarabeth. Il ne parlait jamais de sa mère avec personne – ça n'était pas facile d'expliquer qu'il l'avait aimée autant que détestée. Qu'il aurait voulu qu'elle soit plus forte et qu'elle l'aime plus qu'elle n'aimait l'alcool.

Sarabeth posa la tête sur son bras et se tourna pour lui embrasser le poignet.

— Bon, je vois que c'est un sujet sensible, alors je reviens à ma première question… Qui as-tu frappé ?

— Rusty, avoua-t-il.

Il s'obligea à ne pas baisser le regard. Il savait bien qu'elle détestait Rusty, mais les femmes étaient d'étranges créatures, et il était possible qu'elle n'apprécie pas qu'il ait frappé celui qui avait été son mari et restait le père de ses enfants.

— Tu dis que tu as frappé Rusty ? dit-elle d'un ton poli à l'extrême.

— Il s'est conduit comme un connard.

Son expression resta de marbre durant quelques secondes, puis ses yeux se firent malicieux, et elle éclata d'un rire un peu rauque, terriblement sexy.

Elle n'était pas fâchée. Ouf !

Au contraire, elle pleurait littéralement de rire, et toute la colère de Brett s'envola. Il n'y avait rien de meilleur que de faire rire cette femme, et si le prix à payer pour ça était une main en compote, il était prêt à recommencer tous les jours.

Il croisa les bras et l'observa en essayant de ne pas sourire.

— Tu as fini ? demanda-t-il quand elle commença à avoir le hoquet.

— Presque, dit-elle en s'essuyant les yeux avec le bas de sa chemise, dévoilant au passage un peu de sa merveilleuse peau laiteuse.

Brett se tenait prêt pour la flopée de questions qui n'allait pas manquer. Il ne fut pas déçu.

— Qu'est-ce qu'il a dit ? Pourquoi l'as-tu frappé ? Il t'a frappé lui aussi ? Est-ce qu'il y a eu du sang ? Oh ! s'il te plaît, dis-moi que tu lui as cassé le nez !

— Quelle créature sanguinaire tu fais, dit-il avec un sourire.

Sarabeth lui donna un petit coup de poing.

— Raconte-moi, bon sang !

— Je pourrais si seulement tu te taisais un peu, dit-il en déposant un baiser sur sa bouche.

Puis, il lui fit un rapport de la soirée, sans fioritures.

— Donc, c'était pour me défendre ? demanda-t-elle, attendrie.

Cela le mit un peu mal à l'aise.

— Si on veut. Enfin, oui, je suppose. Rusty est un con, et il fallait bien que quelqu'un lui apprenne un peu le respect. Et… il a aussi fait des commentaires insultants sur ma mère, se sentit-il obligé d'ajouter.

— Ah !

Sarabeth baissa le regard, et il vit ses épaules s'affaisser légèrement. Oh non ! Il ne fallait pas qu'elle pense qu'elle n'était pas digne d'être défendue.

— Il a commencé par ma mère, et quand il s'en est pris à toi, je n'ai pas pu me retenir, je l'ai frappé.

— Merci de m'avoir défendue, dit-elle doucement. Ça n'était pas nécessaire, mais c'est gentil, et je suis sûre que ça aurait fait plaisir à ta maman aussi.

On aurait dit une toute jeune fille.

Mais il ne voulait pas qu'elle pense qu'il avait tendance à être violent.

— J'ai appris à me contrôler tout jeune, parce que s'il avait fallu que je me batte contre tous ceux qui s'en prenaient à ma mère, j'aurais passé ma vie en prison. Son alcoolisme était de notoriété publique, ça en faisait une cible facile. Et… la plupart du temps, j'étais d'accord avec ce qu'ils disaient d'elle.

— Mais tu la défendais malgré tout.

— Il fallait bien que quelqu'un le fasse, dit-il en étirant son corps fatigué. Quand elle était sobre, elle essayait d'être une bonne mère, mais quand elle avait bu, elle devenait un monstre. Avec elle, j'avais l'impression de vivre… au bord d'un précipice.

Lui qui ne voulait pas parler de sa mère, bravo ! Mais raconter son passé à Sarabeth lui faisait l'effet de drainer une plaie, de laisser le poison s'évacuer.

— Et les services sociaux ne sont jamais intervenus ?

— À l'époque, Royal, c'était vraiment la campagne, et je ne me souviens que d'une femme qui était venue nous voir deux fois… trois, peut-être. Incroyable coïncidence, ma mère était sobre chaque fois, et parce qu'il y avait à manger dans le réfrigérateur, que la maison était propre et que j'allais à l'école, ils n'ont rien fait.

— Tu avais envie de la quitter ?

C'était une question tellement franche et directe. Et puis, Brett savait que quelle que soit sa réponse, Sarabeth ne le jugerait pas. Elle-même l'avait été si souvent en tant qu'épouse et en tant que mère qu'elle ne se permettait pas de faire ça à autrui. Ils savaient bien tous les deux que rien n'est jamais ou tout noir ou tout blanc.

Tant de fois, il avait eu envie de s'enfuir, mais c'était impossible. C'était son rôle de veiller sur sa mère, d'essayer de la sauver. Et quand elle en était arrivée à être le plus souvent ivre, il avait dix-huit ans, était en train de terminer le lycée et gérait bien à la fois son travail chez Tweed et sa relation avec Lexi.

C'est juste après qu'elle était tombée malade. Son état avait rapidement empiré, et sa santé mentale s'était détériorée en conséquence.

— Non, jamais je n'aurais pu m'en aller, finit-il par répondre.

— Je m'en doutais…

— J'ai beaucoup repensé à elle dernièrement, à comment elle avait influencé ma vie.

Il n'avait jamais parlé de son passé à personne d'autre et n'avait pas envie de s'arrêter. Pas tout de suite.

— Comment ça ?

Du bout des doigts, il suivait pensivement les motifs colorés du pantalon de yoga de Sarabeth.

— J'ai repensé à mes liaisons… qui ont commencé et se sont achevées vingt ans plus tard, toujours avec Lexi. J'ai remarqué qu'il y avait un schéma commun…

— En gros, que tu as l'âme d'un sauveur ?

— Tu as discuté avec Jules, c'est ça ?

— Tu n'es pas si difficile à cerner que ça, Brett, dit-elle avec un sourire très doux. Mais vas-y, continue.

Il poussa un soupir.

— En fait, j'ai le chic pour tomber amoureux de femmes fragiles, un peu paumées, qui ont besoin de moi. Et une fois que je les ai soignées, rendues plus fortes, elles ne m'intéressent plus.

Brett sentit le rouge lui monter aux joues ; il n'était pas à l'aise avec ces confidences, mais il ne pouvait plus s'arrêter.

— Autrement dit, c'est la vulnérabilité qui t'attire ?

— On dirait bien, admit-il à contrecœur. Et je sais, c'est une attitude affreusement condescendante.

— Alors, pourquoi fais-tu ça ? demanda-t-elle tranquillement. Personne ne fait jamais rien s'il n'y trouve pas son intérêt.

Il réfléchit un instant. Il connaissait la réponse, mais n'était pas prêt à admettre la vérité. Mais son silence à elle le poussa à parler.

— Je pense que ça me faisait me sentir moins coupable… Du moins, pendant un temps.

Elle attendit patiemment qu'il continue, à son propre rythme. Comme si elle savait que si elle le poussait dans ses retranchements, il mettrait un terme à la conversation.

— Je me suis toujours senti coupable, dit Brett en rejetant la tête sur le dossier de la balancelle et en mettant son avant-bras devant ses yeux, comme pour se protéger des images de sa mère gisant sur le tapis.

— Je me rappelle cette nuit-là comme si c'était hier. Je devais sortir avec Lexi, et ma mère m'avait demandé de rentrer tôt parce qu'elle avait des « mauvaises pensées », qu'elle avait envie d'en finir.

Il poussa un long soupir douloureux.

— Mais Lexi m'attendait, et ça n'était pas la première fois que ma mère avait des idées noires. Elle n'arrêtait pas de menacer de se suicider quand elle buvait, alors je me suis dit qu'elle délirait, que ça n'était pas sérieux. Qu'elle voulait juste attirer l'attention sur elle.

Sa respiration se fit plus difficile, et il plaqua le bras contre ses yeux.

— Elle était encore chaude quand je suis rentré, et j'ai tout essayé, je te jure, j'ai tout essayé. Je lui ai fait un massage cardiaque, du bouche-à-bouche. J'ai vraiment essayé de la sauver.

— Mais je le sais, chéri.

Maintenant qu'il lui avait dit ça, autant aller jusqu'au bout.

— Quand j'ai vu les lumières de l'ambulance dans l'allée, j'ai caché les flacons de médicaments vides et j'ai fourré la bouteille de vodka, vide aussi, dans mon sac de sport. La cause officielle du décès a été un excès accidentel de médicaments et d'alcool, mais je ne peux pas m'empêcher de penser que c'était un suicide, qu'elle a voulu mourir.

Brett n'avait jamais parlé de la nuit où sa mère était morte, même pas avec Jules. Mais il savait que Sarabeth ne le trahirait jamais. Il aurait pu le jurer.

Il la sentit qui s'asseyait sur ses genoux et retira le bras de devant ses yeux.

— Oh ! Brett… je suis désolée, dit-elle avant de déposer de légers baisers sur son menton, sa joue, le bout de son nez.

— C'est comme ça. On n'y peut rien.

— C'est comme ça, et c'est affreux, insista Sarabeth en se redressant. Mais je voudrais aussi que tu reviennes sur ton habitude de tomber amoureux de femmes vulnérables…

— S'il faut vraiment, grommela Brett.

Mais il en avait assez de parler. C'était tellement épuisant.

— Je me suis dit que j'étais peut-être ta relation… de transition.

Mais de quoi est-ce qu'elle parlait ?

— Pardon ?

— Eh bien, je suis à l'opposé des femmes que tu fréquentes habituellement, non ?

Mais enfin, où voulait-elle en venir ?

— Je ne suis pas une petite chose fragile, Brett. Je suis financièrement indépendante, stable émotionnellement – enfin, le plus souvent – et je n'ai pas besoin de toi pour me réparer ou réparer ma vie, pour me faire évoluer.

Brett se passa la main dans les cheveux, un peu perdu.

— Je sais bien. Et je *n'en ai aucune envie*. Tu es parfaite comme tu es.

— Ça, c'est un gros mensonge. Je suis têtue, indépendante à l'excès et trop fière, dit-elle avec un sourire. Mais ce sont mes défauts… et je les accepte. Ils font partie de moi. En fait… pendant des années, j'ai été perdue. Je ne savais pas qui j'étais, alors je me façonnais pour plaire à l'homme du moment. Mais quand j'ai cessé de chercher à plaire et que j'ai commencé à être moi-même, j'ai enfin commencé à être heureuse. Je suis devenue moi. J'ai des défauts, bien sûr, mais je suis forte et je n'ai pas besoin que quelqu'un essaye de me changer.

Mais qu'est-ce qu'il était censé répondre à ça ?

— D'accord.

— Et c'est pour ça que je pourrais être ta relation de transition, une sorte de pont. Comme ça, peut-être que la prochaine fois que tu rencontreras une femme qui te plaît, elle me ressemblera plus, elle sera indépendante et autonome. Parce que tu as besoin de quelqu'un de fort à tes côtés, Brett.

Pris de court parce qu'elle venait de lui dire, Brett jura en son for intérieur. Il ne voulait pas quelqu'un *comme* elle, il la voulait, elle. Mais visiblement, il avait eu une journée encore plus difficile qu'il ne le pensait parce que c'était… Complètement dingue.

Sarabeth déposa un baiser sur sa bouche, mais se releva avant qu'il ait pu la prendre dans ses bras. Elle porta son verre de vin à ses lèvres puis lui adressa un petit sourire.

— Je sais que je ne devrais pas dire ça et je te le dis à toi seul, mais merci d'avoir frappé Rusty. Il l'a bien cherché.

— Ça a été un plaisir.

Et c'était vrai. Même s'il aurait aimé frapper plus fort pour que ce salaud tombe les quatre fers en l'air.

Sarabeth planta un autre baiser sur sa bouche.

— Viens, grosse brute, allons désinfecter cette main. Qui sait quels affreux microbes tu as pu ramasser en en frappant sa gueule ignoble !

Brett éclata de rire et la suivit à l'intérieur du cottage.

- 9 -

Le lendemain soir, assise dans son SUV, les mains crispées sur le volant, Sarabeth regardait dans le vide, repensant à sa conversation de la veille avec Brett.

Elle avait été étonnée qu'il lui parle de sa mère. Elle ne s'attendait pas qu'il partage quelque chose d'aussi intime, et sa franchise – l'aveu de sa vulnérabilité – l'avait profondément touchée. Trop profondément.

Et puis, en dépit de son petit speech sur le fait d'être sa relation de transition, cela lui avait fait comprendre qu'elle n'avait aucune envie de se séparer de lui. Qu'elle voulait plus… même si c'était complètement fou.

Elle voulait que la prochaine femme dont il tomberait amoureux, ce soit *elle*.

Oh ! Seigneur, elle était dans de sales draps et ne pouvait s'en prendre qu'à elle-même.

Comment les choses avaient-elles pu changer à ce point en à peine quelques semaines ? Pendant des années, Sarabeth avait été convaincue d'être très mûre concernant les relations amoureuses, elle avait eu l'impression qu'elle avait tout compris. Elle s'était convaincue que les princes charmants n'existaient pas et que les contes de fées n'étaient que des mensonges dont on abreuvait les petites – et les grandes – filles. Et après avoir passé dix ans à gérer ses liaisons comme si elle avait cherché à remporter un prix de beauté, en donnant aux juges ce qu'ils voulaient sans penser à son propre bonheur, elle avait fini par se lasser, par renoncer aux hommes pour concentrer toute son énergie sur Sarabeths !

Elle voulait voyager, voir le monde et savait que ces nouveaux endroits, ces nouvelles personnes et ces nouvelles cultures allaient la transformer, l'aider à grandir. Jamais elle n'aurait imaginé que ce serait en revenant dans cette petite ville du Texas que sa vision de la vie et de l'amour allait être complètement chamboulée.

Elle avait fait la maligne, elle avait trouvé ça cool d'avoir une aventure avec un homme plus jeune. Elle avait été tellement convaincue qu'elle maîtrisait la situation. Elle n'avait absolument pas prévu que ses sentiments pour Brett deviendraient aussi puissants. Pas un instant elle n'avait imaginé qu'elle risquait de tomber amoureuse.

Sarabeth posa le front sur ses mains et se dit qu'elle se laissait un peu emporter, qu'elle donnait beaucoup trop d'importance à cette conversation.

Après tout, ils étaient amis… C'était normal de se confier entre amis.

Mais au fond, elle savait très bien qu'elle se cherchait une excuse pour justifier ce qu'elle ressentait. Elle avait lu assez de bouquins de psychologie pour savoir que les gens ont tendance à agir sous le coup des émotions et à rationaliser ensuite pour se rassurer.

Que ressentait-elle *réellement* ? Tout au fond d'elle, là où se cache la vérité.

Sarabeth porta la main à son sternum et s'efforça d'être honnête avec elle-même. En fait, s'avoua-t-elle à contrecœur, elle avait peur des sentiments qu'elle commençait à éprouver pour Brett.

Et c'était sa peur qui l'avait poussée à raconter ces idioties concernant la relation de transition, la femmepont qui ferait le lien entre les femmes vulnérables que Brett avait l'habitude de fréquenter et une femme qui n'aurait pas besoin qu'on la sauve.

Le problème, c'est qu'une part d'elle-même, l'incorrigible romantique qu'elle croyait avoir enterrée depuis des années, ne voulait pas être cette femme de transition. Elle voulait être la femme de sa vie.

Sarabeth s'accorda quelques instants pour imaginer ce que pourrait être une vie aux côtés de Brett, ce que ce serait de vivre avec lui, de l'aimer, de construire un avenir avec lui. C'était magnifique, lumineux et…

Et ce n'était qu'un rêve qui ne se réaliserait jamais. Parce que c'était beaucoup trop risqué.

Pendant trop longtemps, elle avait été tellement assoiffée de reconnaissance qu'elle avait renoncé à son pouvoir. Elle avait été une charmante reine de beauté, puis la parfaite épouse potiche. Elle avait fini par quitter Rusty, s'imaginant qu'elle prenait un nouveau départ, mais devoir se battre pour garder une place dans la vie de ses enfants l'avait mentalement et émotionnellement épuisée. Elle s'était sentie si inutile, si nulle en tant qu'épouse et mère qu'elle avait désespérément cherché un peu de gentillesse, d'attention. De la part de n'importe qui du moment qu'elle avait l'impression d'être un peu moins seule.

Et chaque fois qu'elle donnait aux gens, aux hommes, ce qu'ils attendaient d'elle, elle les autorisait à lui arracher une part de son âme.

C'était son entreprise qui l'avait sauvée. Plus elle prenait confiance professionnellement, plus sa confiance en elle augmentait, plus son âme se régénérait.

Une fois qu'elle s'était sentie assez forte pour être elle-même, elle s'était promis de ne plus jamais donner le pouvoir sur elle-même à d'autres. Elle se refusait absolument à souffrir encore, mais si elle laissait libre court à sa relation avec Brett, ça ne manquerait pas d'arriver.

En clair, elle avait travaillé trop dur et trop longtemps pour accepter de se perdre à nouveau.

Donc, il n'y avait qu'une seule solution. Il fallait qu'elle installe une distance entre eux, qu'elle s'éloigne un peu. Cela permettrait à cette relation de se dissoudre d'elle-même…

Mais pour l'heure, il fallait qu'elle affiche son plus beau sourire parce qu'elle dînait avec Ross, Charlotte et Gina au Grill CIRC. Et ses enfants n'étaient pas idiots. Si elle entrait dans ce restaurant la mine ne serait-ce qu'un peu défaite, ils la pousseraient à leur donner des explications.

Et ça, elle n'en avait aucune envie…

On toqua à la vitre, et elle sursauta. C'était Gina. Sarabeth descendit de voiture pour embrasser sa ravissante fille.

— Tu avais l'air à des milliers de kilomètres, maman. À quoi est-ce que tu pensais ?

— À rien de spécial, prétendit-elle.

Gina l'embrassa sur la joue, passa le bras sous le sien et la guida vers l'entrée du restaurant.

— Je ne te crois pas une seconde. Je suis sûre que tu pensais à ton beau propriétaire.

Ça se confirmait, sa fille n'était pas une idiote.

— Je n'en reviens pas que Royal ait changé à ce point, dit-elle en changeant de sujet pour que Gina cesse de parler de Brett.

Elle adorait la relation d'adulte à adulte qui s'était installée avec sa fille, mais n'avait pas envie de discuter de sa vie sexuelle avec elle pour autant.

— Ce restaurant est nouveau, par exemple.

— Oui. Je n'y ai jamais mangé, mais il paraît que la cuisine est délicieuse.

Et la décoration n'était pas mal non plus. Avec son mobilier sombre et ses lourds rideaux, la salle évoquait le tout premier club des éleveurs. L'hôtesse les conduisit jusqu'à une table à l'arrière, où Ross et Charlotte étaient déjà installés. Ils se levèrent pour les accueillir, et Sarabeth se dit que sa robe jaune soleil allait magnifiquement bien à Charlotte. Cette dernière déposa un baiser sur sa joue et l'enlaça brièvement avant de se rasseoir.

— Bonsoir, maman, dit Ross en lui tirant sa chaise.

Elle lui sourit. Elle aurait tant aimé qu'ils soient assez proches pour s'embrasser, mais elle savait qu'elle devait avancer à petits pas. Au moins, il s'était remis à l'appeler maman et plus Sarabeth…

Oui, elle allait lui laisser du temps.

— Merci, mon chéri.

Quand ils eurent commandé leurs boissons, Sarabeth se pencha vers Charlotte.

— Alors, comment va mon petit-fils ?

— Ben est adorable mais épuisant. Il est chez mes parents ce soir, mais je suis sûre qu'ils vont s'effondrer de fatigue avant lui.

Charlotte posa la main sur le bras de Ross tandis qu'elle observait la salle de restaurant. Sarabeth sourit ; ils étaient visiblement très complices, et elle était heureuse que son fils ait trouvé une femme aussi merveilleuse pour partager sa vie.

— En tout cas, c'est génial de sortir un peu et de manger un dîner cuisiné par quelqu'un d'autre.

— Dès que vous aurez envie d'une soirée en amoureux, n'hésitez pas à me confier Ben, dit Sarabeth en riant.

Ross ouvrit la bouche – sans doute pour lui servir une

excuse quelconque pour ne pas laisser Ben dormir chez elle ; c'était un père très protecteur –, mais Charlotte ne lui laissa pas le temps de parler.

— Ça serait génial ! Merci, Sarabeth.

Ross se tourna vers elle, les sourcils froncés.

— Franchement, chérie, je ne…

— Ross, dit Charlotte d'un air un peu agacé, tu m'as dit que Sarabeth était une très bonne mère. Qu'elle était super responsable et en même temps marrante. Alors, ne sois pas idiot, tu veux bien ?

Ross adressa un sourire un peu penaud à Sarabeth.

— C'est vrai que j'ai dit ça et… désolé, maman. Je suis un vrai papa poule.

Et il avait encore un peu de mal avec elle.

— J'étais très protectrice avec vous deux aussi, alors je comprends, dit-elle doucement en prenant le risque de poser la main sur le bras de Ross. J'ai fait beaucoup d'erreurs et je suis désolée que ces erreurs vous aient fait du mal à toi et à ta sœur. Mais je te supplie de me croire : j'ai fait de mon mieux étant donné les circonstances.

Ross hocha la tête d'un air gêné.

— Est-ce que tu es complètement dingue de Ben, Ross ?

— Complètement, répondit-il, les yeux irradiant d'amour.

— Eh bien, c'est ce que je ressentais – ce que je ressens toujours – pour Gina et toi. Il ne faut pas que tu en doutes. Jamais.

Sarabeth soutint le regard de son fils, le suppliant intérieurement de la croire. Quand elle le vit se détendre et être envahi par un mélange d'espoir et de remords, Sarabeth sentit les larmes lui monter aux yeux et détourna le regard. Elle n'avait aucune envie de mettre tout le monde mal à l'aise en sombrant dans le sentimentalisme.

Charlotte s'éclaircit la voix et attira l'attention générale sur la bouteille de vin blanc qu'ils avaient commandée. Elle lut l'étiquette avec attention et s'écria :

— Parfait ! J'ai essayé de commander ce millésime pour le mettre à notre carte des vins au Sheen, mais il est difficile à se procurer. Bien joué, Rafe !

Sarabeth lui était reconnaissante d'avoir fait diversion et demanda qui était Rafe.

— Rafe Cortez-Williams est le propriétaire de ce grill, maman. Sa famille possède des ranchs, mais il a choisi d'être restaurateur, expliqua Gina d'une voix un peu hésitante que Sarabeth ne lui connaissait pas.

Elle se demanda pourquoi parler de ce fameux Rafe semblait perturber sa fille.

— Et un *excellent* restaurateur, précisa Charlotte en parcourant la carte. Son menu est magnifique, et il paraît que la cuisine ici est parfaite.

— Je te trouve très généreuse avec la concurrence, chérie, dit Ross en lui prenant la main.

— Il y a assez de travail pour tout le monde dans cette ville et, comme tu le sais, le Sheen marche très bien.

— Oui, et je suis fier de toi, mon amour.

Gina fit un petit bruit comique et se tourna vers Sarabeth en levant les yeux au ciel.

— Autant t'y faire, maman, ces deux-là n'arrêtent jamais de roucouler.

— Et on compte bien continuer, dit Charlotte. Au fait, Gina, où as-tu trouvé ces chaussures ? Elles sont à tomber par terre !

Sarabeth se pencha pour observer les escarpins à bouts

pointus et talons aiguilles que portait sa fille. Comment avait-elle fait pour ne pas les remarquer plus tôt ?

— Louboutin ?

Gina leva le pied pour que Sarabeth puisse voir la semelle rouge distinctive de la marque.

— Oui. Un petit cadeau que je me suis fait.

— Dites-moi qu'on ne va pas parler que de chaussures et de mode, grogna Ross.

Gina posa le menton sur sa main et eut un sourire diabolique.

— En effet. Tiens, peut-être que maman pourrait nous expliquer pourquoi Brett Hartson a arrangé le portait à notre père au bar du club hier soir.

— Quelqu'un qui était présent m'a raconté pourquoi il l'avait frappé, et si j'avais été là, j'aurais fait pareil, déclara Ross d'une voix glaciale. Bon sang ! ce que notre père peut-être débile parfois.

— « Parfois » seulement ? dit Gina en haussant les sourcils.

Ross gratifia sa pique d'un petit sourire et secoua la tête.

— Ne gâchons pas notre dîner en parlant de lui.

— Mais je veux savoir…

Sarabeth remarqua le signe discret que Ross adressait à sa sœur, qui hocha la tête. *Message envoyé et reçu*, songea-t-elle avec soulagement.

— Bon, poursuivit Gina d'un air malicieux, dans ce cas, parlons de la relation de maman avec Brett.

— S'il vous plaît, non, dit Sarabeth.

Ross se frotta les mains sur le visage.

— Maman. Il faut que tu saches que toute la ville parle de toi et de Brett. Il largue sa fiancée, tu débarques en ville et quelques heures plus tard tu lui tombes dans les bras…

Hé ! une minute. Elle n'aimait pas du tout le ton que prenait Ross. Elle allait répondre mais Charlotte la devança.

— Dis donc, chéri, tu vas un peu loin, là. Ta mère est adulte et célibataire. Elle a le droit de faire ce qu'elle veut avec qui elle veut.

Décidément, elle adorait sa future belle-fille.

— Mais..., commença Ross.

— Non, chéri. La vie amoureuse de ta mère ne nous regarde pas, le coupa Charlotte en levant son verre en direction de Sarabeth. Même si je dois dire que vous avez un excellent goût. Ce Brett Harston est hyper sexy.

— Tout à fait d'accord ! dit Gina en levant son verre aussi.

— Dites, vous oubliez que je suis là, protesta Ross.

— Je suis fiancée mais pas encore morte, mon amour, dit Charlotte d'un ton rieur. Mais changeons de sujet avant que ta tête explose. J'aime beaucoup les chaussures de Gina, mais c'est surtout votre parfum que j'adore, Sarabeth. Qu'est-ce que c'est ?

— Les hommes, les fringues, les chaussures et maintenant le parfum, c'est l'enfer, marmonna Ross.

Sarabeth ne put s'en empêcher ; elle tendit le bras pour prendre la main de son fils, la serra doucement et fut soulagée quand il lui rendit la pareille. Oui, les choses s'arrangeaient entre eux.

Sarabeth lâcha la main de Ross et songea que le moment était peut-être venu de leur parler de la vente de son entreprise. De toute façon, elle finirait bien par le leur dire, alors autant profiter de l'occasion.

— C'est une senteur que j'ai créée. Bold.

Elle attendit que l'une des deux jeunes femmes fasse le lien.

— Bold ? Le parfum qu'on achète chez Sarabeths ! ?

Étonnamment, ce fut Ross qui comprit le premier, et il se pencha vers elle.

— Quel est ton lien avec ce site de vente en ligne de cosmétiques ?

— Tu connais cette entreprise ?

— Charlotte est cliente chez eux. Tu travaillais pour eux quand tu vivais en Californie, c'est ça ?

— En quelque sorte. En fait… c'est… *C'était* mon entreprise.

Sarabeth leur raconta brièvement comment elle avait monté l'entreprise et comment elle en avait fait un nom qui comptait aujourd'hui.

— Attends, maman, dit Gina. Tu veux dire que Sarabeths ! t'appartient ?

— *M'appartenait*. J'ai signé une promesse de vente il y a six mois, et on a finalisé il y a six semaines.

— Je n'en reviens pas que tu sois la Sarabeth de Sarabeths !

— Moins fort, ma chérie ! Je vous dis ça à vous, mais je ne veux pas que l'information devienne publique. Pas encore.

— Mais pourquoi ? s'étonna Ross. C'est génial, maman. *Tu es* géniale.

Et lui, il était adorable.

— Merci, mon chéri.

— Est-ce que quelqu'un d'autre est au courant ?

— Heu… oui. Brett, avoua-t-elle en rougissant.

Le regard qu'échangèrent Gina et Charlotte ne lui échappa pas. Pas plus que leur mine interrogative. Mais elle n'avait pas envie de répondre aux questions qu'elle lisait dans leurs yeux et préféra changer de sujet.

— J'ai créé mis de côté de l'argent pour chacun d'entre vous, Gina et Ross. Le moment venu, je financerai les études de Ben et de ses frères et sœurs. Et je ferai pareil avec tes enfants dès que tu en auras, ma chérie.

Ross prit sa main et la lui embrassa tout en la regardant droit dans les yeux.

— C'est très généreux, maman, dit-il d'une voix émue. Merci.

— C'est adorable, dit à son tour Gina en se levant pour l'embrasser sur la joue. Mais tu es sûre qu'il te reste assez d'argent pour toi ?

Sarabeth songea aux nombreux millions qu'elle avait encore sur son compte et hocha la tête.

— J'ai bien plus qu'il ne m'en faut.

— Merci, Sarabeth, dit Charlotte avec un sourire éclatant tout en levant à nouveau son verre vers elle. Je suis heureuse pour vous et, pour tout dire, je suis heureuse que ça reste un secret. Mon statut de future belle-fille de la pire croqueuse de diamants de Royal m'amuse beaucoup.

Sarabeth éclata de rire.

— Moi, je ne comprends pas pourquoi tu ne cries pas la nouvelle sur tous les toits, dit Gina, l'air intriguée. Les commères de Royal sont si dures avec toi, ce serait bien de leur clouer le bec, non ?

— Je n'éprouve plus le besoin de prouver quoi que ce soit à qui que ce soit. Et je n'ai absolument pas besoin de me justifier.

Et pourtant, elle avait parlé à Brett de son mariage et de la vente de Sarabeths ! bien avant de se sentir prête à en parler à ses enfants. Qu'est-ce que ça signifiait ? Et souhaitait-elle vraiment connaître la réponse à cette question ? Non… D'autant qu'elle avait décidé de prendre ses distances.

Comme Brett ne désirait pas non plus s'engager, il lui

serait sans doute reconnaissant de cette retraite en toute dignité et n'exigerait sûrement aucune explication. Il était très maître de lui et n'était pas du genre à faire une scène ou à tenter de l'empêcher de s'éloigner.

— Mais sois honnête, dit Ross. Je suis sûr qu'il y a une part de toi qui rêve de mettre Rusty face à la réalité.

Peut-être.

Oui. Tout à fait.

Sarabeth scruta le visage et les yeux de son fils, mais n'y lut aucune condamnation. Il comprenait son besoin de montrer à Rusty qu'elle avait réussi par elle-même, sans l'aide de personne.

— Tu as raison.

— Et c'est mal de ma part de vouloir être là quand tu le lui diras ? demanda Gina, dont les yeux sublimes rayonnaient de joie. Et ne fronce pas les sourcils comme ça, maman ! Je ne suis plus une gamine à qui on doit rappeler qu'il faut respecter son père. Il s'est super mal comporté avec toi et Ross, et même si je pense qu'il nous aime, c'est loin d'être un homme gentil. Je suis assez vieille pour le comprendre. Alors… est-ce que je pourrai être là ?

— J'aimerais bien aussi, intervint Ross.

Elle regarda ses enfants – mais qui étaient ces monstres ? –, avant d'éclater de rire. Bien sûr, elle aurait dû les réprimander, mais sachant ce que Rusty avait dit d'elle au bar du club, il aurait fallu être une sainte ! Et puis, Gina avait raison, c'était des adultes à présent, et il était temps que Rusty apprenne que ses actes pouvaient avoir des conséquences.

Brett détestait la paperasse. Il préférait nettement être dehors sous le soleil, la pluie ou dans le vent que de lire des feuilles de calcul ou des livres de comptes mais, comme dans tout business, il y avait des contraintes.

Il avait donc fait construire un petit bâtiment à l'arrière du garage avec trois bureaux, une salle de stockage et une petite salle de réunion. Il utilisait le plus grand bureau, et le deuxième et le troisième étaient occupés par le comptable et le contremaître du ranch.

De son bureau, il avait une vue sur l'étang et le paddock. Il se renversa dans son fauteuil et observa son étalon bashkir curly, Bercy, et Penny, la jument bashkir curly qu'il avait achetée la semaine précédente. Les deux animaux broutaient tranquillement, totalement indifférents l'un à l'autre. S'il était réputé pour ses arabes et ses pintos, dont les prix atteignaient des sommets, son intérêt pour les curly n'était pour l'instant qu'un passe-temps. On verrait où ça mènerait.

Il entendit le ding ! qui annonçait l'arrivée d'un mail et replongea à contrecœur dans le travail administratif. Il avait beau avoir un directeur commercial et un comptable, il était le seul à pouvoir prendre certaines décisions.

Quand il en aurait fini avec ces maudits chiffres, il tâcherait de contacter Sarabeth et lui proposerait de l'accompagner jusqu'à la limite est de la propriété où on lui avait signalé une vache malade. Apparemment, l'animal était en voie de guérison, mais il voulait aller voir ça lui-même. C'était une de ses meilleures reproductrices.

Encore fallait-il qu'il puisse joindre Sarabeth. Elle avait tendance à perdre son portable et pouvait être n'importe où dans la vaste propriété. Il fronça les sourcils, se demandant pourquoi il ressentait un certain malaise depuis quelques jours.

Ce qui était certain, c'est que ça avait à voir avec Sarabeth. Il la sentait différente, même s'il ne pouvait lier cette impression de malaise à un ou des événements précis. Elle était toujours aussi joyeuse et facile à vivre, mais quelque chose en elle avait changé…

C'était peut-être son sourire un peu moins éclatant, ou le soupçon d'hésitation qu'il sentait chaque fois qu'il prenait l'initiative de faire l'amour. Bien sûr, cette impression s'évanouissait au bout de quelques secondes quand il voyait à quel point elle le désirait aussi. Mais dès qu'ils avaient terminé, il se demandait à nouveau si elle n'était pas un peu plus réservée qu'avant.

Il entendit toquer à la porte de son bureau.

— Entrez !

C'était Sarabeth. Il se leva d'un bond, heureux de pouvoir lui proposer en direct cette balade à cheval. Mais à en juger par sa tenue, elle avait plutôt l'air de vouloir faire du shopping en ville.

Et s'il essayait de la faire changer d'avis ? Une bonne randonnée, un rapide pique-nique, et ensuite il la déshabillerait et lui ferait l'amour au soleil…

— Excuse-moi de te déranger, mais je vais en ville. Tu as besoin de quelque chose ?

Son ton joyeux et poli lui sembla un peu forcé. Mais peut-être se faisait-il des idées.

Il s'assit sur le bord de son bureau et croisa les bras.

— Non merci. Tu as fait des courses pour moi hier, tu te rappelles ?

Elle hocha la tête, et il lut un malaise certain dans son regard. Donc, non, il ne s'était pas trompé. Il y avait bien quelque chose qui la tracassait.

— Que se passe-t-il, Sarabeth ?

Elle écarquilla ses grands yeux bleus, mais il ne se laissa pas tromper.

— Comment ça ?

— Il y a quelque chose qui ne va pas. Tu es…

— Je suis ?

— Différente.

Elle se mit inconsciemment à jouer avec la collection de petits bracelets qu'elle portait au poignet droit.

— En fait, je voulais te le dire… Mes enfants veulent que je m'installe à Royal.

Tant mieux – la perspective de la voir repartir à LA, ou ailleurs, lui donnait des sueurs froides.

Il se garda bien de la bombarder de questions et se contenta d'un petit signe pour l'inviter à continuer.

— Je ne sais pas si je veux m'installer définitivement, mais pourquoi pas un pied-à-terre où laisser mes affaires quand je voyage.

Elle avait déjà parlé de son désir de voyager, de voir le monde. Et ça ne lui posait pas de problème du moment qu'elle revenait très régulièrement à Royal.

— Pourquoi ne pas garder le cottage ?

— Ça n'est pas une solution à long terme. Ça serait idiot de continuer à louer alors que j'ai l'argent pour acheter.

L'homme d'affaires en lui ne pouvait pas la contredire, mais son corps – et son cœur, peut-être – ne voulait pas qu'elle s'en aille. Et pourtant, c'était la règle du jeu. Entre eux, ça n'était pas censé durer.

Mais si jamais il voulait davantage ?

Il baissa les yeux vers ses bottes et le bas usé de son jean. Le mois dernier, il était fiancé. Sur le point d'épouser quelqu'un d'autre. Ça aurait été de la folie de lui proposer de s'engager alors qu'il la connaissait et l'aimait depuis si peu de temps.

Mais à l'idée qu'elle s'en aille, de ne plus la voir qu'une ou deux fois par semaine, de ne plus faire l'amour avec elle, de ne plus se réveiller à côté d'elle, il sentit sa gorge se serrer. Au début, il ne voulait qu'explorer son corps, mais maintenant il voulait la connaître tout entière, tout savoir de ses sentiments, de ses pensées et de ses émotions.

Qu'est-ce qui lui prenait, enfin ? Et qu'attendait-il d'elle ? De la vie en général ? Il avait passé vingt ans à essayer de prouver sa valeur, à se chercher une place dans cette communauté. Il avait bâti ce ranch, était devenu plus riche que dans ses rêves les plus fous et pourtant, parfois, il se sentait aussi perdu et seul que lorsqu'il avait dix-huit ans.

Mais depuis qu'il connaissait Sarabeth, tout avait changé. Il était moins à vif, moins stressé. Il ne se sentait plus seul et était bien plus heureux.

Sa seule présence illuminait sa vie… la remplissait.

Il mourait d'envie de lui demander de rester, de faire de cet endroit son foyer, mais il n'était pas totalement sûr de lui. Ces nœuds dans l'estomac et dans la gorge le lui disaient clairement. Et tant qu'il ne serait pas sûr à 100 %, il ne ferait ou ne dirait rien qui puisse les faire souffrir un jour. Les amener à se haïr.

Non, il fallait que ça reste simple jusqu'à ce qu'il sache que ce qu'il y avait entre eux était assez solide pour durer.

— Tu me sembles à des lieues d'ici, dit Sarabeth, interrompant le cours de ses pensées.

— Oui. Désolé. Je pense à un tas de choses.

— Je vois ça, dit-elle avec un sourire timide. Je te laisse travailler.

— Oui, merci.

Il n'avait aucune envie qu'elle parte mais il le fallait. Il devait se remettre au travail et, surtout, il avait besoin de *réfléchir.*

Elle s'avança vers lui, hésita, puis se dressa sur la pointe des pieds et déposa un baiser sur… et boum !

Comme chaque fois qu'ils s'embrassaient, le monde bascula.

- 10 -

Elle l'avait embrassé parce qu'il avait l'air sombre. Elle voulait juste le réconforter un peu, mais comme souvent avec Brett le baiser dégénéra rapidement. Il la prit par les hanches et l'attira à lui tandis que sa langue pénétrait dans sa bouche, la mettant immédiatement dans tous ses états.

Mais il la lâcha très vite…

Elle le regarda traverser précipitamment la pièce, claquer la porte et la verrouiller puis aller vers les fenêtres. Il n'envisageait quand même pas de faire l'amour ici ? Maintenant ?

Une fois les stores baissés, Brett se tourna vers elle. Il était si puissant, si déterminé, si sexy.

— Ici ? Maintenant ?

Il hocha la tête et attendit sa réponse. Sarabeth sentit le désir parcourir tout son corps, de la tête jusqu'à l'extrémité de ses orteils. Brett était l'amant le plus impulsif et le plus excitant qu'elle ait jamais eu, qu'elle aurait jamais. Elle n'hésita pas une seconde et se débarrassa de sa veste en jean puis de son T-shirt, dévoilant son soutien-gorge rose pâle.

Sans le quitter des yeux, elle retira ses chaussures et fit descendre sa jupe le long de ses cuisses. Elle vit son regard remonter le long de ses jambes, s'arrêter un instant sur le petit morceau de tissu rose en bas de son ventre et remonter jusqu'à ses seins. En deux pas, il fut contre elle. Il écarta un des bonnets du soutien-gorge, se pencha et s'empara goulûment de son téton avec sa bouche, le mordillant et le suçant tour à tour. Puis, d'un geste fébrile, il défit l'attache dans son dos.

Ensuite, il se redressa, et ses lèvres vinrent rejoindre les siennes. Sa langue s'insinua dans sa bouche, et Sarabeth, ressentant l'envie irrépressible de sentir sa peau nue contre la sienne, arracha sa chemise de son jean, supportant à peine qu'il s'écarte le temps de la retirer. Il revint vers elle, et elle effleura de ses lèvres en feu et de ses joues brûlantes son torse puissant. Tout chez lui était si viril, si excitant, qu'elle sentait son corps tout entier vibrant, en demande.

Elle le voulait *maintenant*, dans son bureau baigné de la lumière du soleil d'hiver qui filtrait malgré les stores.

Brett la déposa sur le bord de son bureau, et les yeux mi-clos elle le regarda chercher son portefeuille dans la poche de son jean, y prendre un préservatif, en déchirer l'étui avec les dents et laisser tomber le tout sur le bureau.

C'est elle qui déboutonna sa braguette. Il se dégagea ensuite de son caleçon et de son jean tout en déchirant sa fine culotte en dentelle. Tout ce qu'elle voulait maintenant c'était sentir son érection contre ses parties les plus intimes, et puis aussi sa langue et ses doigts. Sarabeth se liquéfiait sous ses caresses.

Elle cambra le dos, et quand elle ne put en supporter davantage, Brett remonta plus haut, venant lécher et sucer ses seins ultra-sensibles. Sarabeth tendit la main et attrapa le préservatif qu'elle déroula savamment le long de son membre brûlant.

Leurs regards se mêlèrent quand elle l'attira en elle et ne se quittèrent pas quand son sexe tendre se referma sur lui, l'enveloppant dans sa chaleur. Il allait et venait en elle, et Sarabeth accompagnait la cadence de plus en plus rapide de ses coups de reins. Et quand elle poussa un râle de jouissance, Brett était là, avec elle, dans ce qu'on appelle la petite mort.

Une bien douce façon de mourir…

Soudain, un éclat de rire et la sonnerie d'un téléphone ramenèrent Brett à la réalité. Avec douceur, il reposa Sarabeth sur le sol. Il fallait vite se rhabiller. Faire l'amour à la hussarde dans son bureau était une première. Ça avait été particulièrement excitant, mais un peu risqué quand même. Les gens avaient l'habitude de passer devant cette fenêtre pour rejoindre le paddock, et on aurait très bien pu les espionner malgré les stores.

En se retournant, il vit Sarabeth, les vestiges de sa petite culotte à la main. Il s'était comporté en véritable sauvage.

— Désolé, dit-il en résistant à la tentation de se frapper la poitrine à la manière d'un puissant gorille.

Sarabeth se glissa dans sa jupe longue et récupéra dans un fauteuil son soutien-gorge, seul rescapé du massacre de sous-vêtements auquel il venait de se livrer. Son silence l'inquiétait. Dès qu'elle eut remis son T-shirt, il s'avança vers elle et la prit dans ses bras.

— Tu viens toujours au cocktail du club avec moi ce soir ? demanda-t-il doucement tout en humant le doux parfum de ses cheveux.

— Si tu veux.

Cette fois, il avait clairement perçu son manque d'enthousiasme.

— Est-ce que ça va ?

Sarabeth enroula les bras autour de son cou.

— Mais oui.

Encore cette note étrange. Quelque chose dans la façon dont elle avait dit ça sonnait faux. Brett s'écarta légèrement et lut de la tristesse dans son regard, et ce qu'il pensait être de la peur. Et une forme d'attente. Puis, ce fut comme si un rideau tombait, et il ne vit plus rien que le bleu de ses yeux. Elle était douée pour masquer ses émotions, et il détestait ça.

Mais tant que lui-même n'aurait pas mis ses propres émotions au clair, il n'avait pas le droit d'exiger de pouvoir comprendre les siennes.

Brett sentait bien que Sarabeth était tendue. Pourtant, elle était ravissante dans sa robe de cocktail noir et or moulante qui mettait en valeur sa silhouette et ces jambes sublimes qui quelques heures plus tôt à peine s'étaient enroulées autour de ses reins.

Avec elle, faire l'amour était toujours aussi extraordinaire. C'était chaud, intense, inventif. Toujours aussi excitant. Mais il était bien obligé de constater qu'il la sentait s'éloigner.

Il la vit sourire poliment au serveur qui lui présentait un plateau garni de flûtes de champagne, mais il était évident qu'elle n'avait aucune envie d'être ici. Il comprenait qu'elle soit nerveuse. La dernière fois qu'elle avait assisté à un cocktail au club, c'était en tant qu'épouse de Rusty, presque vingt ans plus tôt.

Elle avait malgré tout choisi sa tenue avec soin, s'était maquillée et se retrouvait perchée sur ces talons incroyablement hauts et si sexy. Il espérait qu'elle n'était pas inquiète pour son apparence. Comme il le lui avait assuré, elle était tout simplement splendide, encore plus belle que la très jeune femme qu'elle était la dernière fois qu'elle était venue ici.

Brett s'apprêtait à la rejoindre – il ne voulait pas la laisser seule dans une salle remplie d'inconnus et de gens qui avaient été ses amis *jadis* –, mais il vit que Jaynie allait la retrouver. Le sourire de Sarabeth le rassura un peu.

C'était la première fois qu'ils se rendaient à une manifestation mondaine en tant que couple, et il voulait à tout prix qu'elle se sente à l'aise. Si Sarabeth devait s'installer à Royal, il fallait qu'elle se sente dans son élément parmi les habitants de la ville, qu'ils fussent bienveillants ou pas.

Il appréciait beaucoup Sarabeth – Seigneur ces mots exprimaient tellement mal le tourbillon d'émotions qu'elle provoquait en lui – et voulait qu'elle soit heureuse.

Brett revint à sa conversation avec Clint Rockwell et Jules, mais toute son attention était concentrée sur *elle*. Qui aurait pu penser que, un mois après la rupture de ses fiançailles, il vivrait une liaison torride avec l'ex-femme d'un des hommes les plus riches et les plus puissants de Royal ?

Il comprenait que les gens soient fascinés par Sarabeth ; elle était extraordinairement belle, et sa capacité à masquer ses émotions les intriguait. Ils se demandaient ce qu'il y avait derrière cet air serein. Comme elle se dévoilait rarement, personne ne savait que ce visage ravissant cachait l'esprit affûté d'une femme plus douée pour les affaires que la plupart des hommes qu'il connaissait. Ils auraient été choqués d'apprendre qu'elle était probablement aussi riche que son ex. Et étonnés de voir que, contrairement à sa réputation, elle était à la fois douce, amusante et tendre.

Il aimait l'avoir dans son lit.

Et dans sa vie.

Elle lui avait dit un peu plus tôt qu'elle avait visité quelques propriétés, mais cette idée ne lui plaisait pas. La perspective de la voir déménager du ranch le perturbait.

Après leur torride *entrevue* dans son bureau, il avait sellé un de ses jeunes étalons, et ils avaient galopé à travers le ranch jusqu'à être tous les deux ruisselants de sueur. Ça lui avait donné le loisir de réfléchir.

Et il en était arrivé à la conclusion qu'il aimait se réveiller et la trouver étendue à côté de lui, le nez dans son cou, le bras en travers de son ventre. Il aimait aussi la voir blottie dans un coin de son canapé, ses lunettes sur le nez, totalement absorbée par la lecture de son livre. Et il aimait parcourir ses terres avec elle et ensuite partager un bon bain chaud par une fraîche soirée d'hiver…

Bien sûr, il adorait faire l'amour avec elle, mais il adorait aussi le fait qu'elle fasse partie de sa vie.

Il n'avait pas besoin de la distraire, de la couver, de s'inquiéter constamment de son humeur. Elle était forte et indépendante, et il appréciait d'être avec une femme sur laquelle il pouvait s'appuyer, chez qui il pouvait trouver du réconfort. Tout comme il pouvait être son pilier.

Ils n'étaient ensemble que depuis quelques semaines, mais leur relation était équilibrée et harmonieuse. Il ne voulait pas qu'elle disparaisse de sa vie.

Au contraire, il voulait qu'elle en fasse davantage partie, il voulait qu'elle soit le centre de son monde. Il voulait qu'elle reste…

Soudain, Jules le ramena dans le présent d'un coup de coude dans les côtes.

— Alerte. Rusty se dirige droit sur Sarabeth, et il a l'air d'humeur batailleuse.

Effectivement, Brett aperçut Rusty qui se frayait un passage parmi les convives, un sourire mauvais aux lèvres.

Il en voulait clairement à Sarabeth, et il n'était pas question que Brett le laisse lui faire encore du mal.

— J'ai appris par le téléphone arabe que tu cherchais une maison à Royal, dit Jaynie en tendant une flûte de champagne à Sarabeth.

Sarabeth était embarrassée. Depuis qu'elle vivait quasiment avec Brett, elle n'avait pas consacré beaucoup de temps à Jaynie et elle lui adressa un sourire contrit.

— Pardonne-moi. Je voulais t'appeler, mais…

— Mais tu passes tout ton temps au lit avec un homme jeune et sexy, la taquina Jaynie. Ne t'inquiète pas, ce n'est rien. Et je suis tout simplement surexcitée à l'idée que tu restes à Royal. Je croyais que tu allais repartir à LA.

Sarabeth prit une gorgée de champagne.

— Mes enfants vivent ici, et je suis heureuse d'apprendre à mieux les connaître. Quant à Ben, il est tellement adorable. J'en suis folle.

— Et n'oublions pas Brett.

Sarabeth voulut répondre, mais les mots refusaient de sortir de sa bouche. Oui, il y avait Brett, mais il ne devait pas être un facteur dans sa décision de rester à Royal. Entre eux, c'était purement physique, même s'ils étaient amis. Tandis que Jaynie la quittait pour saluer une connaissance, Sarabeth observa Brett, à l'autre bout de la salle. Il était avec quelques amis du club, des hommes de son âge. Leurs femmes et petites amies avaient largement vingt de moins qu'elle et étaient enceintes ou mères d'enfants en bas âge. Elle, elle était déjà passée par là ; ce chapitre de sa vie était clos.

Un jour, Brett avait dit en passant qu'il n'avait pas particulièrement envie d'avoir des enfants, mais elle n'avait pas creusé le sujet…

Sarabeth fixait le fond de sa flûte de champagne, songeant qu'elle faisait l'impossible pour prendre un peu ses distances, mais qu'elle avait encore du mal à contenir le flot de ses émotions un peu contradictoires.

Elle avait envie de partager sa vie avec Brett. Voilà, c'était dit, mais la pensée de confier son bonheur à quelqu'un d'autre la terrifiait. Pourquoi la vie la mettait-elle encore à l'épreuve ? Pourquoi fallait-il qu'elle désire autant cet homme, de dix ans son cadet ? Et pourquoi la perspective de le quitter la déchirait-elle à ce point ?

En s'imaginant que l'amour et un avenir étaient possibles entre eux, elle s'aventurait en terrain miné, et tout ça finirait par lui exploser à la figure. Si elle s'autorisait à espérer, à rêver, à vouloir, il la détruirait quand il s'en irait. Parce qu'il s'en irait ; les hommes étaient comme ça.

Elle était folle amoureuse d'un homme plus jeune qu'elle et était morte de peur. Elle redoutait que la différence d'âge finisse par poser problème, que l'amour presque féroce qu'elle ressentait pour lui l'étouffe et le fasse fuir.

Et pourtant, elle ne voulait rien ni personne d'autre que lui. Pour toujours.

Elle posa la main sur son sternum et tenta de repousser la peur viscérale qui l'envahissait et la faisait frissonner. Elle sentait déjà le goût de son chagrin, de ses larmes quand il lui annoncerait que tout était fini. Comment pouvait-elle s'engager dans cette voie sachant que c'était voué à l'échec ? N'était-ce pas de la folie de vouloir continuer alors qu'elle savait ce que lui réservait l'avenir ?

La raison aurait voulu qu'elle mette un terme à tout ça. Ce soir. Qu'elle s'en aille avant qu'il lui brise le cœur. Si elle arrêtait maintenant, ce serait à ses conditions à elle. Elle n'aurait plus à vivre en se demandant en permanence quand le couperet allait tomber.

Elle contrôlerait la situation. Et c'était important. Jamais plus elle ne laisserait un homme décider de sa vie à sa place.

— On peut savoir à quoi tu penses ?

Sarabeth aurait reconnu cette voix entre mille. Elle se retourna et se retrouva face au visage plein de malveillance de son ex-mari.

— Rusty.

Il la détailla de la tête aux pieds.

— Tu es toujours pas mal, Bethie.

Elle détestait ce surnom. C'était celui que sa mère utilisait pour lui parler de sa voix doucereuse.

« Tu es tellement jolie, Bethie. À quoi bon faire des études ? »

— C'est Sarabeth.

— Étant donné que tu utilises toujours mon nom de famille, je t'appelle comme je veux, *Bethie*.

Sarabeth soutint son regard sans fléchir.

— Qu'est-ce que tu veux, Rusty ? Tout le monde nous regarde.

Rusty balaya la salle du regard et, preuve de son pouvoir, la plupart des conversations cessèrent net, et très peu de gens eurent le courage de croiser son regard. Elle remarqua que Brett était l'un des seuls à ne pas détourner les yeux. Elle vit aussi qu'il lui posait une question muette – « Tu as besoin de moi ? » – et lui répondit en secouant la tête, d'un geste quasi imperceptible. Si elle s'installait à Royal, Rusty et elle se croiseraient souvent, et elle devait être capable de le gérer seule, sans l'aide de son jeune amant.

D'autant qu'elle allait bientôt rompre et qu'elle allait se retrouver seule.

Rusty lui saisit le coude et l'entraîna vers la porte-fenêtre. Elle essaya de se dégager, mais ils se retrouvèrent bientôt sur le balcon, dans le froid. Dans sa robe de cocktail sans manches, Sarabeth frissonna.

— Tu as froid ? Tu veux ma veste ?

— Plutôt me faire mordre par un serpent à sonnette. Dis ce que tu as à me dire et fais vite.

— Je veux que tu retournes en Californie.

Évidemment. Cela prouverait aux yeux de tous qu'il contrôlait encore son ex-femme, la croqueuse de diamants. Si elle restait ici et vivait sa vie selon ses propres principes, tout s'écroulerait pour lui. Mais elle n'avait pas l'intention de lui faire de cadeau.

— Laisse-moi réfléchir, dit-elle avec un grand sourire… Hum… non.

— Je suis prêt à te donner un million pour ça. Et j'augmenterai ta pension.

— Je n'ai pas besoin de ton argent, Rusty.

— Bien sûr que si. Tu es de ces femmes qui ont toujours besoin d'un homme. Hartson paye peut-être tes factures aujourd'hui, mais il va se lasser de toi, et tu deviendras quoi, alors ? dit-il d'une voix fielleuse.

Ça avait été vrai un jour. Elle avait été comme ça, mais ça n'était plus le cas.

— À LA, j'ai créé et géré ma propre entreprise. Je l'ai vendue récemment.

Elle en avait terminé avec cette conversation.

Et avec lui.

— Je ne te crois pas, dit-il d'un air haineux. Tu es jolie mais pas très maligne, Bethie. Rappelle-toi comment je t'ai damé le pion au moment du divorce.

— Parce que tu avais les moyens de te payer des avocats et que tu connaissais personnellement le juge, répliqua-t-elle, le feu aux joues. Tu as hérité ta fortune de ton père et de ton grand-père, mais moi, je me suis faite toute seule.

Les mains de Rusty se crispèrent sur la rambarde. Elle sourit ; elle avait touché juste. Elle savait exactement là où il fallait appuyer. Contrairement à la plupart de ses amis du club, Rusty ne pouvait se targuer de s'être fait lui-même.

— Brett a commencé comme palefrenier, et il est devenu l'un des hommes les plus puissants de cet État. Je trouve ça *tellement* excitant, dit-elle d'une voix langoureuse.

C'était tellement amusant de se disputer avec Rusty. Pour la première fois de sa vie, elle était sur un pied d'égalité avec lui et pouvait donner sa pleine mesure.

Plus jamais elle ne serait comme la pauvre gamine qui avait épousé ce monstre.

Une rafale de vent la fit frissonner. Elle mourait d'envie d'aller se mettre au chaud, mais si elle s'en allait maintenant, Rusty penserait qu'il avait gagné. Et elle avait encore quelques petites choses à lui dire.

Elle allait le laisser parler, et quand il penserait dominer la situation, elle tirerait le tapis sous ses pieds.

— Il paraît que tu cherches à louer une maison à Royal. Que tu veux t'installer en ville.

— Oui. Et alors ?

— J'ai donné instruction à tous mes agents immobiliers de ne rien te louer.

Vingt ans plus tôt, déjà, Rusty possédait de nombreuses propriétés ; il devait posséder la moitié de la ville aujourd'hui.

Mais si elle ne trouvait rien ici, elle s'installerait à Joplin, une jolie ville non loin de Royal.

— Très bien.

— C'est tout ce que tu trouves à dire ? dit Rusty, visiblement déçu.

Oh ! comme il détestait ne pas avoir le contrôle sur elle. Elle décida de remuer le couteau dans la plaie.

— Tu n'as pas idée à quel point je me fiche de ce que tu ressens, Rusty. Je suis certaine de trouver quelque chose. Sinon, je continuerai à louer chez Brett… J'adore la façon dont ça se passe entre nous.

Elle regretta instantanément ce qu'elle venait de dire. Elle avait laissé parler son envie de se venger de leur mariage désastreux et de leur douloureux divorce. Mais tout ça, c'était du passé.

Et cette conversation était complètement contre-productive. Jamais Rusty ne s'excuserait, et ils savaient tous les deux qu'il ne pourrait pas l'empêcher de louer une maison à Royal. Il fallait qu'ils parviennent à un compromis, mais cette fois ce serait selon *ses* termes à elle.

Rusty n'avait plus de pouvoir sur elle. Il pouvait dire et penser d'elle ce qu'il voulait, elle avait la force mentale et les moyens financiers de se battre. Mais elle ne voulait pas que ses enfants souffrent.

— Tu as dit ce que tu voulais et essayé d'imposer tes conditions, c'est à *mon* tour, dit-elle d'une voix glaciale.

— Parce que tu crois que ce que tu dis m'intéresse ?

Sarabeth s'approcha de lui et appuya l'index sur sa poitrine.

— Je ne sais pas exactement ce qui s'est passé entre Ross et toi, mais je parie que tu as fait jouer tes relations pour lui gâcher la vie. Et je crois aussi que tu as pas mal de choses à te reprocher concernant Charlotte…

La mâchoire de Rusty se crispa, ses yeux lancèrent des éclairs de rage, mais il ne répondit rien.

— Nos enfants sont adultes maintenant, Rusty, mais si tu t'en prends à eux, je ferai tout ce qui est en mon pouvoir pour t'anéantir. C'est bien compris ?

— Ne me menace pas, gronda Rusty en lui attrapant le doigt et en le tordant brutalement.

Il ne fallait pas qu'elle lui montre sa peur ; sinon elle aurait perdu cette bataille.

— Je suis prête à dépenser jusqu'à mon dernier dollar pour les protéger, Rusty.

Il lui tordit le doigt encore plus fort, mais Sarabeth réussit à masquer sa douleur.

— Je t'ai dit de ne pas me menacer !

— Surtout, ne me sous-estime pas et lâche-moi ! dit-elle en tentant de se dégager.

— Lâche-la immédiatement.

Sarabeth regarda par-dessus son épaule. Brett se tenait derrière elle, visiblement hors de lui.

— Reste en dehors de ça, Brett. Tout va bien.

Puis, elle se retourna vers Rusty, soutenant son regard. Il ne l'avait toujours pas lâchée, et elle savait que si Brett intervenait, il penserait avoir gagné. Elle ne pouvait pas tolérer ça.

— Laisse-nous, Brett.

— Ouais, fais ce que dit maman, fiston, dit Rusty.

— Lâche-la. *Maintenant.*

Sarabeth sentit que Brett était au bord d'exploser. Jamais il ne laisserait Rusty lui faire du mal. Elle essaya une nouvelle fois de se dégager, mais Rusty la tenait fermement. Elle savait où il voulait en venir ; il cherchait à l'intimider. Il fallait qu'elle lui prouve que ça ne marcherait pas.

Et que jamais, jamais plus, elle ne sortirait perdante d'un combat contre lui.

— Brett, laisse-nous tranquilles, ordonna Sarabeth.

— Pas question, dit-il en regardant Rusty droit dans les yeux. Toi, je te laisse une seconde, pas une de plus, pour la lâcher.

— Te mêle pas de ça, fiston.

— Je ne suis pas ton fils, martela Brett d'une voix pleine de colère. Lâche-la, j'ai dit.

Quelque chose dans le regard de Brett avait dû le faire hésiter parce que Rusty lâcha son doigt et recula d'un pas.

— Bah ! Elle ne vaut pas la peine que je perde mon temps.

Brett brandit son poing fermé, mais Sarabeth s'interposa. Il fallait que ce cirque s'arrête immédiatement.

— Là, tu te trompes, Rusty, dit-elle d'un ton plein de mépris. C'est moi qui ai déjà perdu assez de temps comme ça avec toi.

Puis, elle se retourna et se retrouva face au regard furieux de Brett. Elle se tenait entre la personne qui représentait son passé et celle en qui elle aurait voulu voir son avenir. Mais Brett venait de lui prouver que, tout comme Rusty, il ne la croyait pas capable de gérer la situation elle-même. Qu'il ne voyait en elle qu'une femme fragile qui avait besoin de son aide.

En l'empêchant de régler seule son problème avec Rusty, en la traitant comme quelqu'un qui était incapable de mener ses propres combats, il lui avait montré qu'il pensait qu'elle avait besoin d'un sauveur. C'était tellement douloureux de constater qu'il n'était attiré par elle que parce qu'il la jugeait vulnérable.

Elle avait cru qu'ils étaient différents mais égaux, mais la réaction de Brett montrait bien qu'il la considérait comme l'une des nombreuses damoiselles en détresse qu'il s'était fait un devoir de secourir. Et même si elle l'aimait follement, elle refusait de jouer ce rôle. Plus jamais elle ne serait un miroir reflétant les attentes d'autrui.

— Je n'avais pas besoin de ton aide, Brett. Je ne suis pas une pauvre fille qu'il faut que tu sauves. Et je ne le serai jamais, dit Sarabeth en soutenant le regard à la fois plein de colère et de confusion de Brett.

— C'est fini entre nous, reprit-elle. Je ne sais même plus si je vais rester à Royal. Pas parce que Rusty veut que je m'en aille, mais parce que je refuse de vivre dans une ville où on me considère comme une pauvre créature sans cervelle.

— Mais, il te faisait mal. Il allait te…

— Je contrôlais la situation, le coupa-t-elle. Je t'ai demandé de ne pas t'en mêler. Tu ne m'as pas écoutée, ce qui prouve que tu ne me respectes pas, que tu ne crois pas en moi.

C'était dur de rompre ainsi en public – encore du grain à moudre pour les médisants –, mais tant pis. Elle montrait à Royal et à ses enfants qu'elle était fière et indépendante. Qu'elle partait le cœur lourd mais pas brisé.

Brett souffrirait peut-être un peu, mais il la remplacerait vite. C'était ainsi que tournait le monde, et elle s'en sortirait. En dépit de son ignoble ex-mari et de son si sexy ex-petit ami.

Sauf que jamais elle n'avait aimé Rusty comme elle aimait Brett.

— Ne fais pas ça, dit Brett d'une voix calme. On va en parler, trouver une solution.

— Non, dit-elle en secouant la tête. C'est terminé.

— Comme ça ? D'un coup ?

Sarabeth sentit qu'il souffrait et dut résister à la tentation de se jeter dans ses bras, de lui demander pardon, de le convaincre de lui donner une autre chance.

Et ensuite ? Ils passeraient encore deux ou trois mois ensemble. Elle tomberait encore plus amoureuse, et il finirait par la laisser tomber.

— Au revoir, Brett, dit-elle en lui effleurant le bras.

Puis, redressant les épaules, elle se tourna vers Rusty, qui souriait d'un air narquois.

— Souviens-toi bien de ce que je t'ai dit. Si tu t'en prends encore à mes enfants, je t'écorche vif.

— Tu deviens féroce avec l'âge.

Sarabeth ne releva même pas. Cet homme était tellement minable.

Rusty s'avança alors vers Brett.

— Toi et moi, on n'en a pas fini. Je vais te faire mordre la poussière.

— On verra ça.

Sarabeth le regarda et poussa un léger soupir. Le visage de Brett était dur comme la pierre, et il semblait si distant tout à coup. Mais c'était bien ce qu'elle voulait, non ?

— Fiche-lui la paix, Rusty. Notre relation ne te concerne pas.

— Une relation qui s'est achevée il y a trente secondes maintenant, dit Brett avant de tourner les talons.

Rusty eut un rire sans gaieté, méprisant.

— Tu as vraiment le don de tout gâcher, pas vrai, Bethie ?

Sarabeth se contenta de soutenir son regard jusqu'à ce que son sourire ignoble s'efface. Elle crut percevoir un peu de respect dans ses yeux, mais il ne fallait pas qu'elle se fasse d'illusions. Rusty ne la respectait pas.

Pas plus que Brett ne la voyait comme la femme forte qu'elle était.

Et donc, il ne pourrait jamais l'aimer comme elle voulait être aimée.

Elle était sûre d'avoir pris la bonne décision…

- 11 -

Brett fit vrombir le moteur de son luxueux yacht et jeta un œil par-dessus son épaule. Jules était tranquillement allongé sur la banquette de cuir derrière lui, casquette de base-ball rejetée en arrière et sourire béat aux lèvres.

Ils avaient tous les deux besoin d'une pause. Jules parce qu'on lui avait tiré dessus lors d'un banal contrôle routier, et Brett parce qu'il venait de se faire larguer.

« Larguer. » Bon sang ! il se faisait l'impression d'être un gamin de quatorze ans.

Il soupira, heureux d'être sur l'eau. Hier soir, une semaine après le cocktail au club, il avait appelé Jules et lui avait proposé de prendre son bateau pour aller faire une virée. Et après trois heures de route, ils étaient enfin arrivés à Mustang Point, dans Trinity Bay, où son Riva 63 Virtus était amarré.

Il était presque midi, et c'était une journée parfaite pour naviguer. Une fois qu'ils auraient assouvi leur besoin de vitesse, ils sortiraient leurs cannes et lanceraient quelques lignes. Et ils parleraient. Ou pas.

Jules se leva, s'étira et vint rejoindre Brett, qui dirigeait d'une main le bateau filant sur les eaux calmes de la baie.

— C'est Appaloosa Island ?

— Oui.

Jules se pencha, comme pour voir l'île.

— Je n'y suis jamais allé. Il paraît que c'est le grand luxe.

Brett remit les gaz, et une fois plus près de l'île ils virent quelques maisons sur la côte ouest.

— De ce côté, il y a de grandes villas de vacances, avec chacune sa plage privée. Et un peu plus loin, près de la jetée, il y a un petit hôtel de luxe hyper sélect. Pour construire ici, il faut être très riche, avoir un nom et connaître la famille Edmond.

— L'île appartient à Rusty Edmond ?

Brett hocha la tête d'un air sinistre. Il en voulait toujours à l'ex de Sarabeth.

— C'est drôlement loin de tout.

— Oui. C'est l'idée. Il y a une petite ligne de ferry, mais on accède à l'île surtout en avion privé ou en hélicoptère. Ils se font livrer la nourriture, l'eau et tout le reste à partir de Mustang Point, mais on m'a dit – quand je faisais encore partie du comité – qu'il y avait un stock de secours à l'hôtel. Si ça te dit d'y séjourner, ils enverront un chauffeur dans une voiturette de golf ou une jeep te récupérer sur la jetée ou sur une des aires d'atterrissage.

— Bien trop rupin pour moi, déclara Jules.

Sa remarque fit sourire Brett. Jules appartenait à la classe moyenne et, à part les jours où il se faisait tirer dessus, adorait son métier. Et s'il aimait accompagner Brett dans des virées comme aujourd'hui, il n'était pas envieux de son mode de vie. Dans la petite maison de Jules, Brett se sentait chez lui, comme Jules dans son ranch. L'argent n'avait jamais été un problème entre eux.

Longeant la côte, Brett mena le bateau face à la partie est de l'île, plus sauvage, où allait se tenir le fameux festival de la baie. Brett coupa le contact, et Jules fit descendre l'ancre. Bientôt, on n'entendit plus que le léger clapotis des vagues contre la coque.

Jules alla ouvrir le petit réfrigérateur du pont. Il y avait une cambuse en bas, et des cabines, mais comme ils ne sortaient que pour la journée, il avait seulement mis au frais quelques sandwichs et des boissons ici, sur le pont. Jules lança un sandwich et une bouteille d'eau à Brett avant d'aller s'asseoir sur la banquette en cuir.

— J'ai entendu parler de ce qui s'est passé au club, dit-il tout en retirant l'emballage plastique de son sandwich au bacon.

— Ah oui ? dit Brett, l'appétit soudain coupé.

— Oui. Rusty raconte à qui veut l'entendre que Sarabeth t'a largué comme un malpropre. Tu te sens comment ?

— À ton avis ? marmonna Brett.

Mais Jules ne mordit pas à l'hameçon. Il continua à fixer son ami tout en dégustant tranquillement son sandwich.

Comment il se sentait ? Brett poussa un soupir et pressa la bouteille d'eau fraîche contre son front. Vidé ? Triste ? En colère ? Seul ?

Tout ça à la fois.

Elle lui manquait tellement. Son visage lui manquait, l'odeur de ses cheveux, son sourire, sa voix rauque si sexy. Et aussi son rire. Même quand il était stressé, il suffisait qu'elle le prenne dans ses bras pour que toutes ses tensions se relâchent, pour que son besoin de tout contrôler s'efface.

Grâce à Sarabeth, il avait compris qu'il n'était pas responsable de ce que faisaient les autres et qu'il ne devait pas rester prisonnier des choses qu'il ne pouvait pas changer.

Et bien sûr, le sexe avec elle lui manquait. Beaucoup. Mais surtout, il regrettait le sentiment qu'il avait d'être relié à elle. Avec les autres femmes, il avait passé tant de temps et d'énergie à s'assurer qu'elles étaient heureuses et en sécurité qu'il n'avait jamais pris ce dont *lui* avait besoin dans la relation : le sentiment d'appartenance, d'être la moitié d'un tout. Il s'était toujours senti extérieur, mais avec Sarabeth ça ne lui était jamais arrivé.

— Tu sais, je ne t'ai jamais vu comme ça. Pas la peine de me dire que tu es raide dingue d'elle…

— Pas du tout !

— Arrête de te mentir, mec, lui dit Jules d'un ton sévère. Et non seulement tu es amoureux d'elle, mais en plus tu es bien avec elle. D'où ma question : qu'est-ce que tu fiches ici avec *moi* ?

— Il se trouve qu'on est amis depuis qu'on a dix ans…

Jules le regarda, l'air de dire qu'il n'était pas dupe. Brett soupira, but quelques gorgées d'eau, puis se mit à raconter à son ami ce qui s'était passé. Lui-même ne comprenait pas comment ça avait pu mener à leur rupture.

— Je lui ai dit de la lâcher, et elle, tout ce qu'elle trouve à faire, c'est me jeter ensuite. Elle m'a dit qu'elle n'avait pas besoin que je la sauve ni que je la protège, que je ne la respectais pas. Que je refusais de croire qu'elle pouvait se débrouiller toute seule face à Rusty.

— Et tout ça parce que tu as dit à Rusty de la lâcher ?

— Oui. Et ensuite elle a rompu.

Il haussa les épaules, il n'y comprenait rien. Pas plus aujourd'hui que le soir où ça s'était passé.

Jules croisa les bras sur sa large poitrine et fronça les sourcils, l'air songeur.

— Je n'y comprends vraiment rien. Je sais bien qu'elle n'a pas besoin d'être sauvée. Mais ça n'est pas pour autant que je vais la supplier à genoux de me reprendre, de ressusciter quelque chose qu'*elle* a tué. Il ne me reste que ça, mais j'ai encore ma fierté.

— Et c'est ta fierté qui va te tenir chaud la nuit, qui va t'aider à soigner tes animaux blessés, avec qui tu vas faire l'amour ? T'es vraiment trop con.

Jules s'étira et attrapa sa cannette de soda.

— Vous vous êtes parlé depuis ce soir-là ?

Brett secoua la tête. Elle avait quitté le club avec Jaynie, et depuis, non, ils ne s'étaient pas revus. Lui partait à l'aube et rentrait tard le soir, et elle aussi faisait tout pour l'éviter, visiblement.

— Qu'est-ce que tu attends d'elle ?

— Mais je n'en sais rien !

— Mais si, tu le sais. Mais tu es trop lâche pour te l'avouer.

— Tu sais, je pourrais te jeter par-dessus bord et te laisser nager jusqu'à la plage. Je suis seul maître à bord, je te rappelle.

— Réponds plutôt à ma question : Qu'est-ce que tu attends d'elle ?

Cette conversation pourrait durer des heures. Jules ne lâcherait pas avant d'obtenir ce qu'il voulait ; à savoir un minimum de franchise de sa part. Et peut-être qu'en avouant ce qu'il voulait vraiment, il pourrait enfin être honnête avec lui-même.

— Avec elle, je veux tout ce que je ne voulais pas avec Lexi. Être son mari, son compagnon, son ami… son amour.

— Et ça ne te dérange toujours pas de ne pas avoir d'enfants à toi ?

C'était une des grandes différences entre eux. Jules rêvait d'être le père d'une tripotée d'enfants tandis que lui était très partagé sur la question. Ou plutôt, non. Il avait dû faire son éducation tout seul. Lui-même. Et il n'avait aucune envie de se relancer dans le processus.

— Je la veux elle, et rien d'autre, Jules.

Brett resta un long moment à fixer les lames du pont en teck avant le lever les yeux vers son ami. Il se gratta la tête, se frotta la nuque… bon sang, ce fichu ami n'allait pas enfin dire quelque chose ? Il se sentait sur le point de l'étrangler pour lui arracher ne serait-ce qu'un mot.

— C'est pas à moi qu'il faut le dire, gros malin. C'est *à elle*.

Oui, ce serait une excellente idée.

Bien sûr, il prendrait le risque qu'elle lui piétine le cœur une fois de plus, mais au moins il pourrait se dire qu'il avait essayé. Qu'il n'avait pas renoncé sans s'être battu pour elle, pour ce qu'ils pourraient vivre ensemble.

Mais il faudrait qu'elle aussi se batte, et il n'était pas sûr qu'elle le veuille. Parce qu'il y avait vraiment quelque chose qui clochait dans sa réaction quand il avait voulu la protéger de Rusty. Elle savait bien qu'il n'était pas du genre à laisser un homme maltraiter une femme sans intervenir… Du coup, sa réaction lui paraissait très exagérée. Il s'était passé, joué, autre chose, et sur le moment, il avait été trop furieux et trop blessé pour le comprendre.

Il fallait qu'ils aillent au fond des choses. Et ensuite si elle ne voulait toujours plus de lui, il trouverait le moyen de survivre sans elle.

Ça serait dur mais il y arriverait.

L'air satisfait, Jules posa son pied nu sur la table basse, abaissa sa casquette sur ses yeux et croisa les mains sur son estomac.

— Si ça marche, il faudra que j'écrive un nouveau

discours de témoin du marié ou est-ce que je pourrai recycler celui du mariage avorté du mois dernier ?

Brett tourna la tête pour que Jules ne puisse pas voir son sourire.

— Pauvre nul, dit-il.

— Toi-même, répliqua Jules.

Eh oui ! parce que c'est comme ça que certains hommes, des adultes amis depuis toujours, expriment leur gratitude. Et leur amour.

L'après-midi même, alors qu'elle était au Royal Diner, Sarabeth entendit le petit ding ! annonçant un message et, pensant qu'il pouvait s'agir de Brett, elle fouilla fébrilement son fourre-tout Kate Spade à la recherche de son téléphone. Jaynie et Gina riaient, mais il y avait longtemps qu'elle n'écoutait plus leur conversation. Depuis qu'elle avait quitté le club la semaine précédente, elle était incapable de penser à autre chose qu'à Brett. Il lui manquait tellement.

C'était un message de son conseiller financier lui annonçant qu'elle allait recevoir des documents à signer pour les placements qu'elle était en train de faire établir au nom de ses enfants.

Elle sentit la main de Gina qui se posait doucement sur son bras.

— Ça va, maman ?

Elle se força à sourire pour sa fille chérie.

— Très bien ! Qu'est-ce qui te fait croire le contraire ?

Gina secoua la tête.

— Je t'assure, elle me prend encore pour une gamine de dix ans, dit-elle à Jaynie.

— Oui. Les mères sont comme ça. Elles prétendent

que tout va bien quand ça n'est pas vrai, dit Jaynie en regardant d'un air lugubre le smoothie spécial et très vert qu'elle avait commandé.

Elle était encore une fois au régime, et ça ne l'enchantait pas.

En voyant ce smoothie, Sarabeth repensa à celui qu'elle avait préparé pour Brett quand ils étaient encore ensemble. Il était pressé, n'avait pas eu le temps de prendre son petit déjeuner, et elle lui en avait fait un à base d'épinards, de céleri et de pommes. Il avait détesté, et son expression avait été à peu près celle qu'affichait le visage de Jaynie. Il allait falloir encore un peu de temps avant que la mode des smoothies prenne à Royal.

Seigneur, ce qu'il lui manquait.

— Maman !

Sarabeth adressa un petit sourire à Gina. Elle voyait bien que sa ravissante fille se faisait du souci.

— Maman, je suis vraiment inquiète. Tu n'es plus toi-même depuis le cocktail au club.

— Tout va très bien, ma chérie.

— Mais oui, et un cochon violet volant vient de passer, marmonna Jaynie. Ta fille n'est pas idiote, Sarabeth, et moi non plus. Tu es distraite, pensive et triste. Qu'est-ce qui s'est passé entre Brett et toi, bon sang ?

Apparemment, elle n'échapperait pas à cette conversation.

— J'ai rompu et je n'ai pas envie d'en parler.

— Dommage pour toi, commenta Jaynie.

— Oui, dur, ajouta Gina.

Génial ! songea Sarabeth en posant son téléphone sur la table. En prévision de ce qui l'attendait, elle se dit aussi qu'elle allait avoir besoin de café et fit signe à la serveuse de venir la resservir.

Une fois cette dernière repartie, Gina se pencha vers elle et lui prit les mains.

— Qu'est-ce qui s'est passé ce soir-là, maman ? Avec Brett et avec Rusty ?

Elle n'allait pas dire à Gina que son père avait proposé de la payer pour qu'elle quitte Royal ; sa fille n'avait pas besoin de savoir ça. Pas plus que les détails de son histoire avec Brett.

— Entre Brett et moi, ça n'a jamais été sérieux, et j'ai rompu, voilà tout.

Jaynie émit un petit ricanement, et Sarabeth lui lança un regard noir.

— Quoi ?

— Pas sérieux ? Écoute, ma belle, tu peux te mentir si tu veux, mais pas à nous.

Pourquoi tourner autour du pot ? Gina était une adulte, après tout !

— Il n'y avait pas de sentiments entre nous. On couchait ensemble, c'est tout.

Jaynie pointa un doigt accusateur vers elle.

— C'est vrai qu'il est mignon, mais n'essaye pas de nous faire croire que tout se résumait à ce qui se passait au lit. Tu es raide dingue de ce type, Sarabeth.

— Elle a raison, maman. Alors, pourquoi est-ce que tu l'as largué ?

— Il ne me respectait pas... Il ne me pensait pas capable de me débrouiller seule contre ton père, marmonna Sarabeth avec un air buté.

— Moi, j'ai entendu dire que Rusty avait levé la main sur toi, dit Jaynie.

— Papa a voulu te frapper ? s'écria Gina, horrifiée.

Sarabeth fusilla son amie du regard, mais Jaynie se

contenta de hausser les épaules. Elle n'avait pas l'air de regretter du tout.

— Écoute, Gina, c'est moi qui ai commencé en pointant mon index sur sa poitrine. Il m'a attrapé le doigt, et Brett est intervenu en lui disant de me lâcher.

— Donc papa ne t'a pas fait de mal, résuma Gina, les sourcils froncés.

— Pas vraiment, reconnut Sarabeth. Mais il a vraiment essayé de m'intimider.

— Mais de loin, on aurait pu croire qu'il te faisait mal ? insista Gina.

— Oui. Je suppose.

Elle vit Gina et Jaynie échanger des regards perplexes.

— Et Brett n'est intervenu qu'à ce moment-là ? Pas avant ?

Sarabeth comprenait bien qu'elles essayaient de la pousser dans ses retranchements, et ne voyant pas comment s'en sortir elle fit mine de s'intéresser à ce qui se passait sur Main Street. Rien de passionnant, malheureusement.

— Ross ou Asher, ou même papa, se précipiteraient s'ils voyaient que je me dispute avec un homme. Et s'il donnait l'impression qu'il va me faire du mal, ils lui casseraient la figure et poseraient des questions *après*.

Exact. Bien sûr.

— Et Brett n'a rien fait de tout ça ? Il s'est contenté de venir te rejoindre et a demandé à Rusty de te laisser tranquille ?

C'était au tour de Jaynie de mener l'interrogatoire.

Il ne manque plus qu'un projecteur dans les yeux et une baignoire d'eau glacée, songea Sarabeth.

— Qu'est-ce que Brett a fait de mal, au juste ?

Rien. Tout était sa faute à elle. Et elle était prête à

l'admettre rien que pour mettre un terme à cette séance de torture.

Jaynie se tourna vers Gina.

— À mon avis, ta mère s'est servie de la réaction de Brett comme prétexte pour échapper à leur relation, parce que c'est une peureuse et qu'elle ne voulait surtout pas souffrir.

— Eh ! je suis là, dit Sarabeth.

— Mais elle souffre quand même, répondit Gina, faisant comme si elle n'était pas là. Elle est triste à en crever, et il lui manque atrocement.

— Je suis là ! insista-t-elle.

Mais à quoi bon ? Elles avaient l'air de tant apprécier leur petit exercice en duo.

Gina posa le menton sur sa main.

— Tu crois qu'elle a peur d'être aimée, peur de tenter sa chance ? Peur d'un énième échec sentimental ?

— Ça ne fait aucun doute, répondit joyeusement Jaynie. Elle est persuadée que les hommes vont la quitter, alors elle trouve une raison pour s'en aller avant eux.

Ouille ! C'était tellement vrai. C'était exactement ce qu'elle avait fait avec Brett. Mais elle en avait tellement assez qu'on parle d'elle comme si elle n'était pas là qu'elle décida de s'expliquer.

— Quel était l'intérêt de continuer ? De toute façon, ça n'aurait pas duré !

— Pourquoi ça ? demanda Gina, l'air sincèrement étonnée. Et surtout ne me dis pas que c'est parce qu'il est plus jeune que toi.

— Mais pourtant il l'est, balbutia Sarabeth, les yeux pleins de larmes.

Sa fille se leva immédiatement pour venir la prendre

dans ses bras, mais Jaynie la retint par la ceinture de son jean et la força à se rasseoir.

— Ce n'est pas d'un câlin que ta maman a besoin, ma chérie.

Sarabeth jeta un regard mauvais à sa plus vieille amie.

— Et on peut savoir de quoi j'ai besoin ?

— D'un bon coup de pied où je pense, répondit Jaynie en soutenant son regard. Tu sais, Sarabeth, il y a très longtemps que je te connais, et ton problème c'est que pour toi l'amour a toujours été le fruit d'une transaction.

Sarabeth fronça les sourcils, et Gina demanda à Jaynie d'éclaircir son propos.

— Sarabeth, ta mère t'aimait quand tu remportais un concours de beauté et t'a adorée quand tu as épousé l'homme le plus en vue de Royal. Elle ne t'a jamais aimée pour *toi*. Rusty – désolée, Gina – ne t'a épousée que parce qu'il estimait qu'il était temps qu'il ait des enfants. Selon lui, il avait l'intelligence et toi la beauté, ce serait le jackpot génétique pour votre progéniture. Tu n'y es pour rien s'il aimait papillonner et courir après tous les jupons qui passent. Et les hommes que tu as rencontrés après Rusty t'ont aimée pour ton apparence, mais aucun d'eux n'a vu au-delà de l'emballage. Et après, tu es partie à LA et as consacré tout ton temps à ton entreprise, ne laissant aucune place à l'amour.

— Et où veux-tu en venir exactement ?

— Au fait que Brett est le premier à te voir. Tout entière. Il aime ta beauté, mais il apprécie ce que tu es et aime passer du temps avec toi, au lit et ailleurs. Il sait qui tu es, mais ça te fiche la trouille.

— Eh ! c'est normal d'avoir peur, non ? s'écria Sarabeth.

— Tu sais quoi ? Être seule, c'est affreux. Ne pas vivre,

c'est affreux. Alors, oui, accepter de perdre le contrôle, ça peut faire peur, mais c'est courageux et merveilleux.

Sarabeth regarda longuement son amie avant de lâcher un immense soupir.

— Je vais y réfléchir.

- 12 -

Les mains tremblantes, Brett sella Ty et la jument préférée de Sarabeth, Bella. Il lui avait envoyé un SMS avant de se mettre en route pour Royal lui proposant de le rejoindre à la tombée de la nuit pour aller faire une promenade à cheval dans le ranch. Elle avait accepté, mais il n'était pas sûr qu'elle viendrait finalement.

Alors, quand il la vit approcher des écuries, même si son regard bleu était un peu sombre, il poussa un soupir de soulagement. Elle était venue. Ils allaient pouvoir parler.

Il était terriblement angoissé et avait les mains moites, mais Ty hennit bruyamment et lui donna un léger coup de tête comme pour lui signifier de se reprendre et de réparer les dégâts.

Il allait essayer.

Une fois près de lui, Sarabeth retira les mains des poches de sa parka sans manches et prit les rênes de Bella.

— Salut, dit-elle, l'air nerveuse.

Le fait qu'elle fût nerveuse aussi le calma légèrement, et il réussit à lui sourire.

— Salut. Je t'aide à monter ?

Sarabeth hocha la tête. Il la saisit par la taille et la déposa en douceur sur sa selle. Elle ne fit aucun commentaire, mais le regarda d'un air énigmatique. Que se passait-il donc derrière ses magnifiques yeux bleu marine ?

Brett se mit en selle et passa les pieds dans les étriers.

D'un clappement de la langue, il ordonna à Ty de se mettre au trot et se retourna pour voir si Sarabeth suivait. Elle était si belle. Il avait hâte que le reste de sa vie commence… du moment que c'était avec elle.

Il espérait qu'elle le voulait autant que lui la voulait. Mais imaginons que ce ne soit pas le cas. Ses mains moites laissèrent échapper les rênes, et il grimaça. Puis, il retint un peu Ty pour que Sarabeth le rejoigne et chevauche à côté de lui.

— Ça va ?

Elle acquiesça, mais tourna la tête pour regarder dans le lointain. Au bout d'une minute environ, elle se tourna vers lui, les yeux brillants d'émotion.

— Il faut que je te dise quelque chose. Ça ne va pas être facile, et il se peut que ça ne te plaise pas…

Seigneur ! ça ne s'annonçait pas bien. Mais il fallait qu'il tente le tout pour le tout, il n'avait pas le choix.

— Moi aussi, j'ai des choses à te dire. Tu commences ou j'y vais ?

Sarabeth se frotta le front du bout des doigts, et il se demanda si elle avait mal à la tête. Pour sa part, il sentait déjà une douleur lancinante s'installer à l'arrière de son crâne. Elle regarda la longue route poussiéreuse bordée d'arbres qui se déroulait devant eux et haussa les épaules.

— Est-ce qu'on ne peut pas attendre ? Juste un tout petit moment ?

Il n'en voyait pas l'intérêt, mais voulait entendre ses raisons.

— Pourquoi ?

Les coins de sa bouche adorable, celle qu'il rêvait d'embrasser tout le reste de sa vie, se relevèrent légèrement.

— Le terrain est dégagé devant, j'ai envie de faire galoper un peu Bella.

Il secoua la tête.

— Tu ne portes pas de casque. Si jamais tu tombes…

— Toi non plus, tu n'en portes pas, lui fit remarquer Sarabeth.

Exact. Il se retourna. Ils n'étaient pas encore très loin des écuries.

— Je peux retourner chercher des casques.

— On est tous les deux des cavaliers expérimentés, et on ne va pas sauter d'obstacles. On va juste faire un petit galop sur ce terrain complètement désert. J'ai besoin de relâcher un peu la pression, et je suis sûre que toi aussi.

Il voyait bien un autre moyen plus agréable de se débarrasser de leurs frustrations, mais doutait qu'elle apprécierait sa proposition. Il regarda le terrain devant eux, puis la tête de Sarabeth sans protection.

— D'accord, mais pas de folie. Et ne t'avise pas de tomber, hein ?

Sarabeth lui lança un petit sourire, enfonça les talons dans les flancs de Bella, et sa jument accéléra. Brett prit le temps de la regarder avant de s'élancer à son tour. Il aimait la sensation de vitesse et sourit quand Sarabeth lança Bella au galop. Debout sur ses étriers, il se pencha en avant. Il avait l'impression d'être un oiseau volant en rase-mottes. Il sentit que Ty donnait toute sa puissance, ses sabots frappant le sol en cadence, et ils ne tardèrent pas à dépasser Bella et Sarabeth.

Depuis qu'ils avaient quitté les écuries, le vent s'était levé, mais malgré le bruit dans ses oreilles, il entendit le rire joyeux de Sarabeth. Il écarta une mèche de la crinière de Ty de sa joue. Les muscles de ses cuisses et de ses bras le brûlaient, et il eut un grand sourire de pur bonheur.

Ils allaient bientôt devoir s'arrêter, mais il voulait

profiter à fond de cet instant de liberté, sur le dos de son cheval qui fendait le vent à toute allure. Ensuite, il faudrait ralentir et revenir à la réalité, et à cette conversation qui allait décider de leurs vies, à lui et Sarabeth. Pour lui, en tout cas, cette conversation serait décisive, mais il ne savait pas ce qu'en pensait Sarabeth. En tout cas, il fallait qu'ils parlent. Brett tira sur les rênes, et au milieu du bruit du vent, des sabots et de sa propre respiration, il entendit un grand claquement. Sa selle céda sous lui, et il vit le sol se précipiter à sa rencontre.

Pas grave. Ça va aller.

Ce furent ses dernières pensées avant que sa tête heurte la terre et qu'il sombre dans les ténèbres.

Le visage couvert de larmes, Sarabeth faisait les cent pas dans la salle d'attente de l'hôpital. Elle avait gardé son calme ces deux dernières heures, le temps d'appeler une ambulance et de laisser les secours faire leur travail quand ils étaient arrivés. Ils avaient vérifié les constantes de Brett, avaient placé une minerve autour de son cou et l'avaient chargé dans l'ambulance sans qu'il reprenne conscience un seul instant. En les entendant parler d'un traumatisme crânien, son sang s'était figé, d'autant qu'ils craignaient qu'il ne se réveille pas.

Une fois à l'hôpital ils avaient transporté Brett elle ne savait pas où, et on lui avait demandé d'attendre. Adossée au mur près d'une fontaine à eau, Sarabeth renversa la tête en arrière et fixa le plafond. Elle ne pourrait pas vivre sans Brett. C'était impossible. Inconcevable.

Peu importait leur différence d'âge. Et fuir le bonheur simplement parce qu'elle avait peur de ce qui pouvait arriver était tout simplement ridicule. Si Brett guérissait, elle prendrait tout ce qu'il pourrait lui donner. Amitié, sexe, un mélange des deux… aussi longtemps que ça pourrait durer.

Oh ! Seigneur… Il fallait qu'il se réveille.

Elle entendit des bruits de pas qui s'approchaient. Elle tourna la tête. C'était Jaynie, Gina, Ross et Charlotte. Son fils fut le premier à la prendre dans ses bras, et il la serra très fort contre lui. Elle s'agrippa à lui et posa le front contre sa large poitrine.

— Je ne peux pas le perdre. Je ne *veux* pas.

Gina posa une main dans son dos et la caressa tendrement.

— Ne t'inquiète pas, maman. Il va s'en remettre.

Sarabeth releva la tête et chassa ses larmes. Elle vit Jules qui se tenait derrière Jaynie, l'air tendu.

— Est-ce que vous pouvez nous dire ce qui s'est passé ? demanda-t-il.

Elle marqua un temps pour réfléchir.

— On galopait dans le ranch. Il montait Ty, et ils allaient à toute allure. Et puis, tout à coup, il a volé d'un côté et sa selle de l'autre.

— Apparemment, la sangle a lâché, dit Ross.

Jules fronça les sourcils.

— Et où est la selle maintenant ?

Sarabeth frotta les doigts sur son front douloureux.

— Je ne sais pas. De l'ambulance, j'ai appelé son contremaître. Je lui ai dit que Brett était blessé et que les chevaux s'étaient échappés. Il m'a dit qu'il s'en occupait. Il a dû récupérer la selle.

Elle surprit le long regard que Jules et Ross échangèrent. Que se passait-il ?

— Quoi ? Vous pensez à quoi ?

Jaynie, comme à son habitude, ne tourna pas autour du pot.

— Brett avait reçu des menaces. Est-ce qu'on ne devrait pas en parler à la police ?

Ross secoua la tête.

— Peut-être qu'on se fait des idées. Jules, est-ce que vous pourriez enquêter discrètement ?

Hein ? Quoi ? Qui a bien pu menacer Brett ? Gina fut la première à dire les choses.

— Arrêtez un peu, dit-elle d'air air excédé. Papa est un gros nul qui se la joue mais, franchement, vous l'imaginez s'introduire dans le ranch de Brett pour aller saboter sa selle ? C'est grotesque !

Sarabeth hocha la tête. Rusty avait beaucoup de défauts, mais il ne serait quand même pas tombé si bas. Ou bien si…

— Toute la ville ne parle que de l'accident de Brett, dit Ross.

— Quoi ? Mais c'est arrivé il y a à peine deux heures !

— On est Royal, maman. L'info avait fait le tour de la ville en une demi-heure. Les spéculations vont bon train parce que tout le monde sait que Brett est hyper maniaque avec son matériel, et une sangle qui lâche, ça n'est pas normal. Or, Rusty l'a récemment menacé. Tu comprends que Jules et moi soyons inquiets, non ?

— Dès qu'on saura comment va Brett, j'irai au ranch récupérer la selle et la sangle, dit Jules. On saura vite si c'était un accident ou pas.

Sarabeth hocha la tête. Elle ne voulait pas penser à tout ça maintenant… Elle voulait juste savoir si Brett allait bien. Pourquoi est-ce que c'était si long ?

— Tu peux aller demander aux infirmières si elles ont des nouvelles ? demanda-t-elle à Ross.

— J'y vais, dit Jules. Je vais essayer de faire jouer mon titre de garde-chasse. Peut-être que ça marchera.

— Merci, Jules, dit Ross.

Sarabeth réussit à lui adresser un sourire reconnaissant.

Mais il n'avait pas eu le temps d'aller bien loin quand une porte à double battant s'ouvrit sur un médecin. Il balaya la salle d'attente du regard en passant la main dans ses cheveux hirsutes et aperçut leur petit groupe réuni dans un coin.

— Vous êtes la famille de Brett Hartson ?

— Oui, répondit Sarabeth sans hésiter. Il va bien ? Qu'est-ce qui se passe ?

— Je suis le docteur Mike Nicolls, neurologue.

Oh non ! Ils avaient appelé un neurologue ; c'était mauvais signe. Sarabeth s'agrippa à la main de Gina.

— Dites-moi tout, je vous en supplie.

— Comme il n'avait pas repris conscience tout de suite, j'ai demandé une IRM pour vérifier s'il y avait des lésions…

Quoi ?

— Mais alors, il a repris conscience ? Il est réveillé ?

Le médecin sourit.

— Il est réveillé depuis un moment et a demandé à voir Sarabeth… C'est vous, je présume ?

— Alors, il va bien ? demanda-t-elle, les jambes flageolantes.

— Il a un sacré mal de tête, mais il va bien, oui. L'IRM n'a rien montré d'anormal. J'ignore pourquoi il est resté inconscient si longtemps, mais avec le cerveau, on ne sait jamais. Il a une commotion…

— Mais il va bien ? insista Sarabeth.

Il fallait qu'elle entende ce médecin le dire à nouveau.

— Oui. Et il veut déjà s'en aller. Je voudrais qu'il

passe la nuit ici en observation, mais il piaffe d'impatience de partir.

— Ça lui ressemble bien, commenta Jules, l'air soulagé. Et où est-il maintenant ?

— Il a été transféré dans une chambre individuelle et m'a laissé quinze minutes pour vous trouver. Après quoi, il voulait venir vous chercher lui-même. Dans sa tenue d'hôpital, a-t-il dit.

— Autrement dit avec les fesses à l'air ? dit Jules avec un sourire.

— Tout juste.

— Alors là, j'aimerais bien voir ça, dit Jules en éclatant de rire.

— Sauf que non ! dit vivement Sarabeth, enfin capable de respirer à pleins poumons maintenant qu'elle n'avait plus ce poids affreux sur la poitrine. Je vais y aller. Toute seule.

Les quinze minutes étaient passées, et Brett balança les jambes hors de son lit. Il fallait qu'il aille retrouver Sarabeth. Il ferma les yeux sous l'effet de la douleur, et des lumières multicolores se mirent à danser devant ses paupières.

Personne n'avait pu lui dire comment allait Sarabeth. Tout ce que les infirmières avaient été capables de lui répéter en boucle, c'était qu'il avait eu un accident et qu'il s'était cogné la tête. Et comme la dernière chose dont il se souvenait, c'était le moment où il avait quitté sa maison pour aller rejoindre Sarabeth, il ne savait pas ce qui s'était passé. Avaient-ils eu un accident de voiture ? Est-ce qu'elle était blessée ?

Ses pieds touchèrent le sol glacé, et il sentit un peu

d'air froid dans son dos alors qu'il cherchait ses vêtements des yeux. Ils n'étaient nulle part. Tant pis, il montrerait ses fesses à qui voudrait les regarder.

La seule chose qui comptait, c'était de retrouver Sarabeth et de savoir si elle allait bien.

Dès qu'il se leva, sa tête se mit à tourner, et il retomba sur le lit. Il grogna. Il avait l'impression qu'on lui pilonnait le cerveau. Il lui fallait de quoi calmer la douleur…

Mais d'abord, il devait voir Sarabeth. Il allait rester assis une minute, le temps qu'il se sente un peu mieux.

— Tu as failli te briser le crâne, Brett. Pourquoi est-ce que tu essayes de te lever ?

Il releva lentement la tête. Elle était là. Il passa en revue tout son corps pour voir si elle était blessée, mais à part ses yeux rougis par les larmes elle semblait aller bien.

— Tu vas bien ?

— Contrairement à toi, je n'ai pas voltigé par-dessus mon cheval et je ne suis pas tombée sur la tête, dit Sarabeth en s'approchant.

Il huma son parfum délicieux, et sa gorge se dénoua enfin. Elle allait bien. C'était tout ce qui comptait.

— Donc c'est ce qui s'est passé ? Et Ty, il va bien ?

— Très bien. La dernière fois que je l'ai vu, il broutait tranquillement l'herbe du talus.

— Il m'a désarçonné, c'est ça ?

Sarabeth se rapprocha encore plus. Elle ressentait manifestement le besoin de le toucher. Sa main se promena le long de son bras, sur son cou…

— Non. C'est ta sangle qui a lâché.

— Ma sangle ? Mais c'est impossible.

Les yeux de Sarabeth se voilèrent légèrement.

— Jules va aller récupérer la selle et la sangle. Il veut vérifier si on ne l'a pas…

— Quoi ?
— … sabotée.
— Je ne comprends pas. Il croit que quelqu'un a voulu me faire du mal ?
— Il veut vérifier.
— S'il a du temps à perdre…
— Tu devrais te rallonger. On t'a donné des calmants pour la douleur ?
— Oui mais ça n'a rien fait, grommela Brett.
Sarabeth déposa un baiser au coin de sa bouche.
— On m'a dit que tu insistais pour rentrer chez toi.
— Oui. Et tu viens avec moi. Et tu y restes.
Sarabeth sourit.
— On ira ensemble demain, quand les médecins auront donné leur accord. Et je resterai. Et quand tu iras mieux, on aura la conversation qu'on était censés avoir…
Voyant à quel point elle était déterminée, Brett se tut. De toute façon, maintenant qu'il savait qu'elle allait bien, il pouvait se détendre.
— Tu veux que je t'aide à te recoucher ? demanda-t-elle en s'écartant d'un pas.
Il voulut la rattraper, mais ses bras ne lui obéissaient pas.
— Non, ça va.
Avec une grimace de douleur, il remonta les jambes sur le lit et s'allongea.
Sarabeth vint poser la main sur sa poitrine et le regarda, les yeux remplis d'inquiétude et, il osait l'espérer, d'amour.
— Tu m'as fait peur, Brett, murmura-t-elle. Ne recommence jamais ça.
Il leva la main et lui caressa la joue.
— Ne t'en va pas. Reste. Avec moi.
— Je serai là quand tu te réveilleras, promit-elle.
Brett ferma les yeux. Il devait lui dire qu'elle avait

mal compris. Il fallait qu'elle sache qu'il ne disait pas ça juste pour maintenant mais pour toujours.

Mais avant d'avoir pu ouvrir la bouche, il s'était endormi.

Deux jours plus tard, Brett se réveillait dans son propre lit, – presque – remis. Il avait toujours mal à la tête, mais c'était maintenant supportable. Il s'étira. Ses muscles le faisaient encore un peu souffrir, mais ça allait bien mieux grâce à la crème à base d'arnica, d'huile essentielle de lavande et d'autres herbes que Sarabeth lui avait concoctée dans la cuisine du ranch.

En tout cas, ça fonctionnait mieux que les médicaments conventionnels qu'il avait essayés.

Il prit son téléphone sur la table de chevet. La messagerie était presque pleine. Il parcourut rapidement les messages de prompt rétablissement et s'arrêta sur celui que Jules lui avait envoyé la veille au soir :

J'ai regardé la sangle au microscope, mais impossible de savoir si elle a lâché naturellement ou si elle a été coupée. Si on veut en être sûrs, il faut l'envoyer à un laboratoire d'analyses légales.

Message auquel il avait répondu :

Attends pour ça, je vais y réfléchir.

Personnellement, il pensait que la sangle s'était rompue par accident ; c'était des choses qui arrivaient. Bien sûr, il allait quand même se montrer un peu plus vigilant, mais il n'allait pas passer sa vie à s'inquiéter. Ça ne servait à rien.

Qui plus est, il avait des problèmes plus importants à régler, comme faire en sorte que Sarabeth reste dans sa vie.

À ce propos, où était donc l'amour de sa vie ?

À en juger par le peu de lumière que laissaient filtrer les rideaux, il était encore tôt ; l'aube était encore à peine en train de poindre. Il se leva et passa à la salle de bains pour se brosser les dents. Il fallait qu'il se remette au travail ; le ranch n'allait pas se gérer tout seul. Mais avant ça, il fallait que Sarabeth et lui discutent.

Il enfila un jean et un T-shirt et descendit pieds nus. Arrivé en bas de l'escalier, il aperçut Sarabeth par une des portes-fenêtres de la salle de séjour. Elle était assise sur les marches de la terrasse, face au jardin, une tasse de café posée à côté d'elle. À en croire le tapis d'exercice et sa tenue, elle venait juste de terminer sa séance de yoga, Pilates et méditation…

Une nouvelle journée commençait, et c'était le moment idéal pour discuter.

Il se prépara une tasse de café, sortit sur la terrasse et s'adossa à la façade près de la porte-fenêtre restée ouverte.

— Bonjour.

Sarabeth se retourna, et son sourire lui serra la gorge. Oh oui ! il avait besoin de ce sourire dans sa vie.

— Salut. Tu as l'air d'aller mieux.

— Je suis encore un peu raide, mais il faut absolument que je me remette au travail.

Elle hocha la tête et jeta un œil en direction du cottage qu'elle lui louait. Elle rejeta les épaules en arrière et étira son dos.

— Et moi, il faut que j'aille faire mes bagages.

Il but une gorgée de café sans quitter des yeux le visage de Sarabeth.

— Et que comptes-tu faire de tes bagages ensuite ?

Il retint son souffle. Il savait que sa réponse marquerait soit le début de quelque chose de très doux, soit celui d'un âpre combat. Quoi qu'il arrive, il voulait qu'elle reste dans sa vie et était prêt à se battre s'il le fallait.

— J'aimerais venir m'installer ici, mais je ne sais pas trop ce que tu en penses, dit-elle.

Toutes ses douleurs disparurent d'un coup, remplacées par une telle joie qu'il en avait les genoux tremblants. Finalement, il n'allait pas devoir se battre. Mais il voulut se rassurer pleinement.

— Tu veux t'installer avec moi ? Pour toujours ?

Elle eut un petit sourire à la fois tendre et taquin.

— À moins qu'il y ait un autre célibataire ultra sexy dans le coin que je ne connaisse pas encore ?

Il se sentait incapable de plaisanter. Pas encore. C'était trop important.

— Pourquoi veux-tu rester ? demanda-t-il en venant s'accroupir à côté d'elle. Pourquoi veux-tu rester ici ? Avec moi ?

— Parce que, même si je ne sais pas si ça durera toujours, on est bien ensemble, et j'aimerais qu'on fasse un bout de chemin tous les deux.

Sarabeth posa la main sur le genou de Brett, à l'endroit où son jean était déchiré. Son contact sur sa peau le fit frissonner. De désir. Mais aussi d'amour.

— J'ai besoin de plus que ça, Sarabeth.

— Je t'aime. Je suis complètement, follement, amoureuse de toi, dit-elle, au bord des larmes.

— D'accord, murmura Brett en prenant son visage entre ses grandes mains. Moi aussi, je t'aime.

Sarabeth le regarda dans les yeux, pleine d'espoir. Et il frémit parce que cette petite lueur s'était éteinte aussi vite qu'elle était apparue.

— Ne dis pas ça si tu ne le penses pas vraiment,

Brett. Je préfère que tu me dises la vérité, même si ça doit me faire mal.

Alors, il s'assit face à elle. Il regarda sa tête baissée, ses doigts qui jouaient avec la déchirure dans son jean…

— Ma chérie, jamais je ne dirais ça si je ne le pensais pas. Toi et moi…

— Oui ? Quoi ?

— Ça ne devait être rien d'autre qu'une passade de quelques semaines pour s'amuser, dit-il en prenant son temps pour trouver les bons mots. Après ce que je venais de faire à Lexi, je ne voulais pas m'engager. Et puis, toi, tu ne devais rester à Royal que trois mois. Alors, je me suis dit que ce n'était que du sexe, une attirance et que ça n'irait nulle part. Il n'y avait aucune raison.

Il marqua un temps, la regardant intensément, puis continua :

— Ça ne devrait pas fonctionner, et pourtant ça marche. J'aime tout avec toi ; faire l'amour, la cuisine, te regarder faire ton yoga ou t'absorber dans un livre, partir à cheval avec toi, soigner les animaux, discuter de tout et de rien…

— Je ne pourrai pas te donner d'enfants. D'abord parce que je suis trop vieille pour ça et aussi parce que je n'ai pas envie de recommencer.

— Je n'ai jamais ressenti le besoin d'être père, chérie. Tu n'as pas à t'inquiéter pour ça.

— Et puis aussi, je ne veux pas d'un sauveur, Brett. Ce que je veux, c'est un partenaire.

— Tant mieux. Moi, je ne veux pas être en permanence celui qui est fort, la voix de la raison. Parfois je mènerai la danse, parfois ce sera toi. En fonction de nos forces. Moi aussi, je cherche une partenaire, et tu es tout ce dont j'ai besoin.

C'était le moment de fixer les choses. De les rendre officielles.

— Un jour, tu m'as dit que tu détestais ton nom. Tu veux en changer ?

— Je suis trop vieille pour en changer… Mais j'adore quand tu m'appelles chérie.

Il sourit.

— Je parlais de ton nom de famille, *chérie*. Ton prénom plus mon nom de famille. Est-ce que ça te paraît bien ?

Son cœur bondit quand elle se jeta dans ses bras et se mit à picorer son visage de milliers de baisers.

— Est-ce que c'est un oui ?

— Oui, c'est un oui ! Où est-ce que tu veux qu'on se marie ? À Las Vegas ? À la mairie ? Et quand ? Aujourd'hui, demain, la semaine prochaine ?

Sa poitrine se gonfla de bonheur ; Sarabeth semblait si heureuse et impatiente de devenir sa femme.

— Non, je veux faire ça bien. Tu es la femme de ma vie et la seule que j'épouserai jamais. Je veux te voir remonter l'allée jusqu'à moi et prononcer mes vœux devant un prêtre. Et devant nos amis, ta famille et toute la ville.

— Je me sens un peu vieille pour la robe de mariée blanche et tout le tralala, Brett.

— Tu n'as qu'à mettre une robe noire, ou rose fluo, ou violette. Je m'en fiche du moment que tu m'épouses.

— Noir, ça ne serait pas mal, dit Sarabeth d'un air songeur. Ça choquerait terriblement toutes les commères du coin.

— Bravo ! dit-il avant de déposer un baiser sur ses lèvres.

Sarabeth gémit de désir, et il sentit qu'ils n'auraient pas le temps de monter jusque dans sa chambre et qu'il allait être en retard au travail aujourd'hui.

Elle lui caressa la joue, les yeux brillants de larmes.

— Khalil Gibran a dit un jour que l'enfer était dans un cœur vide. C'est exactement ce que je pense.

— Je ne sais pas du tout qui c'est, dit Brett, la gorge nouée par l'émotion, mais il a raison.

Sarabeth s'allongea sur le petit tapis d'exercice et l'attira à elle.

— J'ai besoin de ton amour, Brett.

— Il est à toi. Pour toujours, murmura-t-il contre ses lèvres.

PASSIONS

HARLEQUIN

Ne manquez pas dès le mois prochain

dans votre collection

PASSIONS

l'intégrale de la nouvelle série

Play-boys à Miami

Elles vont tomber amoureuses sous les projecteurs…

Une série intégrale à découvrir en janvier 2022

HARLEQUIN
www.harlequin.fr

Retrouvez prochainement, dans votre collection

PASSIONS

Danse avec un inconnu, de Charlene Sands - N°965

Gracie ne trouve plus le repos : le bel inconnu rencontré à un bal masqué trois mois plus tôt n'est autre que Sebastian Wingate, son amour secret d'adolescence ! Grisée par leur soirée mystérieuse puis leur étreinte fougueuse, elle ne l'a pas reconnu alors… et se retrouve enceinte aujourd'hui ! Mais le pire reste à venir. Quand Gracie révèle à Sebastian qu'il sera bientôt père, ce dernier lui impose un terrible chantage…

Une séduisante proposition, de Brenda Jackson

Brianna est sous le choc : elle vient d'hériter la moitié d'un ranch, l'autre partie revenant à Cash Outlaw. Si elle adore ces terres où elle travaille depuis des années, elle se résout, la mort dans l'âme, à vendre ses parts au riche homme d'affaires – à la seule condition qu'il réalise son rêve et lui donne un enfant !

Enivrante liaison, de Karen Booth - N°966

Déçue par l'amour, Lexi est de retour à Royal, résolue à garder les hommes à distance. Mais sa rencontre avec Jack Bowden bouleverse son univers. Bien que tout les oppose – elle, la riche héritière, et lui, le chef d'entreprise qui a construit sa fortune à partir de rien –, Jack est l'homme parfait. Du moins, pour partager une liaison passionnée, car Lexi se promet de ne surtout pas mêler sentiments et plaisir…

Un espoir de bonheur, de Jules Bennett

Lucy a perdu son mari deux ans plus tôt, et la perspective de fonder une famille est partie avec lui. Mais quand arrive à Stonerock le séduisant Noah Spencer, veuf lui aussi et père d'une petite fille de quatre ans, la vie bien réglée de Lucy bascule. Elle ne peut nier les sentiments et l'espoir que cet homme éveille en elle, mais ont-ils un avenir ensemble, après les épreuves qu'ils ont traversées ?

HARLEQUIN PASSIONS

Scandaleuse intimité, de Nadine Gonzalez - N°967

SÉRIE : PLAY-BOYS À MIAMI TOME 1

Nina est furieuse : la suite qu'elle avait réservée au luxueux hôtel Sand Castle de Miami a été attribuée à l'acteur Julian Knight ! Ils arrivent toutefois à un compromis : ils partageront la suite, dotée de plusieurs chambres. Dans cette nouvelle intimité, tous deux se rapprochent dangereusement, et la presse ne tarde pas à s'en mêler. Inquiète, Nina redoute alors de devoir renoncer à cette relation, aussi fabuleuse que teintée de scandale...

Pour une nuit de plaisir, de Nadine Gonzalez

SÉRIE : PLAY-BOYS À MIAMI TOME 2

Angel n'en revient pas : la voilà chez Alessandro Cardenas, le célèbre acteur ! S'il l'a invitée, c'est pour lui acheter une toile de sa galerie d'art, or l'attraction entre eux est si forte qu'Angel s'abandonne à une nuit de plaisir entre ses bras. Mais dès le lendemain elle est assaillie par le doute : Alessandro lui a-t-il dit la vérité au sujet de la peinture et des raisons de son acquisition ? Peut-elle lui faire confiance ?

Le secret de Gray, de Kira Sinclair - N°968

SÉRIE : MILLIARDAIRES À CHARLESTON TOME 3

Lorsque Blakely est embauchée en tant que comptable au sein de Stone Surveillance, elle n'imagine pas une seconde devoir travailler pour Gray Lockwood ! Gray, l'homme qu'elle a conduit en prison huit ans plus tôt pour détournement de fonds, exige aujourd'hui qu'elle l'aide à prouver son innocence ! Une mission bien difficile, surtout quand son désir pour lui menace de la submerger...

Un ranch en Arizona, de Charlene Sands

Même dans ses rêves les plus fous, jamais Tessa n'aurait pensé hériter d'un ranch en Arizona. Lorsqu'elle s'y rend, elle se sent immédiatement chez elle – en paix. Or, l'apparition de Joseph Hollister, son nouveau voisin, vient bousculer sa toute nouvelle quiétude. Déjà, Tessa redoute de baisser sa garde et de tomber sous le charme de cet homme aux yeux dorés...

Des jumelles à aimer, d'Olivia Gates - N°969

Leonid Voronov se tient sur le pas de sa porte ! En croisant le regard de l'homme qui l'a brutalement quittée deux ans plus tôt, Kassandra a le souffle coupé. Au moment de leur séparation, celui-ci s'était pourtant montré bien clair : entre eux, pas d'avenir envisageable. Et ce malgré les jumelles nées de leur liaison. Aujourd'hui, la situation semble pourtant avoir changé : désormais souverain de Zorya, Leonid s'est mis en tête de renouer avec ses filles afin d'asseoir sa légitimité...

Bien plus qu'un mariage, de Silver James

Chase n'est qu'un mufle ! Bien sûr, Savannah le sait, son mariage avec ce puissant homme d'affaires n'est qu'une union de convenance, qui doit permettre à Chase de conserver son empire familial. Pour autant, comment ose-t-il flirter ouvertement avec deux superbes mannequins, juste sous son nez ? La nuit de noces torride qu'ils viennent de partager ne signifie-t-elle rien pour lui ? Résolue à laver cet affront, Savannah prend une décision irrémédiable : elle demandera le divorce, dès ce soir...

Dans les bras de son patron, d'Elizabeth Lane - N°970

Terri est inquiète. Buck Morgan, son patron, ne s'est pas présenté au bureau et ne répond pas à ses appels. Déterminée à le retrouver, Terri se rend alors au domicile de Buck. À sa grande surprise, celui-ci est toujours dans son lit et se comporte de façon très étrange. Lorsqu'il l'attire brusquement à lui et l'embrasse passionnément, Terri, confuse, songe d'abord à s'enfuir. Mais, au lieu de cela, elle se surprend à s'abandonner dans les bras de son séduisant patron...

L'enfant de Nate Rafferty, de Kathie DeNosky

En se rendant au ranch de Nate Rafferty, avec qui elle a eu une liaison passionnée et orageuse quelques mois plus tôt, Jessie est consciente du bouleversement qu'elle s'apprête à provoquer. Car elle a une nouvelle sidérante à lui annoncer : elle est enceinte ! À sa grande surprise, Nate lui fait une proposition inattendue : il l'épousera pour que leur enfant naisse à l'abri du besoin. Mais Jessie hésite. À quoi bon se marier avec un homme qui semble agir uniquement par devoir ?

AZUR

GLAMOUR. INTENSE. IRRÉSISTIBLE.

Poussez les portes d'un monde fait de luxe, de glamour et de passions. Ici, les hommes sont beaux, riches et arrogants ; les femmes impétueuses, fières et flamboyantes. Entre eux, le désir est immédiat… et l'amour impossible.

11 romances à découvrir tous les mois, à seulement 4,60 €.

DIVERTIR • INSPIRER • ÉMOUVOIR

HARLEQUIN
www.harlequin.fr

RESTEZ CONNECTÉ AVEC HARLEQUIN

Harlequin vous offre un large choix de littérature sentimentale !

Sélectionnez votre style parmi toutes les idées de lecture proposées !

www.harlequin.fr

- **Découvrez** toutes nos actualités, exclusivités, promotions, parutions à venir…
- **Partagez** vos avis sur vos dernières lectures…
- **Lisez** gratuitement en ligne
- **Retrouvez** vos abonnements, vos romans dédicacés, vos livres et vos ebooks en précommande…

L'application Harlequin

- Des **ebooks gratuits** inclus dans l'application
- **50 nouveautés tous les mois** et + de 7 000 ebooks en téléchargement
- Des **petits prix** toute l'année
- Une **facilité de lecture** en un clic hors connexion
- Et plein d'autres avantages…

Téléchargez notre application gratuitement

Télécharger dans l'App Store

DISPONIBLE SUR Google Play

SUIVEZ-NOUS !

facebook.com/HarlequinFrance
twitter.com/harlequinfrance

VOTRE COLLECTION PRÉFÉRÉE DIRECTEMENT CHEZ VOUS

Vous souhaitez découvrir nos collections ? Une fois votre colis de bienvenue reçu, si vous souhaitez continuer à recevoir nos livres, cela se fera automatiquement. Vous n'avez aucune obligation d'achat et cette offre est sans engagement de durée !

Dans votre 1er colis, 2 livres au prix d'un + 1 cadeau*

*Pour la collection Intrigues : 1er colis à 17,25€ avec 2 livres + 1 cadeau

☛ COCHEZ la collection choisie et renvoyez cette page au
Service Lectrices Harlequin – CS 20008 – 59718 Lille Cedex 9 – France

Collections	Prix 1er colis	Réf.	Prix abonnement (frais de port compris)
❑ **AZUR**	4,50€	AZ1406	6 livres par mois 29,99€
❑ **BLANCHE**	7,30€	BL1603	3 livres par mois 24,45€
❑ **HISTORIQUES**	7,20€	LH1202	2 livres par mois 17,09€
❑ **PASSIONS**	7,70€	PS0903	3 livres par mois 25,89€
❑ **BLACK ROSE**	7,70€	BR0013	3 livres par mois 26,19€
❑ **HARMONY***	5,99€	HA0513	3 livres par mois 20,16€
❑ **NORA ROBERTS***	8,90€	NR2403	3 livres tous les 2 mois, prix variable**
❑ **SAGAS***	7,99€	SA2303	3 livres tous les 2 mois 28,86€
❑ **VICTORIA**	7,90€	VI2113	3 livres tous les 2 mois 26,19€
❑ **GENTLEMEN***	7,50€	GT2022	2 livres tous les 2 mois 17,35€
❑ **ALIÉNOR**	7,70€	AL2132	2 livres tous les 2 mois 17,75€
❑ **HORS-SÉRIE***	7,70€	HS2812	2 livres tous les 2 mois 18,25€
❑ **INTRIGUES***	17,25€	IN2012	2 livres tous les 2 mois 17,25€

*livres réédités / **entre 27,59€ et 30,19€ suivant le prix des livres

F22PDFM

N° d'abonnée Harlequin (si vous en avez un) ⎣_⎦⎣_⎦⎣_⎦⎣_⎦⎣_⎦⎣_⎦⎣_⎦⎣_⎦

Mme ❑ Mlle ❑ Nom : ______________________

Prénom : ______________________ Adresse : ______________________

____

Code Postal : ⎣_⎦⎣_⎦⎣_⎦⎣_⎦⎣_⎦ Ville : ______________________

Pays : ______________________ Tél. : ⎣_⎦⎣_⎦⎣_⎦⎣_⎦⎣_⎦⎣_⎦⎣_⎦⎣_⎦⎣_⎦⎣_⎦

E-mail : ______________________________________

Date de naissance : ______________________________

Date limite : 31 décembre 2022. Vous recevrez votre colis environ 20 jours après réception de ce bon. Offre soumise à acceptation et réservée aux personnes majeures, résidant en France métropolitaine, dans la limite des stocks disponibles. Prix susceptibles de modification en cours d'année. Vous pouvez demander à accéder à vos données personnelles, à les rectifier ou à les effacer. Il vous suffit de nous écrire en nous indiquant vos nom, prénom et adresse à : Service Lectrices Harlequin CS 20008 59718 LILLE Cedex 9. Service Lectrices disponible du lundi au vendredi de 9h à 17h : 01 45 82 47 47.

Harlequin® est une marque déposée du groupe HarperCollins France – 83/85, Bd Vincent Auriol – 75646 Paris cedex 13. SA au capital de 1 149 680€ – R.C. Paris. Siret 31867159100069/APE5811Z.